與君細論文

滄海叢刊 文學類

黃慶萱 著

東大圖書公司

國家圖書館出版品預行編目資料

與君細論文／黃慶萱著.--初版.--臺
北市：東大，民88
面；　　公分.--（滄海叢刊）
ISBN 957-19-2249-8（精裝）
ISBN 957-19-2250-1（平裝）

1中國文學-評論

820.7　　87012358

網際網路位址　http://www.sanmin.com.tw

著作人　黃慶萱
發行人　劉仲文
著作財產權人　東大圖書股份有限公司
臺北市復興北路三八六號
發行所　東大圖書股份有限公司
地　址／臺北市復興北路三八六號
電　話／二五〇〇六六〇〇
郵　撥／〇一〇七一七五——〇號
印刷所　東大圖書股份有限公司
總經銷　三民書局股份有限公司
門市部　復北店／臺北市復興北路三八六號
重南店／臺北市重慶南路一段六十一號
初　版　中華民國八十八年三月
編　號　E 81084
基本定價　陸　元
行政院新聞局登記證局版臺業字第〇一九七號

ISBN 957-19-2250-1（平裝）

白也詩無敵飄然思不羣清新庾
開府俊逸鮑參軍渭北春天樹江
東日暮雲何時一樽酒重與細論文

杜工部春日憶李白詩 戊寅歲杪 錄題

慶萱我師新著 學生龔鵬程

自序

也並不是全然因為怯於說不，這本文集中部分文章，純粹由於自發自動，不吐不快；而且怯於說不也沒有什麼不好，本書之所以能呈現在讀者諸君面前，不正是最好的說明嗎？

許多文章，是應報刊、社團之請，擔任文藝獎的評審而寫的。

應《聯合報》之邀，擔任年度文藝獎的評審，我當然不會說不。一九八四年八月八日，我的女兒小得還不知道爸爸節，所以我也就無牽無掛地拎著字數約有五十萬複審入圍的小說原稿，以及幾十張寫著自己對各篇小說意見的字條，到聯合報社參加第九屆小說獎評審會去了。記得那天，姚一葦和高陽兩位先生最欣賞《慈悲的滋味》；齊邦媛教授讚美《椿哥》清新，是「一個愚昧社會的縮影」；鄭清文先生一心一意為《石定仔的話母與蕭桐秋的姿勢》叫好；楊念慈先生支持《水軍海峽》；朱炎教授特別推薦《歲月行》；我個人認為《椿哥》和《水軍海峽》都是上上之選。《聯副》用「硝煙漫天」形容那次評審者的大辯論。〈論平路《椿哥》的時代反映與民族關懷〉、〈論許台英《水軍海峽》的危機意識〉就是事後根據自己發言字條，整理補充而成。

有機會擔任「全國學生文學獎」的評審，這是榮譽。主辦者是中央日報社和明道文藝社，並得到國家文藝基金會的贊助。稿件以來自臺灣的居多，星、馬、港、澳、大陸也有學生參加。一

九九二、九三兩年，我應邀擔任評審，並為大專小說組寫總評：〈笑看千堆雪〉、〈魚與海草〉便是。看稿、提意見、大辯論、作總評，都是很花時間的，所以到九四年，不想說不，還是說了。

一九九一年一月十一日，國家文藝基金會和中央日報社合辦「現代文學討論會」，共同賞評彭歌的小說：《從香檳來的》、《落月》、《微塵》。事前邀請旅美小說家潘人木撰寫論文討論《落月》和《微塵》，指定我討論《從香檳來的》。〈信念與事實之間——漫談彭歌《從香檳來的》的主題、情節和人物〉就是這樣寫出來的。那年，我正在漢城韓國外語大學擔任客座教授，記得來回機票還是大會付的錢。說不？高興都來不及呢！

中央日報社還舉辦過其他文學獎。一九八八年第一屆文學獎，我擔任散文組評審。〈在曠野有人聲呼喚〉，就是對得獎作品第二名（第一名從缺）劉還月〈閹瘂鶴鳴〉的評審意見。一九九一年第四屆文學獎，我再度擔任探親文學組的評審。〈心清平野闊〉，就是對第一名得獎作品馮克芸〈朔北之野〉的評審意見。

當然，報刊約評也並非一定為了文藝獎。例如：《聯合文學》創刊就有「責任書評」一欄，我評《凌叔華小說集》、朱西寧《熊》、王幼華《兩鎮演談》、梁實秋譯《阿伯拉與哀綠綺思的情書》、鄭樹森編《現象學與文學批評》、王鼎鈞《作文七巧》、傅錫壬《牛李黨爭與唐代文學》、黃永武《字句鍛鍊法》，連書都是《聯文》寄來，限期趕出的。此外，評白先勇的《驀然回首》是應《書評書目》之邀；評王安倫〈我的轉捩點〉是應《幼獅文藝》之邀；評〈柳婕〉、〈唐宋八大家古文修辭偶疏舉要〉是應《中副》和《長河》之邀；評〈拆牆〉是應《聯副》之邀。

會評陳若曦的短篇小說〈城裡城外〉，是令人興奮的機緣。一九八〇年元月，陳若曦已從大陸到了美國，首度返臺，蔣經國總統約見了她。那時她的短篇小說集《尹縣長》風行海內外，擁有廣大的閱讀人口。各報爭相訪問她，《聯副》也特別邀請了朱西寧、李昂、張蘭熙、張曉風、侯健和我共同會評她的〈城裡城外〉。本書所收〈由《圍城》說起〉，事實上是我交給《聯副》的文字稿。陳若曦近年定居臺北，算是一位不常見面的好朋友了。

〈思凡爭議的省思〉是另一類座談會記錄。《國文天地》二十三期一篇〈傳燈續火不寒食——說「火」〉，提到〈思凡〉劇中的唱詞，引起佛教界的抗議。於是國文天地社就邀請了魏子雲、李殿魁、呂凱、黃盛雄、劉復雯、楊惠南和我舉行座談會，時間是一九八九年二月。本書所收之文，除了我個人發言記錄外，還引用了一些其他與會諸君的高見，文中已一一指明。

學術會議已成為一種時尚，而且動輒冠以「國際」字樣，你不能叫它為國際流行什麼的，因為多少有一些知識交流的正面價值。既然作如此評斷，也就不必提免俗或不免俗等等了。〈《西遊記》的象徵世界〉，於一九九三年在「紀念林景伊師逝世十週年學術討論會」上發表，是舊文的修正稿，主要是依據張靜二博士對沙和尚的意見作了些補充，藉此向恩師表示學生仍在不斷求進步中。〈致廣大而盡精微——我對明代朝鮮栗谷學的認識〉則發表於一九九六年「明代經學國際研討會」。〈經學與哲學之間〉是一九八七年「國際孔學會議」上對高懷民的〈易經哲學的時空觀〉

所作評論。〈也論圖象批評〉是一九九二年在「東方美學與現代美術研討會」上對黃永武〈圖象批評的美感〉所作講評。〈我對臺灣鄉土文學的認識〉是一九九二年在「臺灣的社會與文學討論會」上對李豐楙〈臺灣鄉土小說中的社會變遷意識〉的講評。

師長出書要你寫讀後，這是厚愛；朋友出書要你寫評介，這是友誼；學生出書要你寫序，這是尊崇；而報刊要你寫序作跋，更是一種榮耀：說不？似乎不近人情。〈有益與有味〉原來副題是〈繆天華先生《耳聞眼見散記》讀後〉，繆老師散文集《桑樹下》在三民書局出版時，把我的〈讀後〉擱在書的前面，當作「代序」，真使我既驚且感。繆師已作古，但他數十年來對我的教誨和關愛卻永銘心頭。魏子雲先生長我十多歲，一度專攻金學。我尊他如師；他視我為友。《金瓶梅審探》在商務印書館出版，指定我寫序，〈作品與作者考證〉就這樣寫成。〈浮雲出岫豈無心〉、〈飄然思不群〉是對黃永武散文的評介；〈豈僅是神話與愛情〉是對沈謙《神話・愛情・詩》的評介。一九七五年，我的《修辭學》在三民書局出版，永武兄與沖沖主動推薦我申請那年的中山文藝理論獎，雖然結果並未入選，但盛情可感；沈謙弟更在《書評書目》上寫了一篇題為〈為漢語修辭奠一新基〉的評介，頗多讚美之詞，亦有求全責備之語。所以對永武、沈謙著作的評介，我多少帶有投桃報李之意。〈惠仔，你去哪裡？〉是應學生李惠銘之請，為他《逝去的街景》寫的序。惠銘很有些才氣，但我很久沒讀到他的作品了，十分惦念著。至於〈管領風騷〉，是為聯副三十年文學大系評論卷《中國古典文學論》作的序；〈中國古典文學中的極短篇〉也是應聯副之邀寫的，後來《極短篇》第一集成書出版，被作為「附錄」。

在臺北市耕莘文教院觀賞馬森的荒謬劇《腳色》回家，第二天醒來，思潮澎湃，於是提筆疾書觀感。湊巧那天香港中文大學中文系常宗豪主任來到臺北，撥了電話給我。我說正忙著寫稿，把約會推遲了一天。宗豪兄後來問我寫什麼？直說：這種急著要寫的，寫出定是好文章，倒使我有些腆然。那篇觀感就是〈探荒〉，題目在文章寫出後才加上去，時在一九八四年一月。

一九九四年三月王關仕《山水塵緣》出版的時候，正值我心情最壞的時候。面對著天地的無情與無常，《山水塵緣》便成了我安心立命的夢境。一次又一次翻著讀著，隨手寫下一些感想。當這些點點滴滴的感想匯成一篇文章，已是好幾個月之後的事了。事後關仕看到了，頗驚異於我閱讀的「仔細」。在我，這到底是對天地的一種哀矜？或一種抗議？甚至是一種救贖？讓蒼生的歸於蒼生，讓上帝的歸於上帝罷。

徐志摩詩〈再別康橋〉析評，是一九七九年寫的，原刊於《明道文藝》，黃維樑兄拿去在香港《公教報．文學副刊》轉載過。我在香港中文大學中文系任教時在課堂上講過，在臺灣師大課堂上也多次講過這篇析評文章。

在臺灣師大國文所「中國文學理論研討」課程中，我指定以劉若愚《中國文學理論》為主要參考書。多年研討下來，自然有些心得，也有些意見。一九九七年開始寫〈七寶樓臺的架構與拆卸〉，對劉著作出析評。原以二萬字為目標，沒想到一年多寫下來，竟有七萬多字，而意猶未盡。

學報字數原有限制，投稿時只好析為兩篇：一篇是內容析議，一篇是架構、方法析議。我寫此析議，原抱著極虔敬的心情，向作者請益，與讀者商榷；寫到後來，卻近乎挑剔。尤其劉若愚先生已作古，更增加內心的不安。很想用《孟子》：「我非堯舜之道，不敢以陳於王前，故齊人莫如我敬王也。」的話自我辯解；但自己既非孟軻，所言也非堯舜之道，總覺引喻未洽。

忽然想起朱光潛和余光中兩位先生一段精彩的對話。時間是一九八三年三月二十一日，地點在香港中文大學新亞書院雲起軒。那晚餐會由金耀基院長邀集，朱先生席間主談〈雄壯與秀美〉。余先生問朱先生：有這麼多有關文藝美學方面的譯著，為什麼卻不見實際批評？朱先生答：老虎的鬍子摸不得！余先生緊接一句：如果你是獅子呢？當時黃維樑坐在我旁邊，兩人不期而相顧一笑。這些年來，自己作了不少實際批評的工作，這不是摸老虎鬍子嗎？何況自己在《周易》和文學理論上的研究規劃已一延再延，而不能再延了。因此在本書結集之時，我特地說一句：再也不摸老虎鬍子了！心情竟突然間輕鬆起來。

附錄〈蘇軾〈記承天寺夜遊〉賞析座談會記錄〉是張澄仁整理成文的。謝謝澄仁，也謝謝參與座談的全體同學！

黃慶萱 於臺北見南山居，一九九九年二月一日

與君細論文　目次

〔散文世界〕

詩和戲劇

批評的批評

〔學術評論〕

〔附　錄〕

小說天地

中國古典文學中的極短篇

年輕的時候愛看小說，古今中外都看，近年興趣轉向《易經》，小說偶而挑些看：看朋友寫的，看名家作的。引起爭論的小說，事後找來看。《聯副》推出「極短篇」，倒是都看，只為它真「短」，瞄一眼，不必一分鐘，就行了。能「於吾心有戚戚焉」，最好；即使上當，也只一分鐘。

說到「極短篇」，中國古典文學中可不少，首先是美麗的神話，《山海經》：「夸父與日逐走。入日，渴，欲得飲。飲于河渭，河渭不足；北飲大澤，未至，道渴而死。棄其杖，化為鄧林。」夸父也真是的，什麼不好追，偏追太陽！也許是征服自然的念頭在作怪；棄杖成林，吸地下水，倒是完成了生前未及完成的願望。《淮南子》裡，是〈覽冥〉篇，有這麼個神話：往古之時，天柱倒了，九州崩裂，加上大火和大水，還有猛獸專吃好人，鷙鳥抓捕老弱。於是女媧鍊五色石來補蒼天；斷鼇足撐起天柱；殺黃龍以濟冀州；積蘆灰以止洪水；狡蟲死，好人才又有日子過。這一段新女性可能喜歡看，臭男人造的天也是破的，全靠「神聖女媧」來補天。這些神話，透露出人類對大自然的觀感以及對自身生命的希望。

諸子裡許多寓言故事，都蠻有意思，也全是「極短篇」。例如《孟子》中的「齊人有一妻一妾」和「揠苗助長」，《列子》中的「愚公移山」，《韓非子》中的「守株待兔」，大家耳熟能詳，也不必我多說了。其中故事說得最風趣的要算莊子了。〈秋水〉篇記：惠施作梁相，莊子去看他。有人告訴惠施說：「莊子來，要搶你的相位！」於是惠施著了慌，大搜於國中，三天三夜。莊子去看他，說：「南方有鳥，名叫鵷鶵，你知道嗎？那鵷鶵從南海出發，飛到北海，不是梧桐不止，不是金鈴子不吃，不是醴泉不喝。這時候有隻貓頭鷹，啣著死老鼠，看見鵷鶵在上面飛過，張口大叫一聲：『嚇！』你是不是也想拿你的相位，向我『嚇』一聲呢？」〈列禦寇〉篇有：宋國有位名叫曹商的人，為宋王出使秦國。秦王很喜歡他，送他一百輛車。他回到宋國，去看莊子，說：「住在陋巷，織著草鞋，面黃脖子瘦，我沒這能耐；一句話說動了萬乘的君主，立刻有百輛車跟隨著我，這本領倒是有的。」莊子說：「秦王有病，找醫生來，替他擠膿瘡的，賞一輛車；舐痔瘡的，賞五輛車。做得越下流，得車就越多。你難道舐過痔瘡嗎？怎麼得到這麼多車呢？你快走吧！」《莊子》一書，這類故事多極了。

史傳中有不少小故事，可以獨立成篇。例如《戰國策．齊策》，記載〈齊人諫靖郭君城薛〉的事，靖郭君就是齊威王少子田嬰，封於薛，打算大築城牆，不許任何人來規勸。有位齊人說：「我只講三個字，多一個字，就甘願下油鍋！」靖郭君就接見他。齊人進去，說：「海大魚！」回頭就跑。靖郭君說：「留下來，別跑！」齊人說：「我可不敢拿死來開玩笑。」靖郭君說：「不罰你，再講下去。」於是齊人說：「你沒聽說過大魚嗎？網捕不下，鉤釣不著，但是一旦沒有水，螻蟻可得意地大餐一番了。齊國正是你的水啊！有了齊國，何必要築薛城？沒有齊國，薛城高到上天，也沒有用啊！」靖郭君領悟了，說：「對呀！」就停止築城。

又如《史記．淮陰侯列傳》，寫韓信平定了齊國，派人報告漢王劉邦說：「齊人狡猾多變，南邊又靠近楚，如果沒有人代理齊王來統治，勢必不安定，我希望先代理作齊王。」這時，楚軍正在滎陽緊緊包圍著劉邦；韓信派的人來到，劉邦拆信一看，大發脾氣罵了起來：「吾被困在此，早晚全在巴望著你來解圍，竟想自立為王！」張良在旁邊，踩了劉邦一腳，劉邦懂得了，接下去罵著：「再說，大丈夫要作就作真王，作什麼代理的！」就派張良去封韓信為齊王。這段故事，真把劉邦的粗莽而富急智的樣子寫活了。

以上所說，無論《山海經》、《淮南子》所記的神話也好，諸子所說的寓言也好，史傳所講的故事也好，都是長篇中的一段，而非獨立成篇。說它是「極短篇」，恐不免為專家所譏。東漢邯鄲淳所作《笑林》，可真是道道地地的「極短篇」了。茲節譯〈有甲〉一則於下：某甲想見縣長，問縣長左右的人，知道縣長喜歡《公羊傳》，後來見到縣長，縣長問他讀過什麼書，他就答《公羊》，縣長考他：「殺死陳佗的是誰？」甲回答說：「我實在沒殺陳佗啊！」縣令知道某甲沒有讀過《公羊》，因此故意再開他玩笑：「你沒殺？請問誰殺的？」嚇得某甲光著腳板逃跑，原來《公羊傳》記載：「蔡人殺陳佗。」

到了魏晉南北朝，是「極短篇」最豐收的一季，曹丕的《列異傳》，張華的《博物志》，干寶的《搜神記》，專講鬼怪；裴啟的《語林》，劉義慶的《世說新語》，沈約的《俗說》，專講人物。是此中佼佼者，茲各舉一則。

《列異傳》中有篇〈談生〉：談生，年四十，無婦，常半夜睡不著，起來讀《詩經》：「關關雎鳩，在河之洲；窈窕淑女，君子好逑。」有一晚，一位少女來，跟談生結成夫婦。而且吩咐說：「不要用火照我，三年以後才可以照。」這樣不久，生一男孩。過了二年，談生忍不住了，半夜用火偷照。只見妻子腰以上生肉如人，腰下但有枯骨。妻子驚醒，哭著說：「我快復活了，你為什麼不再等一年，偏要用火照我呢？」因此，撕下珠袍一角，留給談生，就走了。後來珠袍賣到睢陽王府。睢陽王認得是亡女的袍子，以為談生盜墓。談生說明真相，王還不信，去看女墳，完整如故；再看看談生的兒子，長得和自己女兒一樣，才相信了。把珠袍還給談生，後來還推薦談生的兒子作「侍中」的官。雖說是鬼故事，讀起來卻十分哀豔，有點像《珍妮的畫像》。

《世說新語》取漢晉間軼事瑣語，分為三十八門，是當時讀書人生活、思想的最佳寫照，錄〈荀巨伯〉一則：「荀巨伯遠看友人疾，值胡賊攻郡，友人語巨伯曰：『吾今死矣，子可去。』巨伯曰：『遠來相視，子令吾去，敗義以求生，豈荀巨伯所行耶！』賊既至，謂巨伯曰：『大軍至，一郡盡空，汝何男子，而敢獨止？』巨伯曰：『友人有疾，不忍委之，寧以我身代友人命。』賊相謂曰：『我輩無義之人，而入有義之國！』遂班軍而還，一郡並獲全。」文辭淺顯，也不必我譯成白話了。

隋唐五代，傳奇興起，小說越寫越長。宋元更有長篇話本出現。明清兩代，便成長篇小說的天下。不過，短篇仍時有佳作，唐人段成式的《酉陽雜俎》，寫秘聞異事；宋人吳淑的《江淮異人傳》，寫武俠人物，都精美可讀。至於清人蒲松齡，有大食血統，綜合志怪傳奇筆法，講《天方夜譚》式的鬼狐異事，為極短篇放射燦爛的光芒。紀曉嵐的《閱微草堂筆記》，走的是「勸懲」路線，敘事簡略，文筆樸素，就遜色多多了。

綜觀我國古典文學中的極短篇，由附麗於長篇子史書傳中的神話、寓言、故事開始，到獨立成篇的笑話、雜俎、志人、志怪之作，發展軌跡大致如上所述。據說《聯副》每天收到的「極短篇」，在兩百篇以上，在匆忙的現代生活中，看來「極短篇」又要流行當令了。

個人對「極短篇」的希望是：題材方面，能摘取人生精彩的片段，即使講鬼講狐狸，都要有人情味，就像《列異傳》裡的談生妻；或能掌握生命值得讚美或檢討之點，如荀巨伯的義氣，和某甲吹牛說自己學《公羊》。特別要注意的是，說理不必太多，看完了讓讀者自己體味。情節方面，一開始就要進入情況；結尾要出人意表，或者真相大白，像《史記》寫劉邦封韓信一段。文字方面，要清楚流暢，最好多用短句，當然含蓄仍很重要，像〈夸父〉那樣耐人尋味，才是上乘之作。風格方面，要幽默風趣，《莊子》中的小故事所以人見人愛，原因在此。作為一位副刊讀者，這樣直率表達個人希望，也許過分些了。（原刊於一九七八年四月五日臺北《聯合報・副刊》。後編入一九七九年三月聯經公司初版《極短篇》第一集。）

《西遊記》的象徵世界

本文探討《西遊記》一書的象徵意義。以為《西遊記》整部書的結構，代表人生追尋的歷程。追尋的對象是心靈的安頓和人類的福祉；追尋的歷程包括三個階段：與樂土分離；在凡間歷難；最後回歸樂土。而《西遊記》的人物，全是人心種種情態的象徵。唐僧象徵「超我」；孫悟空、沙和尚象徵「自我」；豬八戒和許多妖怪象徵「原我」。至於《西遊記》中一些重要事物，如石猴、人參果、芭蕉扇、接引船，都是混沌開闢以來，天地所生，無終無始，則象徵「創造與不朽」。

一、前言

《西遊記》可以說是一本「老少咸宜」的中國古典小說。小孩子喜歡《西遊記》，把它當作卡通故事來觀賞。所以不論臺灣或大陸，都有好多「西遊記樂園」之類的遊樂設施。讓一位年輕漂亮的和尚「唐僧」，騎著龍王太子變成的白馬，旁邊還跟著三位像人非人的徒弟：頑皮猴孫悟空、白胖豬豬八戒、羅漢模樣的沙和尚。塑造出火燄山跟盤絲洞的故事。大人們也喜歡《西遊記》：京戲裡有「安天會」、「鬧龍宮」等，全從《西遊記》中的片段故事改編而成。在近代，《西遊記》也曾多次搬上電影銀幕跟電視螢幕。許多學者專家，也鑽進《西遊記》中，考證它的作者，或探討它的微言大義。關於作者，有人說是丘處機，有人說是吳承恩，也有人說是唐宋以來許多民間無名作家智慧的結晶。至於它的微言大義呢，有人說它是在講「金丹妙訣」；有人說它在宣揚「禪門心法」；有人說它講的是收斂「心猿意馬」的儒家道理；有人說它標榜的是「陰陽五行」的學說。更有人從心理學、社會學、神話學種種角度來看《西遊記》，寫成許多精采的論文。從八歲到八十八歲，從小學生到大學教授，幾乎沒有不知道孫悟空和豬八戒的中國人。

雖然胡適在《西遊記考證》裡說：

> 這部《西遊記》至多不過是一部很有趣味的滑稽小說，神話小說；他並沒有什麼微妙的意思，他至多不過有一點愛罵人的玩世主義。這點玩世主義也是很明白的；他並不隱藏，我們也不用深求。

但是我個人讀《西遊記》，從〈群魔欺本性，一體拜真如〉的回目（七十七回），到「這回書蓋言取經之道不離乎一身務本之道也」的內文（二十三回），卻覺得說它「有一點愛罵人的玩世主義」是可以的；說它「並沒有什麼微妙的意思」，就不太合乎這本書的實際內容了。據我看，《西遊記》

整個情節結構、人物塑造、和事物安排，是有那麼一點「微妙的意思」。說得更清楚些，《西遊記》具有豐富的象徵意義，是十分值得「深求」的。

什麼叫「象徵」，這裡得先簡單介紹一下。任何一種抽象的觀念、情感、與看不見的事物，不直接予以指明，而由於理性的關聯、社會的約定，從而透過某種具體形象的媒介，間接加以陳述的表達方式，我們就把它叫做「象徵」。分析地說：象徵的對象是任何一種抽象的觀念、情感、與看不見的事物。例如用獅子象徵勇敢，勇敢就是抽象的觀念；用熊熊烈火暗示男女的情愛，情愛就是情感的一種；用「卐」字號、十字架代表某些宗教信仰，信仰就是看不見的東西。象徵的媒介卻必須是具體的形象，像上面說的獅子、熊熊烈火、卐字號和十字架都是十分具體的，具有鮮明的形象。象徵的構成依靠理性的關聯和社會的約定。剛才說的獅子象徵勇敢，烈火暗示情愛，都出於理性的關聯；卐字號代表佛教信仰，十字架代表天主教信仰，則屬於社會約定。象徵的表達方式常常用間接陳述而非直接指明。《西遊記》談「心猿歸正，六賊無踪」，正是用這種方式表達。我們要去「深求」的，也就是這一些。

文學裡的象徵，有用整個故事情節去象徵一種追尋歷程的，叫「結構象徵」；有用一些人物去象徵某些人性的，叫「人物象徵」；有用各種具體事物去暗示某些抽象觀念的，叫「事物象徵」。下面探討《西遊記》的象徵世界，就分這三項來探討。

二、《西遊記》中的結構象徵

《西遊記》的情節，是由三個重要部門所組成。自第一回到第七回，寫孫悟空的出生，冒險尋找水源，找到水濂洞，作了美猴王，以及大鬧天宮，被鎮壓在五行山下的經過。這一段故事，可能淵源於印度史詩《拉馬耶那》(*Ramayana*) 中哈奴曼 (Hanuman) 大鬧魔宮。胡適〈西遊記考證〉、鄭振鐸〈西遊記的演化〉都這樣說。自第八回到十二回，寫取經的因緣跟取經人的選擇，中間穿插著魏徵斬龍，太宗入冥的故事。唐代留下的「變文」中有〈唐太宗入冥記〉，《永樂大典》中有〈魏徵夢斬涇河龍〉，為這段情節的依據。《太平廣記》卷一二二〈陳義郎〉條，寫陳義郎的身世，和唐三藏極為相近。第十三回到一百回，寫唐僧取經，收徒遇難種種歷程，是本書最重要的部分。《華嚴經·入法界品》曾記善財童子信心求法，勇猛精進，經歷一百一十城，訪問一百一十個善知識，得成正果。可能對《西遊記》的鋪敘有些影響。玄奘編撰的《大唐西域記》和唐代慧立寫的《慈恩三藏法師傳》，則是這段故事的重要根據。而宋代《大唐三藏取經詩話》和元代雜劇《唐三藏西天取經》故事，就是這個故事的前身了。

整部《西遊記》的故事，代表人生追尋的歷程。追尋的目標是什麼？人生的歷程又如何？下面就來分別說明。

㈠追尋的目標

《西遊記》所追尋的，表面上是靈山取經；骨子裡追尋的，應該是「心靈的安頓」和「人類的福祉」。

先說「心靈的安頓」：

第一回敘述美猴王離家修行，樵夫指示路程說：

不遠，不遠。此山叫做靈臺方寸山。山中有座斜月三星洞。那洞中有一個神仙，稱名須菩提祖師……。

這話跟基督教《新約．路加福音》十七章二十一節所說：「上帝的國就在你們心裡。」實在具有相同的意義。所謂「靈臺方寸」，不就是「心」的別稱嗎？十四回說：

佛即心兮心即佛。

也正是這個意思。二十四回說：

只要你見性志誠，念念回首處，即是靈山。

八十五回說：

佛在靈山莫遠求，靈山只在汝心頭。
人人有個靈山塔，好向靈山塔下修。

都指明了學佛求經，只是修心。所以十三回說：

心生，種種魔生；心滅，種種魔滅。

三十六回記載孫悟空告訴唐三藏的話說：

師父休要胡思亂想，只要定性存神，自然無事。

「定性存神」也就是「心靈的安頓」。

追尋「心靈的安頓」屬小乘境界，要人「自覺」，作個「自了漢」；追尋「人類的福祉」屬大乘境界，更要「覺他」，來「普渡眾生」。第八回敘述如來佛傳經的因緣說：

我今有三藏真經，可以勸人為善。……乃是修真之經，正善之門。我待要送上東土，叵耐那方眾生愚蠢，毀謗真言，不識我法門之旨要，怠慢了瑜迦之正宗。怎麼得一個有法力的，去東土尋一個善信，教他苦歷千山，遠經萬水，到我處求取真經，永傳東土，勸化眾生，卻乃是個山大的福緣，海深的善慶。

明白指出傳經所以「勸化眾生」，追尋的正是「人類的福祉」。

(二)人生的歷程

在文學批評的理論中，有神話與原型的批評。其中又有一種原型稱為「贖救原型」，把人生看作贖罪奮鬪的歷程，通常包含三個階段：分離、蛻變、回歸。

沒有分析西遊所遇各種劫難之前，我要指出：正如基督教《舊約・創世記》把人類的一切罪惡追溯到在伊甸園所吃下的一個禁果。同樣的，《西遊記》中，唐僧之所以要千山萬水地去靈山取經，基本原因在，前世沒有好好聽如來佛說法。連唐僧的三個徒弟，都具有相類似的理由。孫悟空是大鬧天宮，被鎮壓在五行山下的；豬八戒是蟠桃會上調戲了仙娥，下界投錯了胎的；沙和尚也因蟠桃會上打碎了琉璃盞，打落到流沙河的。甚至唐僧所騎的白馬，本來也是西海龍王的兒子，違逆父命，化馬馱經的。正由於這種基本原因，於是他們必須與天國「分離」，承受種種魔難。這些魔難，大別可分為兩類。

第一種出於內在人性的因素。

人，為了維持個人生命，必須吃喝穿衣；為了延續民族生命，因而傾慕異性；而且作為萬物之靈，人更具有思考、娛樂的活動。這些全是糾紛的來源。

許多劫難，是因「化齋」而起，且不說他。偷吃人參果，誤喝子母河水，則是個中較特出的例子。至於〈觀音院僧謀寶貝，黑風山怪竊袈裟〉，是一件袈裟引起的；「金峴山遇怪」，是三件納錦背心造成。這些劫難，起因都是吃和穿。

四聖顯化試禪心之第十七難，屍魔三戲唐三藏之二十難，西梁國女王留婚之四十三難，琵琶洞蝎精迫配之四十四難，盤絲洞七情迷本之五十九難，無底洞姹女求陽之六十九難，天竺國公主招婚之七十八難：全是「色」字作怪。

平頂山逢魔，蓮花洞高懸，對手是太上李老君看爐的童子；搬運車遲，大賭輸贏，對手是興道滅佛的國王和道士：這是佛和道之爭。小雷音遇難，諸天神遭困，對手是彌勒佛的司磬童子，這是佛與不肖弟子之爭。玉華城三僧收徒，惹出一窩獅子，這「師獅授受」之難，證明了「人之患在好為人師」。「木仙庵三藏談詩」更具諷刺性，三藏和十八公及杏仙等談詩說禪，也成一難。說明一落言筌，即非佛法。玄英洞受苦，那是元宵賞燈惹出的劫難。最後一難老黿作祟，則因輕諾失信。這種種，皆由思考上的缺失，以及貪圖娛樂而起。

第二種出於外來環境的因素。

山水荊棘的阻隔，寒熱風霧的障礙，加上盜賊和野獸，使得追尋的路上，充滿著困難。

在西遊路上，從蛇盤山、黑風山、平頂山……，到豹頭山、青龍山……，幾乎每一座山代表一件劫難。以至於後來唐僧每過一山，便心中害怕。水也如此，鷹愁澗、黑河、通天水……都留有災難的回憶。黑松林逢魔，荊棘嶺努力，稀柿衕穢阻：這些，代表地理上的阻隔。

黃風嶺上的巨風，麒麟山上的煙沙，隱霧山頭的迷霧，通天河的冰天雪地，火燄山的銅鐵成汁：這些，又代表氣候上的障礙。

出城逢虎，路阻獅駝，雙叉嶺上的長蛇怪獸，黃花觀中的蜈蚣為害，以及大象、大鵬、鹿、羊、兔、鼠等等，還有兩界山頭、觀音院裡、楊家後園、寇洪家中遇到的盜賊：更使得劫難重重，高潮迭起。

尤其值得留意的是：許多妖魔怪獸都是大有來頭的：黃風怪是靈山腳下得道的老鼠；黃袍怪是天上的奎星；金角大王和銀角大王是李老君看金銀爐的童子；烏雞國的青毛獅是文殊菩薩的坐騎；黑河鼉精有個作西海龍王的母舅；靈感大王原是觀音蓮池裡的金魚；金兜山的兕大王是老君走失的青牛；小雷音遇難，碰上的是彌勒佛司磬童子；朱紫國行醫，遇著的是觀音佛跨下金毛犼；比丘國國丈白鹿是南極仙翁的腳力，無底洞中姹女是托塔天王的義女。太乙救苦天尊的坐騎在竹節山為害；廣寒宮中的玉兔於天竺國冒充公主。李辰冬先生在〈西遊記研究〉一文中指出：「《西遊記》中的許多妖精，也是上界的神們下凡，以致吃人放火。」因而肯定「西遊行者為人民除妖」，是十分精闢的見解。

經過了上述內在人性和外在環境雙重的考驗，於是唐僧脫胎換骨，孫悟空仁慈起來，豬八戒也不再好吃懶做了。這番「蛻變」後，唐僧被封為「旃檀功德佛」，孫悟空被封為「鬪戰勝佛」，豬八戒被封為「淨壇使者」，沙和尚被封為「金身羅漢」，白馬也封為「八部天龍」。大家「返回」佛地了。

三、《西遊記》中的人物象徵

《西遊記》中的主角，本來應該是唐僧玄奘。《舊唐書》卷一百九十一，《大藏經神僧傳》卷六，都有關於他的記載。唐沙門慧立寫的《慈恩三藏法師傳》，寫玄奘事跡最詳細，是我國傳記中的一部巨著。梁啟超的〈一千五百年前之留學生〉，則有較簡明的敘述。現在依據上述材料，先綜述歷史上玄奘取經的經過。

玄奘俗姓陳，河南洛陽人，生於隋文帝開皇十六年（五九六）。父親深通儒術，兄弟四人，玄奘最小。幼時隨他二哥出家，遍讀佛教譯品。曾周遊吳蜀秦魏，訪問佛學大師，都不能使他滿意，於是發願去印度留學。那時是唐太宗貞觀三年（六二九），邊疆未和，禁止國人出境。玄奘一再請求，詔令不許。於是玄奘混在西域商人隊伍中偷跑了。從玉門關出發，經天山北路，越葱嶺，出熱海。一路上，高山峻嶺，飛砂走石，荒地野林，毒蟲猛獸，暴客偵卒，關卡國界，種種艱難險阻，飢渴困苦，真非筆墨所能形容。這樣歷二十四國，到達北印度。然後遍訪五印度的佛寺，學會幾十種語言，向佛教各宗大師責疑問難，又與「外道」反覆辯論。貞觀十九年（六四五），玄奘取得佛經六百五十七部，以二十匹馬馱負而歸。先後在長安的弘福寺、慈恩寺，主持佛經翻譯，高宗麟德元年（六六四）卒，享年六十九歲。

西遊取經者本只玄奘一人。由於玄奘取經事蹟富有傳奇性，因而在民間愈傳愈奇，慢慢演變而成神話式的故事。宋元間已有《大唐三藏取經詩話》出現，書中除唐僧玄奘外，已創造了一個「猴行者」，成為取經的主角；又有一個「深沙僧」，當為後來「沙和尚」的前身。元人吳昌齡《唐三藏西天取經》雜劇，明楊致和《西遊記》，朱鼎臣的《西遊釋厄傳》，唐僧門徒，已是孫行者、豬八戒、沙和尚三人。吳承恩綜合前人有關西遊的故事，融入自己淵博的見聞，豐富的想像，卓越的見解，以詼諧的文字，創造了不朽的巨著《西遊記》，西遊人物，從此固定了下來。

個人認為，無論唐僧也好，孫悟空也好，沙和尚也好，豬八戒也好，都是玄奘的化身。人心是很複雜而微妙的。在七十九回，孫悟空變成唐僧，把肚皮剖開，骨都都的滾出一堆心來。都是些：

紅心、白心、黃心、慳貪心、利名心、嫉妒心、計較心、好勝心、望高心、侮慢心、殺害心、狠毒心、恐怖心、謹慎心、邪妄心、無名隱暗之心、種種不善之心。

可以看作人心複雜，以及孫悟空就是唐僧的一個暗示。佛洛伊特把心靈區分為三：原我、自我、超我。原我受慾望支配；自我受理性支配；超我受道德和宗教情愫的支配。在《西遊記》中，唐僧代表玄奘超我的一面；孫悟空和沙和尚代表玄奘自我的一面，豬八戒以及鬼怪妖魔們代表玄奘原我的一面。

㈠唐僧

歷史上的玄奘那種豪邁大膽永不向環境低頭的性格，在《西遊記》裡的唐僧身上，已不能發現了。唐僧所保留的，只是對財色誘惑的堅決抗拒，不忍殺生的仁慈之心，對種種魔難的逆來順受；同時也表現出懦怯、妄信的性格。他給讀者的印象，可能是一板正經，沒有半點幽默感可言。

唐僧對財色的堅決拒絕，十分值得稱道。在烏雞國，國王把皇位讓他，他不肯作；將鎮國寶貝，金銀緞帛獻與他，他分毫不受。在朱紫國、比丘國，也有類似的表現。對於女色，無論是四聖變的、妖魔變的，或是人間女王與公主，他一概不為誘惑所動。

唐僧兩次趕走悟空。第一次是因為孫悟空不聽勸阻，打死了屍魔化身的少女、老婆婆、老公公。第二次是因為悟空打死了攔路搶劫的強盜，而且把楊老頭的兒子首級割下來。殺人是唐僧絕對不能容忍的，即使其人是強盜！這就看出唐僧的仁慈之心來。

我們說過：許多魔難來自天宮和佛門。孫悟空對此頗為憤慨；但是唐僧從不抱怨。先舉十五回〈鷹愁澗意馬收韁〉為例。行者責怪觀音菩薩：「你怎麼又把那有罪的孽龍，送在此處成精，教他吃了我師父的馬匹，此又是縱放歹人為惡，太不善也！」而唐僧呢，卻說：「菩薩何在？待我去拜謝他。」就撮土焚香，望南禮拜。再如六十六回〈諸神遭毒手，彌勒縛妖魔〉為例，那妖魔原是彌勒佛面前司磬的童子，行者向彌勒佛高叫：「好個笑和尚，你走了這童兒，教他誑稱佛祖，陷害老孫，未免有個家法不謹之過！」而唐僧聞言，又是「謝之不盡」。相形之下，唐僧一板正經得可以了。個人覺得，唐僧十分像基督教《舊約．約伯記》所描寫的「義人約伯」，無論上帝給他多少試煉、迫害、痛苦，約伯始終認定「受上帝懲乃為有福」、「上帝懲人以苦乃為救其生命」。

循此發展，唐僧顯示出他性格中的懦怯和妄信。第十五回敘述他的馬被龍吃了，你看他：

三藏道：「既是他吃了，我如何前進？可憐呵！這千山萬水，怎生走得？」說著話，淚如雨落。行者見他哭將起來，他那裡忍得住暴燥，發聲喊道：「師父莫要這等膿包形麼！」

全書提到唐僧「紛紛落淚」不知有多少。七十六回寫八戒錯報消息，說悟空被妖怪吃了，與沙僧分東西散伙，唐僧更「睡在地下打滾痛哭」！

唐僧不只懦怯，而且妄信讒言，不明是非。第二十七回寫到白虎嶺的屍魔變成一個女的要捉唐僧，被行者打死，而唐僧反以為「故傷人命」。及至看到齋僧的飯食都是些長蛆、青蛙、癩蝦蟆一類東西後，卻有三分兒信了。怎禁豬八戒旁邊唆嘴，唐僧果然「耳軟」，念起緊箍兒，趕走了孫悟空。第三十八、三十九兩回，寫八戒捉弄行者，攛掇唐僧念咒，「那長老原是一頭水的」、「信邪風」，果然又念起緊箍兒咒來。

這裡必須指出：「超我」的功能具有正負兩面。一方面是「善」的；另一方面就是「過」了。

所以八十回姹女懸於樹，唐僧要行者去解救，行者會說：「師父要善將起來，就沒藥醫。」「超我」之「過」，張愛玲的〈沈香屑——第二爐香〉有精彩的描寫，可以參閱。《西遊記》裡的唐僧，抗拒財色，不忍傷生，代表「超我」的正面價值；而懦怯妄信，易受欺騙，以及缺乏幽默感，正代表「超我」的負面。

㈡孫悟空

假如說唐僧相當於《舊約聖經》裡的「約伯」；那麼孫悟空就相當於希臘神話裡的「普羅米修斯」，一個敢於向丘比特或玉帝挑戰的人。

在孫行者的血管裡，原充滿著叛逆的血液。他曾下海向龍王強索兵器和衣著；又到冥間向閻王拿來生死簿，把猴類名字一筆勾消。他還打到天宮，自稱齊天大聖。是十分「自我中心」的。但是，無論多少個筋斗，他也翻不出如來佛的掌心。從五行山下被解救出來，接著又被套上了金箍。於是，他留心著情境的變遷和現實的要求，設法去順從它們。緊箍兒咒是一具電子遙控器，約束著孫行者行為的動向。

不過，他仍然自尊自重，樂觀奮鬪，敢作敢為，好打不平。賣弄著他的神通和幽默。

在蛇盤山，諸神暗佑，三藏滾鞍下馬，只管朝天磕頭，行者卻在路旁活活的笑倒，說：「老孫自小兒做好漢，不曉得拜人，就是見了玉皇大帝、太上老君，我也只是唱個喏便罷了。」他西遊一路經過寶象國、烏雞國、車遲國、西梁女國、祭賽國、朱紫國、比丘國、滅法國，只有向行者磕頭的皇帝，從沒有向國王跪拜的悟空！

西遊路上，悟空一直是興高采烈的，遇妖除妖，遇怪除怪，總是抱著必勝的信心。即使一時失利，他也很少哭泣，反而笑著。像在金峨山，他和哪吒等折兵敗陣，十分煩惱，仍舊在笑。哪吒問他，他說：「你說煩惱，終然我老孫不煩惱？我如今沒計奈何，哭不得，所以衹得笑也！」

對於有來頭的妖怪，他也從來不怕。他敢上天宮，下地府，去西方，到南海，查個水落石出。當著頭頭的面，指責他們的不當。自己偶而錯了，也絕不推諉責任。他偷了人參果，大仙認為唐僧做大不尊，要先打唐僧，他就開言：「偷果子是我，吃果子是我，推倒樹也是我，怎麼不先打我？打他做甚？」許多禍，是唐僧和八戒闖出來的，但是一肩承擔下來，奮勇打鬪消滅妖怪的，總是悟空。有時救了唐僧，還被唐僧埋怨甚至驅逐，成為替罪的羔羊。

有些劫難，還是悟空主動攬下來的。像烏雞國救主；賽城掃塔，取寶救僧；朱紫國行醫，拯救疲癃，降妖取后；比丘救子，辨認真邪。他性格上，就有一種為人間打不平，為人類除妖怪的成分。

他的神通和幽默，更使這個尖嘴猴腮的天地精靈，成為雅俗共賞、老少咸宜的卡通英雄！

㈢沙悟淨

前面說過孫悟空和沙悟淨代表玄奘「自我」的一面，但二人作風卻迥然不同。孫悟空樂觀奮鬪，敢作敢為；沙悟淨卻柔順細心，在師徒四人中具有調和凝聚的功能。陳士斌《西遊記真詮》

曾說：

> 水、金、木、火，無此不能和合，其功莫尚，故又名沙和尚。

「水」指「一頭水」的唐僧；「金」「火」指「金睛火眼」的孫悟空；「木」指「木母」豬八戒。「土」就是沙僧悟淨了。陳士斌以為唐僧、孫悟空、豬八戒之間，沒有沙悟淨便不能和合，所以沙悟淨又叫沙和尚。近人張靜二更進一步把「和尚」二字拆開，指出有「以和為尚」的意思。文見《中外文學》九卷一期，題為〈論沙僧〉，後收入所著《西遊記人物研究》中。以下論沙悟淨，大抵採用張君所說。

沙和尚最重要的貢獻是「調和」。「號山逢怪」，悟空頂撞了唐僧，唐僧大怒，要念「緊箍兒咒」，是沙僧苦勸，才平息的。「無底洞遭困」，悟空因師父失踪，要打殺兩位師弟，結果沙僧又「軟款溫柔」，苦苦哀告，才教悟空回心轉意。

其次是「順從」。到比丘國，唐三藏要進城查問消息，沙和尚贊同。師徒四人到了滅法國，悟空主張五更出城，沙僧馬上答道：「師兄處的最當，且依他行。」離開盤絲洞，八戒要進「黃花觀」看看，沙僧亦以為然。最後四眾到達雷音寺取經，阿難和伽葉故意索取紅包，悟空見他們存心刁難，不免叫嚷起來，沙僧則耐著性子，勸住悟空。取經路上，沙僧順從的態度，化解了許多無謂的爭執。

在凝聚方面，沙僧更發揮了無比的功能。西行途中，唐僧常常心生憂懼，時刻在懷鄉思家，想要回朝。孫悟空也多次表示不願西行，請求佛祖除去頭上的金箍兒。八戒更常鬧著散夥還俗，回去作高家女壻。只有沙僧從不抱怨畏懼，一心向西。只有「路阻獅駝」，因誤信八戒之言，以為師父已死，要分行李回去，是惟一的例外。

對於唐僧和悟空，沙僧也有一份深摯的關切。一路上牽馬護持唐僧的，總是沙僧。唐僧驚倒在地，叫起他的；昏倒在地，喚醒他的；唐僧被關在籠裡，打開籠子的：每每都是沙僧。對於悟空，沙僧也非常關懷。悟空為紅孩兒所敗，（紅孩兒是所有人間兒女的象徵，哪家沒有氣人的紅孩兒？）火氣攻心，落澗暈去，是沙僧救的。悟空有時挨打，沙僧願意替打。只有對豬八戒，沙僧有時會取笑他。

(四) 豬八戒

要說豬八戒也是玄奘的化身，怕大部分讀者一開始很難接受。因此，我先從《西遊記》的演化中舉一證據。在《大唐三藏取經詩話》第十一章：

行者道：「我八百歲時到此中偷桃喫了，至今二萬七千歲不曾來也。」法師曰：「願今日蟠桃結實，可偷三五個喫。」猴行者曰：「我因八百歲時，偷喫十顆，被王母捉下，左肋判三千鐵棒，配在花果山紫雲洞，至今肋下尚痛。我今定是不敢偷喫也。」

可見想偷蟠桃吃的是唐僧。

到了《西遊記》第二十四回：

> 八戒正在廚房裡做飯，先前聽見說：取金擊子，拿丹盤，他已在心；又聽見他說，唐僧不認得是人參果，即拿在房裡自喫，口裡忍不住流涎道：「怎得一個兒嘗新！」

想偷人參果吃的變成豬八戒了。這不是豬八戒是唐僧另一化身的證據嗎？

作為一個肉身凡僧，餓了想吃，冷了想穿，有時也不免憐香惜玉，這是很自然的事。當玄奘「口腹乾燋」時，他難道不想吃？當玄奘「如沐寒水」時，他難道不要穿？甚至當他下馬陪妖魔變的美女步行，病中念念「女菩薩」有沒有人送飯給她，潛意識中真的一無雜念？但是，作為一位「聖僧」，是不可以如此的，這就是終必須創造一個豬八戒的原因。

豬八戒好吃。第十八回〈高老莊行者降魔〉，高老數落八戒：「食腸卻又甚大，一頓要喫三五斗米飯；早間點心，也得百十個燒餅纔彀。」第九十六回〈寇員外喜待高僧〉，更把豬八戒的一付饞相寫得淋漓盡致：

> 這一席盛宴，八戒留心，對沙僧道：「兄弟，放懷放量喫些兒。離了寇家，再沒這好豐盛的東西了！」沙僧笑道：「二哥說那裡話！常言道：『珍饈百味，一飽便休。只有私房路，

那有私房肚？』」八戒道：「你也忒不濟！不濟！我這一頓儘飽喫了，就是三日也急忙不餓。」行者聽見道：「獃子，莫脹破了肚子！如今要走路哩！」說不了，日將中矣。長老在上舉筯，念《謁齋經》。八戒慌了，拿過添飯來，一口一碗，又丟彀有五六碗，把那饅頭、饊兒、餅子、燒果，沒好沒歹的，滿滿籠了兩袖，纔跟師父起身。

豬八戒貪財。金峴山遇怪，便是豬八戒偷拿三件納錦背心兒弄出來的。那第五十回〈情亂性從因愛慾，神昏心動遇魔頭〉寫的就是這件事。夏志清在〈西遊記研究〉更指陳：「八戒看到有田產財富的美女時，激起治家的本能；對沒有田產的妖精則表現粗魯，並不認真。」

豬八戒好色。第二十三回〈四聖試禪心〉，八戒跑到黎山老母前，連「娘」都叫了。第七十二回〈盤絲洞七情迷本，濯垢泉八戒忘形〉，八戒更丟人現眼，跌得頭腫臉青。第九十五回太陰君帶著霓裳仙子收伏了玉兔，豬八戒又動了慾念，跳到空中把霓裳仙子抱住，出盡醜態。

吃，原是維持生命的必要手段，而且勞動要以吃飽作前提的。所以第六十七回寫〈稀柿衕穢阻〉，豬八戒必須先吃了成堆的乾糧，才有力氣上前拱路；而拱了兩日，又把何止七八石飯食，一濟食之。而「色」，亦是生物界延續生命的一種本能，只是必須節制而已。至於「貪財」，夏志清說：「和其他沒有精神稟賦的一般好色者一樣，八戒只在占有和經管大農莊中看到挑戰……在八戒身上，吳氏刻劃了在追求受到尊敬的世俗目標方面發現滿足的每個人。」

(五)其他

原我、自我、超我，是每一個人都共同具有的。換句話說，我們有時候發起好心來，就是唐僧；動起慾念來，就是豬八戒。而通常總是樂觀奮鬪，像孫悟空；任勞任怨，像沙和尚。種種變化，全在一念之轉。《西遊記》第四十三回悟空告訴唐僧說：

> 老師父，你忘了「無眼耳鼻舌身意」。我等出家之人，眼不視色，耳不聽聲，鼻不嗅香，舌不嘗味，身不知寒暑，意不存妄想——如此謂之袪褪六賊。你如今為求經，念念在意；怕妖魔，不肯捨身；要齋喫，動舌；喜香甜，觸鼻；聞聲音，驚耳；覩事物，凝眸；招來這六賊紛紛，怎生得西天見佛？

「眼耳鼻舌身意」是人的欲望，屬「原我」，出於代表「超我」的唐僧身上，正好說明「原我」「超我」只在一念之間。第十四回，孫悟空打殺六個阻路的毛賊：

> 一個喚作眼看喜，一個喚作耳聽怒，一個喚作鼻嗅愛，一個喚作舌嘗思，一個喚作意見慾，一個喚作身本憂。

便可看作「自我」在「原我」、「超我」間的裁判的角色。而「自我」也有種種不同的形相，所以沙僧不同於悟空。

第十七回寫觀音菩薩變成了妖精，哄熊羆精吃了悟空變成的仙丹，才收伏了熊羆精。當觀音菩薩以廣大慈悲，無邊法力，億萬化身，以心會意，以意會身，變作妖精淩虛仙子，行者看道：「妙呵！妙呵！還是妖精菩薩？還是菩薩妖精？」菩薩笑道：「悟空，菩薩、妖精，總是一念；若論本來，皆屬無有！」這一段很值得讀者三思。

第五十八回〈二心攪亂大乾坤〉，敘述「再貶心猿」、「難辨獮猴」，實際上是「自我」分裂的結果。自唐僧收了悟空為徒弟，一路上，遇魔除魔，遇妖除妖，哪一件不靠悟空？現在悟空做事，偶一過當，即被無情咒罵，而遭貶逐。究應如何是好？打唐僧一棍，自個兒取經去呢？還是向觀音菩薩訴苦，暫在南海歇歇，待唐僧回心轉意呢？真假行者就在這種情境中被塑造出來，後來真假行者求斷於如來佛，如來佛說了一句極具機鋒的話頭：「且看二心競鬪而來也！」最後真行者打死假行者，正象徵著忍辱取經的心戰勝了逞忿報復的心。

非但真假行者全是孫悟空的化身；甚至牛魔王也是孫悟空的化身。第六十一回孫悟空不是自己說：「牛王本是心猿變，今番正好會源流！」嗎？樂觀奮鬪得過分了，的確會變成固執的牛脾氣的！

原我不惜一切來滿足本身需要，當然要加抑制；超我是道德的檢察官，過分發達也容易造成「罪疚情結」，或成為一位「爛好人」。自我約束了原我，平衡了超我，是內在世界與外在世界之間的仲裁者。所以，西遊取經，最有功勞的是孫悟空，最有苦勞的是沙和尚，而不是唐僧與豬八戒。而所有妖魔鬼怪，全是人心的化身。

四、《西遊記》中的事物象徵

《西遊記》中許多事物，有其象徵的意義。如「火燄山」象徵炎熱的氣候，老君走失的青牛代表不肖的道教徒之類。上文已略有敘及，此不多說。這裡要提出的，是《西遊記》事物象徵中，有一項特別的主題，就是創造與不朽。《西遊記》第一回，回目就揭示〈靈根育孕源流出，心性修持大道生〉的主旨，並附詩曰：

混沌未分天地亂，茫茫渺渺無人見。
自從盤古破鴻濛，開闢從茲清濁辨。
覆載群生仰至仁，發明萬物皆成善。
欲知造化會元功，須看《西遊釋厄傳》。

接著寫「天地之數」、「發生萬物」、「盤古開闢」、「四洲劃分」，正說明了此項「創造」的過程，這也是我中華民族集體潛意識中，所貯存的宇宙觀。

《西遊記》主角孫悟空的生命，原孕育於開闢以來，每受天真地秀、日精月華感化的一個石頭。《西遊記》第一回這麼記載著：

> 有一塊仙石，其石有三丈六尺五寸高，有二丈四尺圍圓。三丈六尺五寸高，按周天三百六十五度，二丈四尺圍圓，按政曆二十四氣。上有九竅八孔，按九宮八卦。四面更無樹木遮陰，左右倒有芝蘭相襯。蓋自開闢以來，每受天真地秀，日精月華，感之既久，遂有靈通之意，內育仙胎。一日迸裂，產一石卵，似圓毬樣大。因見風，化作一個石猴，五官俱備，四肢皆全，便就學爬學走。

其為壹「天地與我並生，萬物與我為一」（《莊子．齊物論》語）之生命，是毋庸懷疑的。所以孫悟空能變為動物、植物，甚至建築物；而且刀砍斧剁，火燒雷打，俱不能傷。具有變化與長生之能。在花菓山上，不食人間煙火，過著自由自在無拘無礙的生活。這正是人類所最憧憬的。

足以使生命延長的人參果，同樣的是天開地闢的靈根，《西遊記》第二十四回記其事：

> 那觀裡出一般異寶，乃是混沌初分，鴻濛始判，天地未開之際，產成這顆靈根。蓋天下四大部洲，惟西牛賀洲五莊觀出此，喚名「草還丹」，又名「人參果」。三千年一開花，三千年一結果，再三千年纔得熟，短頭一萬年方得喫。似這萬年，只結得三十個果子。果子的模樣，就如三朝未滿的小孩相似，四肢俱全，五官咸備。人若有緣，得那果子聞了一聞，就活三百六十歲；喫一個，就活四萬七千年。

依照艾莉雅德（Mircea Eliade）在《神話與現實》（*Myth and Reality, Harper and Row*, 1963）中的說法：中國道家之鍊丹，是企圖「將天地兩大宇宙原理的結合攝入自身肉體之中，藉以產生未有天地之前的那種至福和純真的渾沌狀態。」《西遊記》必須肯定人參果為天地未開之際所產的靈根，理由亦在此。《老子》曾有「我獨泊兮其未兆，如嬰兒之未孩」的話，人參果所以像三朝未滿的小孩，正透露了中華民族集體靈魂中對混沌天真純樸之生命的渴望。

鐵扇公主的芭蕉扇，是另一個卓越的例子。第五十九回記云：

> 他的芭蕉扇本是崑崙山後，自混沌開闢以來，天地產生的一個靈寶，乃太陰之精葉，故能滅火氣。

在《西遊記》中，「火燄山」代表生命界的災難和生命歷程的障礙。同回記云：

> 那山離此有六十里遠，正是西方必由之路，卻有八百里火燄，四周圍寸草不生。若過得山，就是銅腦蓋，鐵身軀，也要化成汁哩。

而芭蕉扇既為「自混沌開闢以來天地產生的一個靈寶」，所以具有消除災害，打通阻塞的功能。同回記云：

此仙有柄芭蕉扇，求將來，一扇息火，二扇生風，三扇下雨，你這方布種收割，纔得五穀養生。我欲尋他討來搧息火燄山過去，且使這方依時收種，得安生也。

所謂「搧息火燄山過去」是阻塞的打通；所謂「使這方依時收種，得安生也」是災害的消除。而六十一回所記：「解燥除煩，清心了意」，只是附帶的功能罷了。

最後享受了永生之福。那接引佛祖所撐的船，也必然「無終無始」，與天地同其悠久，而且必須為「無底的」。第九十八回云：

三藏回頭，忽見那下溜中有一人撐一隻船來，叫道：「上渡！上渡！」長老大喜道：「徒弟，休得亂頑。那裡有隻渡船兒來了。」他三個跳起來站定，同眼觀看，那船兒來得至近，原來是一隻無底的船兒。行者火眼金睛，早已認得是接引佛祖，又稱為南無寶幢光王佛。行者卻不題破，只管叫：「這裡來！撐攏來！」霎時撐近岸邊，又叫「上渡！上渡！」三藏見了，又心驚道：「你這無底的破船兒，如何渡人？」佛祖道：「我這船：

鴻濛初判有聲名，幸我撐來不變更。
有浪有風還自穩，無終無始樂昇平。
六塵不染能歸一，萬劫安然自在行。

無底船兒難過海，今來古往渡群生。」

孫大聖合掌稱謝道：「承盛意接引吾師。——師父，上船去。他這船兒，雖是無底，卻穩；縱有風浪，也不得翻。」長老還自驚疑，行者扠著膊子，往上一推，那師父踏不住腳，轂轆的跌在水裡，早被撐船人一把扯起，站在船上。師父還抖衣服，跺鞋腳，報怨行者。行者卻引沙僧、八戒，牽馬挑擔，也上了船，都立在䑵䑽之上。那佛祖輕輕用力撐開，只見上溜頭泱下一個死屍，長老見了大驚，行者笑道：「師父莫怕。那個原來是你。」八戒也道：「是你，是你！」沙僧拍著手，也道：「是你，是你！」那撐船的打著號子也說：「那是你，可賀，可賀！」他們三人，也一齊聲相和。撐著船，不一時，穩穩當當的過了凌雲仙渡。三藏纔轉身，輕輕的跳上彼岸。有詩為證。詩曰：

脫卻胎胞骨肉身，相親相愛是元神。
今朝行滿方成佛，洗淨當年六六塵。

此誠所謂廣大智慧，登彼岸無極之法。四眾上岸回頭，連無底船兒卻不知去向。行者方說是接引佛祖。三藏方纔省悟。

以上所說的「石猴」、「人參果」、「芭蕉扇」、「接引船」四件事物，都是混沌開闢以來天地所創造的，同時具有消災長生、無終無始的不朽性能。《西遊記》的事物象徵所強調的正在此。

五、結語

總之，《西遊記》是根據歷史上玄奘取經的故事演化而成的神怪小說。作者以豐富的想像，滑稽的文字，嘲弄著超我，呈露著原我，誇大著自我，而歸結於一個人怎樣在原我、自我、超我間導致平衡。作者強調：如何克服內在人性的暗潮洶湧和外在環境的危機四伏，以求取心靈的安頓和人類的福祉。而又能將此主題落實於與邪魔六賊抗爭的心猿意馬；而置其場景於似幻而真的火燄山、通天河、稀柿衕。對人性、宗教、和當時社會，頗有相當的了解、生動的描述、巧妙的諷刺。且使讀者享受其神怪與機智之餘，卻也觸發面對生命真相的智慧。（初稿刊於一九七七年九月《幼獅月刊》四十六卷三期，後收入東大圖書公司出版《中國文學鑑賞舉隅》。此為修正稿。）

信念與事實之間

——漫談彭歌《從香檳來的》的主題、情節和人物

一

年輕的時候很喜歡看小說。十五歲以前，看的大致上都是中國古典小說：《三國演義》、《水滸傳》之類。十五歲以後，才接觸到現代小說和翻譯小說。魯迅、巴金、托爾斯泰、屠格涅夫、巴爾札克、羅曼・羅蘭、海明威的作品，尤其使我著迷。師範畢業後，在小學教了多年書，二十五歲才考取師大國文系，反而不怎樣看小說了，特別是長篇小說，短篇的偶而挑著看過一些。《從香檳來的》是一九七〇年初版的。雖然知道有這麼一本曾獲中山文藝獎的長篇小說，卻並沒有看過。不過一九六二、三年，在《自由談》上連載的《在天之涯》，倒是看過了。原因是我一位在美國留學的好友信中說：那就是他，也是所有去打工的同學們一副真實的寫照。因此，當《中副》主編要我討論《從香檳來的》，我馬上想起《在天之涯》，把它也定位在「留學生文學」，一部寫實的文學作品。

但是，當我把這部長篇小說仔仔細細讀下去，愈來愈發現作者一股強烈的企圖心。這可從小

說主角名叫鍾華透露出一個訊息：鍾華諧音是中華，中華民族的中華。所以鍾華不僅僅是一位留學生的代表，在作者的構思中，他可能還代表整個中華民族：民族的苦難、民族的奮鬥、民族的前途等等。作者雖然也以自己留學美國的親身經歷和觀察所得為素材，但是他真正要表達的，是「中國之命運」。所以這部小說所呈現的，不僅是留美生活的紀實，更重要的是作者對民族的信念。

二

小說分為十八章，每章還有一個頗能概括章旨的小標題，近乎學術論文的架勢，也凸顯出「信念」在小說中所佔強勢的地位。

在〈涼秋風雨〉的黃昏，鍾華開了三天的車，從紐約到達了香檳，投居於「楓廬」。香檳（Champaign）是伊利諾大學所在地；楓廬是李太太的房子。主人不在家，把鑰匙留給鍾華。鍾華在樓下客廳住了一夜。第二天早晨，發現客廳還住著一個〈披紅巾的人〉——伍德。不久楓廬樓上走下一位〈黑髮的淑女〉——安娜．柯林斯，數學博士研究生，伍德的女友。三人一塊吃了早餐，便去學校註冊，在那裡，鍾華又遇見他以前在烤雞店打工時認識的美國小伙子——詹姆斯．康茲，綽號「駱駝」。情節跳接到呂守成，鍾華的好友，一個〈憂患中長大的〉人。回頭再說鍾華，因為安娜，他和伍德各有些心結。鍾華搬出楓廬，安娜電話追踪而至。互道晚安，他掛斷電話，躺在牀上，想起從前女友陳露，有一種苦澀的不容易忘懷的記憶。於是他又抑制不住地撥了電話給安娜。月兒〈朦朧〉，他覺得不寧靜的欣喜。第六章〈心語〉寫鍾華夜訪安娜，在校園散步，談到現代人孤獨的恐怖，留學生的苦悶和空虛，世界之混亂，熱門音樂流行的心理因素。鍾華還向安娜透露自己往日的苦難。李太太回來了，楓廬酒會中，保羅調戲新到的女生，鍾華出面制止，保羅挖苦鍾華對安娜的感情動機不良，一只〈左鉤拳〉，鍾華擊倒了保羅。情節再度跳接到呂守成。葉蘭煙從阿班尼到紐約來找他。葉把自己和韓瘦松結識以至分手的原委告訴他。那晚，呂守成失眠了，一個〈快樂的失眠夜〉。場景轉回香檳。自楓廬惹事，鍾華很久沒有見過安娜。撥了電話，才知道安娜去波士頓開會去了。有人把保羅挖苦鍾華的話告訴安娜，安娜借開會〈逃避〉去了。千里送京娘，呂守成駕車送葉蘭煙去香檳，雪中趕路出了車禍，送進芝加哥醫院。鍾華趕到醫院，守成斷了一隻腿，蘭煙受到驚嚇，構成第十章〈生死之間〉。鍾華回到香檳，安娜到他住處來看他，數落鍾華：「像牆角的蝸牛，又笨又醜，一生一世都要背著那個殼子，那就是你們的虛榮、驕傲、自私。」安娜轉學到普林斯敦，鍾華維持了〈蝸牛的驕傲〉。守成的腿用鋼板接起來，人卻像水一樣蒸發得無影無踪。蘭煙到了香檳，和晏如珊住在一起。蘭煙大難之後的憂患，如珊青春期中的歡樂，這〈青春的憂喜〉對比何等強烈啊！第十三章是〈春近〉，鍾華和他的論文指導教授麥柯義間有一場精彩的對話，關於李普曼、毛澤東、糊塗的美國政府。葉蘭煙要去印第安納念書，李太太為她餞行，鍾華才知道蘭煙要避開陳寶樹的追求，而晏如珊卻輕易地捕獲伍德的感情。〈舌戰〉可以略窺美國研究所上課的方式。在「亞非現勢」那門課裡，鍾華和埃及來的雅利槓上了，為「中國大陸在共產黨統治之下近三年來一般情勢的評估」展開淋漓痛快的辯論。康茲賣舊汽車的生意垮了，這兒牽扯出美國社會和政治不健全的一面。鍾華聽了諾曼先生的一場演講後，興起〈不如歸〉的念頭。請君試問東流水，〈別意與之誰短長〉？鍾華搭機回臺灣了。臨行伍德關切他，晏如珊說他大傻瓜，麥柯義留他，李太太送給他一個紅包。

上面第一章到第十六章說的大致上都是香檳的事。下面第十七、八兩章才寫這位《從香檳來的》在臺北的經歷和感觸。

鍾華回到臺北，看到社會畸形的奢靡現象，大家苟且懈怠的作風，學術界不注意知識系統化，不講究研究方法，對學術成就缺乏公正的評斷……不禁興起〈未老莫還鄉〉的感歎。歸國學人周友和，就因此又去了美國。最後第十八章〈嘿，我來了〉，作者把鍾華回臺灣後的工作、進修、交遊、信念作了說明；還把呂守成在教會服務，康茲參加越戰退伍，想回香檳念書，安娜結婚了，一一作了交代。鍾華心裡對自己說：有工作忙總是好的，祇要開始永遠不算太遲。覺得身體裡邊有用不完的精力要朝外面湧。最後用「真是好，春天……………」結束了這部小說，卻留下長長一行刪節號。

三

要了解在這個情節結構中，作者想傳達給讀者的信念是什麼？我們必須進一步作人物的分析。最重要的人物當然是鍾華，鍾華是中華的諧音，可能代表中華民族，這在前面已說過。另一方面，鍾華也可能是作者的外射投影。鍾華留學美國，得到大眾傳播學碩士回到臺北報社服務，和作者拿到中山獎學金留美獲得新聞、圖書館雙料碩士回臺北新生報服務，幾乎是相同的。這樣說來，鍾華既是作者自己又是中華民族的代表。這一點，最可顯示作者的自信和自負。孔子不是說過「天生德於予」，又說「文王既沒，文不在茲乎？」一身擔負起天德和繼承傳統文化的重責大任來。作者亦有類此自我期許的氣概；在小說的第十三章，鍾華和他的論文指導教授麥柯義博士談論知識分子的使命，引用宋儒張載的話：「為天地立心，為生民立命，為往聖繼絕學，為萬世開太平。」更可說明鍾華這種歷史感的淵源有自，與儒家道統有密切的關係。在小說的第十七章，鍾華和一個正在國內讀研究所的朋友談在國外求學的情形，以為「新觀念的背後還有許許多多的基礎工作，先對知識的全體有一個認識，明白各個學科之間的相關性，然後再講求知識的分工與嚴整。」而總結於「求新與求本」。第十八章也談到「如何使我們的生活更為現代化？如何在進步之中維護傳統的價值觀？怎麼樣可以使我們的科學技術的發展與民生問題結合起來？」等等問題。原來，在鍾華的信念中，除了繼承中國讀書人繼往開來的歷史傳統外，還要學習歐美的長處，並落實在民生的現代化上。因此，鍾華之赴美留學，再返回臺灣服務，與《西遊記》中唐僧西天取經，返回中土傳教，就具有相當近似的意義了。

呂守成也許是作者另外一個外射投影。作者是河北宛平人，小說第一章第二頁，作者借鍾華的口說守成：「你們河北人怎麼那麼土？」可能是一個故意安排的暗示。另外，作者「抗戰後期到大後方，在國立政治大學新聞系」唸書，守成也與作者相同。與鍾華比較，兩人都尊重傳統，熱愛同胞。守成保守些，鍾華積極些。也許守成是作者原來的我；鍾華是作者自我教育氣質變化後的我。兩人都有過一段留有創痕的感情：守成在父母嚴命下結過婚，妻子在大陸沒出來；鍾華在大學時代也有一闋未完成的戀歌，導致以後渴望情愛卻又怯於接納的疏離。〈心語〉中，安娜和鍾華隔著一張圓桌談話，「那小小的圓桌，就好像一個地球。」〈快樂的失眠夜〉中，葉蘭煙坐在呂守成對面，「祇隔著一張桌子，但又好像是隔著高山大洋。」多麼相似的心態！守成一生謹慎，卻破釜沈舟，辭了職陪葉蘭煙去香檳，竟碰上車禍，這也許是作者心目中中華民族過分保守過分小心的另一種或然。

伍德是韓國華僑和當地人結婚生下的男孩。韓戰時父親被韓共拉伕拉走了；母親在迫不得已下和一位韓國有錢人同居。伍德很小，流落街頭。楓廬主人李先生當時在麥帥幕下調配運輸，收留了他。李先生死在韓國，李太太把伍德接回美國上學。遇到鍾華時，伍德已是生化所的研究生了。伍德和鍾華有「同情」關係，同對安娜有情。鍾華搬出楓廬，是伍德開車送他去的；鍾華擊倒保羅，鮑爾拿起空啤酒瓶要打鍾華，是伍德拿刀擋在鍾華面前叫鮑爾別動的。這兩件事最能說明伍德的為人。

陳寶樹之人不怎麼起眼，卻是留學生中最常見的一種類型。這位情場上很不得意的年輕學人，把當年娶太太「比唸博士學位還要難」的事實生動地呈現出來。

韓瘦松在小說中沒有正面出現，而只在他給呂守成信中和葉蘭煙口中出現過。蘭煙用「醜陋」兩字來批評他。其實也只是做人勢利些。勸蘭煙：「這個課有用的，將來好找事情；那個課最好選上，那是能夠賺大錢的。……有空的時候要多多和教授們往來。」蘭煙看不慣「他那種現實勁兒」，覺得「實在受不了」。

保羅是「香港來的小伙子」，照晏如珊的說法，是「男不男，女不女，中國人的老毛病，外國人的壞點子，他可以說是集其大成。他是全香檳最差勁的中國人。」惹起鍾華怒氣上湧，而動了〈左鉤拳〉的一些話是：

你神氣甚麼？鍾華。我就看不起你們那種聖賢先烈的架勢，一腦門子的官司。你們臺灣來的人，我見識得太多啦。剛到美國的頭三個月，開口國家民族，閉口反攻大陸。等到一住定了，還不都是一個樣的卑鄙齷齪，裝甚麼正人君子？好一點兒的，拍拍教授的馬屁，多拿幾個A，混個大博士，撈個小差事，打到頂兒一個月有千兒八百塊錢，叫他當美國人的

> 狗都心甘情願。像你這種二流貨色，鍾華呀，我更是看得清清楚楚，夏天打打工，端端盤子，切切洋葱，賺幾個低三下四的辛苦錢，在我眼皮子底下，你們這批人比狗還下賤。我尊重女孩子？我當然尊重。我說她們是朝聖新娘，有甚麼地方說錯了？你們臺灣老老少少，男男女女，萬眾一條心，還不都是一樣，祇要鑽得進來，混得下去，就算英雄好漢。我難道冤枉了你們？
>
> 你說我的話哪點兒不對？就拿你來說，鍾華，你算聰明的，你不像他們有些混球那樣，為了要改掉「身分」，去娶黑人，娶波多黎各人；可是，你跟安娜．柯林斯勾勾搭搭，以為大家都瞎了眼睛嗎？你心裡想的是甚麼你自己明白，你的居心還不是鑽狗洞，走後門，做美國人的女婿，好在這兒優遊歲月。你這樣的角色，還配跟我講甚麼民族大義，講甚麼尊重女權？

這些話，雖然在那種有外國人在場的地方不該說，但說的是不是部分是事實呢？鍾華後來有一段自我反省，很值得注意：

> 難道我真的被那小子說中了心事？我揮拳動武祇不過因為我惱羞成怒？難道我這人說了歸齊也還是和「那些人」一個樣，為了要在這兒混下去甚麼事都可以低頭？鍾華狠狠地捶著牀舖，好像那牀就是保羅，就是「那些人」，不，就是他自己——那隱蔽在內心深處的躲躲

藏藏著的另一個自我。

保羅指出中華民族墮落的一面，而保羅本人最大的錯誤，是忘記自己也是中國人，竟對這些墮落幸災樂禍！

陳露是鍾華同班同學，在大學時她總是那樣子緊緊地依偎著他，好像他們應該這樣子走一輩子似的。畢業之後，陳露出國去了，鍾華卻要留下來服兵役。一輩子沒有一年長久，分別不到一年，陳露自紐約來了最後一信，先說：「我非常疲倦，非常非常之疲倦。」最後提到：「我覺得他對我很誠懇的……使人多多少少有一些可以靜下來的安全感。」鍾華明白，那已是完結篇了。

「煙開蘭葉香風暖，岸夾桃花錦浪生。」葉蘭煙這個名字充滿著中華古典詩歌朦朧美麗的情韻。她是呂守成信中的「實在是一個很好的女孩子」，李太太口中的「最可愛的女孩兒，最懂事，最體貼」，晏如珊口中的「真彷彿空谷幽蘭，和她相處越久越親近，就越會讓人喜歡她。」相對於呂守成妻子那種「像是年底下的豬油年糕，白白的，軟軟的，甜甜的，然而，總缺少點兒甚麼……」，葉蘭煙卻是「幽幽的，淡淡的，像一杯百年佳釀，讓人一口口地慢慢去品。」至於蘭煙自己說自己呢，是：「一個像我這樣受了這麼多折磨的人，再不懂事也會懂事了。」

其實第七章，晏如珊就在小說中出現了。鍾華揮動〈左鉤拳〉保護的那朵穿鵝黃旗袍的花，就是她。但名字跟人一起出現，卻在第十二章〈青春的憂喜〉了。她是一個祇要講一句話，笑一笑，便能使人「放心」的不逞心機的人。中學時代就交過許多男朋友，只因為她媽媽不許她交。到香檳不久，主動交上伍德。鍾華倒是佩服這樣的女孩，要怎樣就怎樣，要喜歡誰就喜歡誰，充滿了生命力。

以上人物，也都是流落美國的中華兒女的寫照。鍾華和呂守成之為作者化身，固無論矣。伍德以下，性別上有男有女；身分上有臺灣去的，有僑居地去的；性格上有純真如伍德，有無奈如陳寶樹，有現實如韓瘦松，有惡劣如保羅，有挫敗如陳露，有嫻淑如葉蘭煙，有活潑如晏如瑚，每人都代表留美學生的一種類型，呈現出中華民族各式各樣的靈魂。作者寫來，各具性情，絕不雷同，這當然要歸功於作者親身體驗之深，歸納塑造之精。

有幾位美國人值得分析一下：

李太太，父親大概是美國來華的傳教士，自己則在中國進大學的，嫁給中國學人李先生。李先生去世後，李太太孀居「楓廬」。「楓廬」可說是香檳的中國留學生的招待所。李太太有幾段話最發人深省。一段是鍾華揮拳打了保羅，李太太對鍾華說的：

中國歷史上最強盛的時代，往往也正是勇敢地吸收了野蠻民族文化的時代。我雖然不同意你動武，但我倒有點喜歡你那麼一股子蠻勁。蠻得年輕，蠻得理直氣壯。

另兩段也是對鍾華說的，在鍾華辭行回國時：

> 我曾經把我全部的感情和幸福奉獻給一個中國人，也許我在嫁給李先生之前就先愛上了中國和中國人，這是我自己也始終不能分辨得清楚的感情。每一個到楓廬來的中國人我都歡迎，我心裡面覺得你們都是我的孩子，從你們身上，我好像又看到古老的中國在我面前跳躍。青島、北平、武漢、那一望無邊的華北大平原，煙水蒼茫的洞庭湖……。
>
> 有一件事我要告訴你，這是我不能也不願意對別人講的。到美國來讀書的中國孩子們，我曉得他們都很努力，都很用功，譬如在香檳所看到的——這些年來，我真看了不少。我常常想，他們學到了本領，應該回到臺灣去服務。可是，我不敢說，我覺得我對於臺灣的情形瞭解得太少太少。

李太太可說是真正熱愛中國，把生命奉獻給中國人的美國人！

有了李太太在前頭，作者處理安娜就諸多困難了。他不能把安娜寫得和李太太一樣，但除年輕些外，安娜偏偏和李太太相當一樣——一個願意把自己奉獻給中國的人。我們看第十一章〈蝸牛的驕傲〉中安娜對鍾華說的話：「反正你能去的地方，我沒有不能去的理由。」「我相信我也能找到工作。臺灣不是很缺乏數理人才嗎？我想我可以去教書；白天教數學，晚上教英文。我聽別人說，臺灣好多人都願意跟美國人學英文。」那種奉獻的意志是十分明顯的。作者處處維護著安娜，說她是〈黑髮的淑女〉，又說她「有一份跨越了西方與東方遙遠距離的純情」。因此，讀者的思考力在作者如此強烈干擾下，再也無法追究：安娜本是伍德女友，好得可以「睡在一幢空房子裡，深更半夜的」，為什麼一見到鍾華立刻移情別戀？為什麼鍾華毫不猶豫接納了？安娜到了鍾華臥房，他為她解下了頭巾，又忙忙為她解大衣。「安娜，安娜」他喃喃自語，「妳知道，我要妳。」「嗯」她的眼睛微闔著，「我知道，我從一開始就知道。」那「溫存的熱情的一夜」，到底合不合「純情」的定義呢？實在都不必追究了。這兒我沒有任何一點點道德判斷的意思。我只是說：作者主觀認定的「純情」與安娜客觀的事實表現，是有些差距的。「生命誠可貴，愛情價更高，若為『國家』故，兩者皆可拋。」在小說中，安娜角色的安排，可能是為了襯托出鍾華愛國情懷的堅定。

康茲是鍾華在紅鶴烤雞店打工時的伙伴。「在美國有多少像這樣的年輕人呢？」鍾華尋思。「那時候，我常常因為算錯了賬目賠錢。不過，這一回可不同，這是我一輩子的賬，這本賬要算錯了，我這一生一世都得賠上去了。」康茲自白。意味深長，值得推敲引申。康茲賣過烤雞，賣過百科全書，都沒有什麼成就。後來在芝加哥大亨蒲立德支持下賣舊汽車，雄心勃勃地宣示：「在我用銀刀去切開我三十五歲的生日蛋糕之前，我的姓名要在百萬富豪人名錄上佔一行地位。」但是，蒲立德在選舉中走錯了一步棋，連帶康茲生意也垮了，賣車仍以賠錢結束。後來康茲在舊金山遇到嬉痞，要他為越共區「在美帝轟炸之下受苦難的人民輸血」，康茲憤怒地教訓了他們，當夜作了決定：到越南參戰。退伍返美，康茲還特地經過臺北，和鍾華大談「法律和秩序」。

麥柯義是鍾華論文指導教授，「雞蛋頭」的典型。在〈春近〉章，鍾華向麥柯義表示自己的一些見解，如：

美國人也許並沒有刻意追求這種偉大，但是美國的朋友卻都需要她偉大……。可是，我總有一種感覺，我覺得這一代的美國知識分子彷彿是缺乏勇氣承擔這種偉大的責任。

美國現在有太多打小算盤的人，卻很少有「為萬世開太平」那一型的思想先驅。

並批評李普曼的專欄：

一再申說的政治現實主義，使得美國的立國理想貶了值。

作者這些意見，我要作一番擴充：我們需要一個能「為萬世開太平」的中國，我們也「希望」包括美國在內的所有國家和我們共同邁向「偉大」。

最後要談談雅利。雅利是埃及人，不是美國人。在「亞非現勢」課上，雅利口頭報告「中共在中國大陸上交通建設的分析」，結論是：

交通建設是一個最為雄辯的例證，證明了社會主義的優越性。我堅決相信，紅色中國所提供的成績，正是亞非國家都應該走，也必然會那麼走的路線。

這當然會引發鍾華產生激烈的〈舌戰〉。為了國家，為了真理，挺身維護是應該的。不過鍾華預存的「覺得」：

雅利這個人如果有一分的「可愛」，那便是他的「忠誠」，像一頭拳師狗一樣地忠誠而好鬥——如果不是為了「社會主義革命」，至少是很能為那每個月六百美元的活動費效忠。

卻過於激情，以致邏輯上有小小的漏洞。因為上文提及「納瑟政府每個月要寄給他六百美元的活動費」，前面原有「有人說」三個字，這就含「不確定」的意思，「不確定」的前提怎樣可以導致如此「確定」的結論呢？

從香檳回到臺北，當然還見到不少人物，大部分是沒名無姓的「朋友」，這兒就不一一介紹了。

在小說人物安排中，讀者所接受的訊息是：美國的中國留學生，他們大部分是中華的好兒女。努力用功，彼此照顧，雖有挫折辛酸，依然堅定樂觀。其間偶有一、二現實、惡劣分子，這原也是任何社群所不能免。只是無論好壞，卻大多不想回國。這就顯示少數決心回國如鍾華者的可貴可敬了。鍾華在李太太的照顧下，在麥柯義的指導下，學了不少知識。建立與康茲的友誼，婉拒安娜的愛情，駁斥雅利的謬論，使自己更為成熟了。回國之後，雖然也目睹臺灣一些令人失望的現況，但也發現從美國回到臺灣來的人越來越多，其中想要回來平平實實為國家做點兒事業的人佔絕大多數。使鍾華有「吾道不孤」的快感。

四

以上所敘個別的情節，所寫各色的人物，有可能是實際現象，客觀存在著；但必然也是作者主觀選擇、組織、塑造的結果。作者挾其寫作新聞評論與學術論文的工力，小說的脈絡、照應相當謹嚴。例如：第一章末尾，鍾華夢中還念著：呂守成和葉小姐，「他們會結婚嗎？」於是通過〈快樂的失眠夜〉、〈生死之間〉、〈青春的憂喜〉、〈春近〉，到〈別意與之誰短長〉，晏如瑚宣言「葉蘭煙快要結婚了。」不是和呂守成。而呂守成在最後一章也和鍾華通了信。伏線千里，頗有《紅樓夢》筆意。有些脈絡以反諷手法牽線。例如：小說一開始，寫呂守成囑咐鍾華：「一天頂多開八個鐘頭，記住沒有？到時候就住店。這是你第一遭一個人開車子跑長途，要小心呀！」結果，鍾華從紐約開車到香檳沒有任何事故；倒是後來呂守成開車從紐約到香檳，旁邊還坐了一個葉蘭煙，反撞上貨車，斷了一條腿，也失去了結婚的可能。小說中重要頭緒，最後一章都作了交代。作者動筆之前，對整個小說的結構，想來已是成竹在胸的。人物塑造方面，作者善用明喻、暗喻各種手法，使人物栩栩如生。作者寫呂守成：「最近幾年來很捨得付出高價購置考究而時髦的服裝帽履。可是，不管多麼時式的樣子，穿到他身上就總顯得那麼古古板板的，連胸前口袋裡的手帕，插在他那兒就彷彿是水門汀上種的鮮花，說不出來的不得勁。」「水門汀上種的鮮花」這明喻真是絕了！又如：鍾華搬出楓廬，安娜來了電話，鍾華一面聽，一面「手裡玩弄著電話線，一圈一圈都繞在手指頭上。再猛一撤手，那電線就一下子鬆了下來，像一條懨懶的半死的蛇。」還有：〈舌戰〉後，鍾華走出大樓，「啊，我走錯了路。他在到十字路口的時候才發覺，這既不是到圖書館的路，也不是回家的路，這條路再走下去，就是火車平交道了。他急急轉回身來。」都是意味深長的暗喻，提供讀者遼闊的思考空間。當然，有時作者為了文字簡鍊，對人物偶作直接說明，如強調安娜「純情」，再三說葉蘭煙是「好女孩」，批評保羅的朋友鮑爾「以粗率為天真，以膚淺為真誠。」卻對讀者思考形成干擾了。

在一開始，我就說過，作者要表達的，是「中國之命運」。而一說到「中國之命運」，主要當然要靠全體中華兒女的努力。而中美關係與國際形勢也都是重要因素。作者雖然也寫到「一個正在國內讀研究所的朋友」，捍衛金門的「年輕的駕駛兵」，以為「就是要忙一點才好」的臺北計程車司機，他們對中國命運都有正面貢獻。但小說主要角色，卻都是留美學生，這可能是題目《從香檳來的》限制住了。談到中美關係和國際形勢，作者成功地刻劃出一個「對中國人總是特別好」的美國人——李太太，和一個埃及留美學生——雅利。對美國雞蛋頭學者、嬉痞之類，也有所描繪，並且有意深入美國社會底層探討民主政治的實際情況：以蒲立德的起落所暴露的選舉制度的流弊；以呂守成車禍，警員提醒鍾華「能有人打打電話，事情就會辦得順利得多」所暗示的關說文化……。

我覺得，從鴉片戰爭以來，滿清腐敗，列強侵略，歷經革命、北伐、抗日、內亂、大陸文革動盪、臺灣經濟起飛，在這驚天動地的變動中，做為有良知的中華兒女，有感於民族的危機，渴望著國家富強與現代化，謳歌正義，追求真理，前仆後繼，應該有一部長篇小說來描寫它的，像托爾斯泰的《戰爭與和平》，或羅曼・羅蘭的《約翰・克利斯多夫》一樣。《從香檳來的》已觸及這個脈動、這個良知，我希望它能更全面、更仔細、更深入地把這時代脈動和良知呈現出來。而且，我們也和作者一樣，盼望早日「大地回春」！（原刊於一九九一年一月十一、十二日，臺北《中央日報・副刊》。彭歌《從香檳來的》，一九七〇年六月，臺北三民書局初版。）

新桃源中的大觀園

——論王關仕《山水塵緣》中的烏托邦建構

本文是對王關仕教授一九九四年新著《山水塵緣》所作的評論。評者首先將此書定位為田園烏托邦小說。從而介紹《山水塵緣》的「山水」，由山前鎮進入彎溪鎮的山光水色，指出它是「新桃源」。繼述《山水塵緣》的「塵緣」，以彎溪國中教師為核心的郎才女德，悲歡離合；和塵世方外，形形色色。表明其為現代的「大觀園」。復就書中人物的語言，一一討論其人人格特徵和文化背景。最後解析其所建構之烏托邦，並非與世隔絕的神話樂園，亦未沉湎於虛構的理想世界中，其所呈現者乃是瑕不掩瑜的美好人間。並闡發烏托邦的價值觀：不以東方西方、懷舊創新定高下，一以美德為依歸。結穴則論對烏托邦理想幻滅之迷惘。

一

《山水塵緣》是臺灣師範大學國文系教授王關仕新寫的一本小說。臺北遠流出版公司一九九四年二月十六日初版。封底有這麼幾句話：

> 本書將引導讀者，進入旅遊指南裡找不到的一個景點。那兒有山水田園、寺院黌舍、村墟賈市；也有中老年人的舊夢宿痕，和天涯倦旅的雪泥鴻跡。可讓城市少年男女走過從前，使繁忙的人輕鬆一下，給調劑生活的人添些彩綠或人情味。

相當精確地呈現出本書的特定內容，可以讓讀者迅速掌握本書性質。所謂「旅遊指南裡找不到的一個景點」，透露出本書的虛構性——旅遊指南裡找不到的；但是它是一個「景點」——那兒的山水田園可能有你的舊夢宿痕，雪泥鴻跡。這就顯示出本書的「烏托邦小說」性質來。

二

故事中的男主角——山樵雲，原是臺北某明星國中的名師。忍受不了臺北灰濁的空氣、刺耳的噪音、水泥森林；也過膩了每天從小水泥籠，經小鐵皮籠，到大水泥籠，然後還原的生活；加上女友赴美，音信漸疏；於是與昔日大學班友申請對調，離開臺北，到五年前服預官役駐地——彎溪鎮來教書。在這山陬水湄，與青年同事、少年學子朝夕廝磨；也結識了幾位村農市井、紳賈方外。成就了自己和女主角陳溪吟的終身大事；還慶幸其他有情人終成眷屬。這兒的山水，有點兒像陶淵明筆下的桃花源；這兒的人物，令我想起《紅樓夢》裡的大觀園。

雖然說地圖上找不到彎溪，但是，作者仍舊告訴我們：從臺北坐火車先到某處，經一小時車程到山前鎮，再換客運汽車，翠巒幽谷中，路轉峰迴，到達彎溪。那兒有一座吊橋，走在橋上，只見四周青山肅穆、溪鳴蟬詠，襯托出一片靜謐。對岸平疇、房舍。作者多次描繪那兒景色，如：

> 中午，果真天高氣爽，溫暖如春。樵雲午覺起來，曬完棉被，穿上運動鞋、牛仔褲、白襯衫、夾克，上橋去看沿溪的景色。右岸濃綠中，發亮的黃橙紅橘，左岸水邊芒花翻白，遠些的岡下，楓葉像落霞野火，焙燒出一個夢幻小世界。一隻灰鷺打從他身旁掠過，他毫不猶豫跟了下去，沿左岸山坡的一條小徑溯流而上。水湄有群白鷺棲息，有的縮起一腳在睡，有的側頸看他。芒叢過後不遠是一片楓林，地上滿是紅葉，小徑也因落葉堆積得不甚分明。仰頭見映著日光的楓葉，鮮麗得像玻璃窗貼的彩紙，蒼穹頂高遠湛藍；俯看溪水清澈深邃處似金髮女人在銀幕上放大的眼珠。林子的盡頭，有株斜凌水面的柳樹，他雙肘靠在粗糙的樹皮上，支著下巴，默然欣賞水中天光山色的倒影。視點由近而遠，在對岸山窩裡幾戶草廬煙舍上停住。屋前有一道細流，上跨一條四、五公尺長的板橋，水流雪絲般的潺潺而出。他總覺得這地方在哪兒見過。（頁五三）❶

這個芒花楓林、橙黃橘紅、草廬煙舍、白鷺忘機的夢幻世界，不正是〈桃花源記〉的現代版嗎？

---

❶ 本文引述《山水塵緣》，隨文註明頁數。此（頁五三）即原書初版頁數，後同，不另贅言。

山樵雲來到彎溪國中任教不久，便提議在校園中建花圃。半年之後的春假，他和陳溪吟不期而遇。且看：

> 二人漫步在花圃的漫石子路上，她一不小心，差點滑倒。樵雲一伸手扶住，那朵花已掉在地上，沾著些泥水。他摘了朵同樣的遞給她。溪吟說謝，臉上飛起一片醉霞。她說：「學校平常鬧哄哄，一到放假，便冷冷清清。」
>
> 「怎麼會冷清？看春風和花木共舞，蜂蝶交談，鳥雀鼓噪，空氣中充滿花芬草香。我就喜歡這一份冷清中的熱鬧。」他手畫眉飛，溪吟看著掩口笑笑，想起同事說樵雲有點怪。
>
> 她閉一閉明潔的眼睛，「蜜蜂和蝴蝶說些什麼？」
>
> 「說這個小世界，現在完全屬於它們的。」
>
> 「你和我不是介入了嗎？」
>
> 「我們只是觀眾。它們的舞臺比我們的講臺大多了。它們才是園裡的主人。」（頁一〇九）

這真是一個值得喜歡、值得尊重的自然界的樂園。在思想境界上，直令人想起〈西銘〉的「民胞物與」，《莊子》的「莊周夢蝶」，而多一分人類應有的自覺與謙遜。

山樵雲在彎溪購置了一座連庭院的房屋。原屋主留給他一個灰陶盆景，他就把這個窩叫做「一陶居」（頁一一八—一二〇）。彎溪國中同事歐思荻工書法，想送他一件禮物。他趁勢要一幅條幅：

「請將陶淵明〈田園〉六首之三❷——課本上有的。用行書寫吧！」（頁一七八）後來吳瓊華看了，還說：「啊！難怪蕭娜葩稱這屋子為一陶居，原來有一首陶詩呀！」於是「一陶居」的意義就更為明顯了。《山水塵緣》建構的，就是這麼一個田園烏托邦。

三

田園烏托邦的核心是彎溪國中。假如把彎溪國中比作現代大觀園，那麼，國中國文老師山樵雲，音樂老師陳溪吟，常來國中督導的教育廳督學吳瓊華，便是現代的賈寶玉、林黛玉和薛寶釵了。雖然時移地遷，觀念已有所異；而且樵雲、溪吟結了婚，瓊華遠去美國，結局亦大不相同；但是某些基本性格，仍有幾分近似。

山樵雲能寫詩、詞、壽序、對聯，也能寫寫新詩❸。他的才華，足可與賈寶玉相提並論。但

❷ 陶淵明〈歸園田居〉六首之三，原文是：「種豆南山下，草盛豆苗稀。晨興理荒穢，帶月荷鋤歸。道狹草不長，夕露沾我衣。衣沾不足惜，但使願無違。」見《箋注陶淵明集》（臺北：商務印書館，《四部叢刊》影印宋刊巾箱本），卷二，頁五上。臺北國立編譯館一九八七年編印的國中《國文》教科書第三冊曾選作課文。

❸ 山樵雲所寫詩，見《山水塵緣》初版，頁三九；詞，見頁二八三；對聯，見頁九九；新詩，見頁一八八和二八九。能寫壽序，見頁二三六。

是，山樵雲更有認真負責的一面。他細心地把國中國文教材作了一番總整理，把精要處摘錄出來（頁一一），教學很受學生歡迎。他會打籃球，是學校教職員球隊的一員（頁三二）。平常喜愛散步、登山，只是不大參加應酬。

山樵雲之請調彎溪，固然是在臺北待膩了。而另外一個緣故是：原在彎溪教書的大學同班女同學剛結婚，先生在臺北，想到臺北教書。所以歐思荻會稱讚樵雲說：「君子有成人之美。」（頁二九）樵雲重感情、愛助人、言語有味、深具藝術氣質，在書中是隨處可見的。他曾幫吃饅頭、滷味而忘了帶錢的陌生人付錢（頁四四）；又濟助過一個名叫康田華的學生（頁七〇）。遠足時，拉上掉落山凹的平珠縈（頁四九）；颱風夜，救起了跌入溪中的女子（頁二二六）。徐香琴和南鵬的婚事，是樵雲去臺北把南鵬找到而以喜劇完成的（頁二三九）；而唐翾凡和游淑月開始有話可說（頁二八〇），出於樵雲的介紹。樵雲言談風趣，有時搭配一些動作，尤見雅意。如帶學生遠足，和平珍縈、陳溪吟在松下午餐。珍縈問他來彎溪快三個月了的感想。樵雲這樣回答：

> 「在臺北，教書像種花，」他把橘子皮剝成一朵花狀，在手掌上托著。「在這裡嘛，教書像種樹。」他將果皮塞入塑膠袋內，拿自己的白草帽，用手指頂著轉圈。忽抬頭見一顆松子掉下來，忙用帽子接個正著。把玩著松子。（頁四八）

真是形象生動、意蘊豐富，可以想見樵雲之為人。而前面說過的：上場可打籃球；提筆能詩能文。

暇時散步登山；教學負責認真。樂於成人之美；樂於濟助他人。而言語風趣，行動逗人；這一切，便是作者筆下現代賈寶玉的典型，也是烏托邦中理想的男性形相。

就像山樵雲原有女朋友，去了美國斷了音信（頁五七）；陳溪吟原來的男友名叫紀雨嘉，也去了美國。溪吟利用寒假去美國看他，沒想到開門的是穿著睡衣的麥珍妮（頁七五）！溪吟回到彎溪，山樵雲是近水樓臺——教員休息室的桌位，他們正好面對面。溪吟的弟弟溪聲，是樵雲來彎溪第一個結識的少年郎（頁一〇）；溪吟的大哥溪景，是樵雲購置一陶居的中介人（頁一一八）。尤其巧的是，樵雲當年服預官役帶兵在彎溪幫助農民割稻，中午在學校走廊休息。有個弟兄中了暑，樵雲找到一位在教室彈風琴的女學生帶他們去看醫生（頁一四）。後來發現，那位小姑娘竟然就是現在的溪吟（頁一一三）！種種因緣，使得兩人感情逐漸上升。雖然瓊華對樵雲的好感，蘇揚雛、唐翾凡先後對溪吟的追求，使愛情的路上也曾有些許的曲折。

下面一節文字，可以略窺溪吟的內心世界：

揚雛送溪吟回陳宅。路上兩人也有說有笑。他問樵雲和瓊華的關係，她回說不清楚。到了門口，溪吟先說再見，他只好回親戚家。溪吟進入臥房，坐在琴前，手支下顎，想彈琴。翻了幾頁樂譜，一時竟選不出一首可彈的曲。念頭一個未了，一個升起；腦幕上人影幢幢，比銀幕或螢窗中變換的更快。可恨的雨嘉，可惱的樵雲、揚雛此隱彼現。最後吳瓊華的顰

> 笑，似一張明星的彩色照片，固定在眼前。五線譜模糊了。直到舌頭觸到唇角的鹹味，才發覺琴蓋反映的是自己的臉，便掏出手帕，拭去眼下的淚痕。溪聲從店中回來了，口裡哼著〈霰塔露琪亞〉。她不自覺的隨著歌聲按鍵接上，暫時把心中的傷痛拋開。（頁一三一）

這種多愁善感，不覺落淚的性格，是與林黛玉有幾分相似的。不過音樂教育的陶冶，到底還是能使她把傷痛暫時拋開。

樵雲購置了一陶居，溪聲送他一幅國畫：〈女媧補天〉（頁一八六）；瓊華送的也是國畫：〈易安秋思〉（頁二〇二）。山父山母來彎溪時談論過畫的高下（頁二〇九）；後來美術老師唐翾凡也作過品評（頁二八六）。樵雲還覺得畫中女媧臉的上停頗像溪吟，並對溪吟說了。有次溪吟來一陶居找樵雲閒談，看畫：

> 她放下書本，站起身，挪步畫前，抬頭仔細再看「女媧」，暗道：「還真有幾分像自己。」
>
> 樵雲見了，收好禮物，「我喜歡這張畫還有一個理由。」
>
> 「你的理由，一向很多。」
>
> 「坦白說，我以前是有個女朋友，但已吹了。」
>
> 「我早知道。」她想起在洛杉磯的一幕。「有什麼好坦白的？誰規定人生只准戀愛一次？」
>
> 「我的情天，存有缺口。很幸運遇到一位像女媧的姑娘。不曉得她願不願替我補一補？」

「天高雲遠，補不到，豈不枉然。」她持著微笑，神態悠然，語音漸低而緩柔。

「只要這位姑娘，高抬玉手，就補到了。」

「她替你補一補，有人告到教育廳，吳督學馬上就來了，她敢嗎？」

「這條山路很窄，只容許一人通過。她的轎車開不上去。」

她緩步走近吳瓊華送的畫前一笑，「你瞧，人家的代表正『有所思』呢。」她指指畫中人。

「我現在就請她下來，從此無眼界、無色界，你也就無意識界了。」站起來要去摘下畫來，卻一把被她拖住。「何必認真，我只是開玩笑吧！我欣賞吳瓊華的大方豪邁。」回身放下杯子。

「你可看出她的事業心重？」樵雲又坐下。

「她只是用事業來冷藏情感而已。唉！你我同是情天缺陷人，相逢又是曾相識。」說到這裡忽然不語，背轉身將那盆蘭花移到窗臺。(頁二四一)

《紅樓夢》裡的「寶黛情結」，在這裡隱約出現。但到底都是為人師表的大人了，所以寶玉摘下「通靈玉」摔砸，黛玉拿剪刀鉸上面穗子的場面，就不致發生了❹。作者似有意把從前的大觀園

❹ 見《紅樓夢》第二十九回〈享福人福深還禱福，多情女情重愈斟情〉(臺北：三民書局，一九七二年初版本)，頁二三八—二三九。

改塑成現代的烏托邦。

山樵雲向陳溪吟求婚的情景，寫來很詩情畫意。樵雲去津筏寺吃了齋飯下山，途經彎溪小學，聽見教室風琴聲，猜是溪吟。於是貼窗張望，豈有別人！等她彈完那曲，敲門進來：「請問同學，附近有醫院嗎？」溪吟笑盈盈站起來，合上琴蓋。「你的病，我來治。你有喜歡遊蕩的病吧？一上午到哪裡去了？門鈴壞了也不叫人修。」兩人拉手要回溪吟家。此時四周寂靜，彼此都可以聽到對方的呼吸。樵雲鼓起勇氣：「有句話想對你說，又不敢冒昧。」她嫣然一笑。「恕你無罪，從實奏來。」牽著手微向左右擺動。他放開她的手，向她深深一鞠躬。「為求婚而折腰。有風琴做媒，有講臺為證，有生之年，此情不變。」她閉著目點頭，「陪我回去，多少吃一點，伺機向我爸媽說。」（頁二五一—二五二）真是令人羨慕的場面！

婚後，陳溪吟替樵雲前在阿里山寫的寄給自己的新詩想到了一個題目：〈相思的眼睛〉（頁二九一）。又為樵雲另一首新詩〈雲山深處〉譜了曲。S師專助教淩綠綺還在新春演唱會作正式的演唱（頁二九九）。妻題夫詩，妻譜夫詞，這不正代表著烏托邦的婚姻寫真？

吳瓊華的家世，可由下面和樵雲的談話看出。樵雲問：「難道令祖父的大名，也出現在近代史上？」瓊華搖手說：「沒有那麼顯赫，而且不是軍閥。」（頁一三〇）瓊華C大教育系畢業，短短幾年就由中學教師升任教育廳督學，靠的是老爸。她對樵雲說：「真羨慕你家的民主自由。我老爸說一不二，子女只有聽父母的。別看我坐公家轎車，到處視察，旁人眼裡挺拉風，而我並不喜歡家中的安排。」（頁一二八）其實瓊華認識樵雲也是蠻早的。早到C大唸書時，樵雲和妹妹采雲去參加C大校慶園遊會，瓊華見過他們（頁一二七）。在臺北教書時，各帶學生參觀故宮博物院，學生佔座位發生爭執，樵雲迅速叫自己學生來和自己一桌，事情擺平了，留給瓊華很好的印象（頁一二六）。瓊華當上督學，多次去彎溪，發現樵雲在校舍修建規劃上看得比別人遠。加上彎溪國中同仁蕭娜葩和瓊華原是同學好友，於是瓊華常到彎溪，和樵雲也逐漸熟稔起來。瓊華有意拉樵雲去當督學，由娜葩去試探樵雲的意願，但樵雲婉拒了（頁一一四）。瓊華有事沒事，會順路來看看樵雲。且看樵雲拿傘送客的一段：

「等一等，我拿傘送你上車。」他從鞋櫃子內取出一柄美濃油紙傘，撐開試了一試。傘上畫著「一葦渡江」。

「我喜歡這種傘，可惜它味道嗆人。」她嫣然一笑。

「喜歡便拿去。」樵雲已換好鞋。

「喜歡卻不一定要佔有。」她微微向他一笑。

他撐著傘，二人出門。並肩經過大街時，迎面見揚雛和他父親提著兩大包禮品，滴汗而來。樵雲和他揮手打招呼，他也舉手「嘿」了一聲，眼光充滿疑惑地在瓊華臉上轉，而且一再回頭。

過橋時，樵雲已猜到這對父子是去陳家，心裡便有些定不下來，覺得吊橋比平常動得厲害。直到她問起采雲的近況，才收攝心神回答。

瓊華指橋下說：「好風、好水、好山，怪不得你樂不思蜀。」語畢低著頭，盯著足下的圓影前移。

樵雲仰首一笑，「鐘鼎山林。我個性疏懶，偶然飄到這裡，」手一指溪邊棲定的白鷺，「羨慕這種野宿風眠的生涯而已。」

「如此而已？」她神祕一笑，粉紅的臉又低下。

「其他便不是自己能主控的了。世事茫茫難自料。」

「你真想一輩子待在這三家村做個老學究？」

「以後的事，誰也不能預料。合則留，不合則去。」

「告訴你一個消息，你不要激動。」瓊華抬頭看他。

「說吧。我早已度過了激動期。」抬眼看看達摩。

「你以前的女朋友結婚了。嫁給我老爸投資公司董事長司徒元的小兒子，在洛杉磯一個教堂行的婚禮。」

「意料中的事。祝她美滿快樂。」

「忘得了？」

「忘不了又怎樣?」他聳聳眉，「夢幻泡影別提了。」

走過橋頭步入林中，收了傘，因上坡吃力，兩人都不開口。到了車旁且目送黑轎車消失了他才回一陶居。(頁一五三—一五五)

看來現代的薛寶釵當得起溪吟說的「大方豪邁」的讚語。後來瓊華留職赴美進修，娜葹、樵雲、溪吟等設宴餞行。宴後唱歌、猜謎、說笑，風格也很大觀園的(頁二二〇—二二五)。

大觀園中，不會只有寶玉、寶釵、和黛玉；彎溪鎮除了樵雲、溪吟、瓊華外，英雄氣短，兒女情長的，還有其他三五個人物。他們是歐思荻和平珍縈，郭顒沅和牧羊女，徐香琴和南鵬，還有袁明琳和她作廚子的老公。

歐思荻是由退伍軍官轉任的國文教師，來彎溪國中任教後，和平珍縈熟悉起來也三、四年了。平珍縈的父親是鎮上最大一家印刷文具行的老闆，只有兩個女兒，一直想招贅(頁九七)，又嫌思荻年紀大些(頁六七)，所以把女兒的婚事拖延著。溪吟的母親和珍縈母親是姐妹，後來還是溪吟要母親幫思荻說媒，婚姻才成功了(頁一〇五)。

郭顒沅和牧羊女婚姻路上的挫折，原因不是省籍和年齡，而是聘金五萬元。女方父母都是溪吟家的遠親，又在溪景茶園做工，所以陳父一出面，事情也就擺平了(頁七一)。

徐香琴的生死戀，作者寫來最為用心。先是樵雲和溪聲一起釣魚，溪聲釣上一隻尼龍襪子；

樵雲釣出一個破竹籃（頁三八）。再由溪吟說出香琴和南鵬的戀情，因家庭反對，香琴溪邊洗衣落水，救上後遁入空門，那竹籃正是香琴之物。南鵬也調離彎溪了（頁一三四）。然後是郭顥沅婚禮上，徐父和樵雲同坐一席，向樵雲打聽南鵬下落（頁一八三）。接下是樵雲找到了南鵬，南鵬回彎溪看帶髮修行的香琴（頁一八五），並和徐家談婚事，徐家答應了（頁一九三）。結婚後，透過溪吟父親的幫忙，香琴也恢復國小老師的教職（頁二九七）。在作者藝術手法的經營下，氛圍最為迷人。

但是最能觸動讀者悲憫情懷的，要推袁明琳的故事了。袁明琳彎溪國中畢業，考上師專，才唸一個多月，她的寡母就把她嫁給一位臺北的廚子，收了十五萬元的聘金，一手交錢，一手交人（頁二六五）。樵雲無意中看到明琳寡母生活的貧苦艱辛，也深感生命的無奈（頁二七三）。明琳婚後憤恨，原不和母親來往（頁二七二）；在全書結尾處，明琳還是和丈夫回娘家看母親了（頁二九九）。

老一輩的婚姻故事，書中只提到陳龍坡。他太太告訴女兒溪吟說：「就像你爸和我，是那場大雨牽的紅線，把我留在月芽茶莊一點鐘久。你阿爸又是茶點，又是水果，獻殷勤而熟識。常送茶送禮到你阿公家，不到兩年，我就嫁過來了。」（頁六七）倒別有一番溫馨。

至於彎溪鎮外，樵雲原先的女友江帆晴嫁給了司徒健華（頁一五四，參頁八七）；紀雨嘉終於娶了麥珍妮（頁一〇八）。作者用側筆虛寫，非全書重點所在，此處也不多說了。

和《紅樓夢》人物相較：元春薨逝深宮，迎春誤嫁色狼，探春遠適，惜春出家。真應了「原應歎息」的話頭！另如湘雲夫痨，妙玉遭劫，更不必說黛玉魂歸離恨天，寶玉中魁卻塵緣，寶釵空閨獨守了❺。相對地看，《山水塵緣》中婚姻就美滿幸福得多。此烏托邦之所以為烏托邦也。書中對婚姻負面因素也有所涉及，如年齡、聘金，尤其是父母的介入。溪聲就對溪吟說：「婚姻有父母介入總是不好。像阿珍姐，平白浪費了幾年光陰。」說得「她點點頭。想到自己因父母而認識紀雨嘉；南鵬和阿琴因徐漩一夫妻作梗，還差一點斷送了阿琴的性命，不由得對弟弟此言表同意。」（頁一九四）

---

❺ 元春薨逝在《紅樓夢》第九十五回；迎春誤嫁在七十九回；探春遠適在一百回；惜春出家在一百十五回；湘雲夫痨在一百十回；妙玉遭劫在一百十二回；黛玉魂斷在九十八回；寶玉中魁卻緣、寶釵空閨獨守見一百十九回。依序見三民版，頁八四一、七〇三（參七一五）、八八六、一〇〇四、九七〇、九八四、八七一、一〇四七。

又甫塘居士《續閱微草堂筆記》（光緒三十二年石印本）嘗記：「《紅樓夢》一書，膾炙人口，吾輩尤喜閱之。然自百回以後，脫枝失節，終非一人手筆。戴君誠甫曾見一舊時真本，八十回之後皆不與今同。榮寧籍沒後，均極蕭條；寶釵亦早卒，寶玉無以作家，至淪於擊柝之流；史湘雲則為乞丐，後乃與寶玉仍成夫婦，故書中回目有「因麒麟伏白首雙星」之言也。聞吳潤生中丞家尚藏有其本，惜在京邸時未曾談及，俟再踏軟紅，定當假而閱之，以擴所未見也。」錄備一說。

四

以山樵雲為中心，連帶出彎溪鎮形形色色的人物，有塵世的，也有方外的。

先說塵世的。

第一個要說的是戴黃舌帽的老孫。全書一開始，一個機車強盜在山前鎮客運總站抄走一位婦女的皮包。一道淡綠影子直射那盜腦後，只見瓜碎人倒車翻。你道出手的是誰？不是打扮得有點像《日正當中》賈利古柏的本書主角「他」（山樵雲）；正是「戴黃舌帽人」（老孫）（頁七）。後來山樵雲在彎溪小吃店吃當歸鴨時又遇見了（頁一九）。戴黃舌帽的和幾個小伙子飲酒談笑，還教他們擺拳式，紮馬步（頁四四）。樵雲父母來到彎溪，問起山中有何「傳奇」。在座的溪聲說：有一個退伍老人，以收破爛為生，一身好武功，收了幾個徒弟（頁九五）。樵雲購置「一陶居」，去山前鎮買花苗，僱的就是戴黃帽的板車（頁一二六）。路上老孫自說小時遇到少林和尚，學些拳腳的事（頁一六四）。老孫在徒弟借給他的地上蓋了堆放舊物的「府庫」，被政府當作「違建」拆除。樵雲還指點他申請執照的方法（頁一六四）。有一次，一個風霜滿臉的老人來找老孫，是樵雲帶的路（頁一九八）。草蛇灰線，前後照應，作者十分擅長。而寫來最為成功的，就是黃舌帽人和前面說過的徐香琴。在現代烏托邦中，老孫是「原野奇俠」！

類似乎老孫，還有位沒名沒姓的大漢。樵雲在常去的彎溪小吃店吃麵，遇上這位要了一盤滷味，兩個大饅頭，一碗青菜豆腐湯，湯涸肚飽，卻忘了帶錢的大漢。樵雲眼明心白，低聲說：「老兄先走吧，我請客。」（頁四四）彎溪開路造橋，正要斫去一株桂木，樵雲看見，大喊：「拜託！我要！」工人抬頭見是樵雲，忙說：「好，俺來挖。」並笑笑告訴樵雲：「要謝謝你，請俺吃饅頭呢。」（頁一二〇）再如，樵雲和溪吟在溪邊漫步，遇到養鴨人家，建議在養鴨窪田裡不妨種些蓮藕和茭白筍。鴨農大喜照辦（頁一三六）。二人婚後，這鴨農還送來茭白筍和蓮子乾來（頁二九五）。烏托邦中，不僅有人樂善好施；而且有人知恩圖報。只是違建問題、農田轉作問題，相當複雜，需要專業知識，深入探討。作者說來，似乎太簡單些。再添一個蛇足，知恩圖報，不是施恩望報；所以跟為選票而造橋修路應有所不同。

說到選舉，當然會想起紀卉榮和陳龍坡。紀卉榮是紀雨嘉的父親，山前鎮「榮堂營建公司」董事長，時任縣議員。陳龍坡是溪景、溪吟、溪聲的爸爸，彎溪鎮「月芽茶莊」老闆，臺北、舊金山都有分店，正擔任鎮民代表。紀卉榮要競選省議員，勸陳龍坡競選縣議員，約好陳龍坡聯手運作。陳負責彎溪的票支持紀；紀負責山前的票支持陳。陳說：「我們要換個方法，不再用洗衣粉、味素等爭取選民的支持。」二人徵詢歐思荻、山樵雲的意見。樵雲建議：一、印彩畫月曆，日期內加印農民曆中的吉凶喜忌，頁末印上兩人名字。二、山前到彎溪舊木橋壞了，拆了重建為雙線的水泥橋。要兩位花大錢。看來選舉與金權很難分開，正像紀卉榮說的：「天下哪有不花錢的選舉？」（頁六二—六五）到了寒假，紀卉榮又包了一部車，邀彎溪國中老師三十多人去日月潭、阿里山、墾丁去旅行（頁七三）。後來紀果然當選了省議員（頁二七九），陳也選上了縣議員（頁二九五）。順便說說關說文化。吳瓊華年紀輕輕當上省督學，靠的是父蔭（頁一二八）。歐思荻從機場附近國中調到彎溪國中，是在省政府任職的一位轉業老長官協助下才調成（頁三五）。采雲同學的老爸在急診室住了兩天等不到公保的病房，是山母一個電話解決了（頁九四）。香琴重回國小任教，是陳龍坡幫的忙（頁二九七）。即使在理想國裡，金權和關說仍然不能豁免！

回頭仍說彎溪國中。原來的陳校長，人清廉，話也短（頁二四七），對老師們有份尊重，無論學校教職員籃球隊的命名（頁三二），或廁所的改建（頁一〇三），都願先聽聽老師們的意見。後來陳校長調升大型國中校長（頁二四七），新來的校長姓姚（諧音要），名鑫（多金也），善飲，來者不拒。上任後就宣布三大工程（頁二五五）。樵雲的弟弟撫雲是學土木工程的，參觀彎溪國中時「特別留意新校舍工程」（頁二九六），似乎有所暗示。還有樵雲班上三個學生鬧肚子，說是吃了福利社的麵包。隔壁班也有同樣情形。三位導師去福利社，發現櫥內有蒼蠅在飛，包商答應改善（頁一七〇）。後來樵雲被人向教育廳告了一狀，說他賣參考書，收補習費（頁一七三）。看來，貪污瀆職，挾怨誣告，烏托邦中也是有的。

彎溪國中的學生，袁明琳外，作者重點描寫了康田華和平珠縈。康田華是班長，為原住民，常和山樵雲一起打籃球（頁四五）。康父生病，山樵雲送奶粉糖果去，還塞給康田華一小疊鈔票，說：「算是借給你的，十年後還我也不遲。」（頁七〇）但沒有等到十年，康家賣了一頭豬，就把錢還了（頁一六八）。平珠縈是珍縈胞妹，紀雨嘉表妹。看見樵雲和自己表哥的女朋友很接近，有些不滿（頁七三）。遠足時不慎掉在四公尺深的山凹，是樵雲用幾件外套衣袖相結縋下救上來的（頁四九）。珠縈有寫作的天分，樵雲還多次特別加以指點（頁四二、二四五）。康、平二人後來都考上高中與師專（頁二四四—二四五）。在這些師生關係中，作者具體呈現了烏托邦的師表。

說完塵世的，再說方外的。

主要是「津筏寺」的三個和尚。

山樵雲閒來喜歡隨意走走。一天出了校門，信步轉入一條綠色隧道，漸行漸遠漸高，終於到了津筏寺，見了無塵禪師。他們間的對話充滿機趣：一個說：「從來處來，隨喜隨喜。」一個說：「請坐處坐，休息休息。」「外面天氣怎樣？」「也無風雨也無晴。」「寶寺有三位禪師？」「我們是有水吃的。」「還有兩位呢？」「只在此山中，雲深不知處。」（頁二三—二四）後來山樵雲為江帆晴事請無塵指點。無塵袖手，說：「江流天地外，山色有無中。」又說：「空即是色，色即是空。孤帆遠影碧空盡。」（頁六〇）又為公教貸款購屋事請無塵開示，無塵說：「一身能睡幾張床。」（頁二一七）

至於津筏寺另兩位禪師無識與無想，是聽到山樵雲朗誦古文，於是「僧敲月下門」，「開門見山」，談得十分投緣。無想褪下腕上菩提子唸珠與樵雲，樵雲看來「似曾相識」（頁二四八—二五一）。這是回應前頭在楓林小徑撿到唸珠，將它吊在當路的一根小枝上一事（頁五四）。伏線千里，讀者細心看才知道，仍是《紅樓夢》慣用的筆法。

還有「白處寺」，徐香琴帶髮修行的地方。寺中老尼還需香琴從「ㄅ、ㄆ、ㄇ、ㄈ」教起（頁一八一），想來知識程度不高。佛門度人，原就多方。白處寺為煩惱眾生提供的是一處清白無垢的淨土。與津筏寺以法筏指示善知識安渡迷津，對象與方法都有所不同。

順便談談宗教和占卜。

宗教，原是人類對一種不可見的超人力量之崇拜。也許宇宙間確有全知、全能、無限的神靈存在；也許它只是人們腦中幻想的反映。對於有宗教信仰的人來說，宗教經常是支配人們日常生活的外部力量之一。所以山樵雲一聽到無塵禪師念出那些嵌有「江」、「帆」字樣而且充滿禪機的詩句，暗驚道「他心通」（頁六〇）就不足為奇了。在《山水塵緣》裡，山樵雲不只請求無塵指點開示，也曾向冰店走廊下的算命攤（頁一五）、大榕樹下測字鳥求教過。溪吟說得好：「鳥知人類的事，人還算萬物之靈？」但樵雲回答說：「跟著龜一樣嘛，是占卜的工具。主要在那不可思議的存在，指揮牠找出人類命運的密碼。」（頁二五三）並且一再強調：「靈不靈由神，迷不迷由我。」（頁二三九）、「事實擺在眼前，不由我不信。」（頁二五六）

《山水塵緣》中的有關占卜的敘述，或須由思想與文藝美學兩方面略作檢討。就思想層面言，求神問卜，固然代表社會上公平正義法則的欠缺，與個人自信心的喪失；但是現象世界各種變數太多，非人力所能完全控制，也是不爭之事實。烏托邦中，亦復如此。就文藝美學方面言，《紅樓夢》中，夢遊太虛，警幻預示等情節❻，莎翁《朱利阿斯・西撒》中「預言家」的警告❼，對作品氛圍的營構都曾發揮正面的功能。在《山水塵緣》中，這些測字算命原也可能為烏托邦添加一份神祕。只是作者借山樵雲之口，正經八百地為紫微斗數辯護，說：「四柱八字的可信度大，幾十萬人才有兩個人命相同或相近。」似乎難逃迷信宿命論之嫌。溪吟就說：「雙胞胎都命不同。」（頁一六七）

彎溪鎮這些塵世角色與方外有道，把烏托邦襯托成既寫實又神祕的繽紛世界。

五

《周易・繫辭傳》記載孔子的話說：「君子居其室，出其言善，則千里之外應之，況其邇者乎？居其室，出其言不善，則千里之外違之，況其邇者乎？言出乎身，加乎民；行發乎邇，見乎遠。言行，君子之樞機。樞機之發，榮辱之主也。言行，君子之所以動天地也，可不慎乎！」❽

---

❻《紅樓夢》第五回〈賈寶玉神遊太虛境，警幻仙曲演紅樓夢〉，一百十六回〈得通靈幻境悟仙緣，送慈柩故鄉全孝道〉皆敘其事。見三民版，頁三五─四四，又頁一〇一二─一〇一七。

❼《朱利阿斯・西撒》第一幕第二景，有預言家警告西撒「當心三月十五日」。又第三景有喀司客敘述所見異象。見梁實秋譯本（臺北：文星書局，《文星叢刊》，一九六四年初版），頁一五、三八。

❽《周易注疏》（王弼注，孔穎達疏。臺北：藝文印書館影印南昌府學本），卷七，頁一七下。

語言，伴隨著人類社會的形成而產生，是人類最重要的信息系統和交際工具。語言接受社會生活形態和思想方式的制約；所以從語言現象的分析中，也可以探索社會文化和其人心態的圖景。現在就嘗試由《山水塵緣》的語言現象，考察烏托邦的人物風格和文化特質。

《山水塵緣》人物之語言，頗能顯示其人人格之特質。例如：

「奶奶的，風都跑到王母娘娘宮中吃蟠桃去了？」（頁七）這是黃舌帽人擲瓜擊盜之後上車說的。和他草莽、鄉土的性格正好相當。

「老穆，你別不信邪。勸你有廟就要拜。去年在花蓮的一個工地，大家都躺在一堆模板下午睡。俺剛想睡，覺得耳朵癢癢的，睜眼一瞧。豁！好傢伙！一隻白兔蹲在俺頭邊。俺一驚，牠就跑，俺起來追。跑不多遠，突然地震，模板掉下來，砸傷三個人呢。那隻白兔跑到土地公廟就不見了。」（頁一六三）正是那挖桂花工人的口吻。

「學校雖小，女老師卻多，有幾個還正典呢。」（頁二六〇）這是孫熹文說的；「畫得很菜。」（頁二七六）這是唐翾凡略帶敷衍的自謙之詞。兩人都是大學才畢業的。「正典」、「很菜」正是他們的語彙。

《山水塵緣》語言風趣，對白雋永，忍不住要引幾節如下。

先看歐思荻去陳龍坡家下棋的一番話：

「來得正好，茶是剛泡的。」龍坡手中的紅砂壺在茶盤口沿輕滑一圈，來回斟了兩小杯，一抬手，「請。」思荻坐下，端杯嚐一口，「好茶。」

「歐老師去哪裡迫迌？有聽到什麼新聞？」龍坡邊飲邊問。

「去了一趟澎湖，看老朋友。沒什麼新聞。」

「下盤棋吧？」龍坡已從桌下取出棋子和棋盤。

思荻哈哈笑，「在你店裡下我常贏，在這裡雙目難敵四眼，老是輸。」

「阿聲進去，讓我一人夜戰馬超。你輸了要服氣。」

二人擺棋子，溪聲笑著進自己房內。

不久，龍坡的女兒溪吟，著一襲白底淡紅碎花洋裝，套一雙米色蘭織拖鞋出來。她梳個馬尾，微笑向思荻招呼，「歐老師暑假過得好哇？」她辭了臺北的家教，中午才回來。

思荻含笑放下棋子，「剛進去一個薛丁山，又殺出一個薛金蓮。今夜的棋是輸定了。」

她搖搖手，「我的棋比老爸差一截，會幫倒忙的。」笑著拿起晚報，「失陪了。」便也回房去了。（頁二〇—二一）

陳龍坡口中的「迫迌」是閩語方言詞彙；「有聽到」是方言語法。語言中透露出他是當地人。（其實山樵雲有時也會說諸如「有影？布袋戲裡那個。」（頁六二）之類當地方言）但「夜戰馬超」

源出《三國演義》，顯示出河洛文化的背景。歐思菼行伍出身，想來走遍大江南北。「雙目難敵四眼」「剛進去一個薛丁山，又殺出一個薛金蓮。」都是俗諺。歐思菼和山樵雲談命，說：「正是。緣分到了，千里姻緣一線牽；緣分沒到，天天見面也是剃頭擔子一頭熱。」（頁三七）又面對平珍縈和陳溪聲的邀請，說：「這樣好吧，外甥打燈籠。和去年一樣，先到平老師家吃飯，再到陳老闆店裡下棋、喝茶。」（頁五二）俗諺的引用，是歐思菼的語言特色。

再看一節雨嘉、珍妮之間的對白：

> 一進室內，麥珍妮正在打論文，室內不時嘀嘀噠噠。他將鑰匙輕擺在打字機旁，取了衣服要去洗澡。
>
> 珍妮手不停在打字，口裡卻說：「怎麼？招呼也不打了，有了國內的，就忘了國外的。她真有魅力，一天不到，使你轉了一百八十度。」
>
> 雨嘉笑笑，「你的魅力才大呢，我行個一百二十度禮還你好吧！」便深深一揖。「謝謝你的老爺車。」
>
> 珍妮冷笑一聲，「你今天的嘴和腰都很軟唷！」
>
> 雨嘉進入浴室。她也累了，起來斜倚在床頭，打個哈欠，閉上眼。
>
> 「求求你一件事。」雨嘉從浴室探頭出來，「這幾天你能不能去和女同學擠一擠？」

「你怕她又來突檢？」珍妮口角泛起詭秘的笑紋。

「我不願她再受到傷害。」

「我傷害了她？好人做不得，陪了汽油又折車。」珍妮心內的打字機響起。

「好人！我沒說是你傷害到她。」

「我是好人，她卻是菩薩。」

「不懂你說什麼。」他從浴室出來。

「你又要沐浴，又要齋戒的對她，她不是菩薩是什麼？」

「阿彌陀佛。你是如來佛，求你大發慈悲。」

她站起來，雙手一攏短髮，笑說：「好吧！我先洗個頭就走。」說著已進了洗手間。（頁八四—八五）

酸甜苦辣，全在話中了。而且由「陪了汽油又折車」、「阿彌陀佛」之類，可見人在美國，語彙還是很東方的。「有了國內的，就忘了國外的。」甚至使我想起《紅樓夢》二十八回黛玉說的：「我很知道你心裡有妹妹，但只是見了姐姐就把妹妹忘了。」❾

某些妙語雙關，令人解頤。如：

---

❾《紅樓夢》，三民版，頁二二九—二三〇。

珍縈在樵雲肩上拍了一下，「這次期考是你出題。」

「好。」樵雲應著，手仍在改本子。

揚雒笑道：「山老師愛出複選題。」

珍縈一時悟過來，想起昨夜阿吟給她的電話。「可不是嗎？人家昨天下午還客串，演《白蛇傳》裡的許仙。」

岑霞信以為真，「在哪裡演的？」

珍縈說：「吊橋。」（頁一五六）

一個星期天，樵雲約溪吟去散步，看到自己勸農夫種的蓮荷，花已盛開。於是兩人都想起臺北植物園的蓮花。

「這兒的好？還是臺北的好？」

「臺北的葉大些，可惜蒙塵；這裡的清香明潔。」

「也寫一篇〈愛蓮說〉吧。」

「我正想做個現代的濂（戀）溪先生。」

溪吟耳尖，雙目半閉，避開他的視線，笑說：「濂是第二聲。你還教國文呢。」

樵雲說：「這裡當動詞，唸第四聲。」

「咬文嚼字。」

「應該是含英咀華。」一手搭在她肩頭，怕她掉入水。

她放了荷葉，水珠溜失了。「你學以致用，原來專門對付我。快放手，有人來了。」（頁一六〇）

這情節，原有點像《紅樓夢》十九回賈寶玉順口謅的揚州黛山林子洞耗子偷香芋（香玉）的況味。「你學以致用，原來專門對付我。」也叫人聯想到：黛玉聽了，翻身爬起來，按著寶玉，笑道：「我把你這個爛了嘴的，我就知道你是編派我呢！」⑩特別說明一件：引用加改字是樵雲的看家本領。你看：「我不居拾遺之位，不謀其政。」（頁五九）「亂世呆人，隨風而來。」（頁一二七）「一年辛苦，所得比不上電視廣告回眸一笑百萬生。」（頁一三六）「流水啊！請你莫把溪吟帶走。」（頁一三八）「吃有豆腐乳，往來不碰釘。」（頁二〇一）全是樵雲的妙語。難怪樵雲沒說完：「只恐彎溪舴艋舟，載不動我的……」溪吟要搶著說：「載不動你的病！改作文的職業病。」（頁二四三）掉書袋有時會生酸腐氣，像魯迅筆下的〈孔乙己〉⑪。但山樵雲改字引用法常能藉

---

⑩ 同❾，頁一五二—一五三。

⑪ 〈孔乙己〉是魯迅一九一九年三月寫成的短篇小說，初發表於同年四月《新青年》六卷四號。由酒店小

語言形式和表面事實間的落差構成升格仿諷，使讀者在領會作者用意之所在後，產生會心的喜悅。有些語言，還和音樂發生緊密連繫。如歡送吳瓊華赴美留學宴會後的餘興節目中，山樵雲出的謎題：「諸位聽了。家住深山伴雪梅，是非分辯到庠臺；玉肌傲骨何曾惜，一寸相思一寸灰。猜樣東西。」便是以黃梅調唱的（頁二二四）。更有趣的是琴音竟也可以用來代替語言。山樵雲和陳溪吟有次走過彎溪國小那間放有風琴的教室，樵雲說起六年前服兵役時，有個弟兄中暑，就是這教室裡彈風琴的女生熱心帶他找到診所的。溪吟睜著大眼睛問還記不記得她的面貌身材。但樵雲只記得衣著和身材。溪吟知是自己，說：「也許我認識她。」便在風琴上彈了一個「mi」（頁一一一）。「mi」者，「me」也。暗示出「我」的意思。

從《山水塵緣》各色人物的語言中，無論使用閩南方言或普通漢語，都深受傳統文化的影響。孔夫子的《論語》，還有陶淵明、王維、劉禹錫、白居易、周敦頤、蘇東坡、李清照……的詩文，尤其是《三國演義》、《薛仁貴征東》、《薛丁山征西》、《白蛇傳》、《紅樓夢》等通俗小說，以及王母娘娘、土地公等民間信仰，根深柢固地制約著中國人的思考。而東方印度佛教的阿彌陀佛、如來佛、菩薩、達摩祖師，和西方文學作品如《飄》等，對國人亦有相當程度的影響。

伙計以第一人稱旁觀敘事觀點來說一位姓孔的讀書人在酒店所鬧的笑話。孔乙己「對人說話，總是滿口之乎者也」，喜歡引用《論語》，如「君子固窮」（〈衛靈公〉），「多乎哉？不多也。」（〈子罕〉）之類。見《魯迅全集．吶喊》（臺北：谷風出版社，一九八九年臺一版）第一卷，頁四三三—四三八。

六

作為作品的讀者，我已介紹《山水塵緣》的「山水」，從山前鎮進入彎溪鎮，一座新桃源的山光水色；而且縷述《山水塵緣》的「塵緣」，以彎溪國中為核心的現代大觀園中的郎才女德，悲歡離合；和塵世方外，形形色色。並從他們語言一探他們的人格特徵和文化背景。於是，一個田園烏托邦在我們眼前呈現。現在，請允許我對這田園烏托邦的建構提出一些理解和意見。

其一：《山水塵緣》所建構的田園烏托邦並不是一個與世隔絕的神話樂園。彎溪不是封閉的，所以山樵雲在假期可以去臺北探視父母；吳瓊華能自霧峰教育廳來彎溪國中督導；溪景、溪吟兄妹更可以遠飛美國考察業務和訪友。就這一點言，與〈桃花源記〉中所敘：「遂與外人間隔。問今是何世？乃不知有漢，無論魏晉。」⓬有所不同。

其二：《山水塵緣》並未沈湎於虛構的理想世界中；相反的，它植根於現實社會。情變的椎心傷痛，婚姻路上的徬徨與挫折，人際間陰差陽錯構成的誤會，以洗衣粉、味素換選票的選舉文化，時遭山洪淹沒的窪田，迷電視的鎮長兒子，遭取締的違章建築……，這些都是現實社會習見的現象。作者正視此一現實，希望通過虛構引導現實邁向理想。於是一個彌賽亞型的人物——山樵雲出現了。他以智慧、謙和、熱情、風趣，抑制了情變的傷痛；克服了婚姻的挫折；消除了人

⓬ 同❷，卷五，頁一下。

際的誤會。他建議以公益事業取代賄選；改變農作物來挽救窪田；合唱〈悲秋〉使鎮長兒子及時醒悟；依規申請使建築合法……。這種「可能的不可能」⑬，正是烏托邦小說的基本精神。雖然它也可能使複雜的現實過分簡單化，容或模糊了甚至誤導了讀者對社會真實的正確理解。

其三：《山水塵緣》呈現的，不是絕對聖善的天堂，而是美好與醜陋交融的人間。灑脫而能濟世的現代賈寶玉，成熟而健康的現代林黛玉，大方豪邁的現代薛寶釵，和諧相處的族群，認真教學的教師，造橋修路的議員，仗義擒盜的退伍軍人，以德相報的工人大漢和原住民學生，提供淨土的寺廟，覺世渡人的禪師……，固然構成烏托邦美好的一面；而白晝行搶的機車騎士，挾怨誣告的福利社老闆，大搞建築可能從中牟利的姚鑫校長，這些反面人物，在烏托邦中亦未能絕跡。作者筆下，似有一份過分溫柔含蓄的敦厚。

其四：《山水塵緣》中烏托邦的價值觀，不以東方西方，也不以懷舊與創新定高下；而一以美德為依歸。所謂「相見生悅便是美，心地無惡即是德」（頁一四四）是也。有些論者以為烏托邦文學屬動態性、前瞻、積極、入世；恰與樂園神話的靜態性、懷舊、消極、出世成對照⑭。但

---

⑬「可能的不可能」(possible impossible)：舒文（Darko Suvin）語，見 Darko Suvin, *Metamorphoses of Science Fiction* (New Haven: Yale Univ., 1979), p. 43，此自張惠娟〈樂園神話與烏托邦〉（《中外文學》，十五卷三期，一九八六年八月）轉引，頁八二。

⑭ 同⑬，張惠娟文，頁八四。

《山水塵緣》無此講究。而以行為的合理性與實際功能論。山樵雲第一次去津筏寺，告辭時無塵指寺垣說：「中國寺廟多長垣高牆，富豪住宅更加鐵網玻璃；外國人的教堂、住屋好像多不建圍牆。施主知道是什麼原因？」樵雲不能答（頁二五）。後來樵雲轉問父親。山父說：「不是禪話。」但正要解釋，卻因二弟撫雲回家而話就中斷了。作者留此空白，可能是希望讀者自己索解。顯然作者對東西文化之比較是頗具興趣的。樵雲與揚雒對於英文中文孰優，各執本位的感性之辯是另外一個證據。「長垣高牆」之問使我想到《河殤》⓯裡的「長城」，也許是要激發對東方封閉文化的反思。但在婆媳關係上，作者以溪景母親常幫溪景妻子看家帶小孩來對照美國媳婦拿眼色給婆婆看。加上書中對以西方文明為主軸的現代化，褒貶互見，其於東西文化，似無偏袒之意。但作者重點描寫了山樵雲一家父母弟妹之友愛，陳溪吟家庭暨表親間的和諧，以凸顯中國以家族為重心的社會形態，及以修齊為重心的行為規範；並且以紀卉榮、陳龍坡的競選活動的例子，強調造福鄉里，服務親友的地區政治特色。這些都與西方現代極端的個人主義與競爭文化有所不同。在《山水塵緣》的烏托邦理想中，作者對西方的、現代的，在尊重中有所保留；對中國的、傳統的，有更為濃厚的寶惜與鄉愁。

最後，談談《山水塵緣》對烏托邦的理想幻滅。某些烏托邦文學論者，強調烏托邦文學恆將現實世界轉化為人人同霑化育的美好地球⓰。但是《山水塵緣》對人性的弱點、科學的極限，另

⓯《河殤》，蘇曉康、王魯湘原作，夏駿編導。臺北：風雲時代出版公司，一九八八年十月臺初版。

有認知，因而偶亦透露悲觀的態度。如樵雲和思荻談到古代沒有假酒，思荻說：「所以說人心不古呀！」樵雲說：「那是古代科學不發達。」（頁四〇）樵雲曾建議紀卉榮和陳龍坡捐款造橋。可是橋造好了，樵雲卻又以為有些不妥，說：「當輪子進來的時候，香格里拉也消失了。」（頁二三三）彎溪上游要建小型水力發電廠，樵雲擔心「那彎溪的水量就會減少了」（頁二八四）。全書一開始，作者對六年前服兵役駐地山前鎮竟有些陌生。因為雨後春筍的摩天大廈，川流不息的大小車輛，匆匆來往的人浪，使他恍若仍身在臺北。全書結尾，作者點出「社會向錢看，鄉村不能逃出城市化的洪流」（頁二九七），都代表作者對烏托邦的悲觀。尤其山樵雲作過一個夢：

> 沐浴畢躺在後廊上乘涼。雲霞反射的光，投下桂樹淡淡的影子，紋在他臉上身上。兩眼很快朦朧了，突見有人來查封房子，將家具、字畫、書本丟到巷子裡去，便奮力抵抗；不料一用力，竟把那仕女畫撕破了。這時，溪吟進來，將畫補好，而搶的人忽又不見了。兩人收拾東西，又把畫掛起來，並整理書籍，忽刮起了一陣大風，將畫又吹出門去，他去搶時，摔了一跤便醒。原來是場夢，卻急出一身汗。晚風輕搖著桂影。他站起來，天邊的金星正耀著她的光芒。（頁二〇一）

---

⑯ 同⑬，張惠娟文，頁八三。

更給人一種迷惘的感受。作者辛苦建構的田園烏托邦，為什麼到頭來仍不免幻滅的命運？（原刊於一九九六年三月，臺灣師大國文研究所出版《中國學術年刊》十七期。王關仕《山水塵緣》，一九九四年二月，遠流出版公司初版。）

由《圍城》說起

——會評陳若曦的〈城裡城外〉

對〈城裡城外〉這個題目，我想，應該先作「解題」。錢鍾書，也就是小說裡訪美的大陸文學家「秦徵」，寫過一本小說：叫《圍城》。一九四九年晨光文學叢書本三版九一頁有這麼幾句話：「慎明道：『關於菩蒂結婚離婚的事，我也跟他談過。他引一句英國古話，說結婚彷彿金漆的鳥籠，籠子外面的鳥想住進去，籠內的鳥想飛出來；所以結而離，離而結，沒有了局。』蘇小姐道：『法國也有這麼一句話。不過，不說是鳥籠，說是被圍困的城堡（Forteress eassiégee），城外的人想衝進去，城裡的人想逃出來。鴻漸，是不是？』鴻漸搖頭表示不知。」〈城裡城外〉的「城」，源自《圍城》的「城」！只是《圍城》的「城」是家——愛情的金絲籠；〈城裡城外〉的「城」是地區——龐大而在文革時受苦受難的中國大陸。

這個題旨，陳若曦在小說中藉中國大陸學者訪美代表團訪問史丹福大學而展開。作者透過負責接待的留美學人尤義的夫人——施文惠，綜觀全局。於是，城外想衝進城裡的，城裡想逃出城外的，便一個個地活躍在讀者的眼前。前半偏重於「城外」人向城裡的衝勁。小說的第三段，陳若曦就交代清楚：這幾年「中國熱」盛行，人人競相以去中國大陸為榮。尤義等了將近三十年，終於乘學術交流之便回鄉探了親。文惠是臺灣人，在大陸無根，但因為少了這一段旅程，在朋友間談起時不免相形見絀。原來「學術交流」是幌子，「探親」方是真，而「閒談」時不至於「相形見絀」也是理由之一。於是：詩人殷勤，正在寫一篇文章，論意象在詩的創作上的作用，打算也引用秦徵的小說《圍城》。首先向施文惠提出要求，讓他和秦徵見面。同時表示「我自己就想去大陸看看」。美國學生華列士研究中國回民的歷史（我聯想到回教、阿刺伯、和石油），正積極找機會，想去甘肅、寧夏調查研究。知道自己是陪客，興奮得宣佈「頭一部書問世要獻給恩師」。齊文是胡佛圖書館中文部的負責人。為了蒐集抗戰時期的書報雜誌，很希望由這次機會與「科學院」及「北京圖書館」掛鉤。蕭勁生，海外的「風派」人物，當然一股勁地要給代表團開個雞尾酒會了。後半偏重於「城裡」人向城外的衝勁：秦徵首先表示：「我女兒去年到英國去了，現在就是兩個姪子想出來。」畢文甫（費孝通）一心只要「那孫子出得來」。小傅面對「什麼叫托福」，糊裡糊塗。老簡搖著花白的頭說：「外國大使館不是隨便可以進去的。」一付要子女出來而出不來的無奈！最妙的是負有監視之責的「領導幹部」侯立，也偷偷摸摸地在臨走時塞一張字條給文惠：「我的兒子想來美國念書，希望你們幫忙。到北京時請找報房胡同十七號連絡。」而尤義和蕭勁生之間，大陸幹部和學人之間，以及留美學人和訪美代表團之間，種種隔閡，和《圍城》一樣，《城裡城外》顯示出人的孤立和彼此間之無法溝通。

《城裡城外》的藝術性和趣味，建立在反諷上。這一點，也像《圍城》。蕭勁生當然是反諷的好對象。「其實，蕭勁生並非什麼壞人。問題出在他轉變太快，人又太熱情。本來，反共不遺餘力，七十年代初，他忽然來個一百八十度轉變……」作者這麼描寫他。再借文惠的話調侃他：文惠看著李可染瀟灑的山水，想起這位畫家一度因為接受蕭勁生訪問而慘遭「四人幫」批鬥。她指著畫對主人說：「蕭先生，這張畫可是無價之寶啊！」詩人殷勤，算是蠻可愛的，但文惠也不曾放過。刺他說：「行呀，你不怕和『共匪』那邊的人打交道就來吧。不過，『知匪不報』，你這下若見了近半打的『匪』，回臺灣不危險嗎？」而內心「說不出的一種報復性的滿足」。而對齊文，由他自己太太去捧他：「最近他們才花了四千多美元從西德買到一張蘇區時代鄧小平簽名的收條。齊文喜得像撿到了黃金般，特地影印了一份，當寶貝般掛在書房裡。」當然，作者的觀點和讀者的見識一樣，不會和齊太太一般。我覺得，「才花了四千多美元」的「才」字，把整個反諷意味寫活了。作者對代表團的人物，也是又捧又刺。恭維了畢老「經歷這樣悲慘的打擊，現在還能不憚其煩地為國宣揚政策」。也恭維了秦老「幽默機智不說，一口牛津腔把美國佬佩服得五體投地」。畢老說：反右以來，他最大收穫是「勞動多，把身體鍊好了」。秦老說：「吃素其實對身體更有益。我原來有高血壓的，這兩年北京供應差，肉和油買不到，等於吃素，血壓倒降下來了。」而入骨三分的，要算對侯立的反諷了。這位「神情凝重，似背負了八億人口的重擔」的幹部，講起話來，「像在宣讀《人民日報》的社論」。如此一板正經的人物，了解了文惠的身分，立刻臉上「綻出笑容」。還對詩人殷勤說：「我最小的孩子現在在北大念文學，也喜歡詩。他要好好向你學習才是。」這一切，伏下了結尾的奇峰突起：侯立在握手時遞給文惠那張為兒子赴美而求助的字條！而作者對人情世故的觀察入微，也平添了一些反諷資料。作者寫秦老「看到自己的書，本本精裝，十分開心。齊文拿出《圍城》，封裡兩張借書紀錄單蓋滿了日期。聽說它是熱門小說，秦老直叫：『年輕時代的遊戲之作呀！』他自己抽出《宋詩選注》，瞧借書紀錄寥寥無幾，就不動聲色地放回去。」真是神來之筆！

由這篇小說，我們可以看出陳若曦青年時代主觀的幻想、誇張的語言已過濾清淨。和《尹縣長》一樣，〈城裡城外〉用冷靜的心眼看現實的世界，描寫出中華民族痛苦的歷史經驗。我們不可忽略的是：在反諷的語言背後，作者對民族仍有一顆熱愛的心。

中國傳統文學，講究伏筆和照應。現代文學除偵探、推理小說外，似乎不太注意這些了。但是，〈城裡城外〉卻相當重視這種古老的文學技巧。例如：怕訪問團隨團記者和翻譯在左右監視，於是主人找別的文化團體，請他們出席別的宴會和活動，這是伏筆。然後進一步想到領隊老侯也要儘可能引開，因此下文就有故意引老侯去書房看書，其他團員留在客廳商量如何送晚輩去美國的精彩一段，這是照應前文。又如，尤義潛心學問，出名的不愛攪攘閒事，知道他脾氣的，有事相求，往往先走他太太施文惠這一關，這是伏筆；於是下文就有詩人殷勤：「施大姐，別人不請，妳怎能不請我？」來照應。再如，主人記得訪問大陸時見到畢老吃素，這是伏筆；於是下文有專人製作素菜，以及更後有畢老撿了滿盤素菜，一塊鴨子也沒拿，主人看了十分開心，這也是回應前文。〈城裡城外〉最精彩的，當然是最後臨走的侯立要求文惠幫忙他的兒子到美國念書。其實這件事上面也有伏筆，那就是：「老侯提到孩子，語氣溫柔許多。文惠這時才發覺，道貌岸然的中共幹部，看來是很慈愛的父親。」這就是伏筆了。

〈城裡城外〉有幾句話，似乎有弦外之音，例如文中提到「『自從傅月華被抓後，誰也不敢輕易和外國人打交道。』小傅說完，好像氣悶不過，動手解開了緊鎖住喉頭的中山裝鈕子。」「除了小傅，代表團的人都唯唯諾諾。」隱隱指出威權統治下的年輕一代，已充滿反抗和不滿之意，有自己的立場和看法，已非僵化的教條所能控制。改革開放恐是不能避免的罷。陳若曦，就如此隱約地寫出年輕改革派的良心，也寫出自己無怨無悔的良心。（陳若曦〈城裡城外〉，發表於一九七九年九月九日、十日《聯合報・副刊》。一九八〇年初，陳若曦返臺，《聯副》編者邀集朱西寧、李昂、張蘭熙、張曉風、侯健和我會評。以上是我發言的文字稿，在一九八〇年一月九、十、十一日《聯副》刊出。）

命運與性格的交錯

——論平路《椿哥》的時代反映與民族關懷

在這動亂而迅速變遷的大時代裡，存在著一些被社會忽略的卑微人物。有臺灣鄉土的，也有大陸播遷來臺的。前者在王禎和、黃春明的筆下，已有很成功的呈現；後者卻繼續在被忽略中。《椿哥》所顯示的，就是這樣一個大陸來臺值得悲憫的小人物。通過這位小人物，小說紀錄了臺灣三十年來的一些變遷；更著意於人物性格描寫和心理分析，實在是整個民族心態的縮影，值得注意和省思。

小說的情節，可以由主角「椿哥」的一段內心獨白中看出：

……父親說並不是沒有替自己著想，那麼，自己這半輩子到底是怎麼一回事呢？——打小就沒有了娘，好不容易跟著爺爺到臺灣找著了父親，卻又逼著他們一老一小上高雄去……到高雄安頓下了，好不容易作起了饅頭生意，卻又連連出了車禍……等到好不容易再卯上勁，壓麵壓出個樣兒的時候，叔叔又要自己上臺北……現在，臨老了，好不容易攢下一筆討老婆的錢，父親又開口向他要……怎麼一回事呢？……這一生到底是怎麼回子事呢？

結構內容雖然採平鋪直敘的方法，但由基隆、臺北、高雄、臺北，場景的轉移，倒也相當自然而合理。其中穿插著椿哥身分可能被後母發現的懸宕，以及終被發現的糾葛，椿哥事業、婚姻雙方面的努力和挫折，也並不是很平淡的。我倒覺得十分樸實，好真！時間背景是一九四九年臺灣光復之初到一九八三年前後。來臺時已十二歲超齡而未上學的椿哥，由賣饅頭，壓麵條，以至後來從事串聖誕燈泡，還有他所結識的踩三輪車、開餃子店的老鄉們，代表著沈落在社會底層的外省人；而相對的是椿哥堂妹小宛、異母弟建二，完成大學學業，赴美留學，以及異母弟建一，專科畢業，在飛馬空運公司上班，代表著外省人另一種形相。作者有意無意間觸及語言隔閡問題，說：

> 他們都說本地話，說什麼椿哥其實聽不太懂，而椿哥只是直覺的覺得他們可愛，與自己是一夥的。椿哥只是一心想同他們一樣，坐下來就自己斟上茶，一隻腿擱在板櫈上，用斗笠打著扇子，哼一些俚俗的、帶著點撩撥的、卻又真是那麼好聽的「採茶調」。可是他不行、他不會。

也提到傳統與文明的衝突：

> 於是，椿哥只有花更長的時間踩腳踏車，因此亦非要更加快踩不可。似乎也只有與越來越

壅塞的車輛搶道的時候，他才能替自己掙回一點驕傲，才覺得自己——並不輸那些「砰通」、「砰通」響的機器與馬達——太多！

「你也學人家作機器饅頭，不成？」叔叔怕椿哥難過，關燈的時候試探地問。

椿哥想起了機器饅頭就有氣，「我才不！」丟下一句話，椿哥一掀布簾子進屋去了！

「噗七！噗七！……」椿哥好像聽到了那鍋槽開鍋的聲音「噗七！噗七！……」聲音愈來愈大，好像許多人在一齊唱，好像所有的人都在高聲唱……喔！機器！椿哥依稀的知覺到「機器」就是這個往前走的時代！而趕上前去，趕上時代的腳步，一旦知覺到自己有機會趕上所有人的腳步，對椿哥這樣卑微了半生的小人物來說，是多麼值得感謝、多麼光明，又是多麼令人不敢乍信的幸福啊！

就這樣，椿哥全部的積蓄換了一臺壓麵條機。老而舊的機型，匡啷匡啷幾個大圓軸子，可是椿哥怎麼看怎麼順眼；也不盡是那股興奮的張狂勁，是一種屬於他自己的放心與穩當，這是他自己的——不只是過去那些年自己的全部心血，而且是以後他椿哥發達、成家的指望。至於目前，椿哥什麼都不多想，他只希望把生意一天一天的作下去，夠他一個人吃，也夠付這間屋子的租！

以機器作為現代文明的象徵，代表傳統的椿哥那種由爭勝、抗拒，轉變為愛慕、接受的心路歷程是軌跡分明的。至於地上建築物的改變，更是明顯：

> 離開臺北二十年之後，這是椿哥第一次回到這個變得離了譜的大都市。原先的稻田地裡建起新穎的樓廈，半空聳立著高架的道路，馬路那麼寬，還是壅塞著大大小小車輛。行人都擠在陸橋下，臉上一片焦躁，再不復從前那時候禮讓與和氣。
>
> 總統府前變化更大，三軍球場拆了，長出來一片綠蔭蔭的樹。就連椿哥記憶中幾個城門樓子也說不出的改了樣，紅甎的顏色像油漆上去的，假兮兮的新，在水銀燈的強光下活似野臺戲的布景，麥克風吱嘎一響它就搖晃了！再到建國南路、東門町一帶逛逛，椿哥更是心驚，他甚至認不出從前經過的巷弄，他徹徹底底像是個迷路的人。

所以我說《椿哥》給臺灣三十年來的變遷，作了忠實的紀錄。

小說在性格描寫和心理分析上，下了很大工夫。椿哥是小說的主角，他的軟弱順從，保守依賴，善良勤儉，作者著墨最多。其他懵懂如爺爺，自私如父親，極富公義如叔叔；強人型的繼母，病弱型的嬸嬸，儘管外表形象各異，但內心深處，誰不或多或少擁有妥協、依賴、勤儉的一面呢？這些，正代表著中國人的基本性格。

先說軟弱順從。

椿哥來臺灣時已過十一足歲，始終沒有上過學。他也曾悄聲央求一逕沒什麼主意的爺爺讓自己上學去。但是，爺爺一句：「我們孩娃娃念書不急，讀書認字是件長遠的事，急啥子？」椿哥就只有在家陪著老人家了。對父親更帶著幾分畏葸。只要他父親在的場合，他總是縮著肩膀，壓低了脖子，大氣也不敢吭；即使父親早起上班去了，他還是覺得父親不耐煩的腳步仍在紙門間逡巡。所以來臺灣不久，父親叫他跟爺爺去高雄投奔叔叔，他去了；二十年沒讓他回過臺北家，他認了。對待他最厚的叔叔，椿哥的順從更不在話下。嬸嬸在臺北喘病三天兩頭的犯，需要人照顧。所有的路子都設想過了，沒有一條路子走得通。只好叫椿哥來一趟，住一段日子，幫著打點家事，照應病人。椿哥接到叔叔的信，想都沒多想，就把壓麵條機器押了，儘快收拾行李上臺北。

椿哥的父親、繼母和叔叔、嬸嬸，也有妥協認命的時刻。椿哥父親第一次婚姻，原是老奶奶想討房媳婦拴住大兒子的腿，被逼著鴨子也就上架了。第二次婚姻後，心裡試過幾遍，想跟女人提一提爺爺回來的事，但總是沒開口就噤聲了。這是軟弱。椿哥的繼母，家世顯赫，心性高強。但父親過世後，實際上生活頗為寒磣窘迫。母親想把一個個女兒快快塞出去，她也就急急嫁個大自己十來歲的丈夫，事後發現還是個鰥夫。本想大鬧一場，想想鬧翻了也沒好處，還不是忍了。

這仍有份逆來順受。椿哥的爸爸把椿哥和爺爺都交給椿哥的叔叔撫養，叔叔從無怨言，這更是可貴可佩的柔順。至於孅孅病弱的身子，像椿哥想蒸饅頭賣一類的事，自然就由著他們叔侄去搞吧！

再說保守依賴。

椿哥的爺爺最具這種性格。過去在老家，作主的是老伴，椿哥的爺爺樂得哼幾句西皮慢板過他的逍遙日子。老伴給日本鬼子炸死了，他企盼有兒子可靠。說：「椿哥，你父親也是位軍爺，等到年頭好了，他就會接咱們倆過好日子去了！」椿哥父親也真的接他們到了臺北，爺爺又拴住椿哥，不給上學。說什麼：「過兩年回老家了，收成也旺了，再在村子裡捐個啥子名堂學堂，我們後來居上！」後來去高雄叔叔家住，走不動了，進進出出更都是椿哥揹在身上。豈只保守依賴，簡直到了迂腐無能的地步！

椿哥的父親之與繼母結婚，本是貪圖她父親領過兵，當過市長，雖然已經謝世，但百足之蟲，死而不僵，以為婚後對自己官運一定大有助益！自己連年坐辦公室，卻養成了好逸惡勞的習性。這豈是積極進取的作為？

遺傳加上濡染，椿哥身上更沾滿著這種習氣。他一度排拒機器，以人力和機器相抗，顯示出保守的性格。從小跟著爺爺，依賴爺爺，以至於爺爺過世時，他才想起二十幾年自己竟沒有離開爺爺一步。原是他爺爺翼護下長了二十幾年的。後來椿哥作饅頭生意，是叔叔帶椿哥到銀樓把爺爺留給他的大洋折了現，扛了幾袋麵粉回來。叔侄倆又挨著市場附近眷村打聽，有那家小雜貨店願意代賣。叔叔搬去臺北住之前，又幫椿哥出主意買機器壓麵條。側著身子躺在機器底下，教椿哥怎樣加滑油，上螺絲。叔侄兩個弄得臉上一塊一塊黑，連淌下的汗珠都汙油油的。到了建二出國，椿哥的父親把椿哥歷年攢的準備討老婆的錢哄去幫助建二留學。送建二上了飛機，回家車上，嬸嬸與椿哥閒聊起來：

「椿哥，別那麼挑剔，湊和湊和吧！年底前把喜事辦了，討房新媳婦好過新年嘛！」

椿哥滿是皺紋的臉上才掛著幾滴眼淚說：

「嬸嬸，您別講了，這輩子——只要您們不趕我——我，我是那裡也不打算去了！」

最後說勤儉善良。

小說中最讓人感佩的是椿哥的叔叔。獨力侍養老父，照顧侄兒，且不去說。他的婚姻，更是當得起「偉大」二字。薛之惠原是椿哥叔叔同時進廠的會計小姐，因為肺癆被廠方解僱了。偏又是流亡學生，舉目無親。椿哥叔叔家裡三口人吃用已花罄全部薪水，還是咬咬牙把薛小姐娶進門。並不是那麼認真的喜歡，只是一個屋簷下才照顧得來這麼一個病人。一家四口人吃飯，加上妻子的針劑補藥，絕不是他一份薪水挑得起來的。他把同事不去的外勤都招攬在身上，出差就總多多少少剩一點。在家中也是惟一會幫幫椿哥的一雙手，上班前還推車幫送饅頭。調到臺北之後，公司給過他「外放」與「進修」的機會，也總因家累放棄了。

椿哥的勤儉善良也是沒得說的。買菜、洗衣服、燒三頓飯外，要時時聽爺爺的使喚。小宛出生後，椿哥又肩負保母的職務。沖奶粉，換尿布，一晚上起來好幾次。饅頭生意開了張，每天更是兩三點就起來和麵，八九點前務必把饅頭送到雜貨店。椿哥還有他的厚道處，菜或麵粉漲了價，椿哥的包子還是照舊價錢賣，饅頭的大小也從來不變。自己有了錢，不好意思淨吃叔叔的，便在叔叔菜錢裡貼補些。他孝順爺爺，全心全意疼小宛，臨老了還把積蓄全給了建二留學去。

爺爺、父親、繼母似乎自私些，但是他們性格中仍保留著一些勤儉善良的成分。爺爺在臺北時有曬棉被的習慣。去了高雄，看中了防空壕邊的一塊空地，爺倆起勁的種下番茄、扁豆、絲瓜之類，自己吃不完，還分給鄰居們。二媳婦快生產時，他會天天供著一炷香。大兒子的不是，他也早忘了，倒處處想著老大的好處：「長子，總是承祧的！」關於椿哥父親，我們不要忽略一個事實：椿哥和爺爺、叔叔，都是椿哥父親把他們接到臺灣來的。這件事說明了椿哥父親也有孝、友、慈愛的一面。他後來所以把父親、兒子送到高雄由弟弟撫養，是因為弟弟大學也畢業了，工作也有了，房子又住得下；更重要的是自己想再婚想昏了頭。後來由於新婚夫人是個十分厲害的角色，益發使他不敢承認椿哥了。他後來要椿哥拿錢出來幫助弟弟建二留學，也該由兩面來說：對椿哥，當然是太殘忍了；但對建二，這正是父愛。椿哥父親早覺得建二最像自己，他要在建二身上完成自己所未完成的願望，建立第二個自我！儘管這種想法仍有些自私和不合理！至於椿哥繼母，家理得井井有條，月窩的嬰孩帶得存儉俐落，帶小男娃外，還養兩籠下蛋雞，半打紅番鴨，兩隻洋火雞。她不許丈夫「再托我娘家關說這個，關說那個」，這種骨氣亦令人敬佩的。她盡她的心意，讓建一建二吃得舒服睡得好，心無旁騖的讀書。為了替他們打氣，甚至孩子們開夜車，她也撐起眼皮陪著。

作者擅於心理分析。你看他寫椿哥父親在基隆碼頭接船那一段：

是的！他馬上就要肩負起一個家了，每天總部裡下班回家，就要守著一屋子自家人，晚上大概再也不好意思出去，追女孩子的事情一定要暫緩了，多可惜！他才不過卅郎當，又一身這兩年才練出來的探戈舞步，卻還沒輪到他情場上廝殺一番，便已經要收山了，便連惋惜的機會都沒有了……因為在他冥想的這一瞬間，他的父親已經遠遠從扶梯上走下來，接著下來戴眼鏡的年輕小伙子大概是他的弟弟，弟弟身後便是他矮矬矬的兒子椿哥，但親的怎麼說都是親的，骨子裡的親情常有機會戰勝頑懦，至少這一次便是如此——他擠在人堆裡踮起腳，望著父親腦勺上的幾絡白髮，細雨裡更見稀散，他的眼眶溼熱，他的嘴巴張開又闔上，他哽咽了一陣，他終於發現自己為這重逢的場面迸出了淚水……

寫情場和骨肉親情間的矛盾何等深刻生動。類似的還有叔叔寫信叫椿哥從高雄北上幫忙照顧病人的一段：

絕望的時候他忍不住就想到椿哥。只有椿哥，是個幫手，能幫助他們度過難關；也只有椿哥，有這份耐性伺候病床上哼哼唧唧的病人。他已經託人帶口信回去了，教椿哥無論如何上來一段時間，住到嬸嬸好點了再回去，「務必來一趟！住一段日子，幫著打點家事、照應病人……」口信他還怕說不清楚，這封信他準備寄到同事家裡，拜託人家把椿哥找來，當場唸給椿哥聽。

其實，作決定之前，椿哥他叔叔還是猶豫了好些日子。臨提筆的那一瞬間，如果細聽的話，他心裡還是有個輕極了的聲音告訴他，他或許作錯了；至少，那違背了他的初衷。——不管怎麼說怎麼能要椿哥停下買賣，說來就來呢？

但是，他實在找不出其他的辦法，所有的路子都設想過了，卻沒有一條走得通。要他自己不上班嗎？不行！小宛不上學嗎？不行！請個人來家照顧嗎？如何開支？——他真是無路可走，能要他怎麼辦呢？再怎麼說，他總是一個凡人。以一個凡人來說，他的私心已經算很少了。以凡人來說，他這沒有辦法之下想出的辦法亦不算是太過分！

客觀現實與主觀意念間的激烈衝突，造成有違初衷的心靈掙扎，作者寫來，極具張力。

繼母發現椿哥身分一節，剖析繼母心理變化，更是波瀾詭譎，瞬息萬變。先是繼母看到訃聞上不清不楚的孫輩名字，及至見了椿哥也披麻戴孝痛哭失聲時，終於不能不懷疑這小子到底是那裡來的。看他年齡不小，絕不會是小叔的兒子，再對一對面貌，酷似身邊哭腫了眼睛的丈夫。「糟了！」「想不到竟還是著了他的道兒！」這可好，結婚第一個十年就多出一個兒子！再十年呢？怕不又多出一個老婆！她當下決定晚上先揪丈夫耳朵興師問罪，明天再跪在靈堂大鬧一場。我們試看作者接著怎麼寫：

還沒等到天黑，拉著哭腔的女人心裡已經活脫多了，她一向不是硬鑽牛角尖的那種人，事情擱在手中掂掂斤兩，她心裡就多少有了主意！

她盯住椿哥那件窸窸窣窣的粗麻衣，她想著鬧翻了怕也沒什麼好處：一則，這是在高雄，在她小叔子家裡，怎麼說都是在別人的一畝三分地上，哭哭鬧鬧找不到個幫腔的，反而顯得自己張張狂狂沒教養。要鬧，不如回臺北去鬧，何時那老不死的認了罪，何時才放他一條存活路。否則，包準他上天下地都沒有門！

二則，這也正是她深心裡的顧慮，鬧開之後如何收場的問題：她再瞧穿著重孝的椿哥一眼，蘇繩細著一把細腰，骨架還不如女人粗，看來除了作作家事的優點之外，多半是個累贅，搞不好，早也染上了結核病……那麼，鬧一場之後難道把椿哥當成兒子帶回去？壞處絕對比好處多得多！現成的問題就是房子，房子太小了，難道教椿哥睡在客廳裡，不太像樣吧！然後又怎麼向建一建二解釋，告訴他們另還有個親哥哥？

那麼，最聰明的辦法就是繼續裝作不知道，有帳要算的話，回到臺北找老頭子私下算！

上引有所節縮省略，原文迴瀾激湍，其細膩與洶湧，更遠詳於此。

小說的主角是椿哥，心理刻劃最透澈的也是椿哥。上文引述已多，此再錄三條。流亡的惡夢和對腳下土地的感念是在叔叔大學畢業，家人拍照時用意識流方式表達的：

爺爺慘澹的臉，哆哆嗦嗦地上起門閂……薄薄的門板上，瞪起一對銅鈴眼的門神快要剝落盡了……褪色的春聯在北風裡絲絲縷縷的撕裂著，門柱上打著細小的旋旋……風砂中間，他可以聽見雜沓的人聲，從北方成群結隊地下來……嚎哭的聲音稍歇之後，卻馬上更高亢了……老鴉在城垛上晦氣的叫……那昏天蔽日的黃砂，以及砂粒中間曖昧、閃爍、又彷彿成千上萬的紅星星，正一路捲著狂風殺將過來……

平沙盡處陽光突地一閃，是鏡頭的反光射進了椿哥眼皮。椿哥定定神驚醒過來，原來他還在大太陽底上憨笑著。……他知道自己在長大、在往高躥，在一個不愁吃穿的環境裡往高躥，就算始終高不過別人，但至少他在慢慢長著，這可是破天荒第一遭。他嗅著新衣服上爽爽快快的陽光味，心裡得意了起來；他覺得自己好中意腳底下踩著的土地，這水圳邊一大簇一大簇的杜鵑花、馬路旁頂天高的椰子樹，都讓他覺得說不出的稀罕，說不出的順眼……這樣想著，他再也記不得自己難看的暴牙，他咧開大嘴，打心底呵呵地笑了出來！

真是一節意象飽滿的敘述。

青春期的煩惱也寫得絲絲入扣：

有時候大白天晾衣服，在鄰家靠窗臺的竹竿上，他一不小心瞥見那迎風招展的、釘了好幾排扣子的棉布女用內衣，他也會忍不住脹紅了臉。……他馬上閉起眼！可是，才沒隔幾秒鐘，他又偷偷拿眼睛裝作無意的掃過簷下那根竹竿，與水泥廠住得太近，衣服上老是落了一層白灰——可是，那麼多扣子，怎麼穿呀？還用針車線扎成細密的圓周。椿哥想著這樣奇形怪狀的衣服怎麼能穿在身上？怎麼穿呢？他脹紅了臉，咬緊了脣，嘗到一絲遐想的快樂。但是，這偷偷摸摸的快意馬上與黑了燈的夜裡那猥褻的動作連在一起，

> 他忍不住狠命的咒罵自己，他知道到了晚上，他又要為這份邪念付出代價，他甚至用擰自己的腮幫、撕打自己的頭皮來試著拯救自己，他甚至強迫自己睡在冰涼的地上，再不，睡到茅房外面的水泥臺上去——但，都是罔然，他還是一天一天虛耗自己，眼睜睜看著那濃白的生命從指縫間迸出，以致他永遠也不可能像別人長得那麼高——他悶悶地想。

把性羞恥、性遐想、自慰，以及自慰後的恐懼，如實地呈現出來。這也許和作者心理學系出身的學院背景有關。

小說結束於椿哥隨家人去機場送建二出國後的尋思：

> 「什麼時候？再來接建二呢？等建二念完書，從美國回來時，建二亦會戴上一副金邊眼鏡……渾身也會發出象牙肥皂洗過之後的、乾爽的氣味吧！倒是像誰呢？像小宛的先生呀！」
>
> 「但人家總是女婿、總是外人，自己的兄弟卻又近得多了，……是建二……是我的弟弟建二啊……是啊……是自己的親兄弟——這麼個有出息的弟弟，可不能因為沒有錢便失去了讀書的機會——像我當年，就是耽擱了讀書誤的事……到了現在，再沒什麼值得那樣可惜的了，就是再晚些年成家也還是差不多吧！……我只要好好地等著吧！等建二回國那一天

「……到那時候，可千萬記得──記得要建二──叫自己一聲哥哥！……可要他親口──叫自己一聲哥──啊！」

倒是令人感到萬分哀矜悱惻。

這些心理分析，使我們對小說中各主要角色的性格，也有了更清晰的認知。

中央研究院民族學研究所研究員文崇一在〈從價值取向談中國國民性〉一文中，指出中國人由於對傳統和權威的取向，重農與重功名的取向，和仁義等道德取向，導致幾種主要性格：權威、保守、謙讓、謹慎、依賴、順從、忍耐、勤勞、節儉、安分等性格。美國夏威夷大學精神病學系教授曾文星在〈從人格發展看中國人性格〉一文中，也分項說明中國國民性之特點。自我觀念方面：不炫己，力求謙虛；依環境作自我反應，不作自我絕對主張。人際關係方面：透過人情，作連鎖性相互依賴；尊重權威，依上下角色決定權力所在；限於在家庭大小的群體裡，保持親密關係。人與自然的關係：認為人是環境的一小部分；認為自然有一定的道理，人必須學習如何去配合，適應環境，而非征服它。對時間的態度方面：懷古，重傳統；不習於變化，力求連續與恆久。對行為的要求方面：力求妥協，反對極端，主張中庸；不公開表露情感，盡量克己。我們試回顧一下《椿哥》一書各主要人物的性格，正充分顯示了中國人性格中的這種種特點。所以，我說他們代表著中國人的基本性格。寫到這裡，細心的讀者也許比我更早想到：《椿哥》人物中，有姓有名只有一個半。一個是椿哥嬸嬸薛之惠；半個是椿哥的夢中情人，米店呂老闆的養女春枝。有姓無名的四個：鄰居孫媽媽，開餃子店的老潘，另外是米店呂老闆，和幫椿哥說親的陳嫂。而椿哥、建一、建二、小宛，全是有名沒姓的，也是四個。其他如爺爺、奶奶、生母、繼母、父親、叔叔、小宛的丈夫、建二的女友，以及踩三輪車的、洗衣阿婆、開洋裁店的寡婦……，全是沒名沒姓的。為什麼？為什麼？為的是作者要描寫的，不是某一姓與某一名的個象；而是以家庭為核心的全中國人民的共同性格！國立臺灣大學齊邦媛教授說《椿哥》是「愚昧中國的縮影」，真是知音之言！

書前，有一篇名為〈我寫椿哥〉的自序，作者說：

> 亦就因為在國外漂泊多年的關係，我常常暗自心驚於中國人不分地域的民族性裡，竟都有著一份逆來順受的夷然——是「善良」呢？還是「軟弱」呢？——卻不論那是「善良」還是「軟弱」，一旦與西方的強勢文明爭短長的時候，就一逕退讓、一逕躲閃，眼看就快要招架不住了……
>
> 這麼看，中國人中間怕是仍有許許多多的椿哥，而椿哥的卑屈，怕也是天地間許許多多中國人共同的屈辱吧！

這不僅是解讀《椿哥》的一把鑰匙，而且也引起我讀後的許多感慨。近百年來，中國先是在昏聵的滿清政府統治之下，幾乎遭受被列強瓜分的命運。接著是軍閥割據，國民革命軍北伐，日本出兵山東阻撓，造成五三濟南慘案。張作霖通電南北停戰，退出北京，在皇姑屯被炸死。然後是抗日戰爭，國共內戰……。有人說：中國人民已經站起來了！有人說：二十一世紀是中國人的世紀。我想，是有可能性卻不是必然。蘇聯解體之後，中國已成為西方國家分化分裂的下一目標。美國哈佛大學的杭廷頓教授（Samuel P. Huntington）在〈文明的衝突〉中更預言國際政治焦點將是東方儒家文明和伊斯蘭文明聯合與西方文明對決。這些外在因素暫不說它。從胡適的全盤西化論到《河殤》，從魯迅《阿Q正傳》到《椿哥》，我們每一個中國人是否已經徹底覺醒？是否真正站得起來？這才是重點所在，問題所在！最後，我仍引作者〈我寫椿哥〉末段為本文結：

> 於過去綿亙的時光裡，那樣的卑屈都已成了唧唧啁啁的鬼唱歌；在目今的時代中，椿哥亦已經默默無言的老去；而更重要的卻是，在未來的年月中呢？
>
> 端看我們能不能夠真心愛重社會各角落裡卑屈的人們吧！
>
> 端看我們能不能夠愛重自己吧！
>
> 端看我們能不能以愛重別人的心來愛重自己，又以愛重自己的心去愛重別人吧！
>
> 若不能的話，我們也就在紛紛亂的世界中無謂的、昏聵的、沒有一絲希望的垂垂老去了……

這世上便又出現許許多多的椿哥，生生世世都還要屈辱下去吧……

那，原是中國人身上共同的屈辱呢……

……上面這些，仍是我寫著椿哥的時候，心裡頭感覺到的、最沈摯的哀矜啊！（原刊於一九九四年十月《明道文藝》二二三期。平路《椿哥》，一九八六年三月由聯經公司出版。）

論許台英《水軍海峽》的危機意識

——兼論觀念小說的成功因素

一本小說之是否「偉大」，不僅僅是「修辭」、「技巧」問題；尤其重要的是：作者的世界觀是否廣闊、正確、而卓越。這些年來，許多小說呈現的，常只是個人的悲歡離合，一方小小的天地；而《水軍海峽》，卻以其激昂雄辯，迫使我們去正視遼闊而充滿危機的當前世界。

作為一本小說，《水軍海峽》的情節也許是一個「無中生有」的故事。小說第一章和第九章都出現這四個字，作者還特意把「無中生有」四個字上下用引號括起來，頗有一點「真事隱」、「假語存」的味道。暗示它是一本觀念小說。但是作為一個地理名詞，它是存在的，位置就在日本四國島，面對著瀨戶內海國立公園。水軍，原是水師或非正規的海軍的意思，事實上就是中國人所說的「倭寇」。水軍海峽，正是當年倭寇出入的通道，是日本三大激流之一。峽中許多小島，也正是倭寇的老窩所在。用這麼一個地名作書名，其用意是不言可喻的。

小說中出現的中國人，重要的有：「鹽巴」——顏仲跋」、「邱三元」、「老馬」、「矢野」。「鹽巴」是東北人，當他還在媽媽肚子裡，爸爸就被日本人押運到日本作礦工，死在日本。他在臺灣生長，在高雄造船廠被裁員，太太帶小孩跟日本人跑了。為了祭掃父墳、尋妻訪子，去日本打工。雖然只是個工人，但能詩能畫，頗獲寮長女兒悠子的好感。邱三元是土生土長的本省人，和「鹽巴」小學初中都同學。鹽巴沒唸大學，邱三元大學畢業後進入工商界服務，代表船東到日本作「監督」，跟鹽巴很能彼此照顧。「老馬」是驗船師，由臺灣駐日本神戶辦事處派來驗船的，在日本已兩年多，對日本各方面也熟悉些。「矢野」父親是東北人，母親是日本關東軍的女兒，在大陸長大，文革時幹過紅衛兵，隨父母來到日本後生活苦悶，終於跳海自殺了。這使鹽巴猛然醒悟：文革把矢野生命的根革掉了；而自己有中國傳統詩畫指引，才能在苦悶中存活下來。看來作者的人物安排，隱隱中似有微言大義在。

小說暴露了臺灣造船業和航海業一些問題：高船設備太大太新，造小船未必划算。老馬說：「就像一間可以容納五千人的大廳，要為你一個人去開冷氣，不夠本嘛！」先是虧本替外國人造大船，因而主事者被移送偵辦；繼任者不敢低價接訂單，連小船生意也拱手讓給日本。輪船公司大老闆，寧可向日本訂造運木材船，並且在印尼買山，買林地，建木材工廠；卻拒絕付款向中船領回造好的新船，希望政府讓步，無息貸款。而船員們，一方面由於新船設備自動化，人力需求相對就減少了；另一方面遭遇大陸、菲律賓、越南廉價勞工的競爭，謀職越來越困難。這些，都有生動的描述。

作者「反日情緒」是十分明顯的，殺父奪妻之恨，貫串全書。作者每把日本工業產品的輸出和武士刀相提並論；對日本人至今仍醉心於武士道，並以經濟侵略掠奪財富極具警惕之心。像「鹽巴」，只能在日本衛星廠搭搭鷹架，烘烤鋼板，絕不能去正規廠作工。日本人把淘汰的舊漁船，在高雄傾銷；但拒絕把新型拖網船賣給臺灣。一根滾珠導螺桿，原價五萬元，當臺灣研製成功，立即以一萬二出售，打垮臺灣製造者……。雖然如此，日本人清潔、勤勞、工作有效率，作者也在小說中還他一個本來面目。日本人造船，絕對按照進度表，準時交貨；而且規格檢查十分認真。相對之下，國人造船，拖拖拉拉，人情關說，每使檢查馬虎，就更值得反省了。小說中穿插廠中有位清潔婦，後來知道：竟是工廠部長的夫人。真愧死只會泡美容院、逛街買時裝、串門打牌的臺灣闊太太們。作者對又謙恭又傲慢、又崇文又黷武、又多禮又野蠻的日本民族性中的雙重人格有深入分析。並且借用老馬的嘴說：「說句公道話，人家也付出了大量的心血、勞力、資本跟智慧。光罵沒有用，咱們要急起直追呀！」又借用鹽巴女友悠子的嘴說：「侵略你們的是軍閥，不是日本老百姓！戰爭時，日本人民也同樣受害受苦！」算是替日本也作了辯白。

一段靈肉衝突的描寫有點「超凡入聖」。鹽巴在悠子主動邀請下共去「松山城」（在四國島愛媛縣）遊玩。為了避雨躲進一家燈光較暗的咖啡廳。悠子依偎在鹽巴的懷裡，兩人飢渴地狂吻起來。她的乳房緊貼在他噗噗猛跳的胸脯上，揉搓得令他神魂顛倒。他想到被日本人拐走的妻子，我為什麼不找日本女人報復？他開始幻想悠子赤裸裸胴體的樣子，悄悄解開她胸前的鈕扣。然而當他想到：「人在墮落時，通常都會以別人的惡行來掩飾自己的齷齪。」決定「寧可人負我，我不負人」，終於懸崖勒馬，卻讓悠子意識到自己敞露的乳溝被冰水滴得涼涼的屈辱。

在小說佈局方面，尋仇訪妻是主要的線索。在第一章就提到：「在高雄，桂花恨透了他在船塢裡搭鷹架。」第二章鹽巴在給母親的信裡說：「那個拐走桂花的日本男人要被我逮到的話，我絕不饒他！」並且詳細敘述了桂花對他在高空賣命的工作潛存的恐懼。第三章寫到鹽巴和老邱在廠房陽臺上遙望對面山巔上舊老闆的住家。舊老闆垮臺後，仍當船廠的顧問。能伸能縮，可惜沒見過他長什麼模樣！有一次，鹽巴、老邱兩人正在鬥嘴，下面那家日本飯店傳來一陣打架吵鬧的衝突聲。兩人遠遠地隔岸觀火：一個小老頭兒和一夥的四、五個人被飯店員工趕了出來。寮長說：是舊老闆請客賴賬出了醜事。鹽巴有點近視，沒看清楚人的樣子。一直到最後第十章，在祭典遊行隊伍經過，老邱拉拉鹽巴：「哪，那就是水軍造船廠的舊老闆，住咱們對面那個山頭的。窮途末路啦，潦倒得只好求神保佑……」鹽巴驚愕地定睛一看：這不是拐走桂花的岡林幸保嗎？於是真相大白。第三章寫的，全是伏筆。全書的藝術營構，作者顯然用過心思。

某些事物，頗富象徵意味。如：「岸邊有塊岩礁上，棲坐著一隻鸕鷀鳥——嘴巴正銜著剛從海裡撈獲的一條魚。沒想到，倏地飛來一隻穩若泰山的大老鷹，睜著雙滾圓深邃的大眼睛，迅速從鸕鷀口中把魚兒『搶劫』掉，旋即舞動銳利如匕首的鉤爪，神氣十足地騰空而上。」（第四章）又如當「鹽巴」找到華人的亂葬岡：「剛一轉彎，眼前忽地飛來一團黑影。他本能的往後一閃，被一塊石頭絆倒，跌了個四腳朝天。定睛一看：原來是一隻可惡的貓頭鷹，無聲無息地拍翅而飛。等鹽巴拍拍屁股，爬起來走沒兩步，又見這矮胖的貓頭鷹，居然口銜著獵獲的小老鼠，睜雙銳利滾圓的大眼睛，高高站在一株老松樹的枝枒間，索命似的瞪著他。」（第五章）可惜，有點機械象徵之嫌。我想：小說開始，鹽巴作了一個惡夢，夢到自己站在冰山頂，下面竟是黑漆漆的萬丈深淵！冰塊在迅速融化，每化掉一角，就有人淒厲地「啊——」一聲尖叫，踩空了腳，轉眼就跌落得無影無踪。同伴們接二連三地滑落，冰塊越融越小，剩下的人更是你推我擠，一個個落下去：是個意義深長的隱喻。第一章中借老馬的嘴，就說出了：「為了國家」、「憂國憂民」等語彙。我們可以說感時憂國的情懷，貫串著整部小說。

在本文一開始，我就說過《水軍海峽》是一部觀念小說。所謂觀念小說，是作者對現實世界，有了某種觀念，於是擇取現實世界一些現象，並用主觀想像加以補充、組織，然後以藝術化的形象語言加以描述。百多年來，許多社會主義寫實小說和存在主義小說，事實上都可視為觀念小說。前者如俄國作家車爾尼雪夫斯基的長篇小說《怎麼辦——新人的故事》，表現他對民主革命、婦女問題和愛情的看法。蘇聯作家綏拉菲摩維奇的長篇小說《鐵流》，塑造了他心目中鐵的隊伍應有的形象。後者如法國作家卡繆的《黑死病》，藉一場瘟疫，剖析現代人良心的種種問題。法國另一位作家沙特，他的多部頭但未完成的長篇小說《自由之路》，顯示他對存在的基本認識：個人企盼的幸福雖受制於個人的特質及意願，但人是被判定要自由的。而《水軍海峽》的觀念，很可能是受到日本小說家火野葦平《水軍船出》的刺激而引發的。《水軍船出》以日本瀨戶內海中「因島」為背景，極力歌頌當年日本水軍（倭寇）高揚八幡大旗，以無比英勇的冒險精神，遠征朝鮮、中國、東南亞，使水軍之名揚威海外。作者可能嚥不下這口氣，加上當前的危機意識，於是把抗日戰爭日本關東軍在東北的暴行，和當前日本以經濟強權對東南亞所進行的掠奪綰合起來，以鹽巴為受害的代表人，寫出《水軍海峽》，與《水軍船出》頡頏。對五百年來日本侵略行徑作相當情緒化的控訴。

觀念小說之成功與否，大致基於三項因素：一、作者的觀念是否概括自真實世界而且正確地反映真實世界？或在真實世界有實踐的可能從而改變了真實世界？這是作者世界觀的問題。二、作品是否以藝術化的形象語言，精確生動地傳達作者的觀念？這是作品藝術境界的問題。三、讀者對作品所傳達的觀念是否深有美感並產生共鳴，從而對真實世界有更清晰的認知，且可能採取更恰當的態度來面對它？這是讀者反應論的問題。

就作者世界觀來說，世界可分社會現實世界和人類內心世界。作者對社會現實的認知相當遼闊。倭寇之為害，關東軍之横暴，以及今日日本以經濟為手段的財富掠奪；史實斑斑，事實俱在，許多史籍、專書均有所記載。以中船為代表的臺灣工商業的重重危機；以專買舊車舊電器的越南船員為代表的社會主義計劃經濟制度衍生的貧窮；以科技落後的印尼為代表的第三世界所受日本更嚴酷的經濟剝削，報章雜誌亦時有所揭露。這一部分的描述，是全書最精采之所在。作者對人類內心的省察，尤其是男女感情方面，似有可商。像當過紅衛兵的「矢野」，失去傳統的根，必須自殺；搭鷹架的鹽巴，因為要證明他保有傳統的根，所以能詩能畫。事實上，逃到國外的紅衛兵很多，哪個不是趾高氣揚，活得挺帶勁的？而能詩能畫，是編輯界的驕子，又有誰跑去高雄或日本搭過鷹架？又如鹽巴對逃妻桂花近乎「死忠」的留戀，只怕是女性作家觀念中的「應然」而非「實然」。而鹽巴對悠子，既不愛她，怎可狂吻愛撫？吻撫之後，又怎能不要她？這不是「發乎情」，也不是「止乎禮」，甚至說不上「始亂終棄」，只是矯情罷了。

就作品的藝術境界來說，小說情節安排，形象塑造，都下過工夫。第一章就提到的逃妻桂花，一直到最後第十章才知道死在工廠對面山顛的舊老闆的住宅，而拐走他的正是近在眼前的舊老闆；同樣在第一章出現的日本清潔婦，要到第七章部長在家宴客，才被發現竟是部長太太，還是舊老闆的親妹妹。佈局伏線，懸宕有緻。融解冰山上相擠而失足墜落的惡夢，暗示當前危機之嚴重；老鷹搶走鸕鷀口中的魚，使我聯想到當年輸美順差，以及近年的對大陸貿易順差，全在對日貿易逆差中賠出去。這些形象淺明的暗喻，提高了小說的藝術境界。不過，許多現象的批判，不從現象本身去彰顯，卻借鹽巴、老馬、老邱之口，作直接攻擊，藝術成分相對地就缺少些。這一點，作者可能是受制於中篇小說的字數，而且作者亦有所自覺。第二章老邱就說鹽巴：「幹嘛那麼激動啊?!又不是上歷史課。」要使小說不同於歷史課，就要加強作品的藝術性，儘可能使用形象語言。

作為一位讀者，小說既不乏知性又強烈訴諸感性的語言倒很能引起讀者共鳴。我個人讀後深受感動，感受到作者憂國憂民的那番苦心，也對學院之外危機重重的世界睜大了自己的眼睛。雖然我一再挑剔它的藝術性。（原刊於一九九四年九月二十二日、二十三日《中央日報・副刊》。許台英《水軍海峽》，一九八六年三月由聯經公司出版。）

惠仔，你去哪裡？

——序李惠銘《逝去的街景》

認識李惠銘已三年了，一九八〇年十月間，大學新生報到。我那時擔任臺灣師範大學國文系一年級丙班的導師，李惠銘是我班上的副班長，矮胖的身材，留著長髮，我還以為他是女生。我教他們「讀書指導」課。李惠銘對如何有計畫地選書讀，如何解決書本上的疑難，如何寫讀書報告或書評，如何找資料，如何作論文等等：並不太喜歡。倒是喜歡閑來跟我談談小說，還把自己寫的小說拿來和我討論。我才發現班上有這麼一位我行我素愛寫能寫小說的學生。第一屆全國學生文學獎，《中央日報》和《明道文藝》聯合主辦的，李惠銘參加了，得到大專小說組佳作獎。班上同學都很興奮；作導師的也感與有榮焉。不久學年結束，我應聘去香港教了兩年。這兩年中，我只知道李惠銘仍不斷地在寫小說。回臺北已是一九八三年八月了，知道李惠銘參加第三屆全國學生文學獎，得了大專組小說獎第四名。不久李惠銘來了電話，說要出小說集，還要我寫一篇序，「要逐篇評論的」，接著把「大樣」送了來。好傢伙，當年上我的課，教他寫讀書報告，不曾認真寫；三年之後，倒出書要我寫起讀書報告了。但是，對於這樣一位才氣縱橫，富有潛力的學生作家，我又怎能說個「不」字呢？

小說集包括八個短篇，如果依寫作時間先後為序來評介，也許更易於發現作者觀念演變和技巧鍛鍊的軌跡。

《販者》，是由「我」敘述一位大學同學「阿東」的故事。阿東剛進中文系，第一個月買《中文大辭典》；第二個月買《漢文大系》；第三個月搬了一套一百二十巨冊的《廿五史》進來。三個月內看完《史記》。但是到頭來，是一張低分的成績單。加上家庭變故，阿東開始賣書，第一個月賣《中文大辭典》、《十三經注疏》；第二個月賣……。他瘋狂地賺錢，先是當家庭教師；然後一曲成名，唱片、錄音帶陸續地出，還趕場作秀；當他在某西餐廳被一幫「兄弟」搶走吉他而「擺平」之後，他改行擺地攤，賣古董。自然就再沒機會上星期六上午的「訓詁學」了。

這篇小說相當風趣，而且頗耐咀嚼。如：

記得一年級才念了三個多月，所有六個人的三層書架全都擺滿，有一回撞進來一個英語系的，看了看不禁咋舌說道：

「好可怕！你們中文系的！」

「媽的！什麼鬼通才教育，一科和中文系不相干的英文當掉了，明年重修再不過，你就得捲舖蓋走了，《史記》看完有個屁用！」

開學了，阿東仍然每星期六天教三個家教。有一天他提早一個小時回來，並且憤怒地把《突破國中英語》狠力地撕成碎片，擲進垃圾桶裡。

「來！青龍大花瓶，是乾隆皇帝御用珍品，這個要溯自唐朝時代，有位將軍薛仁貴征東，在高麗帶回來的。當時非常轟動，所以大詩人李白就為它作了一首詩。什麼詩你們知不知道？來，先喊個價，我再唸給你們聽。」

作者再三提到「英語」，又讓阿東擺地攤賣古董時唸著唐詩，反諷與嘲弄的勁道十足。此外，作者還觸及一些教育問題：成績單和實際學問之間的差距，志願理想和環境現實之間的矛盾。

〈祭〉，藉神棍「財仔」以榕樹公顯靈而詐財騙色的故事，訴說愚昧心態匯聚而成的壓力下產生的悲劇。「阿素」，便是榕樹公祭臺上的祭品。

結構值得注意。第一節寫阿素、財仔先後上車去高雄，揭開序幕。和第四節財仔帶阿素在高雄墮胎，構成前後照應。二、三兩節是追敘。第二節從四腳仔殖民時代百年老榕下的七嘴八舌，說到光復後鄉公所建設課要砍除老榕蓋民眾活動中心。財仔裝神弄鬼，託言榕樹公顯靈，從此以乩童身分詐財。第三節接述寡婦阿素因幼兒發高燒，求神而失身於財仔。這兩節和第五節尾聲：

阿素在鄉人冷嘲熱諷下吊死在榕樹下，而榕樹終逃不過被剷除的命運，也構成前後呼應。榕樹公在這裡既是「盲目崇拜的一種虛無的東西」的象徵；也是農村開發中阻礙進步的象徵。如果作者在首節首段首句便讓榕樹出現在早班車的停車場旁，也許會讓這事物象徵更突出些。

語言也可圈可點。無論是敘事句：

清晨五點半的早班車已經發動引擎，蔡仔正在試踩油門，「澎澎澎……」地直踩得阿素的心煩亂得平平仄仄起來。

或對話：

「財叔仔！早哦！要去那？」

「哦！阿進仔！無啦！要來去高雄我兒子家，你一透早又要去補貨啦？」

「是啦！艱苦錢加減賺！那有法度？」

都十分傳神。

這篇小說採用「全知觀點」來敘述。但是讀者必須留意作品觀點和作者觀點的歧異。作者故意利用這些歧異造成全篇嘲弄的效果。

我該怎樣說明〈媽媽在黎明裡〉的兩位小主角「惠仔」和「金仔」呢？我不能說他們是「孤

兒」，因為他們父母雙全；也不能說是「棄兒」，父親只是虐待他們，並沒有遺棄他們；更不可以套上「伊底帕斯」，背父尋母的金仔是男生，而惠仔卻是女生。這篇小說，由十三歲的惠仔敘述自己和弟弟離家逃亡的十二小時；而父親逼走母親，毒打子女的故事，以回憶的手法穿插在這十二小時逃亡事實之中，你可以稱之為意識流小說。全篇展示了親子之間的鴻溝，以及漁民生活教育和經濟輔導的必要。

〈萊萊村的矮腳進仔〉，這「起狷」的「東方魯賓遜」是「吳發」的後代，「吳鐵」的嫡子，說得更清楚一點，是「無法無天」的結果！通過進仔起狷事件，作者追溯泉州移民圍海築塭，定居創業，東洋蕃仔侵佔臺灣，三腳奸仔卑屈無恥。於是「惡有惡報」，留下「矮腳進仔」這個現世寶，惹人恥笑！

作者描繪「吳明進」的形象：

> 伊通常穿著一套老舊的卡其制服，上衣因為掉了幾顆鈕扣而袒露出乾癟的胸板來，左口袋上仍然鮮明地繡著××高工的字樣，底下的學號和右邊的「吳明進」三字已有些模糊不清，伊底褲管因為破舊而剪成短筒剛好蓋住膝蓋以上的部分，露出古銅色綣著長腳毛的兩隻小腿，伊底頭髮參差不齊，像是樹上捧了一個鳥窩來戴。鬍子長了滿嘴滿腮。臉也因為吸盡日月精華而黝黑得發亮，任誰看了都不會相信矮腳進仔才只三十出頭。

以及進仔起猶時的狂舞：

矮腳進仔這時已脫掉上衣，穿一件輕薄白汗衫，進一步、退一步、回、旋、轉、踢、霹哩叭啦！火花四射，躍、落、起、伏、高砲衝天、白鶴展翅……伊舞得發狂，竟忽地奔去廟旁人家屋裡拿了根木棍便一板一眼的，大鬧天宮起來！

那嘲弄的語調，對狂者類似乩童跳舞動作的鮮明生動的寫照，使我十分驚異於作者操縱語言的熟練，和生活體驗的豐富！

正如《民眾日報・副刊》編者所說的，〈南庄分局的午夜〉是篇高水準的萬字小說。把一個十四歲兒子眼裡見到的，行為裡反映出來的，不孝不慈、無情無義的父親展顯得鮮活淋漓。天下也有不是的父親形象，令人心顫意寒。我極不願意細讀這篇小說，因為我自己的父親以及所有親友的父親，都不是這樣的。但是，事實上我再三讀著想著，我竟然發覺這篇小說相當寫實。警察分局要嫌犯填自白書，還作筆錄；父親要兒子監視自己所追求的女子；父親在警察分局是一付面孔，離開分局又是另一付面孔；兒子懾於父親淫威，當面是一付面孔，背後又是另一付憤恨、委屈的面孔；以及結尾時兒子的抽噎：「他不會發覺的，他永遠都不會發覺的。」那種絕望的悲哀：都使我極其感動。於是，我重新忖測〈媽媽在黎明裡〉那一篇，也許同樣地寫實性超過象徵性。

假如有人問我：這本小說集中最值得欣賞的是哪一篇？那麼，我會毫不猶豫地回答：〈據說某夜有外星人在此降落〉。

又是意識流小說，由「我」敘述「自己」的故事。話分兩頭，一是現在的事實；一是往事的回憶。事實發生的時間是某日清晨六點〇分〇秒到六點三十分〇秒，地點在精神病療養院。經過是：清晨六點準時醒來，用電鬍刀刮鬍。想到不久小護士會來，竊竊自喜地訕笑起來。坐在床上等著，走廊上響起小護士的腳步聲。他想像自己撕破她的衣服，把她壓在床下，引來一大群醫生，這樣就可以在醫院長住下來了。這一部分在每節標題之後，著墨不多。回憶的部分文字就長了。時間是中學五年，從初一到高二。就讀的學校就在精神療養院的附近，諷刺性的巧安排。記憶中翻攪的是：拒絕了「放牛國中」，在父母之命下，到私中讀書。於是突然告別了童年，過起「為目標奮鬪」、「充實又愉快」的生活。作者筆下學校的課業是這樣的：

即使一天有十四個小時用來讀教科書，我們仍然可以在晚上九點半以後獲得完全的自由。可以跟媽媽寫寫信，打電話回家，玩玩跳棋，或者關在廁所裡看黃色書刊，但是絕不能吵到還在唸書的同學。禮拜天我們也有一天自由利用的時間，可以用來複習體育課教的生物、健康教育（老師說：運動要先懂得人體構造），或者再演練一下美術課上的數學幾何圖、工藝課的物理力學原理，愉快的話甚至可以大聲地唱幾首音樂課教的英文歌曲（英文課本改編的）。如果想到郊外走走，回家去見見母親，學校都不會為難，除了自己不想考上第一志願。

對老師的作偽也有生動的描述：

督學來的日子比國慶紀念日更令我興奮，這一天中絕對不會有考試，老師的籐條和我們的參考書一起藏在講臺底下，教室的課表也都換了，如果僥倖這天剛好排了一堂體育課，我們便可以到外面高興地玩一個鐘頭，美術課的話就在教室裡畫一節鋼筆畫，福利社是從來不賣水彩和蠟筆的。如果是音樂課我們便可以大聲地唱一堂音階，因為我們英文系畢業的音樂老師彈不出一首完整的曲子。可是督學來的時間總是那麼短，他們也從不會對雜草叢生的跑道起懷疑，更不會去注意那些久未使用而鏽跡斑斑的單槓。

而同學之間的關係也相當微妙：

畢竟在聯考的競爭下，我們都是敵人，不是朋友，在這裡只有唯我獨尊，誰也不願意跟人家並駕齊驅。

於是，「外星世界」顯示出高超的意義：

「可憐的孩子！」我只在心裡替他們感到悲哀。為什麼他們不願像我擁有一個嚮往外星世界的高超心靈來對制這個醜陋的現實世界？

初中三年，「我」憑藉一點小聰明，聯考順利過關。但是，進入高中，情形逐漸演變：

我們開始去看「星際大戰」、「第三類接觸」一類的科技電影，但是並無法獲得一種滿足感，這對我來說都顯得太淺薄了，他們只是在呈現一種極其遙遠的幻想，我沒辦法從電影裡得到任何可以跟外星世界連接上的憑藉，我只是在一個充滿無知人們驚奇喊叫聲的黑暗空間裡難受地熬過兩個鐘頭。而有一次很奇異的機會我跟柯去看了一部「火星女郎」，結果我竟發現這是一部鮮為人知的佳片。電影描寫一群火星女郎到地球來採集男人精液的故事，這是跟現實生活結合，真真實實隨時都可能發生的，它令我想起一幅整個宇宙藉此結合的光明遠景，而且是我目前所能解釋那些外星人到地球上來的唯一原因，最後我竟然對著那些赤裸著身體的火星女郎偷偷地自慰起來，而在一陣亢奮的高潮之後，我又找到另一個新世界。

終至於：

> 長時期的睡眠不足使我有輕微的精神分裂。我常常在課堂中喃喃自語，而且索性像藉酒裝瘋地吼叫著跑出去，即使摔跌在地上也只有一種輕飄飄的感覺，那種感覺使我覺得遠離這個世界般地對身邊的人、事、物都沒有感覺。我又開始被送去作健康檢查，但是在檢查的隔天我再沒能力考一次滿分來保護自己。我發現自己不必在明年面對失敗的事實，而必須在現在就要面臨被退學的壓力。

這時，「外星世界」已成為現實世界挫敗後的避難所：

> 此刻我真的需要外星人了，而再不是像以前那樣只是要擁有一個嚮往外星世界的高超心靈來表現我的優越感，我開始奢求它的實用價值，甚至幻想它可以帶我遠離這個世界，我不能以目前這種失敗者的姿態在這裡生存下去。

最後，「我」住進了精神病療養院。

這篇小說在《民眾日報副刊》刊出時，編者特加介紹如下：

> 李惠銘的〈南庄分局的午夜〉本刊整版刊出之後，引起熱烈的反應。
>
> 在〈據說某夜有外星人在此降落〉裡，對於當前剝失學生興趣，以籐條題庫的怪胎的教育方式而引發的問題，李惠銘血淋淋的分析，比一篇同類的學術論文更具震撼力量，我們更

樂意再整版刊出。

編者特別強調的：這是以豐碩的學術素材創造出來的高貴小說。李惠銘肯堅持下去，他會在小說世界裡熠耀地劃亮天空。

我完全同意編者的意見。而小說技巧方面的伏筆、照應、平行、穿插等等手法，更使這篇小說成為藝術精品。我曾經這樣地想：要是這篇小說拍成了電影，在時間上，常常從現實中跳出回憶，也許會有些困難；在空間上，每有鏡頭如電鬍刀在臉頰來回，接以剪草機在草坪推進，那該何等逗趣！

閱讀〈逝去的街景〉，可能是愉悅的享受。尤其當過分嚴肅的言詞、道貌岸然的臉孔，使你相當厭倦的時候。看到最後，你也許還有幾分無奈，一些不甘。這是年輕人「成長」的故事：季玫接到大學時代學長費里的電話，五年不見，這電話使她十分興奮。一陣謔而不虐的玩笑之後，切入正題。她陪他先去談生意，見到他又握手，又彎腰，一付商場老手的模樣，再不復是當年憤世嫉俗的費里了。接著，也不再是坐破單車去西門町喝茶；而是坐自用的寶獅三〇五去「來來」吃大餐。車中，他和她回憶著大學生活的純真，也交換了成長的經驗。往事，像「逝去的街景」。

下面幾段文字，也許可以幫助我們發現「成長」的歷程：

畢業前，我跟他送舊，他一直說出去要好好搞一番，所有不滿的他都要使它改善，簡直是一種儒家的淑世精神。並且發了重誓，不好好寫出一本書就不來見我。如今轉眼五年了，不知他搞得如何？

「費里，別瘋，慢一點！」

車速顯著地減低，我又想起他的書：

「費里，你的書呢？」

他頓了一下：

「還好我慢下來了，不然這句話準讓我們出車禍！」

車子在紅綠燈口停下來，他側過身。

「我整個人就是一本書！」

「少來！又要編理由了！」

「沒錯啊！我只是少一道用文字呈現的手續而已，我整個人就是一部活生生的作品。我一直努力地吸收理念和經驗，用整個身體去感受、去創作，心路歷程就是稿紙，實際生活就是筆，一筆一劃加上去，懂嗎？」

「你又要說我長不大了！」

「事實嘛……」

「有時候小孩子的想法反而比較純真！」

「是純真但是不成熟，只會套一些未經事實證明的信仰！」

「所以你必須跳進這個大染缸？」

「嗯！藉生活了解生活的意義。」

「可是為什麼一定要選擇這種生活？你一定有理由。」

「是有理由的！我畢業出來教了一年書，然後去當了兩年兵，看得更多，學得更多。我認為沒有必要守在那裡當一輩子老師，填鴨式的教育不會使我們的社會更好！就像你治療一個精神病人，不能光從他下手，一定要顧及社會背景以及家庭環境這些外緣因素。你對我們的社會不滿，不能光躲在角落裡叫罵，你一定要實際投入這個社會，親身去體驗，你才會知道這個社會為什麼會得這種病？要怎樣去治療它？最重要的是你會了解有些病態實在是無可避免，也不再有那些不必要的不滿。」

即使在這些充滿理念的言詞裡，作者也不忘賦予幽默：

「其實一些幼稚的觀念，沒必要去固執它，你每修正一次就表示你長大一次！」

「對啊！我今天也修正不少！」

「也長大不少？」

「嗯哼！」

「哦！好魁梧！」

「討厭！」

我撞了費里一把，把寶獅撞得蛇行了一陣。

不過，我有些擔心：為了治病，先去生病的哲學，是不是有「理由化」的嫌疑呢？其實我的擔心也可能正是作者的擔心，作者原就借季玫的嘴說過：「少來，又要編理由了！」

《落日照大旗》曾獲第三屆全國學生文學獎大專小說第四名，表明這篇小說具有相當水準。但是，在整本小說集裡，恐怕是最弱的一篇。全篇採雙線平行對比寫法，一方面是村長吳發在鄉長的提議下，邀請當年抗日英雄老榮伯向村人講抗日事跡。另一方面，吳發的兒子吳榮凱卻在替日本老闆拍歪曲抗日歷史的影片。而結尾是：被僱為臨時演員的村中青年不能忍受日本老闆的頤指氣使，和電影工作人員真打起來。故事本身應該很具震撼力，但寫來卻嫌鬆散。故事穿插缺乏匠心，心理糾纏分析不夠，結尾也有機械象徵之嫌。不過，許多反諷的敘述，仍然非常逗笑。例如：抗日英雄坐的車是日本車TOYOTA，而且是豬車；村長抽的是日本七星香煙；客廳的電器是五極三鏡的電視和日立冷氣；酒櫃裡擺著大和清酒。作者到底已寫了不少年的小說了。

仔細讀完李惠銘的八篇短篇小說，也許我還可以說說自己的一些印象和感想。

小說人物大多是「阿」字輩和「仔」字輩的。如「阿東」、「阿素」、「財仔」、「金仔」、「田仔」、「川仔」、「惠仔」、「仁仔」、「進仔」。他們大致上生長在臺灣南部漁村。時間以現代為主，偶亦追溯到日治時代。一般說來，生活品質不算高，貧苦而缺乏學養。〈販者〉和〈逝去的街景〉描寫的大學生，可視為擠入知識界的漁農子弟；而〈外星人〉中的「建築業巨子」，是「水泥工」出身的。這些顯示出臺灣社會的公平，只要努力，你的子女，甚至你本人，都有擺脫貧困，邁向富貴的機會。而且也表明社會結構正進行著良性的變遷。人物來源，似具很高的寫實性，當然也曾經由作者的想像力作某些折射與變形。描寫手法，間接刻劃，多於直接敘述。這正是李惠銘認真寫作的證據。除少數特例外，這些人物就像我們在漁村鄉下的親友鄰居，很容易讓我們產生親切的感受。

說到情節的安排，李惠銘最喜歡用的是由「我」來說故事。或為自己的故事，如〈媽媽在黎明裡〉、〈據說某夜有外星人在此降落〉；或為同學的故事，如〈販者〉、〈逝去的街景〉；或為父親的故事，如〈南庄分局的午夜〉。而且全部都從情節的「迴旋點」或「頂點」開始敘述。追敘往事，而推向結局。少數則採用「全知觀點」，如〈祭〉、〈萊萊村的矮腳進仔〉、〈落日照大旗〉。除最後一篇外，也採用中部起講法。這種敘述的次序也有些好處，作者把「糾葛」呈現在讀者眼前了，於是讀者急著要了解造成此糾葛的「原因」，以及糾葛之如何「解決」。這樣，閱讀的趣味引上來了。而且李惠銘講故事也頗有幾把刷子。有時以風趣的語言吸引你，如〈販者〉和〈逝去的街景〉。有時以懸疑的手法逗著你，如〈祭〉等等。或者加上一些神秘的敘述，如〈外星人〉「進仔起痟」、「榕樹公顯靈」。偶而也以悲情震撼你，如〈媽媽在黎明裡〉、〈南庄分局的午夜〉。故事以單線敘述為多，只有〈外星人〉、〈落日照大旗〉採取雙線平行穿插。〈外星人〉十分成功；但〈落日〉卻失敗了。

主題方面，李惠銘以年輕人的敏銳、熱情和崇尚理想，頗能指出時下一些家庭的、學校的、社會的癥結，並且具有濃厚的民族意識。在〈媽媽在黎明裡〉、〈南庄分局的午夜〉，作者對暴虐而又不負家庭責任的父親，有極沉痛的控訴。相對的，對母親的柔順慈愛，忍受委屈，也有極生動的敘述。〈販者〉和〈外星人〉，針對學校販賣知識、填鴨式教育、分數政策、升學主義有所指責。而〈祭〉、〈萊萊村的矮腳進仔〉、〈逝去的街景〉，也揭露了農村中仍存在著的愚昧迷信，和工商業社會的惟利是圖。〈落日照大旗〉則以日治時代山胞抗日事件為背景，狠狠地諷刺目前一些崇日分子的醜態。在〈祭〉、〈矮腳進仔〉裡，也曾有部分抗日的敘述。

語言、風格頗值得一提。李惠銘生長在臺灣南部，「鹽分地帶」文風一向很盛，作者耳濡目染，自然不無影響。考進師大之後，讀的是國文系，對古典文學又有一番專業的研究。因此，小說集中詞彙是豐富的，從「起痟」、「無厄睏未天光」到「正言若反」、「長鋏歸來乎」，繽紛呈現。語言的操縱本領很高，以漁村和農村為背景的，還它一副鄉村色彩；以城市和學校為背景的，則充滿校園語言的機趣。

我希望這本短篇小說集只是李惠銘寫作的一個起點。但是，謝師宴之後，就沒見到惠仔的面，也沒再看到惠仔的小說。惠仔，你去哪裡？（李惠銘《逝去的街景》，一九八四年五月學英文化公司初版。〈序〉在該書頁一——一八。）

笑看千堆雪

——一九九二年全國學生文學獎大專小說組得獎作品總評

好像是一九五八、九年間的事了，那時我是臺灣師大國文系的學生，偶而寫些小說寄給《中副》。大部分很快就刊出了；當然也有退稿的時候。當時主編孫如陵先生常會附著一張極簡約的字條，說明退稿的理由，很能一針見血，對我日後寫作有很大的幫助。那時屬於學生的文藝刊物不多，更少有什麼學生文學獎。記得香港的《大學生活》半月刊倒是舉辦了幾次小說比賽，沒限定只有大學生參加，也沒說大學生不可參加。有一次我參賽，得獎的是臺灣軍中作家朱西寧先生。我的小說列為「佳作」，沒有獎金，卻是生平第一次領到港幣的稿費。大學畢業後，就沒有再寫過小說。一轉眼，三十多年過去了。《明道文藝》和《中央日報》竟以如此大手筆合辦「全國學生文學獎」，並且得到國家文藝基金會的贊助，獎金之高，錄取名額之多，都是我當年讀大學時夢想不到的。可惜，自己再也沒有資格參賽了；長江後浪推前浪，只配在赤壁崖頭，笑看亂石崩雲，驚濤裂岸，捲起千堆雪。

大專小說組，收件一百十三篇，初審通過三十五篇，複審入圍十五篇。決審由臺大朱炎教授、陽明醫學院張曉風教授和我擔任評審。主辦單位請我撰寫大專小說組的總評。

〈橄欖樹〉是榮獲第一名的作品，作者在呈現一個脾氣反覆，愛在背後說兒孫壞話的祖母時，仍懷抱著一顆委曲求全、溫柔敦厚的心。小說之感人處在此。朱炎教授說：「自然生動的文字流露出款款親情和含蓄的美德，這是一篇與時下奇情異變的作品大不一樣的好小說。對話的方言流暢可讀，也很難得。」張曉風教授也指出：「臺語運用甚好，人物描述能兼顧各角度。」他們兩位的評審意見我很有同感。對優秀的作品我特別愛挑剔：就以橄欖樹作為興衰的象徵來說吧，固然頗具匠心；可惜「橄欖樹竟像魔鬼」、「樹猶得生老病傷，人又能奈天何」，作者何必自己把它點破呢？小說前半的確描寫得很生動細膩；但是後來卻敘述多於描寫了。

兩岸親人之間矛盾的問題，發現養母實為姑母的問題，祖父酒後污辱生母生下自己的問題以及女強人丈夫外遇的問題……，在〈浸淚的斜陽〉中一一提出，而敘述角跟著也轉換著。學中文的張教授認為「太強調其傳奇性」；學外文的朱教授以為「很具希臘悲劇的震撼力」。我覺得這是長篇小說的題材，作者把它壓縮在短篇中，需要有些功力的。不過情節和敘述角轉換之間，還可以處理得更圓熟些。

〈關於傳說的種種〉採用主角觀點來說他自己的故事，並且有一個動人的副題：「給一些不安的靈魂」。一個在單親家庭成長的男生，七歲被父親遺棄，和母親同住，竟有些娘娘腔了。他蓄長髮，只為了和母親「無聊」的管束作對。對電影「俘虜」中男性同性戀有強烈感受。他暗戀一位男同學，渴望擁抱，但他從不表示。心理描寫相當細膩。朱教授說：「在錯位的人生裡，被

Puzzle所困，表現出神經質和擴大妄想的症狀。他也許是時下某些男生的典型。筆觸流暢，寓意含蘊，意在言外，頗堪玩味。」張教授也讚美說：「人物寫得極好，絨布熊的象徵亦好。」

中國的苦難，人民的流離，在〈錯彈〉中有沈痛的刻劃。原來都是在大陸學國樂的同學：他拉二胡；她彈揚琴。他三十年前逃亡到香港；她留在大陸，歷經文革，重回樂團，來港在大會堂演出。他約她出來在尖沙咀新世界中心咖啡廳見面。她嫁給樂團另一位二胡手；他的兒子港大醫科畢業，要移民加拿大。題目叫〈錯彈〉，真是妙語雙關。兩人談起年少時的天真，現在的香港，越南難民，大陸文革以及中國前途。張教授以為是香港大學生的作品，題材很特殊。朱教授覺得「有悲愴淒涼的情懷和難言的哀痛」。

以上四篇是一、二、三、四名的作品。以下三篇則為「佳作」。

〈當童話王國一寸寸陷落〉可以看作大學生一篇實驗小說。以灰姑娘童話作為楔子，引申出一個現代的故事。情節就像朱教授所說的：「一個哲婦與嬰兒，貞女與淫婦同體的女人，在經過兩次無終的愛情後，想在與第三個男人的關係裡保住童話般的清純，卻又讓背叛的軀體淪陷在那個男人粗暴的情慾裡。」幻覺和現實相結合，顯示人性之極端矛盾與靈魂的不安。作者受「後現代主義」影響似乎頗深，全文以2、1、0、2、0、2……排列，有「活頁小說」意味，好像刻意暗示現代人生活之不連貫與無秩序等荒謬性質。

〈婚禮〉描寫一位先天白化症者，同學取笑她，社會排斥她，男友在父母的壓力下遠走加拿大。命定受人歧視，卻無力反擊。情節安排在好友婚禮的化妝室，她陪伴著化妝中的新娘。往事藉回憶呈現，主要在描寫她的心路歷程，由絕望而重拾希望。由於拾起遺落在化妝臺的紅玫瑰，她分享婚禮的歡欣。也許這種心理轉變的理由並不夠充分。作者於語言的經營十分用心，「對白」與「描述」的穿插，別具情趣。朱教授說：「文辭簡約，對話精省，淡淡的怨尤裡透著寬恕的精神」。

兩代婚外情的不同結局，在生父去世，隨母同居的兒子開車去探望時回憶出來。題目叫〈移情〉，是說母親把對父親背叛自己的怨恨，轉移到兒子身上，因為兒子的長相、身材、習慣，都太像父親了。「父債子還」，使兒子的情感扭曲，生活無奈。或許，兒子一段婚外情的描述，可能只是襯托，替父親當年的外遇設身處地重加評估，藉以消減內心對父親的不滿。作者豐富的想像力，把複雜情節處理得一氣呵成，有條不紊，內容技巧雙方面都值得肯定與鼓勵。張教授說：「安排有不近情理處」，可能指兒子既知生父過世，開車去了父家，見沒人，在公園旁停車吸菸沈思，卻沒去醫院，就回家了。這一點，的確需要補充些理由，或另作安排。

有些未得獎的作品，其實也寫得很不錯，顯示作者具有營構小說的深厚潛力。如〈悼亡友〉，語言操縱，很有特點。對話在口語中夾雜古代詩文名句，運用亦甚貼切。許多小蟲被用作暗喻，頗富深意。情節高潮之後的結局，出人意表。又如〈送別〉，寫日本男子對中國女留學生始亂終棄，移情別戀美國女生。心理描寫十分細膩。對日本男子的沙文主義以及日本「脫亞入歐」的心態，有相當深入的刻劃。任何比賽，遺珠之憾，總在所不免。

朱炎教授對「時下奇情異變的作品」的針砭，很值得我們深思。除了呈現情變之外，人性善良的一面，社會光明的一面，我們的鄉土環境，我們的民族苦難，以及人類的前途，我們也應該有一分關切。這次入圍的作品中，如〈犧牲〉，描寫文革浩劫；〈失去的冬季〉，觸及地方政情；〈班長〉，回憶越南戰爭……。其實也有著相當遼闊的視野，只是技巧上尚待磨鍊。在篇數上，這類作品也似乎少了些。

把上述作品逐篇評頭論足之餘，我忽然想起，它們的作者，我全忘了提。這些名字，在我是陌生的，對讀者亦復如此。我們熟悉的，是王文興、白先勇、金恒杰、陳若曦、葉維廉、歐陽子、劉紹銘、叢甦、戴天……於是我們懷念《文學雜誌》和其創辦人夏濟安先生。另外還有七等生、王禎和、黃春明、陳映真、施叔青、尉天驄……於是我們懷念《文學季刊》和其創辦人尉素秋先生。我盼望有一天，今天得獎同學們的名字，會和王文興、七等生……同樣的響亮，而我們也必將同時想起《中央日報》社長石永貴、《中副》主編梅新、《明道文藝》創辦人汪廣平、社長陳憲仁諸位先生來。（原刊於一九九二年三月二十一日《中央日報・副刊》及同年五月《明道文藝》一九四期）

附得獎名單：

第一名：李燕君，臺灣師範大學國文系三年級。作品〈橄欖樹〉。獎金八萬元。

第二名：蕭翠霞，成功大學歷史語言研究所碩士班。作品〈浸淚的斜陽〉。獎金六萬元。

第三名：胡蘊玉，淡江大學中文系（夜）三年級。作品〈關於傳說的種種〉。獎金四萬元。

第四名：莊元生，臺灣師範大學國文系四年級。作品〈錯彈〉。獎金二萬元。

佳　作：石曉楓，臺灣師範大學國文系五年級。作品〈當童話王國一寸寸陷落〉。獎金一萬元。

林慶昭，世界新聞傳播學院廣播電視科三年級。作品〈婚禮〉。獎金一萬元。

羅麗玲，臺灣師範大學國文系四年級。作品〈移情〉。獎金一萬元。

魚與海草

——一九九三年全國學生文學獎大專小說組得獎作品總評

「當一個人從事文學批評時——就像我現在所做的——可能招來禍害無窮。因為他雖然採用了真學者的方法；卻缺少真學者的才識素養。」這話是英國小說家佛斯特(Edward Morgan Forster, 1879–1970)說的。時間在一九二七年，那年佛斯特四十八歲，應聘到劍橋大學擔任「克拉克講座」，主講《小說面面觀》(*Aspects of the Novel*)，說了這句話。佛斯特不太讚賞形式主義，所以不講究什麼「方法」。他把小說的重點落在故事、人物、情節、想像、預言、圖式與節奏上。大多屬於「內容」範疇。佛斯特有豐富的創作經驗，寫過許多小說，如《天使畏途》、《印度之旅》等等。在演說中，以過來人身分，博引各家小說作品為實例，連捧帶罵，逸趣橫生。的確是一位富有「才識素養」的文學批評家。

是不是有了「才識素養」，就能作好批評家的工作呢?那又未必。歷史上，無論中外，硬是有人強調要忘記以前學的，去你的「才識素養」!《莊子．達生》就有這麼一段故事：「紀渻子為王養鬬雞，十日而問雞已乎。曰：『未也，方虛憍而恃氣。』十日又問。曰：『未也，猶應嚮景。』十日又問。曰：『未也，猶疾視而盛氣。』十日又問。曰：『幾矣!雞雖有鳴者，已無變矣；望之似木雞矣！其德全矣！異雞無敢應者，反走矣。』」記憶中似乎金庸在《倚天屠龍記》裡，也用上了莊子這套招數。張無忌臨危受命，跟張三丰學了一套太極拳法，最後把拳法忘光，終能獨退群雄。郭紹虞在《中國文學批評史》引《莊子》這段文字，而加引申說：「『望之似木雞』，工夫乃神。所謂『絢爛之後歸於平淡』，所謂『俯拾即是不取諸鄰』，皆是這種境界的詮釋。」不知西方現象學文學理論，像胡塞爾（Edmund Husserl, 1859–1938）講的「中止判斷」(epoché)，要求對事物之要素的直覺把握，是否也是這般情況。

我想，擔任大專學生文學獎的小說評審，就有這麼一點可取巧處。學生們寫小說，除偶有例外，很少照著「育嬰指南」來孕育自己的作品。什麼「悲劇原理」呀，「敘事觀點」呀，「象徵手法」呀，「原型批評」呀，不見得能派上用場。倒是憑直覺感受，在作品中冒險，探幽訪勝，自有一番樂趣。假如你管這叫做「二度直覺」(second intuition)，甚或名之為「直覺智境」(Scientia intuitive)，我尊重你的自由，但我自己全沒這種意思。

閒話表過，言歸正題。進入決選的小說中，我個人的直覺感受是這樣的：

〈草一般的年月〉是我心目中第一名的小說。作者從一個少女照顧公車相逢的老人故事中，探討一些生命的真相：惻隱的天性，對外公愧疚之心的轉償，善意照顧老人又提防老人不軌的複雜心理，旁及女性「顧娘家」的是非判斷。少女矛盾心理解決得十分出人意表：隨著季節的更換，老人竟找到了新的照顧者。生命也的確像草一樣：枯榮而綿延，卑微卻堅韌。總找得著活下去的方法。情景交融，很耐人回味。總分算出，一分之差竟落居第二名。

「阿莫」者，子虛烏有，實無其人。作者描寫的，不在阿莫的個例，而為臺灣農村的共相。阿莫，就像農村大多數老人們一樣，勤勞、節儉、固執。而作者通過阿莫晚年的敘述，兼及農村男女老少的居住、勞動、上學、喜慶、祭神等情況，把這麼豐富的題材安排得有條不紊，實在很有些功力。作者遼闊的視野，生動地呈現出臺灣農村的民情風俗和變遷，寫來有份鄉土的親切。這是我心目中的第二名，分數平均後，落入「佳作」中。

第三名，我給了兩篇：〈黃俊傑〉和〈飛燕築巢〉。

〈黃俊傑〉以一隻狗的名字作篇名。本是隻野狗，常到敘述者家中偷吃小黑的狗食。人犬大戰後，成為家庭新寵。比小黑更能看家，也更討小主人們的歡心。由於一身黃毛，理當姓黃；而識時務者為俊傑，所以就叫「黃俊傑」了。用第一人稱童稚觀點說趕狗、打狗、收狗、養狗的故事，情節非常曲折、懸宕而熱鬧。加上兄弟四人，都有那麼一點兒喜歡惡作劇，像馬克吐溫筆下的頑童湯姆，一片活潑天真。語言幽默風趣，呈現了生物互應共榮的有情世界。可是由於《湯姆歷險記》和余光中先生的〈牛蛙記〉（寫人蛙對決之後的妥協）兩隻老薑在前，所以我會覺得〈黃俊傑〉「稚嫩處亦未能免」。分數開出來，這是第一名。我給分顯然偏低了，抱歉，抱歉。

〈飛燕築巢〉和去年全國學生文學獎大專小說組第一名〈橄欖樹〉有許多相似處：同屬家庭生活小說。同以農村為背景：埔里和白鶴坑。〈橄欖樹〉說故事的是「雁君」，男友名「廷威」；

〈飛燕築巢〉說故事的是「碩燕」，男友名「立威」。這是〈橄欖樹〉的作者再次出擊嘛！我迅速作此猜想。去年，朱炎教授極力讚許〈橄欖樹〉「是他近五年參與評審時所見寫得最成功的一篇」。而今年的〈飛燕築巢〉，觸及菜商對農民的剝削，貧賤夫妻百事哀。碩燕發憤讀書，要掙脫困境，渴望著愛情和富裕。寫來真情感人。以燕子覓巢為暗喻，平行穿插，技巧語言，似比去年更成熟了。結果，得了第四名。

我給分第四的是〈走過高四〉。寫的是補習班的事。說是補習，其實愛情比例更重。情節沿肥仔和阿菁成功的，與「我」自己和如怡失敗的，兩組戀情為軸心。輻射及家長、補習班導師。再以當年中學同學狗子和阿三加入幫派吸毒作映襯。真實地呈現出「高四」的各種面貌。言為心聲，小說的語言把高四生心裡想的，嘴上說的，表達得淋漓盡致，唯妙唯肖，是最吸引我的地方。三人給分平均，升上第三名。

接下來仍依我個人給分高下為次是：〈夜遊〉、〈關於大學與非校園的五項建議〉、〈醫學星空〉、〈你忘了說再見〉。結果，〈醫學星空〉落選，其他三篇都入選為「佳作」。

〈夜遊〉寫四位當年國中同班，現在分別在不同大學念書的大學生，在颱風登陸的前夕，相約越過蝴蝶崖到海邊夜遊。沒有什麼象徵與暗示，也不想表達太多的微言大義，只是藉夜遊的主線，拾回往日童稚的回憶，呈現年輕生命的活力、慧黠與純真。這正是人生中最可寶貴之處。

〈關於大學與非校園的五項建議〉風格很特殊。由五個短篇組成：分別是〈政治圖騰與禁忌〉、〈關於戲劇中同性戀的那部份〉、〈關於廣告系與廣告之間〉、〈性騷擾與尊嚴的二三事〉、〈年輕的病與死亡方式〉。凸顯了年輕一代多元而刺激的社會批判。反諷性的場景或敘述結束各個片段，增加了主題的多義性，也擴大了小說詮釋的空間。張曉風教授給這篇最高分。我個人也認為作者感觸敏銳、富有思想、勇於創新，極具寫作的潛力。

〈你忘了說再見〉以懸宕之筆發端，迅速揭開「小弟」智障的謎底。以家人正面寫明家有智障兒的辛酸；以鄰居王家兩代側面點出對智障兒的歧視與同情。結局令我想起姚雪垠的〈差半車麥稈〉。只是說理嫌多些。

優秀的文學作品常有一種懾人心魄的魅力，能在剎那間霸佔住讀者全部的注意力。讓讀者在作品展現的世界中得到滿足，甚至完成夢想。因此，客觀的批評者，總是就作品論作品，順著作品把意義釋放出來，而不會粗暴地以自己的經驗、學識與信念來評斷作品。梅露・彭迪（Maurice Merleau-Ponty, 1908–1961）就針對胡塞爾的現象學，感慨地說過：「胡塞爾理論的本質，註定會回到所有活生生的經驗關係，正如漁夫從海底拖回漁網時，必帶有魚和海草一樣。」我就用這一番話作為此文的結束罷。（原刊於一九九三年五月十五日《中央日報・副刊》及同年六月《明道文藝》二〇七期）

附得獎名單：

第一名：陳品竹，清華大學數學系二年級。作品〈黃俊傑〉。獎金八萬元。

第二名：張瀛太，臺灣大學中文研究所碩三。作品〈草一般的年月〉。獎金六萬元。

第三名：黎健文，龍華工商專校電子科二年級。作品〈走過高四〉。獎金四萬元。

第四名：李燕君，臺灣師範大學國文系四年級。作品〈飛燕築巢〉。獎金二萬元。

佳　作：龍瑞如，政治大學中國文學系二年級。作品〈夜遊〉。獎金一萬元。

高明彥，逢甲大學統計學系三年級。作品〈阿莫〉。獎金一萬元。

江曉莉，逢甲大學會計學系四年級。作品〈你忘了說再見〉。獎金一萬元。

李欣頻，政治大學廣告學系四年級。作品〈關於大學與非校園的五項建議〉。獎金一萬元。

依稀猶見來時路

——《凌叔華小說集》責任書評

凌叔華的小說，大部分以女性或童稚觀點，用細膩而乾淨的筆致，呈現她們的內心和周遭世界。今天讀來，依稀猶見來時的路。

作者向有「中國的曼殊斐兒」之稱。〈李先生〉寫老處女，〈有福氣的人〉諷刺大家庭中的虛情，令人想起曼殊斐兒〈夜深時〉〈理想家庭〉諸篇。豈只曼殊呢，〈繡枕〉意象媲美莎翁《奧賽羅》女角德斯底蒙娜的手帕；〈病〉中情節具有亞米契斯〈少年筆耕〉之懸宕；〈倪雲林〉篇類似魯迅《故事新編》的風格；〈再見〉對冰心〈西風〉似有所影響。三十年代新小說創始，參考西方和互相觀摩實有必要。

作者生於高門鉅族，父親作過直隸布政使，先後娶了六位夫人。集子中〈一件喜事〉寫的就是六姨進門。從〈八月節〉中，可以想見作者童年並不快樂，甚至受三姨太丫頭的欺侮。因此集中不乏抗議小說。〈等〉婉斥軍閥殘暴；〈異國〉〈千代子〉反寫日本女子在軍國教育下的仇華情結；其所關切者實已不限閨門。我不知道巴金《激流三部曲》中的「淑華」和作者有無關係；但叔華作品的委婉，和巴金小說的直率卻迥異其趣。至於〈酒後〉寫少婦想一吻丈夫友人的衝動；

〈說有這麼一回事〉寫女生同性戀；〈旅途〉寫被丈夫染上梅毒的多產婦人；較諸歐陽子的《秋葉》，白先勇的《孽子》，馬森《夜遊》，李昂《殺夫》，也單純含蓄得多。

某些象徵非常美妙。如〈有福氣的人〉結尾劉媽說：「這個院子常見不到太陽，地下滿是青苔，老太太留神慢點走吧。」又如〈春天〉中麻雀飛進窗子，懶貓碰倒花瓶：溫柔蘊藉的諷嘲，每有耐人尋味的幽默。

〈資本家之聖誕〉等篇，未收入本書中，也許基於某種禁忌之故罷？（原刊於一九八五年八月一日《聯合文學》十期。《凌叔華小說集》，一九八四年十一月洪範書局出版。）

十面八方的宇宙悲情

——朱西寧《熊》責任書評

對於小說，朱西寧先生有這樣一種自覺：「小說虛構的用意甚多，其一也不過是將多少相類的事情拿來相融。成篇的是一，這一的裡頭卻牽涉著十面八方。小說就因是這樣而得與讀者聲氣相通，處處觸動到讀者的心事。」

在《熊》這本短篇小說集中，有驚險的獵熊場面，北回歸線上的車禍，許多以「狗」為中心的寓言，一個三角舊情的鬧劇，社交和家庭生活的瑣事，修橋和芝蔴的邏輯關係，和靈魂得救的神蹟，以及道聽塗說的小說家者流的諷嘲。大陸臺灣，上下古今，還真是八方十面。

而虛構的技巧同樣也很十面八方。有相當傳統的以第一人稱或第三人稱說自己或別人的故事；有以一個角度或多個角度客觀呈現整個複雜的情節。或十分新潮的以內心獨白和對話相互穿插；或純用意識流手法。方式的選擇很老到：像〈熊〉，如不採用傳統說故事的方式；像〈車禍〉，如不採用意識流；像〈小說家者流〉，如不採用多頭敘述法；我不知道能否這樣娓娓動聽，剖析入微，和面面俱到。作者時常也「有意把話說顛倒了來逗笑兒」；缺乏耐心的讀者可能會說：「別淨在那兒說書壓扣子了罷。」

最重要的是「用意」。人和人之間的：當心熱昏了頭，且回歸溫暖人間，因為「你自己也是有一肚子腸子的」；放棄「那些曾經當真過的悼念、傷感，以及一切可卑的狂想」；不要以為別人總像芝蔴般渺小……。其次是人和獸之間的：作者筆下的熊和狗有些很可愛，甚至比人更具有仁義等等德性，真是「人而可以不如熊與狗乎？」暨人和神之間的：「肉身朽壞前拯救你的靈魂」。種種、種種，觸動了宇宙悲情和沈思。

宇宙觀之遼闊，說故事技巧之求變求新，我個人倒覺得：作家未老！（原刊於一九八五年二月一日《聯合文學》四期。朱西寧《熊》，一九八四年七月皇冠出版社出版。）

敬禮，向理性的英雄！

——王幼華《兩鎮演談》責任書評

這是怎樣的一本書？當我翻到書末附錄：本文十年內國內國外大事記、十年來我國主要經濟指標、各項實質成長率、和農工業生產指數表：我這樣問！它應該是一本文學作品；事實上亦確如此。它是小說，關切著臺灣十年來以經濟為基礎而發展著的種種現象的小說。

故事發生在兩鎮：左鎮住的多是客家人；右鎮住的多泉漳移民。兩鎮上也住著些大陸來的退伍軍人；附近山上住著賽夏族山胞。鏡頭和樂章對準著這些人而掃描，而展開！

第一章由高速公路拍攝到遊覽車上三教九流人物；再從范希淹的視點呈現兩鎮風土人情，社會變遷；鏡頭流動於地方紳士、工廠工人、餐館、電影院、和銀行之間。夾雜著朗誦和詠嘆！第二章自「甲子」敘述到「乙亥」，整整十二小節。奇數六節「主題」為瘋婦婉妹，以貫串全章；偶數六節分別描寫：宗教信仰、地方建設、退伍軍人、山地祭典、選舉花絮、和范希淹傳教式的教學：類似「插段」。這樣就拼湊出整章的「回旋曲式」！第三章以理想主義者丘老師和英雄主義者范希淹的沈重的知性的觀照統領全局。時有激情的高潮，興奮的描述。而「兒子、女兒都不能了解我的想法」、「父子之間的關係可能也不甚融洽」、「太太跟人跑了」，也不能不說是理想主義和英雄主義者的缺憾和悲哀！

如何使「理想」更合乎「理智」，從而「理性」地令「英雄」有實現「理想」之可能，而不致「曲高和寡」、「眾叛親離」，對於所有以天下為己任的知識分子，應是一項必要的考驗罷！聆聽了這首雄渾的時代交響曲之後，我願意向理性的英雄呼喊：敬禮！（原刊於一九八五年四月一日《聯合文學》六期。王幼華《兩鎮演談》，一九八四年九月時報公司出版。）

「明明德」的戲劇化

——《聯副》呂念雪小說〈拆牆〉短評

人間原是樂土；但，人際的危牆使人孤絕，心頭的毒龍使人墮落。〈拆牆〉可以看作人從孤絕與墮落之困境中走向新生的心路歷程。

樹南的老爸姘上酒家查某，帶回家來，迫得母親上吊。樹南不肯和酒家查某湊夥吃飯，牆，從此砌成。紋了一胸青龍，樹南殺了人，入了獄。於是，老爸瘋了。酒家查某憬悟這是報應，靠糊紙錢來供應療養院裡的丈夫，和獄中的繼子，日也做，暝也做。樹南獄中回來，手中把弄著凶刀，心中恨恨地想：攏總是這個酒家查某！然而，在繼母一聲聲的呼喚下，他終於還是跟繼母同去看療養院裡的老爸。兩人身影疊印在陰冷的牆上。

故事壓縮在樹南獄中回家以至去療養院探父的一段時間中，情節藉樹南的意識活動而展開。往事回憶和現在活動愈穿插愈緊湊，最後有一段幾乎一句往事一句現在，形成無比的張力。我自己覺得心弦在強烈對比下愈顫動愈迫促，幾乎透不過氣來。

配合這情節，作者用字值得留意：刀尖是「冷冷的」，牆是「陰冷的」，汗是「冷汗」，眼是「冷眼」，連心底也是「蛇盤蜷般地起一陣寒意」。而太陽是「血淋淋的」，「餓虎撲羊般地劫掠大地」；面對稀粥，是「仇人樣虎食」，「兩下子就被他殺得片甲不留」。基本的事實原是純淨無色的，情緒化的文字渲染以顏色。

在這生命提撕的歷程中，有兩位犧牲者，一位當然是樹南的母親，另一位是木雕彌勒佛。樹南的氣出在彌勒佛上。作者三次提到這座木雕，劃臍，斷足，依然膩膩笑著，穿插必要而自然。

朱熹《大學章句》曾說：「明德者，人之所得乎天，而虛靈不昧，以具眾理而應萬事者也。但為氣稟所拘，人欲所蔽，則有時而昏。然其本體之明，則有未嘗息者。」樹南體會出繼母對他善轉，但不願馬上和解，這是「氣稟所拘」；老仔姘查某，這是「人欲所蔽」；最後拆牆，這是復其「本體之明」。問題是：人為什麼有時要在這麼一段瘋狂而血淋淋的經歷之後，才能憬悟？也許，這就是悲劇所在了。（原刊於一九八〇年七月十八日《聯合報・副刊》。呂念雪〈拆牆〉亦同日在《聯副》刊出。）

佳城酸風射眸子

——《中副》詹玫君小說〈柳姨〉短評

情節濃縮在李芯自臺北南下高雄，擠進早在等候的大哥李蒲別克轎車，兄妹共五人陪父親去看墓地的幾個小時裡。主角柳姨是「晚娘」，不曾在看墓地的現場出現；她的一生，浮顯在敘述角李芯深沈刻骨的「回憶」中。現場和回憶的穿插跳接常有心理上或語言上相當明顯的聯繫，讓讀者順著小說的文字置身於作者所呈現的世界。與敘述角同時經歷現場，回憶往事；絕無某些新潮小說時空錯亂、排拒讀者於現場之外的感覺。現場敘述約占全文四分之一；往事回憶倒占四分之三。這樣，主角柳姨才能恰如其分地得到較詳盡的描繪。作者情節營構的能力值得肯定。

主題在檢討嫡子女與晚娘間種種複雜的人事關係，這可能是作者必須安排兄妹有五的原因。但是我也不排除部分寫實的可能。大哥屬理性型，對柳姨「親善」而「客氣」；大姐善良，卻執持「天下晚娘」的傳統觀，輕信鄰居的挑唆；二姐連拿帶偷，使柳姨忍無可忍；三姐愛漂亮不用功，辜負了柳姨栽培的苦心。只有李芯，「柳姨獨獨和我特別親」，不過，這仍舊「和我對母親的印象十分薄弱有關」。五個人，五種樣，作者挨著次序在現場回憶間作映照式的呈現，個相鮮明。對社會上看戲心態，和傳統下封閉心靈，有相當委婉含蓄的批判。

對比是作者營構情節、凸顯主題的最主要的手段。柳姨入門前，李家孩子們衣破身髒、有一餐沒一餐，和入門後制服整潔、頭臉光鮮、正正式式早中晚餐，是第一個對比。柳姨兩次墮胎，一心想帶親前婦子女的苦心，和孩子們對柳姨的冷漠排拒，是第二個對比。看墓地時兄姐四人逗著父親開心，和重病單獨冷落在三流醫院，連身後墓穴也不曾為她預留一個，是第三個對比。這些對比，作者娓娓道來，不露痕跡，頗有一種悲憫的意味。但是，父兄和三位姐姐，相信祖墳風水帶來生活的轉變，而抹殺了柳姨對家庭的奉獻，這個對比，應該是最能彰顯主題，把情節推向高潮的；可是，作者仍一本委婉含蓄的語調，對「不問蒼生問鬼神」的愚昧，全盤接受，就太過溫柔敦厚了。也許對於「反諷」手法，作者不甚擅長；也許認為使用「反諷」，會破壞語調的統一性；也許個人的性格，限制了表達的方式。而一個偉大的作家，似應具千項風格，與操縱萬種風情的本領。

語言運用方面給人行雲流水的感覺——流暢之中有變化。像「巴巴的看著別人家窗口的燈，一盞一盞的熄掉，希望也一點一點的冷卻。」這是《詩經》比興手法，有象徵意味。又像「鍋涼竈冷，連隻蟑螂都懶得棲身的破落戶」，夸飾得恰到好處。「飢餓像一隻蹲伏在胃囊中的惡獸，連稍稍用力吞嚥口水的動作，都會驚擾了牠。在那段對食物需求得最殷切的年紀裡，連場的夢境，總是來不及入座便被撤去的筵席。一次又一次在自己失望的啜泣中驚醒。」譬喻敘述十分生動，可能多少受到《簡愛》的一些影響。(原刊於一九八九年二月四日《中央日報・副刊》。詹玫君〈柳姨〉同日在《中副》刊出。)

散文世界

有益與有味

——繆天華先生「耳聞眼見散記」讀後

「耳聞眼見散記」是《中央日報・副刊》一個專欄，自一九八八年三月十七日刊出首篇〈粉筆灰〉，三年來陸陸續續已發表十多篇了。讀者頗有回響，可說是很受歡迎的專欄。

作者繆天華先生，出生於孫詒讓、林公鐸諸大儒的家鄉——浙江瑞安，是瑞安望族。他的胞長兄繆天瑞先生，是當代音樂理論權威。繆天華先生幼受長兄的影響，也愛好藝術。不過後來學的不是音樂，而是文學。十多歲從瑞安到上海求學，在吳淞上海公學念書。那是一所由胡適之等人創辦的大學，時間正是百家爭鳴的三十年代，繆先生生長在這樣一個環境中，自然有機會見到當代許多學者，聽過他們許多逸事。加上繆先生有保存資料和記日記的習慣，三十年代的一些書刊、圖文，部分仍保留著。寫起「耳聞眼見散記」，自然得心應手，回憶和資料交流湧現。而所謂「耳聞眼見」，當然也包括繆先生親自見過、親自聽過的直接經歷，和繆先生聽自別人、見自書刊的間接資料。像〈吳淞江畔〉寫自己在「吳淞中國公學」聽校長馬君武演講，選修施蟄存、李青崖的課；〈我與「人間世」〉寫作者向《人間世》投稿刊出的經過；〈超人和逸菴〉寫自己的兩個朋友，都是繆先生親身經歷。而寫鄭振鐸，則「沒有機會去聽」，是由「一個曾聽過他的課的朋友那裡得知」的；寫李叔同，則據豐子愷的悼念文；寫魯迅，參考了周作人的《知堂回想錄》，這些卻間接見聞居多。繆先生把直接、間接的見聞綰合在一起，娓娓道來，像白頭宮女說當年，別有一番懷舊的情調在，可能就是這個專欄所以受歡迎的原因之一。

「耳聞眼見散記」的內容，以人物逸事為主。〈粉筆灰〉記沈從文、梁實秋、郁達夫、趙景深、李叔同、趙元任等名教授的板書情形；〈吳淞江畔〉寫到馬君武、胡適之、施蟄存、鄭振鐸、陸侃如、李青崖；〈記憶力〉記空性、陳獨秀、朱子範、錢鍾書的博聞強記，並旁寫王獨清、康白情、陳曉初；〈誰是迂夫子〉論張荊玉、夏丏尊之不迂，反襯出某老秀才和陸拜言之迂來。這幾篇，可以說近乎人物的「合傳」。〈超人和逸菴〉記的是性格迥然不同的兩位朋友；〈懶學生懷舊師〉所懷的是一慈一嚴的兩位老師；〈魯迅作品虛與實〉同時寫到周樹人、周作人兄弟，卻又近乎「雙傳」。至於〈葉紹鈞〉、〈姜亮夫〉及其〈回響〉與〈回響之餘〉；〈布衣一生賣字賣文〉寫瑞安老儒池雲珊；〈林語堂的中文程度〉涉及林語堂；以及〈我與「人間世」〉寫到作者自己，就有點像「單傳」了。在這些人物傳記中，亦莊亦諧地道出了許多鮮為人知的文人學者們的趣事。

挑聳動耀眼些的來說吧！作者繆先生在上海四馬路逛舊書店，見到扉頁蓋有「西諦之章」的鄭振鐸藏書，驚訝地詢問店員，知道鄭曾用重複的書換取海內孤本《元曲》鈔本，為鄭蒐求珍本的狂熱添一佳證。郁達夫上課，總是抱了一大堆的西書，放在講臺上，可是在課堂上卻從未翻過。夏丏尊留日回國，初教國文，向一位老先生請益，竟碰了一隻軟釘子。葉紹鈞和夏丏尊合寫《文心》，書寫到三分之二，葉的兒子和夏的女兒訂了婚，後來這本書就送給兒女做結婚禮物了。劉延陵曾在溫州中學教過作者的英文。上海《小說月報》的地盤是壟斷的；《人間世》卻歡迎外稿。《諷頌集》原是林語堂以英文寫成，由蔣旂譯為中文，但現在臺北印的，全變成林語堂著的了。池雲珊為作者祖父撰文親書壽屏，寫完一幅，就要休息抽口鴉片烟。超人的《延安一月》風行一時。逸菴以女性名字應《時兆月報》徵文得獎，竟有軍校學生寫信來追求。……這些妙事，充滿著文學史料的價值，作者以淡然娓語道出，就更顯得雋永，耐人尋味了。

繆先生行文，頗受蘇東坡的影響，純任自然。《湍流偶拾》中有〈偶成〉一篇，曾自言：「發自內心的，出自真情的，像一團火，一縷烟，一陣風，一場雨，……把這些移在紙上，……不拘體裁，有話就說，意盡即止。」所以在文章結構方面，並未刻意經營。但是，所謂純任自然，倒也不是東一句，西一句，其間也頗得章法可尋。像：〈粉筆灰〉以黑板上的粉筆字作線索，把許多名教授的教學情形貫串在一起。〈記憶力〉也如此，以記憶力為中心，把古今中外許多博聞強記的人物聚合在一起。因此，描寫的人物雖多，而全文卻有重心，賾然而不可亂。〈魯迅作品虛和實〉的結構，尤其令人激賞。從周作人的《知堂回想錄》道出魯迅作品的寫實處和虛構處。於是，周氏兄弟的感情是一條線，魯迅作品的虛實是另一條線。作者無意於「穿插」，順手將兩條線平行著寫來，自然形成對比映襯的效果。而結尾讚歎「魯迅的文字，外表冷雋辛辣，多反語諷刺，裡面卻洋溢著濃厚的熱情；又善於運用豐富的雅俗詞彙，具有無限的魅力。」並推崇《知堂回想錄》「也是一本迷人的書，裡面有許多資料，對於想了解魯迅的作品頗有用處。」仍作雙收。至於寫葉紹鈞，先由報載葉氏故世，然後回憶葉氏一生，屬追溯插入法。寫林語堂，則開門見山，緊扣住他的中文程度說。倒也隨篇而有所不同。暗含章法而不為章法所拘，可說是繆先生「耳聞眼見散記」另一項特色。

從這些散記中，也可窺見作者宅心之仁厚，學殖的淵博，和見解的進步。對前輩文人學者，繆先生總是以了解之同情加以維護。例如錢杏邨攻擊魯迅說：「魯迅沒有出路了，他已經由吶喊到了彷徨。」繆先生就據《彷徨》扉頁上引〈離騷〉句子：「吾將上下而求索」，以為《彷徨》並非純粹消極的，含有「任重道遠」的意味。關於魯迅跟周作人失和，繆先生也據魯迅給曹聚仁的信曾為乃弟辯護，以及作人在《知堂回想錄》對魯迅念念不忘，舉此二例，為之澄清。於林語堂的散文，繆先生更認為：內容精彩，氣勢奔放，筆鋒常帶感情；而文白相雜，其意無不達。林語堂英譯《浮生六記》，有人說：「林語堂的中文程度不過如此。」繆先生由於教美國留華研究生讀《浮生六記》，曾參考林譯，逐句核對，以為林譯「確是十分出色」。並且肯定「林氏的古書的基礎是超過一般的水準的。」對姜亮夫在楚辭學、敦煌學、聲韻學的成就，更推崇備至。並一再為臺灣翻印姜著而未付版稅的事抱不平，希望出版業諸君能夠自律，尊重作者以及他們的心血結晶，付給他們應得的版稅。至於良師對學生一生影響之大，迂夫子之可憐可笑，建議用幻燈、錄影帶等取代粉筆黑板……等等意見，都可以看出繆先生是位隨著時代不停前進著的學者。

繆先生第一篇作品，是在林語堂主編的《人間世》上刊出的，時間在一九三五年。《人間世》強調「娓語筆調」，「使談情說理敘事紀實皆足以當之。其目標仍是使人『開卷有益，掩卷有味』八個大字。」這個宗旨，對繆先生似有一定程度的影響。當時知堂周作人的文章在《人間世》是「特載」的。繆先生受其影響似乎尤深。近半世紀來，繆先生孜孜不倦作學術研究之餘，仍不忘小品文的寫作，先後已出版三本小品文集：《寒花墜露》、《雨窗下的書》、《湍流偶拾》。現在又正在寫「耳聞眼見散記」。《雨窗下的書》使人想起周作人的別號：苦雨、苦雨翁、苦雨老人。這見得兩人愛雨的趣味相同。「耳聞眼見散記」的風格也與周作人的《知堂回想錄》略似。兩人的文字，在清淡中卻都有一種悠長純厚的風味。因此我就用《人間世》所標示的「開卷有益、掩卷有味」，節縮為「有益與有味」，作為本文的標題，也以這八個大字為本文結。（原刊於一九九〇年十一月十日《中央日報・副刊》。繆天華先生「耳聞眼見散記」後編入散文集《桑樹下》，一九九五年六月三民書局初版。）

浮雲出岫豈無心

——黃永武《載愛飛行》評介

一九八三年夏天，我辭去香港中文大學講席，倦鳥歸林，也正是永武兄浮雲出岫，飛渡重洋，赴美遊學的時候。臨別之時，永武兄說：「寫完一百篇文章就回臺北！」果然，一百篇文章寫完，永武兄回來了。還出版了三本書：《詩與美》、《珍珠船》和這本《載愛飛行》。

《載愛飛行》是一本遊記——旅美遊記。遊記作品，很容易如作者〈自序〉所說：「既像流水賬冊的日記，又像導遊手冊的節錄。」這樣，根本就不值得寫，也無須為之評了。永武兄的《載愛飛行》不是這樣的，在遊記文學中，它有一些值得介紹的特點。

你只要瀏覽一下全書目錄，你就會發現：這本遊記描述的對象，與一般遊記有所不同。雖然美國自然景觀、人文活動，仍在描述之列；而美國的文化、教育，以及在美所見所聞中國大陸近況，尤其受到作者的關切。貫穿其間的，是海角故友天涯新知洋溢的友情，和作者一顆慧心和愛心。

說起美國的自然景觀，東部大峽谷、呵微地穴、活鏗谷、鱈魚峽等等，作者未能免俗，也曾贊歎了一番。足以顯示作者視野之獨特的，則在對美國家家戶戶細心維護的園林之賞悅：「松鼠、鹿、松花鼠、浣熊等，無忌地出沒於深林與庭園間，而許多家庭院落都在樹叢旁，芟除一片雜草，就依林而居，不須圍牆或界線，而每戶自有分野。」這是「與天地參」的理想境界啊！讀來心旌搖晃，簡直沈醉其中了。

對異邦風俗人情，勝事怪事，作者頗能敞開胸懷去體驗。於是：美國的食品、跳蚤市場、大摩爾、賭城、生活壓力、華僑今昔、狄斯奈樂園、印第安民俗村，乃至新地搖蘋果、美國的鬼節，皆下筆成趣，動人聽聞。且看作者描述「裸泳」一段文字：「新月初上，蟲聲交響，就有不少青年男女赤身露體，不遮不掩，排隊依序地拉著從岩樹上懸掛下來的一根像人猿泰山用的藤索，弧形地盪到潭面，一鬆手臂，人就優美地躍入水裡，然後悠閒自然地，在水中或潭邊，享受那清泉與月光、微風和笑語，展示那純正與無邪。在朦朧中，使這兒返回夏娃亞當的淳樸天地。」中文系出身，容易沾上「夫子氣」，難得作者不為所染。

全書最引人注意的是對美國文化教育的介紹：從哈佛、耶魯、康乃爾、柏克萊等著名大學，到波士頓美術館、富蘭克林地下紀念館、國會圖書館。作者此次遊美，本是有目的而來：尋訪散在異域的中華文物。而慧眼卓識，每能賦故物以嶄新的價值。例如：從波士頓美術館所藏的張萱〈搗練圖〉，發現唐詩「萬戶擣衣聲」的「擣衣」，不是洗衣服，而是搗去生絲上的蠟質。從各藝廊、博物館、大學圖書館所藏中國古畫上，發現許多宋代的佚詩。而對美國的小學教育，亦有發人深省的報導。〈雷射燈光秀觀後〉、〈電腦與生活〉等文，使人猛然醒悟：「精緻文化」是怎樣獲致的。看來，我們的教育觀念、教育方式、教育設備，都得大刀闊斧，急起直追了。

書中還有一些鄉愁的感喟。〈四鰓鱸魚絕種了〉，是回過大陸鄉親說的；〈中國心臟之旅〉，是電視臺播放的紀錄片；〈熊貓的憂鬱〉，是參觀華盛頓國家動物園後的沉思。「最奇怪的，是中國西湖邊常見的綿綿密密的楊柳，這兒也很多。」類似的句子，更所在多有。來自故鄉的苦難的聲音啊，總是挑起遊子無法排遣的哀愁。

作者的觀察力是敏銳的。你看〈寵物天堂〉：「我看見一位老人，用他的手指餵鸚鵡，自問自答地對話了幾小時，那副為寵物著迷顛倒的樣子，可以側面看出心理空虛無依的寂寞，真像萬丈的深淵呀！」作者的慧眼，原不只表現於對唐詩宋畫的卓識，也表現於對行為背後那一顆心靈的透視。

作者的語言是既典雅又瀟灑的。也許自序中諸如「瑯嬛福地」、「薜蘿幽人」較傾向典雅；但遊記本身文字像：「唉，都是寵物惹的禍，世界上，人養的孩子有些還得不到寵愛，卻去寵愛布娃娃，老天爺不氣得冒火燒屋才怪啦！」就放得很開了。有些懸宕之筆，如〈美國的鬼節〉的結尾：「忽然敲門聲又大作，我只好衝下樓來開門，準備再一次地迎接那句『接待我還是讓我惡作劇』，開了門，暗暗的燈光中，一對年輕的美國夫婦站在門口，我沒等他們開腔，就拿僅剩的一把糖想塞過去，只見他們趕忙搖手作答：『不，不，鬼節的活動已停止了！我們家還剩下半包糖果，想送給你家的孩子，我們是住在隔壁的法蘭斯和萊茜呀！』」更是作者前所少有的。也許新的環境，使作者的語言，於典雅縝密之外，又多了一分瀟脫。

作者的情感是豐富的。書中充滿的是：全家旅遊生活的情趣，新知的歡暢，舊友的懷念。〈自序〉中說：「初到美國，觸目多感，那怕是一樣的景物，也有不尋常的感應；無限的青山，多情的江月，都給人欲歌欲哭的衝動。這時體會到古人詩中『老去友朋真性命，狂來歌哭總文章』的真意。」書名《載愛飛行》，就指朋友之愛、家人之愛。而面對故國流落異域的文物，總是感歎著：「不明白這珍貴的羽毛，如何流落成海外的孤禽了？」盼望著：「那隻徽宗畫的五色鸚鵡，有飛回古老中國的一天嗎？」所愛者就益發遼闊了。

逝者如斯，記得自己搬進香港中文大學面對吐露港的宿舍，恰是「壬戌之秋，七月既望」，余光中先生開車來接我，車上還提及「海上生明月」的詩句；而今回臺北又快兩年了。永武兄之遊美國，三訪活鏗谷，「相距胡適來此，恰為七十個年頭零二個月，除了樹木會比那時長高一些外，好像他的那群年輕朋友剛走開，我的一群年輕朋友就來了一樣！」真是自其變者而觀之曾不能以一瞬，哪能若文章之無窮呢？看著永武兄新著一本本出版，我想，自己也該靜下心來多寫些作品了！（原刊於一九八五年五月二十六日《臺灣日報・副刊》。黃永武《載愛飛行》，一九八五年一月九歌出版社初版。）

飄然思不群

——重讀黃永武諸作

第一次接觸到黃永武的作品，是在一九五七年考入師大國文系作大一學生的時候。有一天，在數學系丁惟隆的書桌上，看到署名「詠武」所著的《心期》和《呢喃集》。丁和永武是臺南師範的同學，這兩本書是永武送給丁的。《呢喃集》有點兒像劇本，包括〈春的禮讚〉、〈情的感應〉、〈愛的激動〉、〈雨的憂鬱〉、〈陰的愁霧〉、〈晴的歡愉〉。是年輕人繽紛的理念通過心靈語言的具體呈現。《心期》以新詩的形式敘述愛情故事，包括〈心期〉、〈心象〉、〈心韻〉、〈心蝶〉、〈心痕〉。「她們寧可去擁抱無情的傲骨，偏擯拒那些吻她足踝的情人。」「他用腳尖在地上劃了一個圓圈，沉默了俄頃，然後膽怯地……」嘿！這位詩人觀察入微，心思細密得很哪！那時，我忽然想到印度嘉里陀莎（Kālidāsa）的戲劇《莎昆妲蘿》（*Sakuntala*）。我不是說這些書在情節上有什麼相似，而是那種既純真又曲折的愛情的相似，以及語言風格的相似，使我把它們聯想在一起。當時我好想見見這兩本書的作者。五年後，這願望達成了。一九六二年，黃永武和我同榜考上了師大國文研究所碩士班。一九六五年，又同榜考上了博士班。永武學長碩士論文〈形聲多兼會意考〉、博士論文〈許慎之經學〉都是十分精采的學術論文。他的成就，實在不僅僅限於文學理論和創作。一九六九年，他的新著《字句鍛鍊法》出版，是一本講究實際修辭的書。接著，他研究詩學，《中國詩學》〈思想篇〉、〈設計篇〉、〈鑑賞篇〉、〈考據篇〉洋洋四本陸續出版，使他獲得民國六十九（一九八〇）年國家文藝獎。而《詩心》、《詩與美》、《敦煌的唐詩》、《讀書與賞詩》、《抒情詩葉》、《詩林散步》也都跟詩學有關。還有《載愛飛行》、《珍珠船》卻是散文集。永武學長多年來教書兼行政職務，當過研究所所長，文學院院長。這些書都是他教書辦行政之間，空下來的五分鐘、十分鐘點點滴滴寫下來的。他的工作效率和毅力也教我羨慕不已。

又教書，又擔任行政工作，還要寫這麼多的書，人豈不要忙壞了？這又不盡然。永武學長最初寫《中國詩學》，可能是有系統、有企圖地寫，想為中國詩學的理論建立起一個體系。但是後來，可能是「從心所欲不踰矩」，雖然仍有著一個目標，一塊範圍，卻從自己閱讀詩篇，與人生體驗中觸發靈感，隨筆記錄下來。於是，寫作成為生活中的一種調劑，一種喜悅，一種享受。《詩林散步》最能顯示這種情趣。當詩已化為一座林園，讓人悠游於其間，生活於其間，學著處世的修養，領略愛情與友情，偶發巧思奇想，自具創造的智慧。始於瀟灑，終於曠達，快樂與幽默，自在其中。《詩林散步》這本集子裡，討論詩與瀟灑、快樂、智慧、修養、生活、處世、幽默、創造、友情、愛情、奇想、巧思、曠達的種種關係，透露的也許就是這樣的意思吧！

假如把《詩林散步》的範圍縮小到第一篇〈詩與瀟灑〉而稍加分析，也許可以更清晰地了解這本書的主題及其表達方式。〈瀟灑〉篇又包含九條細目，每條先引古詩兩句，再抒發它的意思。

例如〈心閒〉一條引唐貫休〈山居詩〉兩句，說明瀟灑起於內心逍遙的感覺；〈甘眠〉一條引宋陳摶〈辭別賦詩〉兩句，以為懂得放鬆自己的人，才可能瀟灑得起來。以下七條意念表出的方式也都如此。〈逸品〉條揭示生活的目標由富貴利祿轉向山水花鳥，可以創造瀟灑的風采；〈襟期〉條追索「瀟灑」的源頭，來自一片皎皎滿月般的「襟期」。〈合情〉條指出瀟灑的基本條件，是充分獨立的人格，和心安理得的自我。〈自賞〉條強調瀟灑的人一定欣賞自己的工作。〈孤芳〉條糾正「自賞」不可流於孤芳自賞，那不是瀟灑。〈無求〉條探討無求無待和瀟灑的密切關係。〈斑竹〉更以竹子的斑點無損於竹子的高風亮節，譬方人要學會與自己的過錯共存，不必強扮聖賢。這七條也都先引古人的詩句，然後發揮。

這樣一說，黃永武的用心是什麼，也就明明白白了：原來他自己在詩文的林園中散步，對人生多所體會，於是採摘其中嘉言麗句，跟讀者分享，希望對讀者的人生觀也有所貢獻。而這些人生觀既廣大而又精微，既中庸而又高明，在現實世界能夠做到，卻又有一番高雅脫俗的趣味。

說到「趣味」，不由得想起黃永武另一篇散文〈有趣與有味〉。黃永武認為，「趣」和「味」的境界，有高下的差別。講有色的笑話，打「酒官司」，負情偷情，官場升降的熱門話題，當時可能有趣，事後索然無味。而惜福樂善，種花栽竹，逍遙獨立，卻極有味。黃永武說：「交十個詼諧風趣的朋友，固然是人生一樂，也遠不如一個回味無窮的朋友，才是一生的福氣。」這一番話，也正是永武個人「趣味」之所在，可看作他對人生的注腳。

以上說的，大致上是針對黃永武文學作品的內容主題而說；下面再就形式技巧方面簡單地談一談。

黃永武寫過《字句鍛鍊法》，因此對鍊字鍛句，裁章謀篇之道，自然十分熟悉。免不了會在作品中表現出來。

《讀書與賞詩》一書中，有篇名為〈人人都說讀書好〉的，最能顯示永武兄修辭的技巧。這篇文章共分八章，第一章用

「讀書是一種清福」，我仍抱持著農業社會裡的老信念。

開始敘述。第二章開頭是：

讀書真是一種清福！

比第一章首句多了一個「真」字。第三章第一句是：

讀書是清福，這「清」字真妙！

又比第一章首句少了「一種」兩個字。而接著說：「這『清』字真妙！」強調「清」字的意味就更突出了。第四章開頭借用一位自認不敢忘記讀書的朋友的話說：

讀書是清福，我懂。……

比第一章首句多一個「真」字，少「一種」兩個字，接著用「我懂」兩字來作補充，別有一種「倒裝」的風味。這一、二、三、四章的開頭，統一中卻有著變化，重複裡蘊含著趣味。到了第五章，跳入眼簾中的句子是：

讀書真是享清福，唉，可惜我就是沒空！

突然在「清福」上面插進一個動詞「享」字。這一插，句子又捲起新的風雲。第六章，窮則變，變則通，當頭變成了：

「好友頻來書滿屋」，的確，好友好書，是人間二大清福！

「好書」之外，多了「好友」，而「清福」依舊。只是都從第一句退到第二句去了。第七章首句是：

讀書雖是一種清福，……

一個「雖」字，迴瀾逆轉，和一、二、三、四、五章的首句相激盪，一列列間隔著奔騰而來的浪頭卻永遠有不同的浪花。說到這兒，讀者也許有興趣猜猜：第八章開頭會怎樣來著？

杜牧曾經說過：「人道青山歸去好，青山曾有幾人歸？」同樣的，人人都說讀書好，閉戶讀書能幾人？

作者掉了句書袋，使我們原以為會由「讀書」、「清福」開頭的猜想全落空了。別懊惱，這種安排是有道理的，它點明了題目「人人都說讀書好」。且看全文最後一句：

古人形容詩書滿腹的人是「玉色金聲，從容和毅」，那是性靈充分得到涵養，真正體味出「讀書是清福」後的神情吧？

不是仍由「讀書是清福」收束全文嗎？而「性靈涵養」可看作作者讀書的理念所在，也可看作作者賞詩的理念所在。

在《抒情詩葉》中，有篇〈有夢真好〉。首段由「誰知道風有沒有夢」開始；用「我猜想：風是有夢的」結束。第二段由「誰知道花有沒有夢」開始；用「所以我猜想：花是有夢的」結束。第三段從「誰知道雪有沒有夢」開始，用「我猜想：雪是有夢的」結束。第四段由「誰知道月有沒有夢」開始，用「你想，月能沒有夢嗎？」結束，在重複中含有錯綜變化的趣味，可說是同一機軸。

修辭的問題談起來，值得探討的地方很多，時間所限，就說到這兒為止。

總之，永武兄賞詩讀書，講究的是適情養性，情的真，性的善；而表達方面，講究個「美」字。不知讀者們，覺得我說得對不對？（原刊於一九九四年八月十三日《中央日報．副刊》）

成長的苦澀

——我讀王安倫〈我的轉捩點〉

一個半世紀以來，對中國人來說，像是一場惡夢。這場惡夢，由一八四〇年鴉片戰爭揭開序幕，延伸到這個世紀，一直到今天。困在那塊苦難大地上的人們，詛咒著長城，詛咒著黃河，什麼時候能飛向蔚藍色的天空？躍進蔚藍色的海洋？而萍浮海角天涯的遊子，無論身在何處，永遠是「第二等人」，命運注定為「被侮辱與被損害的」。尤其令人難解的是，同是天涯淪落人，偏要冷漠相對，苛刻相待。是什麼因素使他們必須蘊藏自己，疏離同胞，甚或把自己承受的傷害轉嫁給同胞？但是，人總會成長的，對生命的真相總會有了解的一天。〈我的轉捩點〉訴說的，就是這麼一個天涯遊子的故事，充滿著成長的苦澀。

文章的類型屬敘事式的哲理散文。從一個中國留學生的觀點，寫出在紐約中國城餐廳打工時所見、所聞和所感。故事主角廚子老唐，原是有太太的。他的太太還是個留學生，為了拿綠卡才嫁給他，後來跟人跑了。從那個時候起，老唐開始酗酒。作者由愛訓人的副理說起，陪襯出老唐的既凶又粗；又用老胡和肥馬的口中補足了老唐乖僻的性格和婚變的經過。暑期過了一大半，作者心裡數著要見老唐的日子沒幾天了，想到以後再也不必提心吊膽地躲避那張隨時準備罵人、永遠噴著酒氣的大嘴，心裡有說不出的快樂。就在這個時候，移民局來抓非法打工的。老唐衝出廚房就跑，還叫有工作卡的跟他一起跑，作者來不及思慮，跟著也跑。後來才知道：老唐這樣作，只為了調虎離山，讓真正沒有工作卡的老胡、肥馬他們能逃過一劫。這突發事件，對作者是深具意義的。看人，不能只看表面，還要看看藏在深處可能傷痕斑斑的心；更不能只看平日，也要看看有事發生時的擔當。這使作者突破往日成見織成的繭，使心靈從自縛中解脫而出。對人性，或者更實際些說，對自己的同胞，有較為深入、真實、成熟而同情的認識。於是同胞之間，才能由疏離而回歸親密。所以作者說：「我知道我已不再是個孩子了」。文章的開頭，作者用戰勝激流，溯游返回出生地的鮭魚來比況自己這一族群；文章的結尾，作者敘述自己陪老唐觀看中元節前放河燈。作者說，對於老唐，「故鄉是回不去的家」，於是，只有寄望於信仰中能引導亡魂回家的河燈了。「鮭魚與河燈」，本來也是一個意象豐富的好題目，但是作者放棄不用，寧可以「成長」作為文章的主題，把鮭魚與河燈作為成長苦澀的背景。所以題目也就叫〈我的轉捩點〉了。

敘事式的哲理散文離不開人物。人物描繪的真實鮮活，是本文值得稱道的一點。作者沒有寫到老唐之前，先寫「副理」。「副理」在文章脈絡上是「橋樑」。在餐廳打工的留學生，頂頭上司就是這位「副理」，天天小眼對大眼，挨訓受責自然是免不了的。而一位嬌生慣養的「小小姐」，挨了罵要流淚又是免不了的。打工的總是同情打工的，既有人流淚，免不了就有人勸慰。勸慰的時候，拿自己的挫折來化解別人的委屈，還是免不了的。說自己的挫折時扯出餐廳的重心人物——

廚子，還免得了嗎？免不了，免不了，這許許多多的免不了，帶出文章中的主角廚子老唐，就相當順理成章了。作者這座「橋樑」搭得十分恰當。在人物刻劃上，這位「副理」還是紅花旁邊的綠葉，有著襯托的功能。你想想看，副理雖然不見得像她自己說的是哈佛碩士，但是受過相當教育是可以想像得到的，並且畢竟還和敘事者一樣是位女性。如此一位受過教育的「她」對自己女同胞尚且如此現實；那粗人一個又跑掉老婆的廚子老唐，可怕的程度，就更令人提心吊膽了。作者這種「襯托」的人物描繪法，寫來也可圈可點。作者寫「副理」，先寫自己挨訓，再寫老胡勸慰中罵「副理」是「老妖怪」，「最喜歡欺侮女學生」。這是先正面敘述，再側面補述的寫作手法。

作者寫老唐，先由老胡口中說出老唐不愛理人卻愛罵人的德行，是側寫；再由作者自己敘述對老唐「一臉醉矇矇」，「跟打工的都似乎結下深仇大恨」的印象，是正寫。然後由肥馬追說從前那個留學生下嫁老唐後，三天一小吵，五天一大吵，還拿著菜刀在後面追老唐的情形，恢復側寫。故事的高潮在老唐的調虎離山計，作者跟著老唐跑，所記全是眼見耳聞，再度正面來寫。所以描寫老唐一節，用的卻是側面、正面、側面、正面，多次交叉敘述法。老胡和肥馬在文章中充當旁敘者的角色。作者說老胡「頗有文學天才繪聲繪色」，因此老胡的話，作者常照本引錄。且看老胡說自己初到餐廳，領教過的老唐：

好好的「蘑菇雞丁」，廣東話成了「蒙古蓋釘」。行，「蒙古」就「蒙古」，「蓋釘」就「蓋釘」吧。客人點了，我到廚房門口拉開喉嚨就叫「蒙古蓋釘」。沒人應，我就再叫一聲「蒙古蓋釘」，依舊沒人理。那天客人叫了一盤「蘑菇雞丁」，廚房弄了三盤出來。我叫了三次嘛。……我這不鹹不淡的廣東話，不知挨他劈頭劈臉多少罵。……要不要吃飯啊！飯會吃，屎會拉，話不會講，是人啊！

寫實、滑稽，兼而有之，倒真有一番逗笑的能耐。肥馬是餐廳的老資格，他說老唐的掌故，作者就概略地帶過，只記下簡短的評論。所以兩位旁敘者，講話記錄的方式也有不同，趣味也就不同了。作者自己是主要的敘述者，她寫老唐跑，自己跟著老唐也跑，奇峰突起，緊張、刺激。這件事改變了作者對老唐的成見，也使作者成熟了。但是，老唐還是老唐，文章中有這麼一段紀錄：

「肥馬、老胡該脫身了吧？」老唐若無其事地說。然後他突然對身邊逗留不走的旁觀者狠狠橫上一眼，嘰咕道：「他媽的，有什麼好看！看你個頭！」

把老唐心善面惡的矛盾性格表現得逼真極了！

在文章的佈局照應方面，作者也下了相當的工夫。就像剛剛引錄的「老唐若無其事地說」句中「若無其事」一語，初看似乎漫不經心，可有可無；細想卻是伏筆，有微言大義在：它點出了老唐作事只憑自己良心，不在乎別人的說好說壞。試看下文，老唐對作者說：「你不必告訴任何人，知道嗎？」就是對前面伏筆的照應。於是為善不欲人知的心態就十分明白了。類此的照應，還有以下幾點：

一、老唐的太太為了綠卡才嫁給老唐，可見老唐本人一定早有綠卡了。所以，下文說移民局工作人員逮到老唐，「老唐還是不在意，不經心，那麼醉糊糊地，一隻手在圍裙上的口袋裡一掏摸，兩指夾著一張藍綠色的卡片，舉得高高地，一揚。『這是我的永久居留證。』」捉放一節，寫來懸疑緊張，結局理所當然。

二、老胡在移民局來人追趕老唐之際，換下衣服跑到別處，躲過一次被抓的劫數。上文也有伏筆：「老胡三十多歲，是我們打工中的少數。我們大多數是些學生，打工是賺取零用，權宜之計。老胡不同，他是跳船的，是個黑身分，沒有工作卡，除了中國餐館很難再找到棲身之所。」不就是伏筆嗎？

三、既然作者自己是學生，有工作卡，又知道老唐有綠卡，那還跟老唐跑什麼？這一點，作者一路伏線：「我來不及思慮，腳就先響應。」「『我以為失火了。』我定了神，嚅嚅地說。」「我提著的心落了下來，腦子清醒了，我很想笑卻笑不出來。」在突發情況下，人不免亂了手腳，尤其作者還是一位「小小姐」。你要求「泰山崩於前而色不變；麋鹿興於左而目不瞬」？那太過分了！

文章由「有人說，鮭魚是思鄉的」開始，由「而我卻覺得我們像是河裡的思鄉的鮭魚」結束。中間寫老唐，一層一層先把他描繪成惡煞凶神的樣子，然後奇兵逆轉，點出這個醉昏昏的粗人在有事發生時清醒與機智。結束之前寫老唐、作者、肥馬不約而同來看放河燈，結束之後還有一段「時光飛逝，不知今日老唐他們下落何方？……」算是尾聲了。全文前後呼應，環環相扣；其間敘事，懸宕搖曳，變化生姿。作者似非新手。

上文曾把這篇文章定位為敘事式的哲理散文，這並不意味著文章中沒有抒情的成分。去國離鄉，黯然銷魂，自古已然，今何能免？事實上作者也一直讓感情自然流露，而作者的語言表現，如：「故鄉對我們是模糊、親近而又陌生的，故鄉在夢中清晰，在清醒時捉摸不定。」「故鄉已是回不去的家，美國是醒了的夢。」這些矛盾語，更加強了它感人的效果，啟人深思。作者某些內心獨白，如：「路人圍過來一大圈，我雖然自忖沒做錯什麼，卻不知為何一心羞愧。我的臉上一陣熱，不敢抬眼看一切的人。」「我這一輩子還沒給像抓賊似的這麼追過。」一時倒真正體會到漂流異鄉的孤獨，自己非常可憐自己。」美國著名的心理學家威廉·詹姆斯（James, William. 1842–1910）有一句名言：「不是由於恐懼然後逃跑；而是由於逃跑產生恐懼。」作者的自白，正好說明了這種心理現象。

總之，作者充分了解這個苦難時代流浪異鄉的中國人的情結，尤致意於人性內在與外在的矛盾，日常與緊急時的矛盾，而喜用矛盾語把它呈現出來。情節環環相扣，人物給人真實感。榮獲全國僑生文學獎散文組第一名，是十分得當的。（原刊於一九九一年十二月號《幼獅文藝》。王安倫〈我的轉換點〉同號刊出。）

直教生死相許

——《阿伯拉與哀綠綺思的情書》責任書評

阿伯拉是十三世紀法國卓越的宗教哲學家。他擔任牧師福爾伯特的姪女哀綠綺思的家庭教師，兩人發生畸戀，並且有了小孩。福爾伯特要求他們結婚，哀綠綺思認為「結婚是哲學家的一個永遠致命的束縛」，遲遲不肯。福爾伯特僱兇手閹割了阿伯拉。哀綠綺思出家為修女；阿伯拉也遁入修道院。情書第一函是阿伯拉致友人菲林特斯信，自述慘事。此信真偽難明，據說輾轉落入哀綠綺思手中。她致函阿伯拉，誓言：我的叔父以為我愛的不是那個「人」，而是那個「男人」；但是，我愛你只有比從前更甚！他的回信充滿悔恨，勸她事奉上帝，並以身後之事相託。第四函她說：「上天命令我捨棄我對你的熱戀，但是啊，我的心不能從命。」他未回信。第五函她已知無可挽回，仍不能抑制思念之情。最後第六函，他要她別寫信了，服從福音的規律，把「親愛的」阿伯拉的感念，化為「真心懺悔」之阿伯拉的形影。書前有梁實秋先生〈關於阿伯拉與哀綠綺思〉的前言，和英譯本編者序；書後有梁先生譯後記。

舉案齊眉，有情人終成美眷，當然教人羨慕。似乎更多的愛情故事，如李商隱之與女道士，英王愛德華八世之與辛浦森夫人，卻都是畸態的，而且當時被認為非道德的醜聞。時間一久，居然一位是「千古情聖」，另一件成「世紀愛情」。所以阿哀戀史，《新月》雜誌廣告上既說是「超凡入聖」，我們也就無須援用《梵蒂岡憲章》四七至五二節所說：婚姻是人類最早出現的團體，具有「唯一性」及「不可分性」之類教義，加以論列了。雖然有時不禁要問：如果阿伯拉不是被閹，他會不會贊成哀綠綺思去作修女？想來阿伯拉似乎仍不免還有些男性沙文主義的自私！

愛情之外，還牽扯著幾乎和愛情同樣悠久、普遍而惱人的人性——嫉妒。阿伯拉說：「一個人過於優異，有時也是危險。」說來也有幾分道理。不過他對其師威廉和安塞姆的挖苦：「他臉上的皺紋比較他的天才與學識為更可敬些。」「僅僅見過他的人，都敬慕他；和他理論過的人，都十分失望。」也夠刻薄了。對其他同事也總是嘴巴不饒人。所以阿伯拉的悲劇，也可說是性格上缺陷造成的。一位天才，你應如何懂得謙虛？對於天才，我們應如何懂得寬容？這是另一個值得深思的問題。

用書信體裁來敘述抒發，自然很具親切感和說服力。哀綠綺思便說書信：「能引起如吾人對晤時一般的熱烈的心情；有言語的溫柔旖旎，有時更有言語裡所不能有的直率。」作者於此毋寧是十分自覺的。

本書依一九二八年中譯本重印，除了原版旁加密圈的佳句改粗體字排印外，文字未加修訂。此書原文是拉丁文，梁先生據 Miss Honnor Morten 的英譯本（一九二二年第六版）中譯。梁先生知道「情書」有一九二五年和一九四七年較新的英譯本（其實還有一九五一年更新的 L. K. Short

英譯本），可惜未參考來修正。那個年代講求直譯，「為了阻止你的淚」、「我聽說有什麼雄辯發達的地方」，還生硬得很，全不像今天梁先生行文之簡練流暢。且喜把 nun 譯作尼姑，把 monk 譯作和尚，林琴南如此，梁先生亦然。今天多譯作修女、修士了。又如「投到一位商波的門下」，這位商波，就是阿伯拉自傳《我的災難史》中的 Guillaume de Champeaux，也就是本書梁撰〈前言〉的「威廉（William of Champeaux）」。同書一名兩譯，讀者可能不知只是一人。許多西方典故，如「我拋棄了亞里斯多德和他的乾燥的定律，而去實驗較有才調的奧維得的條規」中，亞里斯多德固為眾所熟知，奧維得就知者甚尟，如加注釋，讀者當更容易了解了。（原刊於一九八七年八月一日《聯合文學》三十四期。《阿伯拉與哀綠綺思的情書》，譯者梁實秋先生，臺北九歌出版社一九八七年元月出版。）

心清平野闊

——馮克芸〈朔北之野〉給我感受的真切

文學表現性情；文學反映時代。只有在心靈澄清之後才能使複雜多變的感情表現得更合乎善良而永恆的人性；也只有平靜透澈的心靈才能正確與全方位地觀照時代。從而啟發了讀者心智，擴展了讀者視野，引導讀者對人生、對世界有更真切的感受與認知。

〈朔北之野〉的作者，在讀到父親在大陸上的妻子給父親的信之後，淚流滿面，這是〈湧泉〉。於是回溯自己十多年前發現父親在大陸已有妻女後的種種委曲，這是〈伏流〉。接敘自己和大陸異母姐姐通信和父親去大陸探親，這是〈激湍〉。父親探親回來，對臺灣的妻女，反而特別疼愛起來，這是〈汪洋〉。其間有辛：作者小時候連一張自己的床都沒有，三姐妹必須輪流搭鋪換著睡。有怨：怨父親過分節儉，一心只想把錢帶回給大陸的兒女。有酸：這個家只是父親的「家」的一半，自己和「一群別人」分享著父親的愛這許久！有歉：畢竟父親在大陸的妻女比自己承受的是更多更甚的痛苦與淒楚。人的感情，在這時代的悲劇中表現得最為複雜而真切了！

但是，善良的人性卻是永恆的：父親逃亡來臺後的內疚與懊惱；母親幫助父親完成探親心願的雍容大度；大陸的大姐因承受不住團聚的突來刺激而輕微精神錯亂；大陸的么姐因為小時候從未見過父親的面而堅持要和父親擠在一個房間裡一次；甚至作者「略帶罪惡感地慶幸父親的前妻已改嫁」，都是真切、善良、可貴的人性。中國傳統所說的愛，原是儒家本乎人性有等差、有分別的「仁愛」；而不是墨子無等差、無分別矯情的「兼愛」。作者「同情」父親前妻的遭遇，但更「愛」其親娘，這是天經地義，合乎人性的。

有兩段談話頗能微妙地呈現出時代的影子。一是大陸一位老者對作者父親說的：「與其說我恨毛澤東，不如說我怨蔣介石……如果不是……哎，都過去了，都過去了！」一是作者父親告訴作者的：「你看爸爸反共反了一輩子，反來了三個共產黨的女兒，我還有什麼話說？」我真切感受到時代的荒謬與反諷！

「心」是一面「鏡」，當它清澈時，才能鑑別雲影，呈現天光。由〈湧泉〉而回溯〈伏流〉，經〈激湍〉而歸於〈汪洋〉，正是「心鏡」隨著歲月波動起伏而終於平靜的一個暗喻。就這樣，作者讓我們共同擁有遼闊的〈朔北之野〉。（原刊於一九九二年二月十八日《中央日報・副刊》。馮克芸〈朔北之野〉同版刊出。）

在曠野有人聲呼喚

——劉還月〈闇瘂鶴鳴〉讀後

在我個人來說，審讀這篇散文時，覺得自己進入一個前此從未涉足但又十分親切的世界。對於「平埔族」，除了知道是臺灣原住民的一支外，我別無了解。因此首節〈平埔的歌〉，一開始就以一種異樣的情調和幾許神祕的色彩，強有力的吸引著我，使我急急地要去了解那或許行將消失的特殊文化。

〈牽田〉歌詞是平埔族語用漢音記錄下來的，這當然增強了文章的異樣、神祕和特殊性。作者用懸宕、疑惑的語氣詢問「那到底是什麼樣的歌」，讀者的好奇心被引上來了。再借歌者「阿知伯公」改用閩南語開講，約略說明了歌詞的意思。

於是稍帶感性的文字收斂起來，知性的文獻上場，包括國人寫的《諸羅縣志》和日人寫的「熟蕃」研究。紙面的記載和地面的變遷相互映襯，箣竹叢中洋房包圍著土埆厝；青銅劍、硃砂筆取代了白布幡。時間的遞嬗不只顯示出一種弱勢文化在強勢文化相繼出現後的衰落，也顯示島上各種文化既融合又多元的錯綜性質。

第二節〈亂彈的曲〉可能有多層的意思。「亂彈」又名「花部」，在戲曲上是「雅部崑曲」的相對詞。清李斗《揚州畫舫錄》：「雅部指崑山腔；花部為京腔、秦腔、弋陽腔、梆子腔、羅羅腔、二簧調，統謂之亂彈。」作者說：「大概從清中葉以降，亂彈班便成各野臺劇種中的正棚戲，除擁有在廟正前方戲臺演戲的『特權』，許多相關的祭典，如建醮奏表、開廟門、跳鍾馗……等，都委由亂彈班的演師兼任。」這只是第一層意思。太平洋戰爭的「亂彈」把戰火引到島上，由唱平埔族〈牽田〉歌的「蜘蛛知仔」，成長為唱野臺戲、跳鍾馗的「阿知仙」到今天的「阿知伯公」，這歌者傳奇性的一生和唱的各種歌都是另一種「亂彈」。到更後，亂彈班沒落了。阿知仙無論再怎麼賣力扮好趙匡胤，掌聲依然日益稀少；即使扮個大奸臣，也不會有人朝他吐口水。「這竟是個日益忠奸不分的年代呢？」還有，阿知伯公在臺中等車，遭到不良少年搶劫，這個「劇變」的社會，豈不也是一首「亂彈的曲」？

結尾的是〈闇瘂的鳴聲〉，這一節，氣氛經營令人激賞。村人的閉門窗，佩符籙；演師鬥白虎的自白；以及跳鍾馗的勅咒，形成全文最後的高潮。於是曲終人睡，在此起彼落的鼾聲中，孤單寂寞的阿知伯公覺得自己高昂獨特的聲音，彷彿漸沙啞而微弱。點出題目「闇瘂鶴鳴」的主旨，也點出題目下所引《詩經》「鶴鳴于九皋，聲聞于野」的用意。

我覺得，作者找著了一個重要但被忽略的好題材。揉合「平埔語」、「閩南語」、「國語」、「文言文獻」、「日人研究文獻」、「戲曲歌詞」、《詩經》等等不同的語言，把島上糾結複雜不能割切的特殊文化現象恰如其分地呈現出來。作者對此文化現象所作的田野考察和文獻鑽研雙方面都十分虔敬而細心。各種語言的綜合使用而能上下妥貼通貫，這份文字操縱的能力也令人敬佩。全文氣氛的經營，看似自然而實有理路的結構，使知性的題材充滿震撼人心的感性效果，把類似報導文學的作品提昇到藝術的境界。（原刊於一九八八年十月十七日《中央日報・副刊》。劉還月〈闇瘂鶴鳴〉同版刊出。）

詩和戲劇

引人參化的精美語言

——徐志摩詩〈再別康橋〉析評

輕輕的我走了，
正如我輕輕的來；
我輕輕的招手，
　作別西天的雲彩。

那河畔的金柳，
是夕陽中的新娘；
波光裡的艷影，
　在我的心頭蕩漾。

軟泥上的青荇，
油油的在水底招搖；

在康河的柔波裡，
我甘心做一條水草！

那榆蔭下的一潭，
不是清泉，是天上虹，
揉碎在浮藻間，
沈澱著彩虹似的夢。

尋夢？撐一支長篙，
向青草更青處漫溯，
滿載一船星輝，
在星輝斑斕裡放歌。

但我不能放歌，
悄悄是別離的笙簫；

夏蟲也為我沈默，
　沈默是今晚的康橋！

悄悄的我走了，
　正如我悄悄的來；
我揮一揮衣袖，
　不帶走一片雲彩。

一、作者

徐志摩，原名章垿，浙江省海寧縣硤石鎮人。生於清光緒二十二年十二月十三日（一八九七年一月十五日）。在國內讀過滬江大學、北洋大學、北京大學。後留學美國，一九一九年六月畢業於克拉克大學社會系。九月入哥倫比亞大學，一九二〇年九月得文學碩士學位。又到英國倫敦大學研究政治經濟，再轉到康橋大學的王家學院作選科生。一九二二年回國，曾任北京大學、清華大學、上海光華大學、大夏大學、南京中央大學教授。一九三一年十一月十九日，從南京乘飛機去北京，途經山東省濟南黨家莊，飛機在霧中觸山岩，遇難而死。

徐志摩自述人生觀是一種「單純信仰」，胡適之在〈追悼志摩〉一文中指出，這種「單純信仰」裡面只有三個大字，「一個是愛，一個是自由，一個是美。」所以徐志摩在作品中表現著他的「情愛、敬仰心、和希望」。他的天才是多方面的，新詩、散文、小說、戲劇，都曾嘗試創作；尤以新詩、散文最有成就。他的散文晶瑩蘊藉，詞采絢爛，富於情趣，他的詩想融合歐美詩律，和中國詩的風格，形成一種新抒情詩體。在奔放曲折裡能充分運用《詩經》、民歌的複疊調。可惜英年早逝，遣詞造句偶有生硬的地方。他的著作，詩集有：《志摩的詩》、《翡冷翠的一夜》、《猛虎集》、《雲遊》。散文集有：《落葉集》、《自剖集》、《巴黎鱗爪》、《秋》。短篇小說集有：《輪盤》。劇本有：《卞昆崗》。書簡有：《愛眉小札》、《志摩家書》。日記有：《志摩日記》。以上著作現皆收存於蔣復璁、梁實秋主編之《徐志摩全集》。

二、解題

康橋，也譯作劍橋，是英格蘭的一個都會。在英京倫敦北邊約八十公里，靠近劍河，為劍橋大學所在地。劍橋大學是英國最著名的古老大學，與牛津大學齊名。原是一個宗教學術中心，西元一二三三年（宋理宗紹定五年）就成為頗具規模的大學。曾經培養出不少的宗教改革家、自然科學家、數學的權威。是一座把學生當成生物，讓生物生長，卻不把學生當成礦物，讓礦物定型的學府。

徐志摩曾三遊康橋。一九二〇年，徐志摩在哥倫比亞大學得到文學碩士學位後，為了想跟英國當代大哲學家羅素讀點書，於是橫渡大西洋，到了倫敦。沒想到羅素為了反戰和離婚，已被劍橋大學除名了。徐志摩只好先在倫敦大學政治經濟學院混了半年，十分孤寂、苦悶。一位英國作家狄更生介紹徐志摩去劍橋大學作選課生，使他邂逅了康河的嫵媚。聽課、看書、閑談、喫茶、散步、划船之餘，「畢竟在知識道上，採得幾莖花草；在真理山中，爬上幾個峰腰。」一直到一九二二年回國，這是第一次。〈再會吧康橋〉一詩，就是這次寫的。

一九二五年，是徐志摩生命史上最有收穫也最可紀念的一年。《巴黎鱗爪》、《自剖集》、《落葉集》、《翡冷翠的一夜》、《愛眉小札》都是這一年寫的。這年三月，徐志摩由東北，出西伯利亞，經莫斯科，到達歐洲，遍遊德、法、意、英、北非各地，當然又在康橋留連一番。八月回國，還寫了一篇〈我所知道的康橋〉。

一九二八年八月，徐志摩由海路經泰戈爾的故鄉到羅素的故鄉。仍沒有忘記拜訪當年留學的地方。回程寫了這首〈再別康橋〉，時間是那年十一月六日。後發表在一九二八年十二月十日出版的《新月月刊》。

繼以頂針。構成此詩連綿而又緊湊的旋律。

三、結構

〈再別康橋〉共計七章，每章四句。首尾兩章，迴環往復，前後呼應；中間五章，物換景移，

先說首尾兩章。

首章首句就點出「走了」，末句補足「作別」的意思。而「輕輕的我」「我輕輕的」，反覆三疊，構成此章的節奏感。我們知道：「近體詩」有「對」和「黏」的講究。奇數句和偶數句之間要「平仄相對」；偶數句和奇數句之間要「平仄相黏」。例如五律仄起式首句「仄仄平平仄」，二句「平平仄仄平」。奇句「仄仄」起頭，偶句必「平平」起頭，這叫作「對」。第三句則為「平平仄仄」，與第二句相較：偶句「平平」起頭，奇句也「平平」起頭，這叫作「黏」。從這種格律來看〈再別康橋〉首章，首句「輕輕的我」和次句「我輕輕的」，詞序相反，有點像「近體詩」奇偶句間的「對」；次句「我輕輕的」和三句「我輕輕的」，詞序相同，有點像「近體詩」偶奇句間的「黏」。這是本章結構上的特色。

末章一、二兩句，是首章一、二兩句的反覆。只是「輕輕」改成「悄悄」罷了。三、四兩句，首章是：「我輕輕的招手，作別西天的雲彩。」末章作：「我揮一揮衣袖，不帶走一片雲彩。」雖然文字改動，但到底仍由「我」字起，「雲彩」結。所以一、二句可說是同中有異；三、四句

可說是異中有同。在這統一中有變化，變化中有統一的句子中，構成本詩迴環呼應的韻律。

再說中間五章。

第二章由「河畔金柳」移向「波光豔影」，依次用了：「金」、「新」、「豔」、「蕩漾」，以貫串四句，意象十分濃豔。第三章鏡頭轉向「水底」，「軟泥上的青荇」的特寫，便呈現我們的眼前。第四章拍攝「清泉」的倒影，空靈、奇幻、美麗。二、四兩句，各用一個「虹」字，而一實、一虛，以統領全章。統觀二、三、四章，自河畔金柳、而波光豔影、而水底青荇、而清泉倒影，鏡頭運轉，物換景移，自有一種合乎自然的內在邏輯！

四、五、六章，作者更採用「頂針」的手法，加強外在的連繫。四章以「夢」字結，五章以「尋夢」起；五章以「放歌」結，六章以「但我不能放歌」起；於是由康河的景色，推移到作者的「漫溯」和「放歌」，從而進入作者別離的情緒之中。這些頂針句，實已負起章與章間橋梁的任務。而五、六兩章的三、四兩句：「滿載一船星輝，在星輝斑斕裡放歌。」「夏蟲也為我沈默，沈默是今晚的康橋！」五章以「星輝」頂針；六章以「沈默」頂針，又構成全章內部的統一和諧。

四、修辭

〈再別康橋〉一詩，徐志摩並不怎樣刻意於字句的修飾。除了在「結構」中指出的首尾複疊、前後頂針外，作者只是偶而使用「譬喻」、「轉化」、「倒裝」的修辭方法。

「譬喻」出現在一、二、七章。

第一章「輕輕的我走了，正如我輕輕的來；」是一很妙的譬喻句。通常取譬，總是希望喻體和喻依距離越遠越好。在本質截然不同的兩件事物中，發現竟然也有共通之點，於是妙手拈來，自成佳譬。如：「存在主義之於知識界流行著，猶同新舞步之流行於夜總會。」或：「菸酒之於人生，猶如標點之於文字。」等等。要是說：「他的上排牙齒很整齊，就像他的下排牙齒很整齊一樣。」就沒什麼意思了。可是：「輕輕的我走了，正如我輕輕的來；」我們卻能在悄悄來去中領略其始終如一的不忍干擾天地的愛心，所以我說「很妙」。第七章譬喻同此。

第二章也有一巧喻：「那河畔的金柳，是夕陽中的新娘；」只是「喻詞」不像第一章用的「正如」，而改用「是」罷了。在修辭學上，如果說「金柳像新娘」，叫作「明喻」；如果說「金柳是新娘」，叫作「隱喻」。喻詞用「是」，這是比「像」更深一層的認定。其中隱含玄機，留待「思想」節再說吧！

「轉化」出現在四、五兩章。

第四章二、三行：「是天上虹，揉碎在浮藻間，」虹，是日光射於水滴，經二次折射，一次內部反射，所產生的環形光譜。原無實質可言，怎樣能夠「揉碎」呢？第五章第三行：「滿載一船星輝」，星輝，同樣只是一種光線，又怎樣能夠「滿載」呢？原來作者把這些非實質存在的事物，當作實質存在，予以「形象化」了。

第四章第四行：「沈澱著彩虹似的夢」。夢是人類睡眠中的意識活動，怎樣能夠「沈澱」呢？作者顯然把人類活動當作物質現象來處理，予以「物性化」了。李商隱〈無題〉詩：「春心莫共花爭發，一寸相思一寸灰！」李清照〈武陵春〉詞：「只恐雙溪舴艋舟，載不動許多愁。」都是人類活動的「物性化」。

轉化中的「人性化」，使用的很普遍；而「形象化」、「物性化」，使用的較少些。其實「形象化」、「物性化」的藝術效果，決不在「人性化」之下呢！

「倒裝」出現在首尾兩章和第六章。

首章「輕輕的我走了」，尾章「悄悄的我走了」，當然是「我輕輕的走了」、「我悄悄的走了」的倒裝。這一倒裝，使得複疊的句法，起了錯綜變化。

第六章也有兩句倒裝句：第二句「悄悄是別離的笙簫」，是「別離時笙簫是悄悄的」倒裝；第四句「沈默是今晚的康橋」，是「今晚的康橋是沈默的」倒裝。為什麼要倒裝？為了「悄」、「簫」、「橋」的叶韻；為了三、四句「沈默」與「沈默」的頂針；也為了二、四兩倒裝句的平行。這一點，頗似近體詩的「拗救」。所謂「拗救」，就是上面該平聲的地方用了仄聲，所以下面該仄聲的地方用平聲，以為抵償。此章第二句倒裝是「拗」；第四句倒裝是「救」。拗而能救，於是負負得正，上下平行，就不為病了。

五、節奏

影響詩歌節奏的要素很多，這兒特別值得注意的是「句式」和「聲韻」。

如果以阿拉伯數字表示這首詩不叶韻句的字數，以中國數字表示叶韻句的字數，再在下面注明中華新韻的韻目，那麼，此詩的句式和叶韻是這樣的：

第一章	6七6七	開韻
第二章	6七6七	唐韻△
第三章	6八7八	豪韻
第四章	7八6八	東韻△
第五章	7八6八	歌韻△
第六章	6八7八	豪韻
第七章	6七6七	開韻

由上列現象，可以歸納出此詩的一些規則：

一、每行最短六字，最長八字。偶句句尾叶韻，即十三字到十五字叶一韻。我們知道：在西洋，詩句的音數極為人們所重視：英詩每行普通是八個音或十個音；法詩每行往往多至十二個音。

中國詩，四言雙句叶韻，即八個音叶一韻；五言雙句叶韻，即十個音叶一韻；七言雙句叶韻，即十四個音叶一韻。〈再別康橋〉十三字至十五字叶一韻，節奏相當弛緩而悠長。

二、句式前後略具對稱形式。一、二、七章均為6七6七；三、六章均為6八7八；四、五章均為7八6八。

三、韻腳方面，首尾兩章均為「開」韻；顯示前後的統一；中間五韻依次為：唐、豪、東、歌、豪，逐章換韻，代表聲情的曲折變化。

四、句式和叶韻間有微妙的配合。例如：一、七章句式均為6七6七，都叶開韻；三、六章句式均為6八7八，都叶豪韻。

下面再分章說明其節奏。

第一章，每行短則六字，長則七字，在全首詩中算是最短小的了。句末「我走了」、「來」，是單數。鄭因百（騫）先生在〈論北曲之襯字與增字〉一文中名之為「單式」，以為其聲響「健捷激裊」。而「招手」、「雲彩」，是雙數，鄭先生名之為「雙式」，以為其聲響「平穩舒徐」。單式和雙式的均勻配合，使其節奏變化，韻致諧美。前三句每句有疊字衍聲複詞「輕輕的」，無論意義上的暗示或聲音上的感受，都有空靈輕快之致。加上句末叶「開」韻「來」、「彩」，於曲韻屬「皆來」韻，曾永義在〈影響詩詞曲節奏的要素〉一文中指出：「皆來韻瀟灑。」

第二章，句之長短承前章。句末「金柳」、「新娘」、「艷影」、「蕩漾」，都是雙數，節奏轉為平穩舒徐。句末叶「唐」韻「娘」、「漾」，於曲韻屬「江陽」韻，曾永義說：「江陽韻壯闊。」第二句「是夕陽中的新娘」中的「陽」，第三句「波光裡的艷影」中的「光」，皆為「中韻」；加上第四句「蕩漾」疊韻，使節奏產生了頓挫緩慢的變化。

第三章，每行字數加長了。一行末用「青荇」，二行末用「招搖」，四行末用「水草」，都屬「雙式」；第三行末用「柔波裡」為「單式」。舒徐中有激昂的變化。句末叶「豪」韻的「搖」、「草」。王易在《詞曲史》中以為「飄灑」。

第四章，全部是「單式」，節奏快速。句末「虹」、「夢」為「東」韻。曾永義說：「東鍾韻沈雄。」

第五章，全部是「雙式」，節奏徐緩。句末「溯」、「歌」為「歌」韻。王易云：「歌哿端莊。」

第六章，全部是「雙式」，節奏徐緩。除句末「簫」、「橋」叶「豪」韻外，「悄悄」是「頭韻」，使節奏有了破折變化，益顯纏綿。

第七章，長短、句式、叶韻，均近首章。必須指出的是，首章「輕輕」改成「悄悄」了。這不僅為了「抽換詞面」，構成錯綜變化；而且也為了在聲音上與第六章「悄悄」、「簫」、「橋」形成上遞下接的韻律。

關於聲韻和意義的關係，這種屬於語言學的文學批評，方興未艾，大有可為。我曾經想到以《佩文韻府》為對象，將所列語詞之意義與其聲韻作一分析，求取其中關係。此事非運用「電腦」

不可，不知有那位仁兄願意嘗試！

六、思想

假如詩只是精美的語言，那麼，研討了詩的結構、修辭、和節奏，也就夠了。事實上，詩是引人入勝的精美語言，因此，更需一探其思想上的勝境。

〈再別康橋〉，一開始就是「輕輕的我走了，正如我輕輕的來；」在「修辭」節，我已指出此是「始終如一的不忍干擾天地的愛心」。接下是「我輕輕的招手，作別西天的雲彩。」這不能純用修辭學上「轉化」格的「人性化」去解釋。在作者的意識形態裡，並不把「雲彩」當作「異類」，他是與我交好的朋友。就像宋儒張載在〈西銘〉中所說的：「民，吾同胞；物，吾與也。」由於這種意念，作者不為「人」、「物」嚴立界線，所以第二章會說：「那河畔的金柳，是夕陽中的新娘；」而吾心即物理，物理即吾心。是故「波光裡的艷影」，亦能「在我的心頭蕩漾」，形成此心物交融，內外混同的境界。第三章：「在康河的柔波裡，我甘心做一條水草！」為作者與自然混同的決心；第四章：「是天上虹，揉碎在浮藻間，沈澱著彩虹似的夢。」為作者與自然交融的極致。誰還有比這更美麗的夢呢？第五章：「向青草更青處漫溯」，漫溯，顯示出忘機與無心；「在星輝斑斕裡放歌」，又別是一番天人交通的歡喜氣象。於是乎，我心動處，天地萬物亦動；我心靜時，天地萬物亦靜。自然體驗出「悄悄是別離的笙簫」，而「夏蟲也為我沈默」了！儒家的經典《中庸》曾指出：「唯天下至誠為能盡其性；能盡其性，則能盡人之性；能盡人之性，則能盡物之性；能盡物之性，則可以贊天地之化育；可以贊天地之化育，則可以與天地參矣。」我雖不能說徐詩可以贊天地之化育，但那種與天地參的意境卻是十分明顯的。鄭愁予論詩，亦有詩境三層界之說：第一層界，詩人完全以自己私人的生活為出發點；第二層界，關懷到周遭的大環境、社會的變遷、國家民族的命運；第三層界，談到了宇宙本體，談到了人和自然的結合。這是人類所追求的最高、最安詳、最與自然無間的境界，是很難達到的。但是〈再別康橋〉達到了這個第三層界。末章：「我揮一揮衣袖，不帶走一片雲彩。」和首章：「我輕輕的招手，作別西天的雲彩。」在意識形態上有極大的差別。首章言「招手作別」，是把「雲彩」視為人；末章言「不帶走」，則視「雲彩」為物。過去，作者把雲彩當作人，又甘心為柔波中的水草；現在，作者卻從心物交融、內外混同的境界跳出，到達了我祇是我，雲彩祇是雲彩的境界。禪宗的經典《指月錄》卷二十八記載惟信禪師告訴學僧的話：「老僧三十年前未參禪時，見山是山，見水是水。及至後來親見知識，有個入處，見山不是山，見水不是水。而今得個休歇處，依然見山祇是山，見水祇是水。」我們可以理解：「不帶走一片雲彩」比「作別西天的雲彩」境界還要高一層。使我們醉心於作者「手揮五絃，目送鴻雁」的灑脫！（原刊於一九七九年十二月《明道文藝》四十五期）

〈思凡〉爭議的省思

——兼論作品觀點與讀者反應

一、崑曲〈思凡〉的淵源及演進

崑曲〈思凡〉的淵源，可能是明嘉靖萬曆年代民間流行的折子戲。徐文昭編《新刊耀目冠場擢奇風月錦囊正雜兩科全集》，簡稱《風月錦囊》，已收有〈尼姑下山〉。《風月錦囊》原刊於何年，無法查考。現存的是嘉靖三十二年（癸丑・一五五三）重刊本。在臺北學生書局出版，王秋桂主編的《善本戲曲叢刊》中：萬曆二十八年（庚子・一六〇〇）刻本，劉錫所輯《樂府菁華》有〈尼姑下山求配〉和〈和尚戲尼姑〉。萬曆三十八年（一六一〇）刻本，吉州景居士編《玉谷新簧》；萬曆間刻本，黃文華選輯的《詞林一枝》：都有〈尼姑下山〉。明末黃儒卿選輯《時調青崑》則有〈小尼幽思〉。這些都是〈思凡〉的早期形態。而刻本如此之多，可見當時風行之一斑。

《風月錦囊》中的〈尼姑下山〉，在「引」中就有「昔日賀善生，一頭挑母一頭經。」和起源於西晉三藏竺法護所譯《佛說盂蘭盆經》中的「目連救母」故事有些牽扯。明代戲曲作家鄭之珍，寫過一本傳奇，全名《目連救母勸善戲文》，簡稱《目連救母》，又稱《勸善記》，明萬曆十年（一五八三）刊行。劇情則敘述善人傅相，廣濟孤貧，齋僧布道，升天受封為「天曹至靈至聖勸善大師」。可是其妻劉青提卻開葷殺生，不敬神靈，於是被打落地獄。兒子傅羅卜生性孝順，歷盡艱辛往西天懇求佛祖超度。佛祖嘉其孝義，許他皈依佛門，賜名大目犍連。目連尋母去了地獄，遍經十殿，終於感動神明，於是母子重逢，同升天界。《目連救母》原是在佛教因果輪迴思想的基礎上宣揚孝道。為了討取觀眾的喜愛，劇中也吸收一些民間故事。〈尼姑下山〉就是其中一齣，可以單獨演出。到了清朝乾隆年間，張照參考了鄭之珍的《目連救母》，改編成《勸善金科》。其中第五本卷上第九齣〈動凡心空門水月〉中有〈思凡〉一目，曲調形式卻承襲了《風月錦囊》的路數。清乾隆三十九年（一七七四）錢德蒼在玩花主人原編的基礎上增補重編的《綴白裘》所收的有〈思凡〉；清乾隆五十九年葉堂編輯的《納書楹曲譜・外編》中也附錄「時劇」〈思凡〉，劇情內容及歌詞幾乎完全相同。今天所習見的崑曲和京戲中的〈思凡〉，如王大錯述考、鈍根編次、燧初校訂，上海中華圖書館印行，上海大東書局重印，臺北里仁書局一九八〇年七月影印本《戲考》，總頁三六三一至三六三三的〈思凡〉，曲牌、歌詞與《納書楹曲譜》所錄相同。只添加了道白而已。〈思凡〉就此定型了。

二、〈思凡〉的藝術評價

少女懷春，原是人情之常；但是已遁入空門的尼姑，竟然思凡而下山，這就有些異常了。戲劇的張力，就建立在這異常的現象之上。

首先，我要指出：劇中的某些名稱常常語帶雙關，含有反諷的意味。例如小尼姑叫「趙色空」。既然名「色空」就當姓「釋」，而不是俗姓「趙」，所以「趙色空」本身就是一矛盾語。又她的法名「色空」，這當然是採用了《般若波羅蜜多心經》中「色即是空」的意思。然而事實上她色蘊不空，這個法名的反諷意味十足。又如小尼姑所住的「仙桃庵」的「桃」字原含逃世之意，〈桃花源記〉便是很好的例證；但在〈思凡〉戲中，似指「桃色」、「桃花運」，這便語帶雙關了。雙關和反諷就像憑空蹦出的調皮精靈，在戲劇中常能逗得觀眾忍俊不住。

在人名和地名的雙關與反諷之後，〈思凡〉呈現了外力支配和個體自主間的矛盾，它強調了趙色空的削髮為尼，不是出於自己的意願，而是出於父母和師父的安排。如唱詞中有：「只因俺父好看經，俺娘愛念佛……生下我來疾病多，因此上把奴家捨入在空門為尼寄活。」「小尼姑年方二八，正青春被師父削去了頭髮。」便非常清楚地說明了這種情況，同時為底下的「思凡」、「下山」留下伏筆。另外，道白所說：「想我在此出家，非關別人之事啊！」更直截了當地表明了個體生命之具有自主權，不容別人支配，包括自己的父母和師父在內。

而宗教信仰與自由願望間的衝突更是無比強烈。趙色空唱出了佛門對人間男女的諸多限制：「佛前燈做不得洞房花燭，香積廚做不得玳筵東閣。鐘鼓樓做不得望夫臺，草蒲團做不得芙蓉、芙蓉軟褥。」決心「下山去尋一個年少哥哥。憑他打我、罵我、說我、笑我。一心不願成佛，不念彌陀，般若波羅。」甚至誓言：「怎能夠成就了姻緣，就死在閻王殿前，由他把椎來舂、鋸來解、把磨來挨、放在油鍋裡去炸。啊呀，由他！」代表一種衝出佛門，勇往直前，無怨無悔的自由意志。每個人都有選擇自己前途的權利，並負擔由此而生的責任與後果。

名稱與事實間的矛盾，外力支配與個體自主間的矛盾，宗教制約與自由意願間的矛盾，使劇情高潮迭起，猛烈撞擊著讀者的心靈。這是〈思凡〉在書面語言所呈現的藝術成就。而在舞臺表演方面，這是我完全外行的，我只好借重專家賴橋本先生，和名演員劉復雯女士的意見。賴先生是我在臺灣師大國文系的同事，專研戲曲。他在〈崑曲「思凡」的來源〉一文中曾指出：

〈思凡〉一劇由於曲調流美，文詞生動，成為崑曲最常表演的劇目之一，京劇則按崑曲的劇本演出。近代著名的崑曲、京劇演員都擅長表演此劇，如陳德霖、韓世昌、梅蘭芳、程硯秋都演過〈思凡〉。由於歷代藝人不斷的研究、創新，增添許多優美的腔調與舞蹈動作，使得〈思凡〉成為載歌載舞的好戲，最能表現傳統戲劇「無聲不歌，無動不舞」的藝術特色。崑曲中有「男怕〈夜奔〉，女怕〈思凡〉」的說法，就是因為這兩齣戲都是從頭到尾，一人演唱到底，而且舞蹈繁多，動作複雜，載歌載舞，一氣呵成，沒有工夫的人，是無法演好的。

劉復雯女士出身於復興劇校，是第一屆「復」字輩的高材生。曾擔綱演出〈思凡〉，她在「〈思凡〉

爭議的省思」座談會，也發言說：

> 崑曲在各類劇種中，詞句的結構、音韻的組合，在意境和格調上的層次比較高，尤其唱腔與身段的結合特別嚴整，這些對演員來講，是一種藝術表演修養的測定，因此通常一個演員，在自身技藝已達到一定的程度時，是樂於嘗試這齣戲的。

原來〈思凡〉一劇，由於高格調和高難度，已成為對藝人「藝術表演修養測定」的標準戲了。

三、〈思凡〉爭議的回顧

清嘉慶十二年（一八〇七）刊行的李斗所著《揚州畫舫錄》已記載著：「樊大悍其目而善飛眼，演〈思凡〉一齣，始則崑腔，繼則梆子、羅羅、弋陽、二簧，無腔不備，議者謂之戲妖。」演〈思凡〉而被議為「戲妖」，可能指的是其「人」；但演〈思凡〉而須「飛眼」，則戲之宜媚可知。如此說來，〈思凡〉爭議，由來早矣。

至於當代，記得林語堂來臺定居，為中央社撰寫「無所不談」專欄，有一次也碰到了〈思凡〉的敏感話題，引起佛教界一片抗議聲。後來林語堂在〈來臺後二十四快事〉中，還說：「無意中傷及思凡的尼姑，看見一群和尚起來替尼姑打抱不平，聲淚俱下，不亦快哉！」

最近一次的爭議，則發生在一九八七年間。那年四月《國文天地》第二十三期有一篇楊振良寫的〈傳燈續火不寒食〉，文中提到《孽海記》「尼姑思凡」：

小尼姑更是在長伴青燈，寂寞難守，看見人家夫妻雙雙對對，也唱出「不由人心熱如火」，想逃下山去尋一個年少哥哥！

結果引起佛教護教組的抗議。《國文天地》因此還舉辦了一次「〈思凡〉爭議的省思」座談會。邀請魏子雲、李殿魁、呂凱、黃盛雄、劉復雯、楊惠南和我參加。由林政言紀錄。在一九八九年四月《國文天地》第四十七期刊出。

林語堂和楊振良文章引起佛教界的抗議，抗議的理由都是「尼姑思凡」有侮辱佛門之嫌。

四、〈思凡〉是否侮辱佛門

個人以為〈思凡〉唱出「不由人心熱如火」，想逃「下山去尋一個年少哥哥」，只代表非自願出家，一心想還俗的趙色空個人的意願。但唱詞〈哭皇天〉一節：「又只見那兩旁羅漢，塑得來有些傻角。一個兒抱膝舒懷，口兒裡念著我。一個兒手托香腮，心兒裡想著我。一個兒眼倦開，朦朧的覷著我。」拿迴廊兩旁的羅漢開玩笑，卻傷及佛門的尊嚴。我的意思是說，佛門中有一兩位弟子可能會思凡還俗，但把佛門崇拜的羅漢說成「念著我」、「想著我」、「覷著我」的「傻角」，就欠莊重了。不過，這仍然可以詮釋為小尼姑趙色空個人的一種誇張的幻想。楊惠南先生就持這種看法。

另外，在〈風吹荷葉煞〉唱詞中有：「恨只恨說謊的僧和俗。那裡有天下園林樹木佛？那裡有枝枝葉葉光明佛？那裡有江湖兩岸流沙佛？那裡有八萬四千彌陀佛？從今去把鐘樓佛殿遠離卻。」楊惠南先生認為這幾句其對象擴大了，不再限於個人，因此可以想見必然會對佛教產生某些傷害。可是，我個人認為這是無宗教信仰者一種最通俗的無神論。任何人都不可以勉強非教徒一定要表態承認某些宗教信仰中的神祇的存在。趙色空也只是表白自己個人心底的看法，依舊只是一個「個案」而已。

《目連救母》在〈尼姑下山〉之後有〈和尚下山〉，結局是僧尼雙雙跟著劉青提一起被解往地獄受罪。尼姑來生變母豬，和尚來生變禿驢。也算是對趙色空的輕浮和不守清規作出了批評。所以，〈尼姑下山〉在全本戲劇中只是一齣插曲，來烘托反襯「目連救母」的正面意義。對教孝勸善的枯燥有一種潤滑調劑的功能，實在構不成毀尼謗佛的罪名。

五、作者讀者都要省思

藝術創作，應有充分的自由。對各行各業，各宗教團體的各種現象，藝術家應有描繪、批評的權利。揭露黑暗面，可以使人在認清現實之後，擁有一顆成熟的心靈；歌頌光明面，使人樂觀奮鬥，擁有更愉快的人生。不過，對各行各業各宗教團體，基本上要有適度的尊重。作家儘可能把批判的對象限定於個別事件。在尚未深入了解之前，似乎不宜加以全盤肯定或否定。至於創作完成，公諸於世之後，作品就不專屬於作者。批評家可以從理論上批評它，讀者可以理性而合情地喜愛它或唾棄它。這時，創作者要有接納或容忍的雅量。你可以同意或不同意他們的意見，但你必須承認別人有對你的作品發表意見的權利。

記得一九六〇年代，臺北《中央日報副刊》一篇題為〈西北雨〉的小說，情節涉及法官貪贓枉法。作者因此竟被檢察官提起公訴。輿論大譁，因而不了了之。在西方，希臘作家尼柯斯・卡山札基一九五一年出版一本名為《基督的最後誘惑》的小說，使作者幾乎被逐出教會。一九七〇年代，馬丁・史柯席基把它拍成電影，依舊爭議不休。而現居英國的印度作家盧西迪所寫的〈魔鬼詩篇〉，更使伊朗執政者下達全球追殺令，並造成英國與伊朗關係惡化。這些，都顯示了讀者對作品好惡的過度反應。

《楞嚴經》曾經記載釋迦牟尼佛的大弟子阿難，受摩登伽迷惑的故事。可見「思凡」這類意識之存在，佛經並不諱言。基督教的《聖經》中，也有許多墮落天使的故事。

《維摩詰經》卷六〈觀眾生品第七〉，記維摩詰說經時：「室有一天女，見諸大人聞所說法，便現其身，即以天華散諸菩薩大弟子上。華至諸菩薩，即皆墮落；至大弟子，便著不墮。一切弟子神力去華，不能令去。」原因在「諸菩薩不著者，已斷一切分別想故」；而「弟子畏生死故，色聲香味觸得其便也」，所以著花。

也許如何超越人間的迷惑，由著花的弟子，成長為不著花的菩薩，便是我們面對類似〈思凡〉作品時應有的健康態度。（本文依據《國文天地》舉辦的「〈思凡〉爭議的省思」座談會，我個人發言的紀錄增補而成。所引楊惠南、賴橋本、劉復雯之語，亦見於一九八九年四月《國文天地》四十七期。）

探荒

——觀馬森荒謬劇《腳色》有感

《腳色》是馬森編導的一齣荒謬劇。國立藝術學院戲劇系二年級學生主演，一九八四年元月十四、十五兩晚在臺北耕莘文教院大禮堂演出。看荒謬劇，這是第一遭，也許暫時可以這麼說。雖然荒謬劇不以情節為重。但是為了討論的方便起見，我還是先把劇情簡單地說一說。

慘淡的月光照著舞臺中央的一座小墳，周圍點綴著幾棵低矮的樹。甲乙丙丁戊五人，都穿暗色衣服，臉色慘白，坐在舞臺地板上。「爸爸快回來了吧？」甲乙丙丁，一個挨一個重複著問；而戊作睡狀。於是丁向丙，丙向乙，一個挨一個轉告著：「他睡著了！」而甲卻說：「爸爸睡著了！」爸爸到底在此睡著了？或在外快回來？誰是爸爸呢？難道是戊？可是下面，丙丁戊向乙說：「你是我們的媽媽！」向甲也說：「你也是我們的媽媽！」就這樣，藉著一連串重複、矛盾的對話和動作，荒謬劇的荒謬由此展開：甲與乙，結婚三十年，卻好像不認識。他們誰都要作媽媽，煮飯洗衣服生孩子的媽媽；誰也不承認自己是爸爸，雖然在家可以打人但是負擔也夠重的爸爸。戲到最後，乙自以為一耳光打死了孩子丙；甲自以為一耳光打死了孩子丁。他們爭奪僅存的孩子戊。這時，墳墓逐漸膨脹，戊被擠到甲乙身旁，甲乙向戊跪下，叫著：「爸爸！爸爸！」而戊慢慢傾倒，似死去，又像進入夢鄉。

一切藝術起源於模擬。戲劇尤其是這樣，它原基於人類愛好模仿的天性，選擇而濃縮人生中最具有衝擊力的精采片段，由演員在舞臺上演出，以娛樂觀眾，教育觀眾。傳統戲劇，常要求人物個性的鮮明；情節真實而有趣味；對話力求簡潔，以能刻畫人物性格，交代故事情節為目的。而《腳色》一劇，人物是沒有個性的，劇本上註明「最好以同性之演員飾演」。人物與人物的關係是錯亂的，我們始終不知道誰是父，誰是子，誰是夫，誰是妻。情節不避虛幻單調，看了「煮飯」一段，可以猜到下面「洗衣服」情節的安排。對話重複；無意顯示個性，也無意使之有助於情節的了解。也許，此正荒謬劇之所以為荒謬的一種特質吧！馬森的《腳色》如此；尤涅斯柯（Eugéne Ionesco）的「禿頭女高音」亦復如此。

但是我不認為《腳色》一劇在無中生有，故弄玄虛；實際上它更突出地模擬著人生，彰顯生命的荒謬。我們周遭，多的不正是沒有個性的人物？父不父、子不子、男不男、女不女。我們的生活，不常感空虛而平淡？今天可以想得到明天行事的細節。日復一日，年復一年；樂意也罷，不樂意也罷。許多場合，我們勉強自己忍受著可憎的面目，無味的言語。我們生存的空間，不就是這樣荒謬的嗎？荒謬的，又豈獨一齣戲呢！於是我竟不敢再說《腳色》是第一次看到的荒謬劇了。

《腳色》中許多情節，與其認為荒謬；毋寧認為生命中的真相。人是健忘的：我們忘記了自己的身分，也忘記對方的身分。夫婦同住了三十年，彼此不能認識，心靈也無法溝通。我們總是把責任推向對方；功勞歸諸自己。指責別人「你不講理」！而事實上自己也絕無道理。我們講求庸俗而虛幻的平均主義：飯，夫婦兩人煮，一人一天；衣服，夫婦兩人洗，一人一天；孩子呢，也只好夫婦兩人懷，一人五個月！我們作偉人狀，但是不肯擔起重負；於是我們永遠尋求爸爸，但是不知自己就可以作爸爸！荒謬劇《腳色》中的情節，許多是可以理解的。

不過，我也不希望自己強作解人。荒謬劇中某些情節不能解釋，也無需解釋。人世間多少現象，不也是無法解釋的嗎？

十四日那晚公演結束後，導演馬森和觀眾曾作對談。有一觀眾問：荒謬劇發源於法國，流行於歐美；移植到中國，是否適合國情？這個問題，使我猛然想起中國的禪宗。《指月錄》曾記載著這麼一件公案：梵志獻合歡梧桐花給佛。佛曰：「仙人，放下著！」梵志放下左手一枝花。佛又曰：「仙人，放下著！」梵志又放下右手一枝花。佛再曰：「仙人，放下著！」梵志曰：「吾兩手俱空，更教放下個甚麼？」兩手已空，卻還教人「放下著」，這豈不荒謬麼？而「仙人，放下著！」重複三次，也有點像荒謬劇的作風，帶給觀眾一種迴旋反覆的節奏感。其實，佛要梵志放下的，那會是合歡梧桐花呢？所以佛曰：「吾非教汝放捨花，汝當放捨外六塵，內六根，中六識。一時捨卻，捨至無可捨處，是汝放身命處。」禪宗公案常以荒謬的言行如棒喝等等，要人從源頭根本處反省，這種教訓的趣味，也有些與荒謬劇近似。《指月錄》中，像這樣略具荒謬劇風格的公案，真是屈指難數。既然禪宗能夠在中國這麼流行；因此，我想，把荒謬劇移植到中國，不會有不適合國情的問題。

宇宙，是浩瀚冷漠的；生命，是變幻無常的。我們想通曉萬事，支配萬物；結果，我們發現了自己的無知與無能。「荒謬劇」集中了宇宙的荒謬，生命的醜陋，在舞臺上演出，迫使觀眾正視著它，而作深思。於是使自己對世界的真相，個人的能耐，有更清楚的認知。這樣，由渾噩到善感，由不思到深思，由無意識到具創造性的意識，使我們從荒謬中覺醒，從醜陋中超越。戲劇，如此地把荒謬的現實昇華到美學的層次。（原刊於一九八四年一月二十七日《中國時報・人間副刊》。馬森《腳色》，一九九六年三月由書林出版公司印行。）

批評的批評

管領風騷

——《聯副三十年文學大系・中國古典文學論》序

五四以來的文學革命，似乎並不曾真的革了中國古典文學的命。詳讀了《聯副三十年文學大系》中厚達六百三十頁的《中國古典文學論》，從「大系」的「枝葉峻茂」，就可以想像到「古典文學」的「根柢槃深」。不過，文學研究的主要對象，到底和從前不一樣了；方法方面，更有顯著的進步。這些，也不能不說是拜文學革命之賜！

我自己是位教書的，遇到一些名詞，總喜歡先解釋一番。其實伏爾泰也說過：「當我們討論某一命題，首先，我們必須釐清此一命題的定義。」看來，大哲學家也這樣，倒也不一定是教書的獨有癖好。

說起《中國古典文學論》，顯然是「論」「中國古典文學」的。什麼是古典文學，不能不先說一說。所謂「古典」，照中國人的解釋，相對於現代而言，它指曾經煥發於古代的；相對於流俗而言，它指具有典雅性質的。古典兩字合起來，指的是古代典籍，甚至是古代的典章制度，不一定和文學有關係。照西方人的定義，古典意指超越時代的好尚，而自有其不朽價值的著作。在文學上習慣地指希臘及羅馬的作品。至於「文學」一詞，這就更難回答了。這個涵義豐富的名詞，有廣義、狹義多種說法。章太炎先生《國故論衡》中〈文學總略〉說：「文學者，以有文字箸於竹帛，故謂之文；論其法式，謂之文學。」這是廣義的說法。李辰冬先生《文學新論》說：「凡作者的意識，用意象來表現，而表現時以文字為工具的，謂之文學。」這是狹義的說法。所以廣義的文學，指一切用文字書寫而又講究法式的作品。狹義的文學，指詩歌、散文、戲曲、小說。我個人對文學的理解是這樣的：

> 作者把自己對宇宙人生各種現象的直覺感受和想像所得，以及一些卓越新穎的觀感，通過優美的文字，適當的結構，加以表達，使之再現於讀者的感官和心靈，而引起共鳴者，謂之文學。

分析地說：文學的創作，由於作者。文學的內容，客觀方面，是宇宙人生各種現象；主觀方面，是作者直覺感受和想像所得，以及一些卓越新穎的觀感。文學的形式，則為優美的文字，和適當的結構。文學的目的，在使之再現於讀者的感官和心靈，而引起共鳴。

基於對文學這樣的認識，個人覺得：討論文學也好，討論古典文學也好，討論中國古典文學也好，注意點都要落在：作者以及時空背景，字句鍛鍊和音律，體裁組織和照應，以及作品內容主題的領悟。

因為文學要表達的是作者對宇宙人生各種現象的感受，而這種感受，常與時代環境有密切關係；所以，第一，必須注意作者及其時空背景。

關於作者及其時空背景的研究，非但應該根據作者的傳記以及背景資料來解釋作品；同時更應由作品所呈現透露的種種事實，進而印證作者的傳記及其背景資料。

舉例來說，要了解司馬遷及其時空背景如何影響著他的巨著《史記》，不是僅僅瀏覽了司馬遷〈報任少卿書〉、《史記·太史公自序》、《漢書·司馬遷傳》，便能曉然的。還必須從《史記》的本文中發現司馬遷多情而任性的本性，好奇與愛才的特質；從《史記》所引典籍中探索司馬遷百科全書式的豐富學識；從《史記》自我旁敘中鉤稽司馬遷的旅遊和經歷；更可從《史記》主觀的論贊中尋求司馬遷情意的鬱結。

而研究《紅樓夢》，一方面要由滿清八旗制度，曹氏家族史和雪芹個人際遇的考證，使我們對《紅樓夢》的內容和人物有更清晰的了解；另一方面，也可以從大觀園中才子佳人的悲歡離合來想像體會作者從「怡紅」而「悼紅」，那夢幻也似的「紅樓」生活！

因為文學要通過優美文字的媒介，所以，第二，必須注意字句鍛鍊及音律。

這幾乎全是修辭的問題了。首先是鍛鍊字句的方法：有的重點在調整表意的方式；有的重點在設計優美的形式。其次，要注意到修辭技巧和作品內容之間的協調。所謂：「奏議宜雅，書論宜理，銘誄尚實，詩賦欲麗。」曹丕的《典論·論文》已開始汴意到這一點了。字句鍛鍊不應僅留意於一切文學作品的共通性，而且要兼顧到不同文體的特殊性。

音律方面的探究，非但使我們了解作品的聲情，也使一切聲籟在聽覺上活躍起來，尤其是韻文。當我們知道「兮」字古音讀若「阿」，我們才能夠和秋朝先生一樣，了解〈兮在古歌謠中的作用〉。而李賀的〈神弦曲〉、韋莊的〈菩薩蠻〉，在水晶先生的指引下，聽起來也就成為〈巧奪天工的天籟〉，和〈一首浪漫抒情的交響詩〉了。讀姜白石的〈湘月〉：「暝入西山，漸喚我一葉猶夷乘興。」「一葉猶夷」四個音節，常使我們覺得自己身在小舟裡，耳聽著船槳跟船釦的摩擦聲，在平湖上盪來晃去。讀劉邦的〈大風歌〉：「大風起兮雲飛揚；威加海內兮歸故鄉；安得壯士兮守四方！」從揚、鄉、方三個平調陽韻的韻腳中，可以聽到伴著干雲豪氣的洪鐘之聲。讀項羽的〈垓下歌〉：「力拔山兮氣蓋世，時不利兮騅不逝；騅不逝兮可奈何，虞兮虞兮奈若何！」從舌齒間去調陰韻的世和逝，以及喉頭平調陰韻的何，可以領略到哀遠淒哽低迷的聲情。聲音，總是這樣洩露了心底最隱密的感情。

因為文學要依賴適當結構來表達，所以，第三，必須注意體裁、組織和照應。體裁選擇之正確，是作品成功的基礎。蘇軾〈赤壁賦〉，對「生之須臾」和「困」境，曾有明白而肯定的認知；但仍然在此有限的生命歷程中，作「無盡」的期望與探討。所以他選擇「散賦」的體裁決非偶然。因為賦有種種格律上的限制，而散賦卻作突破這種限制的試探。柳宗元寫〈永州八記〉，主觀方面，在貶逐之際，心理上尚未平衡；客觀方面，山水永遠是個複雜、深邃、而多變化的客體。只有散文才是最佳的選擇。

林以亮先生論詩，重視〈詩的開始與終結〉，同時也未忽略中間四句的重要性，說：「律詩中就要講究頷、頸兩聯的對仗工整。」作文章也一樣，組織馬虎不得。從前人作八股文，有：破題、承題、起講、提比、虛比、中比、後比、大結。其實是相當完美的文學形式。問題出在無論什麼內容都按這形式來套，那就不行了。林語堂先生生前，十分得意於〈碧姬芭杜的頭髮〉，曾說：「似散亂而實整齊；似隨便偶然，而實經過千般計慮，百般思量剪裁而成的。貌似蓬髮，而實至頤而不可紊。——這就像一篇文章。」這個境界可不像刈割「如此豐產的無穗的黑麥」，非高手恐不容易作到。

其實作文寫詩還像帶兵。有伏兵，有奇兵，也有接應補給的兵。你不看《左傳》上寫〈秦晉殽之戰〉嗎？「將有西師過軼我」，一個「師」字，引起下文「潛師」、「勞師」、「出師」、「與師」、「禦師」、「犒師」、「敗師」……以至秦伯最後「鄉師而哭」，全文用了多少「師」字啊！這就是文章的照應了。而「文學照應」方面登峰造極之作，仍然要推《紅樓夢》。前八十回許多伏線，在後四十回大多有圓滿的回應。〈紅學重鎮，論劍臺北〉討論已多，也不用我咬舌子重說一遍了！

因為文學要表現作者卓越新穎的感受，所以，第四，必須注意作品的內容和主題。

文學作品不是毫無選擇的截取宇宙人生的一片段，它必須有作者的主觀意識在。因此，當作者寫作時，他的主觀意識是怎樣的呢？他要讀者了解的，到底是些什麼？這些觀點，是否仍有檢討的餘地呢?谷懷先生既要作〈西遊記的內容分析〉,又要作〈西遊記的主題研究〉,勞榦先生要分辨作品的〈沈鬱與高華〉,劉紹銘先生又要判斷中國武俠小說中的人物,到底〈是俠客?還是瘟神?〉理由就在乎此了。

作者及其時空背景的了解,是討論文學作品的基礎;字句鍛鍊及音律的分析,體裁組織和照應的審辨,是鑑賞文學作品的重心;作品主題思想的發現,是研究文學作品的完成。

綜觀我國文論,自《尚書・堯典》所說:「詩言志,歌永言,聲依永,律和聲。八音克諧,無相奪倫,神人以和。」已注意到詩歌創作、格律、功能等問題。其後孔子論詩,倡「興、觀、群、怨」與「思無邪」說,本末體用全顧到了。孟子之說詩書,主「知人論世」,又說「養氣知言」,對作者、時代、創作、批評,均有獨到的見解。魏晉時代,曹丕的《典論・論文》,是我國單篇文論的開始,對文學的價值、作者、文氣、文體,以及文論應有的態度,卓見不凡。於是通過陸機的〈文賦〉而有劉勰的《文心雕龍》;通過摯虞的《文章流別》而有蕭統的《昭明文選》。《文心雕龍》是中國古典文學理論方面空前鉅著,至今仍煥發其光芒;《昭明文選》的重要性不在輯錄網羅,保存文獻,而在辨析文體,鑒裁品藻。自茲以降,文話、詩話、詞話、曲話、選集、評註、課藝之作,屈指不能數。或探文體之源流,或品作者之甲乙,或詮釋字義以為講解,或考證故實以為談助,或明字句結構以為義注,或務求深旨奧義而作高論,也就一言不能盡了。

從民國八年發生的五四運動到現在(一九八一),已有六十多年了。五四運動那種反對舊文化、舊傳統的態度，固然過於偏激；但也使我們對傳統文化，包括古典文學，有一個全盤檢討的機會。把它當作文化上的啟蒙運動，其部分意義仍然值得正面肯定的。而全盤檢討的結果，對傳統文化作一番汰粕擷英的工作後，倒也可觸發不少新意。尤其近三十年來的臺灣，文物的播遷保全，人才的薈萃培育，學術的開放自由，於是緊接著「啟蒙運動」，竟然是傳統的肯定，和文藝的復興！《聯副三十年文學大系》和其中的《中國古典文學論》，便是一個最有力的事實證明。盱衡此《評論卷①》，發現討論詩詞小說等純文學的篇章最多。特別是李商隱的〈錦瑟〉詩，曹雪芹的《紅樓夢》，已成為討論焦點之所在。這是否顯示：現代人注意的，乃是完整獨立本身自足的文藝作品？在方法上，由於科學教育的薰陶，邏輯思維的訓練，比較文學的激盪，科際整合的重視，其中既不乏貫通中西的作品析評，也有許多理由堅強的文學考證。而名家文章，豐富的內容，以風趣的文字娓娓道來。這一點，我更只有羨佩的分。於時賢頌揚過當，反成唐突了。

（《中國古典文學論》為《聯副三十年文學大系・評論卷》之一，一九八一年十二月聯合報社出版。〈序〉在頁三三—三九。）

作品與作者考證

——魏子雲《金瓶梅審探》序

繼「紅學」之後，「金學」也逐漸熱鬧起來。魯迅、孫楷第、鄭振鐸、吳晗、姚靈犀以降，目前從事金學研究的：在臺灣，有魏子雲教授；在香港，有孫述宇教授；在大陸，有吳曉鈴和朱星；在美國，有韓南博士（Dr. Patrick D. Hanan）；在法國，有雷威安教授（Andre Lévy）。幾乎可以召開一次國際金學會議了。孫述宇先生還說：無論是塑造人物或認真探討人生態度，《金瓶梅》都勝過《水滸傳》與《紅樓夢》。矯枉必須過正，孫先生的話說得很必要。我看《金瓶梅》雖然趕不上《紅樓夢》；但跟《三國演義》、《水滸傳》、《西遊記》，並列為元明長篇小說中的四大奇書，分量還是夠的。

《金瓶梅》在中國文學史上，有其不可抹殺的地位。《水滸傳》第二十三、二十四、二十五、二十六各回，有西門慶與潘金蓮通姦，鴆殺武大的故事。《金瓶梅》把這個故事加以鋪張。托古諷今，對明嘉靖、萬曆年間，政治的腐敗，習俗的墮落，有十分透徹的暴露。以一個家庭的興替去象徵一個時代；一片落葉呈現了一個秋天。全書一百回，出場人物有二百多人。人物個性的刻畫頗能兼顧到人的共相和差別相。對人心的複雜和軟弱，有相當真實的呈現。世情的觀察入微，語言的鮮活逼真，相關知識的豐富，使這本書成為寫實主義的佳作。特別值得一提的是：在我國以家庭生活為題材的長篇小說，《金瓶梅》要算第一部！蘇曼殊說：《紅樓夢》是《金瓶梅》的倒影。且看兩書寫的都是一個大家庭的興衰；都以閨閣人物為主角；而且都不避淫穢的描繪；甚至寶玉出家和孝哥出家的結局也一樣。蘇曼殊的話有些道理。受《金瓶梅》影響的，豈只是《紅樓夢》呢！清末譴責小說和狎邪小說，不也是《金瓶梅》的直系子孫嗎？

但是，這樣一部上承《水滸》，下開《紅樓》的文學巨著，作者是誰，固然是一個謎；刻本起於何時，也有所爭論。

說到《金瓶梅》的作者，萬曆丁巳本《金瓶梅詞話》欣欣子作的序說是蘭陵笑笑生。欣欣子、笑笑生當然都是化名，而且可能就是同一個人。清初張竹坡評本有謝頤序，最早提出《金瓶梅》作者是王鳳洲，即明末名士王世貞。鳳洲，江蘇太倉人，原籍山東琅琊。在山東也作過三年官，還到過其他許多地方。賦、文、詩、詞之外，還寫了一些戲曲小說。頗信佛道，也樂酒色。看起來蠻像個寫《金瓶梅》的。加上有關《金瓶梅》作者的早期資料，如沈德符的《萬曆野獲編》卷二十五附錄談《金瓶梅》的一段，袁宏道文集中的〈觴政〉，和他給董其昌、謝肇淛的信，以及謝肇淛《小草齋文集》的〈金瓶梅跋〉，都或多或少加強了《金瓶梅》和王世貞的關係。但是反對此說的人也很多，吳晗便是其中一位。魏先生在《金瓶梅的問世與演變》一書中，也舉四證以為絕非王世貞作。此外，李卓吾、薛方山、趙儕鶴、馮惟敏、李開先、徐渭、盧楠，還有王世貞的門人，都曾被人懷疑為《金瓶梅》的作者。

至於《金瓶梅》的初刊年代，在萬曆四十五年丁巳（一六一七）詞話本之前，魯迅說還有庚戌（一六一〇）本。這又是根據沈德符《野獲編》而來的：「袁中郎〈觴政〉以《金瓶梅》配《水滸》為外典，余恨未得見。丙午遇中郎……又三年……未幾時，而吳中懸之國門矣！」丙午是一六〇六年，又三年是一六〇九年，未幾時正是一六一〇庚戌年。

對《金瓶梅》的價值、內容、作者、刻本的一般說法了解之後，現在，我們該來看看魏子雲先生的意見了。最近三年，魏先生連出了四本有關《金瓶梅》的書：第一本《金瓶梅探源》刊於一九七九年；第二本《金瓶梅的問世與演變》刊於一九八〇年；第三、四本《金瓶梅詞話注釋》四十萬言及《金瓶梅編年紀事》刊於一九八一年；三年出版了四本。魏先生在金學上的成就，正如翁同文先生所指出的：「要以作者是曾經久住北方的江南人以及詞話本前並無更早刻本兩項，最具確鑿論據。」魏先生指出：書中山東話，其實為北方各省的普通話。而「蘭陵」也者，東晉之後江蘇武進也有此稱，不見得必在山東。且飲食起居，多是江南習俗；器具物產，亦類江南所有。從而認為《金瓶梅》的作者，當是曾經久住北方的江南人；並進一步猜測：沈德符這個人，可能就是參與《金瓶梅詞話》寫作者之一。說到《金瓶梅》的初刊本，魏先生從書中的干支生屬，得出繫年，編列到萬曆四十八年左右。加上馬仲良勸沈德符把抄本出售給書商，「時榷吳關」，據《蘇州府志》在萬曆四十一年。又萬曆四十三年李日華所見仍是抄本，因而斷定萬曆四十五年序的詞話本就是最早的刻本；且判定實際上刻於天啟。

問題也就在這兒了，同樣根據袁宏道的〈觴政〉和他給謝肇淛的信、沈德符的《野獲編》等資料，導致的結論卻如此不同。這顯示出：這些資料本身有問題。因此在這本《金瓶梅審探》，魏先生把重心放在這些早期資料的審辨上。魏先生把袁宏道向謝肇淛討還《金瓶梅》的信，引述各關係人詳加考證，究其行止，斷定此信無論寫於萬曆三十三年夏、三十四年夏、三十四年冬、三十五年夏，都無法與各關係人的行止配合。何況，依袁、謝生活為人來看，謝既不致借書不還，袁亦不須寫信索書。而信中文辭，前後矛盾，恐非名家手筆。因此，魏先生的結論是：這封信是偽造的。沈德符《野獲編》卷二十五附錄談及《金瓶梅》，說：「原本實少五十三回至五十七回，遍覓不得，有陋儒補以入刻，無論膚淺鄙俚，時作吳語；即前後血脈，亦絕不貫串。」云云。魏先生詳舉例證，斷其「不符事實」。同時從《野獲編》成書與付梓年代，推測此附錄有「後人纂附」的可能。魏先生進一步指出：「凡是明朝人論及《金瓶梅》者，全是萬曆年間人，又全是袁中郎的朋友，且又彼此相識。自可想知他們這些人的『詖辭』之『蔽』，是有其共同目的的了。這個共同目的，所要掩飾的問題，據我一一分析研判，推想是為了政治因素，他們企圖掩飾他們當年傳抄的那半部《金瓶梅》，就是這部西門慶的淫穢故事。這樣，就不致被牽進到『妖書』事件中去了。」既然這些早期資料全屬偽造，有「詖辭」之「蔽」；那麼依據這些偽造的早期資料所作種種推論，便都是把前提建立在未經證實的假設上，而有乞貸論證之嫌。魏先生這一招相當厲害，把「王世貞作《金瓶梅》」、「《金瓶梅》初刊於萬曆庚戌年說」，連根都拔了！

魏先生讀書是仔細的，每能在無疑處發現疑問；尋找資料和審辨資料是認真的，凡能找到證據的每個角落都被仔細搜尋過了。個人在此要致敬佩之意。由於個人對《金瓶梅》專題素無研究，而且目前也無暇研究；加以講學香江，所有書籍均未帶來。所以只能就文學史上的一點常識和魏先生的論述，作如上的簡略介紹。至於論證的細節，留給讀者自己去審辨。沒有一個高水準的讀者願意別人來代替自己去思考，是不是呢？（魏子雲先生《金瓶梅審探》，一九八二年六月臺灣商務印書館初版。〈序〉在頁一—五。）

小說評論標準的檢討

——白先勇《驀然回首》讀後

《驀然回首》是白先勇所寫有關文學評論的集子。

其中五篇是替朋友書集寫的序：〈秋霧中的迷惘〉，是為叢甦《秋霧》作的序；〈鹿港神話〉，是為施淑青《約伯的末裔》作的序；〈崎嶇的心路〉，是為歐陽子《秋葉》作的序；〈烏托邦的追尋與幻滅〉，是為陳若曦《尹縣長》作的序。雖然是些捧場文章，倒也相當中肯地指出了這四位女作家作品的一些特色，而且其中貫穿著白先勇對小說藝術的一些基本看法。〈我看高全之的「當代中國小說論評」〉，仍然是捧場的「序」文。白先勇間接地表示了自己對張愛玲、黃春明、七等生、司馬中原等人作品的意見。而於高全之所評的林懷民，白先勇雲淡風輕，一筆帶過；高全之評顏元叔和水晶，白先勇含蓄蘊藉，點到即止。高全之論子于和歐陽子，白先勇則未置一詞。

以上五篇序文之外，〈談小說批評的標準〉，副題是「讀唐吉松〈歐陽子的《秋葉》〉有感」。是一篇不可因其「拔刀相助」而等閒視之的大文章。白先勇嚴肅的小說觀實見於此。跟胡菊人〈與白先勇論小說藝術〉參看，那麼，白先勇的小說批評的標準和角度，我們知道了；胡、白兩人所論：小說的技巧與內容、觀點的運用、人物出現及場景、對話和文字、具體與抽象，我們也都知道了。附帶還知道胡白兩位對「文學和主義」、「中西文化及我們的教育」方面的意見。

集中有兩篇是文學生活的回憶：一篇是〈驀然回首〉，書名即採此篇篇名為名。一篇是〈現代文學的回顧與前瞻〉。「現代文學」四字上下似乎該請子敏先生加個引號，好讓讀者知道只是一本雜誌的名稱，也許更恰當些。

書前有〈自序〉。書末附有林懷民〈白先勇回家〉一文。對白先勇飄零的身世，矛盾的心情，以及小說創作的一些背景，有所描述。至於「寫作年表」，是「爾雅叢書」的創舉之一。

以上是《驀然回首》一書內容的簡介。

對小說，白先勇有一貫的看法。〈自序〉中聲言：「小說可以描寫政治、社會、哲學、心理種種人生百相，但萬變不離其宗，小說既然是文學，其永恆價值仍應以文學標準衡之。」（頁四）。與胡菊人論小說藝術時也宣稱：「小說是種藝術，絕對要以藝術形式、技巧來判斷。」（頁一二一）這種看法是前有師承的。白先勇受教於夏濟安先生，〈自序〉中回憶說：「他曾對我說，一個作家最重要的關切，不在寫甚麼，而在怎麼寫；一個作品的成敗，不在於題材的選擇，而在於表現的手法。」（頁五）

由這種「唯手法論」與「絕對形式技巧論」的「文學標準」出發，所以白先勇會特別向讀者指出：「叢甦的小說，最成功的幾篇，其力量輒在於作者對小說中的細節有效的控制與巧妙的安排。叢甦的文風，類近繁富，而她的才華則表諸於小說文字中比喻的塑造。」（頁七）「一個作家的文體常常決定於他所慣用的比喻。施淑青小說世界中：染料像血漿，用小孩的鮮血來染白布，瞎老鼠掉入火坑，發出屍臭，人的額上紅疤像蜈蚣，外祖母屍體的臉上現出大蝙蝠來，嫂嫂的身體像淫猥的壁虎——這一類不尋常的比喻，俯拾皆是。」（頁一一七）而於歐陽子的《秋葉》，白先勇會強調：「一件藝術品成敗之先決條件，往往在於其形式之控制，而短篇小說尤然。」（頁二五）從而讚美歐陽子「小說語言」的「嚴簡」、「冷峻」、「乾爽」與「理性」；以及「觀點運用」的「有效控制」，是「運用反諷法的能手」（頁二六、二七）。於陳若曦的《尹縣長》，白先勇認為「最重要的」，仍然是「她以小說家敏銳的觀察，及寫實的技巧，將文革悲慘恐怖的經驗，提煉昇華，化成了藝術。」（頁一〇八）白先勇還把張愛玲和巴金作一比較，以為「張愛玲的前期小說題材雖狹窄，因藝術表現成功，仍不失為文學佳品。文學作品不以題材大小類別分優劣。」而巴金「那些轟轟烈烈的『革命故事』，只能算是些不成熟的二流文學作品。」（頁五七）白先勇之重視技巧，而瞧不起題材，這裡表現的算是最露骨的了。

其實，小說的題材技巧之間，關係密切，是不可任意分割，率加軒輊的。白先勇〈談小說批評的標準〉，首標：「作品的文字技巧及形式結構是否成功的表達出作品的內容題材。」（頁三五）說明了白先勇對小說題材內容與技巧形式間密切關係的認識。白先勇還舉例說：福克納的《聲音與憤怒》「所以非得用意識流技巧及多頭觀點法的結構不可。這也是因為內容所需之故。」（頁三七）表明白先勇自己也承認小說的內容決定了技巧和結構。而「《兒女英雄傳》的文字漂亮極了，可是表現的卻是那樣一個淺俗的故事，糟蹋了一手好文字。」（頁三七）更用自己的話粉碎了自己所立的「絕對要以藝術形式技巧來判斷」的「文學標準」。如果我們接著再看白先勇第二個「小說批評的標準」：「一個作家作品中的世界觀是否廣袤，人生觀是否成熟。」（頁三七）會發現白先勇所以認為托爾斯泰、杜斯妥也夫斯基、曹雪芹「偉大」，是因為三人「小說中人間世的幅度是那麼廣袤」；而珍・奧斯婷所以不能與這幾位大師相提並論，是她的小說中的「世界不夠廣大」（頁三七）。這麼一來，白先勇先前所說「文學作品不以題材大小類別分優劣」，又難以教人相信了。

不過，白先勇小說觀中最令人不安的，倒不在他在題材技巧間觀念的矛盾，而在他的「獨特的道德視野」說。當他為歐陽子《秋葉》中「母子亂倫之愛」、「背夫偷漢之愛」辯護時，白先勇宣稱：「一位作家可以「在作品中創出一套他的小說世界中特有的道德秩序」；而「一個批評家最重要的工作，是進入一個作家的小說世界中，去批判那個世界中的道德秩序，是否統一可信，合情合理；而不是依據現有的某一種僵化的道德教條來衡量小說中道德價值的高低。」」（頁三八）

個人膚淺的看法：在正常的情況下，作品中的道德秩序和社會上的道德秩序不應二致。假如「現有的」「道德」「僵化」得成為不「合情合理」的「教條」時；那麼，先知先覺的作家，自然可以藉作品而創出一套「合情合理」的「道德秩序」，以期引起世人的共鳴，而群起實行，以取代已「僵化的道德教條」。舉例來說：古代女子教育權利被剝奪，婚姻不能自主。於是有「梁山伯祝英臺」故事的出現，對這種僵化的教條作血淚的控訴。終於爭取到女子受教育的權利，婚姻自主被肯定。社會的道德秩序向作品中的道德秩序認同，二者復歸為一了。

可是，我無論怎麼努力，也不能發現〈秋葉〉（《秋葉》第一篇）中的「母子亂倫之愛」、〈魔女〉（《秋葉》第三篇）中的「背夫偷漢之愛」，有多少「合情合理」的成分。雖然我體會得出這些故事只出於作者純真觀念中對人類「原罪」的驚怖。依我看來：〈秋葉〉中繼母「宜芬」跟前夫之子「敏生」，攜手散步，互訴衷曲，本來是一件「在昏幽中，卻顯出純潔如玉」（《秋葉》，頁三八）的事，沒有必要母子床笫上赤裸相見。而〈魔女〉中，作女兒的引誘同學跟繼父幽會；作母親的跪在女兒面前承認自己背夫偷漢。這種種，連白先勇都得承認是「非理性的激情」，未合白先勇自訂的「合情合理」的條件，又怎樣責怪批評者「依據現有的某一種僵化的道德教條來衡量」呢？我想：「獨特的道德視野說」還是少提倡為是。我們社會上價值觀念本就相當混亂了。假如許多定義模糊的理念，如「獨特的道德視野」，如「特立獨行」，都冒充「道德」的話，那麼，對社會上部分趨新而又缺乏判斷能力的年輕人，恐怕不是一種福音。（原刊於一九七八年十二月《書評書目》六十八期。白先勇《驀然回首》，一九七八年九月爾雅出版社初版。）

豈僅是神話與愛情

——評介沈謙《神話·愛情·詩》

以現代文學批評理論與方法，從比較的觀點，來評析中國古典文學作品的風氣，已逐漸興起。而沈謙，是十分值得注意的一人。他的近作《神話·愛情·詩》（一九八二），中文系的學生幾乎人手一冊！

《神話·愛情·詩》不是沈謙第一本書；而是他一系列有關文學批評著作中最新的一本。因此，在沒有評論這本書之前，我想先談談沈謙前此的有關著作。這一方面固然為了可以了解沈謙實際批評的理論背景；而且或許也可以就用沈謙的批評理論來衡量他的實際批評。

沈謙出道甚早，高中時代，就在《建中青年》校刊上評文論詩。據說他的夫人施秋月女士，臺大外文研究所畢業的文學碩士，當時也還是臺北女師的小女生，就已是一位「沈謙迷」。在《書評與文評》一書的自序中，沈謙自己也提到：「走上學文的這條路，已經是第十個年頭了。從十八歲到二十八歲……」十多年來，沈謙在師大國文系所接受了嚴格的文學教育。大學時代，即已「偏檢六朝以前各家文論」❶。進研究所後，以《文心雕龍批評論發微》一書獲文學碩士學位；

❶ 見《書評與文評》自序。

又以《文心雕龍之文學理論與批評》一書獲文學博士學位。誠如美國俄亥俄州立大學文學博士黃維樑所說：「在劉勰的偉大傳統裡」的沈謙，「他所受《文心》的影響，也是至深且鉅的。」❷

劉勰的《文心雕龍》是我國文學理論的經典之作。全書包括五十篇。最後一篇〈序志〉可說是全書的總論。所謂：「長懷序志，以馭群篇。」而其他四十九篇又分：一、文學樞紐論：包括〈原道〉、〈徵聖〉、〈宗經〉、〈正緯〉、〈辨騷〉五篇。〈序志〉篇所謂：「蓋《文心》之作也，本乎道，師乎聖，體乎經，酌乎緯，變乎騷：文之樞紐，亦云極矣。」二、文學體裁論：〈明詩〉以下十篇討論的是有韻的「文」；〈史傳〉以下十篇討論的是無韻的「筆」。每篇首溯此一文體的源流變遷；再釋其名稱涵義；然後舉名家名作來說明；最後闡述其創作要領以完成體系。〈序志〉篇所謂：「論文敘筆，則囿別區分；原始以表末，釋名以章義，選文以定篇，敷理以舉統。」三、文學創作論：包括〈情采〉、〈神思〉、〈體性〉、〈風骨〉、〈定勢〉、〈附會〉、〈通變〉、〈聲律〉、〈練字〉……等二十篇。〈序志〉篇所謂：「剖情析采，籠圈條貫：摛神性，圖風勢，苞會通，閱聲字。」四、文學批評論：計〈時序〉、〈才略〉、〈程器〉、〈知音〉四篇。分別討論文學與時代潮流、作家才識、作家修養、讀者鑑賞的關係。〈序志〉篇所謂：「崇替於時序，褒貶於才略，怊悵於知音，耿介於程器。」沈謙的《文心雕龍批評論發微》，一九七七年由聯經公司出版。全書分為：〈緒論〉、〈批評原理〉、〈批評方法〉、〈批評實例〉、〈結論〉五章。所論大抵以《文心雕

❷ 黃維樑：〈評介沈謙著《期待批評時代的來臨》〉，《中國人月刊》第一卷第九期。

龍》論文學批評的四篇為主;而探其原理於〈原道〉、〈宗經〉、〈情采〉、〈通變〉諸篇。繼作《文心雕龍之文學理論與批評》,一九八一年由華正書局出版,則分八章,分別討論:《文心雕龍》的文論體系、文學原理、文學類型、創作理論、批評態度、批評方法、批評實例,而殿以結論。對《文心雕龍》的整體內容與卓越成就,作有系統的闡揚與衷心的肯定。而《文心雕龍》因受時代傳統和使用駢文的雙重限制,偶有語意模稜、例證虛泛、譬喻曖昧,以及取注疏譜錄而斥神話寓言之偏頗,也未曲予迴護。從這兩本學位論文中,我們不難發現沈謙的學術背景、文學觀、和批評態度。

沈謙並不甘局限「在劉勰的偉大傳統裡」;他同時也熟讀了衛姆塞特和布魯克斯合著的《西洋文學批評史》、韋勒克和華倫合著的《文學論》、威廉漢等合著的《文學欣賞與批評》;注意到日人丸山學、本間久雄、廚川白村的種種意見;當然更未忽略海外華籍學人如夏濟安、陳世驤、劉若愚、夏志清等等的讜論。沈謙第一本書《書評與文評》,和後來出版的《期待批評時代的來臨》,充分顯示出他兼顧東西的學詣。

《書評與文評》初版於一九七五年五月,由臺北書評書目社出版。全書包括了二十一篇文章:前九篇是有關文學批評的論文;後面十二篇是書評文評。在這本書裡,沈謙提出他對文學的一些基本看法。他認為:為學首須識大體,曉方向;確立基本態度,建立理論體系,乃是今日從事文學研究、文學批評者最重要的工作。這本書前面幾篇文章,如:〈批評的態度〉、〈寫作的態度〉、

〈對文學的態度〉、〈從才學識談文學批評〉等，都是朝此方向努力的一些紀錄。第二，除了閱讀古今中外經典性名著之外，還要具備當代意識。本書中如：〈評《文心雕龍》的英譯〉、〈談日譯《文心雕龍》〉、〈打破文化入超〉、〈讀《西洋文學批評史》〉、〈評介《詩心》〉，都屬有關溝通古今、中西文化交流的文章。而〈懷念文學雜誌〉、〈為漢語修辭奠一新基〉，評介的是對當前文壇、學界特具啟發與影響的期刊和書。第三，關於書評，沈謙以為必須把它放在同類著作中比較衡量，而且不可忽略與此書有關的知識背景。所以他評《西洋文學批評史》，特別闡明中西文學批評相互啟發的特殊意義；而寫〈為漢語修辭奠一新基〉，也先敘述了中國修辭學研究的鳥瞰。

《期待批評時代的來臨》，這本於一九七九年由時報文化公司出版的書，代表沈謙文學研究一個益趨成熟宏通的里程。此書收集了十篇文章，大致上可分四個單元。前面五篇主在闡明文學理論與文學批評的若干基本概念。如：〈文學研究的幾個主要部門〉，在劉勰、丸山學、韋勒克、劉若愚的文學研究基礎上，重新架構，從而釐定了文學理論、文學批評、文學史、文學考證的範疇，及其間相輔相成的關係。〈文學的傳統與創新〉，從文學史的立場考察傳統與創新的關係，指出文學通變的正途。〈文學批評的態度〉，先破六蔽，後立三準：客觀公正、深入熟翫、謙虛誠敬。兼顧到作品內質和外緣，文學的考證和義理，以及知性和感性的批評。而〈文學批評的層次〉，則從夏志清、顏元叔的論戰談起，揭櫫了文學批評應包括：主觀的欣賞、客觀的研析、與透過客觀研析而得出的主觀結論三個層次。〈從批評原理論鄉土文學〉，根據批評原理，化解鄉土文學爭論的癥結，對當前文學問題有所澄清。第二個單元是兩篇實際批評。〈幾種文學體裁下的楊貴妃〉，似受西方發生學的文學批評理論的影響，敘述了楊貴妃故事的演進，也略帶比較文學的意味。〈精神的關照、文學的感染〉，則以古蒙仁〈黑色的部落〉為對象，以為報導文學，必須具備報導性和文學性，並評論其效能。第三單元是兩篇中國文學的考察。〈中國文學的呈現語態〉，研討的是中國文學修辭兩種最巧妙的技巧：側面點出與懸想示現。〈中國文學比較研究之途徑〉，則舉出四種文學比較的方式：同一作家的分期比較、作家作品的影響研究、作家作品的異同研究、幾種作品的綜合比較。第四單元只有一篇：即〈期待批評時代的來臨〉。先從二十世紀文藝批評新趨勢說起，然後回顧中國近代文藝思潮，綜論二十年來國內批評的新氣象，並展望其發展的方向。是一篇體大思精的壓卷之作。

誠如沈謙在《案頭山水之勝境》後記中所說：「所有文學理論和批評方法，只有在實際批評中發揮效用時，才更能顯示出他的意義價值；而許多優美的傑作，往往須經過理論與方法的闡析，才更能彰顯出其深藏的奧藝妙理。」沈謙於研究文學理論和批評之餘，也從事實際批評，無乃是十分自然的現象。他的《案頭山水之勝境》與《神話・愛情・詩》，便是兩本屬於實際批評的近作。前者以我國古代文章為批評鑑賞的對象；後者以我國古典詩詞為批評鑑賞的對象。

《案頭山水之勝境》，一九八一年尚友出版社出版，全書輯錄了八篇古文的析評：〈岳陽樓記〉、〈醉翁亭記〉、〈陋室銘〉、〈愛蓮說〉、〈赤壁賦〉、〈左忠毅公軼事〉、〈出師表〉、〈神思〉。每篇原文之後，先介紹作者，再解析題文，終於深究鑑賞。從字句鍛鍊到篇章結構，從精研達詁而深識鑒奧，從知識詮別而性靈感受。除了旁徵古典詩文之外，更博引現代文學作品，以資比較：闡釋、衡鑑、評論，大致上都照顧到了。〈岳陽樓記〉一文的賞析，尤其使人折服。

了解了沈謙的學術基礎，文學理論的造詣，以及對古代文章實際批評之後，現在，應該可以討論他的有關中國古典詩詞比較評析的新作：《神話‧愛情‧詩》了。

《神話‧愛情‧詩》，尚友出版社民國七十二年（一九八三）初版。全書輯錄了十八篇古典詩的評析文章。包括漢〈古詩十九首〉中的三首：〈迢迢牽牛星〉、〈青青河畔草〉、〈行行重行行〉；漢樂府四首：〈有所思〉、〈上邪〉、〈上山采蘼蕪〉、〈飲馬長城窟行〉；李白詩兩首：〈長干行〉、〈陌上贈美人〉；杜甫詩五首：〈月夜〉、〈茅屋為秋風所破歌〉、〈登高〉、〈醉歌行〉、〈飲中八仙歌〉；李商隱詩三首：〈夜雨寄北〉、〈無題〉、〈嫦娥〉；秦觀詞一闋：〈鵲橋仙〉。除了少數幾首抒寫家國與朋友之情外，極大多數訴說的都是男女愛情。〈迢迢牽牛星〉、〈鵲橋仙〉，說的是古代神話中最膾炙人口的牛郎織女和嫦娥奔月的故事。也有些作品雖非以神話為主要題材，卻運用神話中的典故，如〈無題〉詩中的蓬山、青鳥，〈陌上贈美人〉中的五雲車等。書名叫《神話‧愛情‧詩》，名實是很相符的。

每首詩的評析方式，可舉〈迢迢牽牛星〉的評析為例來說明。在每首詩題之下，沈謙都先加一個副標題，此詩的副標題是：「神話、愛情與詩的交融」。開場白點明神話、愛情與詩的關係，話題迅速轉到〈迢迢牽牛星〉原詩上。於是在「壹、有情天地——乘想像之翼遨遊神話世界」的子目下，神話的意義有更詳盡的發揮，並且追溯到移情作用和想像力的運用。廣角鏡頭中出現了初秋的星空，逐步推向銀河旁的牽牛和織女，引出東方牛女七夕相會的神話，也引出西方琴韻難補情天的神話❸。接著出現了第二個子目：「貳、無情現實——揭開牽牛織女的真面貌」。使我們驚覺到牛郎、織女兩星相距竟有十六光年之遠，永無相會之期。而距離地球，牽牛星有十六光年，織女星有二十六光年。假如萬一今天牛郎織女同時殉情自殺，牽牛星要等十六年後才消失在夜空中，織女星還要再多逗留十年。換上「叁、情景交融——神話、愛情與美麗的詩篇」，沈謙從「跂彼織女」、「睆彼牽牛」的《詩經・小雅・大東》說起，於是此詩有了比較的對象。闡述了作品主題，分析了篇章結構，重點落在逐段評析上。第一段只有「迢迢牽牛星，皎皎河漢女」兩句。《詩經》六義中的「興」，心理學上的「聯想作用」，原型批評最重視的「神話」，就在筆下有意無意間輕輕帶出。英人波普一首論情景交融的詩，鄭重地舉為借鏡。牽牛作襯，織女為主的關鍵，也為讀者指明了。第二段是：「纖纖擢素手，札札弄機杼；終日不成章，泣涕零如雨。」沈謙以為此四句全承前段第二句「女」字而來，使織女形象充分具體化。沈謙對字音之暗示是十分敏感的，

❸ 織女星和附近的星連在一起，稱天琴星座。希臘神話有〈豎琴聖手奧斐斯與尤瑞迪絲之戀〉，謂天琴星座即奧斐斯之豎琴。臺南大東書局出版之《希臘羅馬神話故事》，Margaret Evans Price原著，王軍譯。臺北開明書店出版之《天空之巡禮》，均可參閱。

他說：「纖纖是尖細的齒音，適足以摹擬細巧清瘦的素手；札札狀織布機聲音，其聲令人心中紛亂如麻，百無聊賴。」他又用修辭學「示現」的原理去解釋，說此二句「頗有歷歷在目，盈盈在耳，身歷其境的感覺」。「終日不成章」句，是用事實去否定「素手弄杼」的成果，沈謙也這麼說了；但是他忘記了用「場景反諷」的道理加以解說。因為他急急忙忙要告訴讀者此句對張九齡「自君之出矣，不復理殘機」的影響；其實，〈木蘭辭〉：「唧唧復唧唧，木蘭當戶織；不聞機杼聲，唯聞女歎息。」不更有血緣上的關係嗎？沈謙說：「第二段鏡頭轉向織女的表情，由『泣涕零如雨』的淚水，讓讀者透過外在形象的描繪，而進窺織女的『心象』。緊接著第三段的四句，寫出織女的心聲：「河漢清且淺，相去復幾許？盈盈一水間，脈脈不得語。」這樣由第二段的析評，帶出第三段的析評，真夠靈活自然。沈謙指出此段明承「皎皎河漢女」的「河漢」，情感上卻暗接「泣涕零如雨」而來。段旨的說明，詞句的解釋之餘，並為「迢迢」和「幾許」間的「自相矛盾的說法」作美學之探討。他引用了廖蔚卿、葉嘉瑩、方東樹的意見為補充說明，也引用了陸機的〈擬迢迢牽牛星〉和李商隱「蓬山此去無多路」，以資比較。最後一個子目是：「肆、天上人間——比翼鳥連理枝的真情投射」。所謂「比翼鳥」、「連理枝」，當然是據白居易〈長恨歌〉詩句而來。這又是有關七夕的名句：「七月七日長生殿，夜半無人私語時。在天願作比翼鳥，在地願為連理枝。」最後，沈謙指出：〈迢迢牽牛星〉詩所以流傳廣遠，感人至深，是由於「能真實而深切地反映了人類共同的情感，能夠將愛情悲劇典型地顯現出來，引發廣大的共鳴。」「牛郎、織女雖係虛幻的神話故事，卻反映了現實人世間愛情受到阻隔的愁怨。」並引劉勰、鍾嶸對〈古詩十九首〉的評價而結束全文。

現在，也許我們對沈謙評詩的方式，已有簡明的印象，可以進一步探討全書論詩的特色所在：

㈠注重音韻，闡發聲情

詩人希來雅（Robert Hillyer）在《詩的首要原理》（*First Principles of Verse*）一書中，有〈詩之評介〉一章，其中有這麼幾句話：「該詩有無音樂性？我們是否為它的字音所感動——甚至在尚未理會到它的意義之前？」這和中國《尚書．虞書》所說：「聲依永，律和聲。」重視詩歌音樂性的傳統，亦有相通之處。沈謙評詩，對音韻頗為注意。〈迢迢牽牛星〉的評析，曾十分細心地闡發「纖纖」「札札」的聲情，已見上文所引，此不復贅。〈析古詩青青河畔草〉，亦云：「青青是尖細的齒音，顯現景象之清晰，且筆劃簡單，喻自由舒展；鬱鬱是深厚的喉音，顯現景象之幽暗，且筆畫繁複，喻窒息壓迫。」「盈盈屬平聲清韻，形容美人的清盈可愛，有輕巧虛懸的意思。皎皎兼敘窗的明亮與佳人的丰采，以摹寫盈盈。娥娥與皎皎同屬牙音，除了本身色澤鮮紅明艷之外，還借助於牙音顯豁的感覺。纖纖是尖細的齒音字，適足以描述柔嫩細巧的玉手。聲情與文情配合得十分巧妙。」這是根據中國文字「形音義」三者密切綰合的特性，綜合《文心雕龍》〈練字〉、〈聲律〉兩篇的理論，來分析疊字，並進一步闡發聲情與文情的關係。當然音韻聲情不限於疊字，析漢樂府〈上邪〉，沈謙指出：「從聲音與情感的配合上而言，江水為竭的竭，夏雨雪的雪，天地合的合，乃敢與君絕的絕等押韻字，均屬音節短促的入聲，適足以顯示激越直切的情感。從長命無絕衰的絕字，一直發展到乃敢與君絕的絕字，一路直瀉而下，斬釘截鐵，將沸熱之情感，整個噴薄而出，好像火山爆發，不可遏抑。真是驚天動地、怵目驚心了。」重點便不在疊字，而在韻腳。此外，音節頓挫也受到重視。沈謙分析杜甫〈登高〉詩首聯：「風急天高猿嘯哀，渚清沙白鳥飛迴。」便說：「此二句由於一句三意，每二字或三字組成一意，形成二二三的句法，誦讀起來，一句三頓，造成音節的頓挫。」❹

㈡依據修辭，分析文采

柯立芝（Samuel Taylor Coleridge）說過：「詩是最佳的語言置於最佳的秩序之中。」所謂「最佳的語言」，是表意方法調整之事；所謂「最佳的秩序」，是優美形式設計之事。此二者正是修辭學上積極修辭之任務❺。沈謙一向主張：「修辭的研究，在實際批評中，更扮演了一個重要角

---

❹ 說到詩詞的聲律，最重要的參考書當然是王力的《漢語詩律學》，此書臺灣文津出版社曾予影印，書名易為《中國詩律研究》。而依據音律從事實際批評的，有梅祖麟、高友工合寫的〈分析杜甫的「秋興」〉，頗值參考。此文原刊於普林斯頓大學出版的語言學期刊 *Unicorn* 第一期。臺灣有黃宣範的譯文，刊於《中外文學》一卷六期。

❺ 修辭學所言修辭，包括消極修辭與積極修辭，詳見陳望道《修辭學發凡》第三篇：〈修辭的兩大分野〉。黃慶萱《修辭學》，三民書局出版，上篇言〈表意方法的調整〉，下篇言〈優美形式的設計〉，都屬積極

色。」❻因此，在《神話・愛情・詩》中，不少地方依據修辭學所說的方法，來分析舊詩的文采。先說如何調整表意方法以創造最佳的語言。「行行重行行，與君生別離。」沈謙說：《楚辭・九歌・少司命》有：「悲莫悲兮生別離。」此用「生別離」暗示「悲莫悲兮」，在修辭技巧上，屬「藏詞格」中的藏頭。「相去日已遠，衣帶日已緩。」沈謙說：「作者在此運用的修辭技巧是『借代』法中的原因和結果相代。衣帶日已緩是人消瘦的結果，相思又是人消瘦的原因。此處就果顯因，暗示因相思而消瘦，頗耐人尋味。」「鬱鬱園中柳」，沈謙說：「柳」與「留」諧音，意味著留客而捨不得分別。「春蠶到死絲方盡，蠟炬成灰淚始乾。」沈謙說：「『絲』諧音雙關『思』，言其纏綿，因相思而作繭自縛，顯示為情絲所困的事實。『淚』詞義雙關蠟淚與相思之淚。」又說：「借春蠶、蠟炬二物作譬，以示愛情的堅貞，一息尚存，志不稍懈。」「新人從門入，故人從閤去。」沈謙說：「這兩句在修辭的技巧上，屬『映襯格』中的對襯——對兩種不同的人、事、物，從不同的觀點加以描述，經過對列比較，使得語氣增強，意義明顯，使讀者感覺印象鮮明而深刻。」「雞鳴狗吠，兄嫂當知之。」沈謙說：「此二句在修辭技巧上為『追述的示現』，把過去的事情說得彷彿就在眼前一般。將女主角從前與情郎相會時，緊張、欣喜、羞怯，又怕人知道的神情播映到讀者面前，生動傳神。」藏詞、借代、雙關、譬喻、映襯、示現，這些修辭技巧，的修辭。

❻見沈謙：〈為漢語修辭奠一新基〉，初刊《幼獅月刊》第二六九號，後收入《書評與文評》書中。

確把詩變成了最佳的語言。

再說如何設計優美形式以營構最佳的秩序。一是對仗。沈謙指出：「風急天高猿嘯哀，渚清沙白鳥飛迴。」二句，「對仗工巧：不僅是形式上的對仗工穩，在意義上尤為精巧。上句『風急天高』寫高空之景，下句『渚清沙白』寫地面之景；上句『猿嘯哀』訴諸聽覺，下句『鳥飛迴』訴諸視覺，而又分寫禽鳥。兼含高下之景，禽鳥之聲貌，內蘊豐富。」二是排比。沈謙指出：「山無陵、江水為竭、冬雷震震、夏雨雪、天地合：屬修辭法中的『排比』，用結構相似的句法，接二連三地表出同範圍同性質的意象。五句當中每一句都獨立地表現出一個鮮明的意象，五種意象集中趨向『絕不可能發生之事』。歸結到最後，是重複強調：直等到天地間一切絕無可能之事都發生了，乃敢與君絕！」三是頂真。沈謙指出：〈青青河畔草〉一詩，「首段採用頂真句法，上句句末之詞，重見於下句句首，有首尾蟬聯，上遞下接之趣味。如『綿綿思遠道，遠道不可思』的『遠道』，『宿昔夢見之，夢見在我旁』的『夢見』，『忽覺在他鄉，他鄉各異縣』的『他鄉』。如此字句上的連鎖頂真，表現了迴環相生，連綿不絕之美，與青草綿綿的引發情思綿綿，形式與內容配合得十分巧妙。」四是層遞。「鬱鬱園中柳……盈盈樓上女，皎皎當窗牖……空床難獨守。」沈謙指出：「此詩描繪的『園』、『樓』、『窗』、『床』四種有限空間，層遞縮小，女主角的生活圈子就被侷限於其中。」五是突接。李商隱詩：「相見時難別亦難，東風無力百花殘。」沈謙指出：「律詩在章法的轉承上，通常是以兩句一聯為單位，構成一組完整的意義。此詩首句寫情，次句原應承上句繼續寫情。卻倏然轉向，導情入景：美好的春光已到盡頭，東風無力，百花凋零，好一幅令人傷感的景象！表面上另轉一意，實則景中寓情，明轉暗承，與上句脈絡相通。馮浩評云：『次句畢世接不出。』真是排空而來，筆力天縱。」這就是修辭法的「突接」了。六是呼應。杜甫詩：「今夜鄜州月，閨中只獨看……何時倚虛幌，雙照淚痕乾。」沈謙指出：「『雙照』與首句『獨看』相互呼應：在人情上是聚散的對比，在物態上是月光照射人與人賞月的對比，在時間上是現在與將來的對比，在虛實上是實景與虛境的對比。」對仗、排比、頂真、層遞、突接、呼應，這些修辭技巧，使詩有了很佳的秩序。

㈢推象見情，抉發多義

情景交融，是《詩經》以下詩的傳統。至今我們仍能由「關關雎鳩，在河之洲」的景象，去想像「窈窕淑女，君子好逑」的情意。宋梅堯臣言詩，主：「含不盡之意，見於言外。」並舉例說明：「若溫庭筠『雞聲茅店月，人跡板橋霜』，賈島『怪禽啼曠野，落日恐行人』，則道路辛苦，羈愁旅思，豈不見於言外乎？」❼亦無非因景見情，推象明意。英美近代詩宗艾略特（T. S. Eliot）有「意之象」說：「表達情意的唯一藝術方式，便是找出『意之象』，即一組物象、一個情境、一連串事件；這些都會是表達該特別情意的公式。如此一來，這些訴諸感官經驗的外在事象出現時，該特別情意便馬上給喚引出來。」❽與梅氏所言，亦若合符節。沈謙評詩，每能因象悟意：

❼ 見歐陽修《六一詩話》所記「聖俞嘗語余曰」。

如釋「青青河畔草，鬱鬱園中柳。盈盈樓上女，皎皎當窗牖；娥娥紅粉粧，纖纖出素手」，言：「『園中柳』與『河畔草』相映，形成了開放空間與閉鎖空間的對比。碧草如茵，緜延到無窮的遠方，是自由開放的空間；園中的柳樹雖然也生長得濃密茂盛，卻被藩籬阻隔，侷限在園內，是閉鎖的空間。」又言：「『窗牖』在此泛指窗戶，是封閉世界與外界透氣的孔道，使人聯想到自由的渴望。」又言：「『娥娥紅粉粧，纖纖出素手』，除了顯現佳人的裝飾艷麗與美姿容外，也表示其生活養尊處優，不必為家務操勞煩心。」真是悟力非凡，體貼入微。

有時一種客觀景象，由於作者主觀意識的不同，產生的情緒意念也不同。黃季剛先生在《文心雕龍札記・比興》篇說得好：「原夫興之為用，觸物以起情，節取以托意。故有物同而感異者……夫〈柏舟〉命篇，邶鄘兩見。然邶詩以喻仁人之不用；鄘詩以譬女子之有常。〈杕杜〉之目，風雅兼好。而〈小雅〉以譬得時；〈唐風〉以哀孤立：此物同而感異也。」所以「興」或「象徵」，具有多義性、不確定性，和曖昧性。沈謙頗有見於此，他解說「浮雲蔽白日」，引朱自清《古詩十九首釋》：「『浮雲蔽白日……只是『讒邪害公正』一個意思……不過也有兩種可能：一、是那遊子也許在鄉里被『讒邪』所害，遠走高飛，不想回家。二、也許是鄉里中『讒邪害公正』，是非黑白不分明，所以遊子不想回家。」又引馬茂元《古詩十九首探索》：「『白日』，是隱喻君王

---

❽ T. S. Eliot, "Hamlet and His Problems", in *The Sacred Wood*. (London, 1928). 譯文則據黃維樑：〈中國詩學史上的言外之意說〉，見洪範書局出版：《中國詩學縱橫論》。

的，這裡則以之象徵她遠遊未歸的丈夫。「浮雲」，是設想他另有新歡，象徵彼此間情感的障礙。」而加以斷論：「從『詩的多義性』角度觀之，二家之說，可兩存並取，並沒有強分軒輊，定於一尊的必要。」❾又釋「枯桑知天風，海水知天寒。」沈謙也先列四義：一、枯桑、海水比喻女主角的相思之情。二、枯桑喻夫，海水自喻。三、枯桑、海水喻情人在外的淒苦。四、喻良人當知自己之孤寂與思念。後加案語云：「不同的解說，只要能經過合理的推論，各自言之成理，往往豐富了詩的內涵意義，不必強求一致。」有時沈謙因象悟意，層層深入，如釋李商隱「春蠶」「蠟炬」兩句，云：「從描繪情感的深度而言，到死絲方盡，成灰淚始乾，顯示愛情之執著、堅韌，無以復加。闡析其意義，約有三層：第一層是死而後已，直教生死相許！第二層是毫無保留，完全奉獻！第三層是不計回報，純粹付出！」多義之象的抉發，使詩意益發濃稠了。

由一象多義，聯想到一語多義，即所謂模稜語（Ambiguity）或多義語（Plurisignation）。沈謙釋〈古詩十九首〉「展轉不相見」句云：「展轉，亦作『輾轉』，有兩層意義：一、猶言反覆，形容不能安眠。二、謂不定也，言情郎在他鄉作客，行蹤飄忽不定。此二層意義可並存，心上人究竟何處，不得而知；夢醒後再難入眠，要想在夢中相見，也不可復得。」便由「展轉」句主詞之省略，因此無法確定其究為居人？或為遊子？而此文法省略造成之模稜，又導致「展轉」詞義之

---

❾ 唯沈謙所言，似仍僅就「居人」觀點而論；其實此詩亦可由「遊子」觀點來解釋，詳葉嘉瑩：〈一組易懂而難解的好詩〉，見三民書局出版：《迦陵談詩》。

模稜，究為展轉失眠？或展轉流離？沈謙綜合此雙重之模稜，主「此二層意義可並存」，是十分恰當的⑩。

㈣掌握題旨，直探詩心

《文心雕龍・知音》篇云：「夫綴文者情動而辭發；見文者披文以入情。」讀者通過文辭的媒介，體驗了作者的感受，領悟了作者的情思，此之謂「知音」。沈謙評詩，結尾常有「總結而論」，每能貫通全詩，直探詩心。如評論〈迢迢牽牛星〉一詩，以為：「天上的織女，不正是人世間佇立凝望的多情女的投影與化身嗎？在愛情之道路上，多少受到挫折的有情人，正同牛郎織女一般，『河漢清且淺，相去復幾許？』而『盈盈一水間，脈脈不得語』，更是有情人分隔兩地相互凝視時眼波微動、含情欲吐的寫照……天上、人間；古人、今人；幻境、現實：其間又有多少差異呢？牛郎織女那種相隔兩地，可望不可即的情況，牛郎織女那樣哀婉動人的愛情悲劇，不正世世代代地在人間繼續搬演嗎？……此詩為有情人披肝露膽，直陳衷曲，令天下後世處其境者可以痛哭，不處其境者可以哀感。取材雖然是想像的幻境，寫情卻是真實的人事，反映了廣大普遍而又複雜的人性，難怪要感人至深了。」評論〈上山采蘼蕪〉云：「這首詩在棄婦詩裡為最著名的傑作，頗堪玩味。我們還可以再作進一步的闡論：第一、構成了一幅男權社會的諷刺畫……第

⑩ 關於模稜語，恩普遜（William Empson）有「模稜七型」（*Seven Types of Ambiguity*），梅祖麟有「文法和詩中的模稜」。請參閱黃維樑：《中國詩學縱橫論》。

二、表達了傳統婦女最苦澀的愛情……第三、暗寓了人才被棄的不遇之情……」分條細論，更為清晰。評論杜甫〈茅屋為秋風所破歌〉云：「在主題意境上，此詩寫杜公自家遭遇之困境，然而不同於一般之牢騷嗟歎。從極端困苦悽慘之中，轉念天下寒士。他沒有憤怒和怨恨，沒有埋怨與沮喪，腦中所縈繫的是天下蒼生。如此情懷，何等寬宏；如此襟期，又是何等高遠！雖然有人批評他是名士故作狂言，也有人說是苦中作樂，故作詼諧。但衡諸事實，只要稍微多讀杜詩，即可體會到，這是自然流露的真情，無絲毫虛矯牽強刻意之處。文學作品，不僅是反映人生而已，更須進而描繪人性所能達到的最高境域。杜甫的〈茅屋為秋風所破歌〉，足堪提昇人性，激發廣大的同情心，詩聖之所以為詩聖，豈偶然哉！」這一番話，由正而反，由反而正，非但能直探詩心，更能抉發文學作品的社會責任與教育功能。

(五)比較研究，明其影響

所謂「比較」、「影響」，一方面是指乙作品與對乙作品有所影響的甲作品之間的比較研究；另一方面也指文學與其他文化活動、藝術活動之間的相互關係的比較研究。沈謙評詩，常常尋源窮委，相互比較⑪。他寫〈月裡嫦娥比較觀〉，從《歸藏》、《淮南子》、《靈憲》等書有關嫦娥奔月的神話說起，接述晉傅玄〈擬天問〉詩：「月中何有？白兔擣藥。」唐李白〈把酒問月〉詩：「白兔擣藥秋復春，姮娥孤棲與誰憐？」杜甫〈月〉詩：「兔應疑鶴髮，蟾亦戀貂裘。斟酌姮娥

⑪ 參閱李達三：〈比較文學的基本觀念〉，《中外文學》五卷二期。

寡，天寒奈九秋。」以至於宋蘇軾〈水調歌頭〉詞：「明月幾時有，把酒問青天。不知天上宮闕，今夕是何年？」殿以元伊士珍《瑯嬛記》引〈三餘帖〉嫦娥故事：嫦娥后羿復為夫婦如初。這就是彙集古今所有有關嫦娥的神話與詩詞而作比較研究了。他寫「從『雙照淚痕乾』到『共翦西窗燭』」，指出後面那首李商隱詩「在學杜之中，也並非全部沿襲，仍有獨造之意」，從而比較二詩筆法之同異與優劣。文末並且「提出兩項課題：一、中國古典文學之比較研究。二、詩中有畫。」實已涵蓋比較文學兩個重要內容：影響研究與科際整合了。不過，這裡我很想給沈謙補一個既受李商隱〈夜雨寄北〉影響，而又確實題在畫中的詩——宋邵博〈題智水上人瀟湘夜雨圖〉：「曾繫扁舟湘水西，夜間聽雨數歸期；歸來偶對高人畫，卻憶當年夜雨時。」也許可以作為另一個作品影響與詩畫相通的例子。只是邵博詩摹仿得太露痕跡，藝術性不能與杜李相提並論罷了。

當我才看到《神話．愛情．詩》，我以為這是純以「神話批評法」所謂「普遍的象徵」理論來評論愛情詩篇的。細讀全書之後，知道此書雖然也曾說明一些愛情詩篇中神話的象徵意義，在詩的欣賞方面展示了更大的廣度與深度；但是沈謙到底未忘記詩並不只是盛裝神話原型的容器，詩有其語言藝術方面種種特質。所以他同時也為讀者闡釋詩的韻律聲情，剖析辭藻文采，呈現豐富意象，直探詩心，並儘可能與有關作品作比較研究。這是對的！

說到內容，沈謙評論的詩，「有情真辭婉，不迫不露，哀而不怨的古典情詩〈行行重行行〉；有無辜被棄，還要長跪問故夫的最苦澀的情詩〈上山采蘼蕪〉；有熱烈奔放，無假雕飾，像火山爆發，噴薄而出，直言無諱而具有排山倒海震撼力的情詩〈有所思〉、〈上邪〉。或青梅竹馬，兩小無猜，如李白〈長干行〉；或纏綿悱惻，情絲糾結，如李商隱的〈無題〉；或忽發奇想，跳出現場，苦中作樂地懸想他日相聚，如杜甫的〈月夜〉；或坦率大方，明朗活潑，如李白的〈陌上贈美人〉。」雖說「酸甜苦辣，百味俱陳」，但始終未出「古典情詩」的範疇⑫。其實，中國古典詩的內容不限於愛情。劉若愚在《中國詩學》一書中，便指出「中國人的一些概念與思想感覺的方式」：描寫自然的美以及表現對自然的喜悅；敏銳的時間意識，且表現對時間一去不回的哀歎；將朝代的興亡與自然的永恆相對照，而感歎英雄的徒勞；或藉某種史實以評論當時社會；脫離世俗的憂慮和欲念；與自然和諧相安的一種心境；悲歎流浪和希望還鄉；以形形色色的樣相歌詠愛；象徵著從這現世的痛苦和個人的感情中逃避的「醉」；而更普遍而易被了解的，還有離別的悲哀和戰爭的恐懼⑬。在自然、時間、歷史、閒適、鄉愁、愛、醉、離恨、畏戰九項古典詩習見的題材中，沈謙所評論的，僅愛情一項而已。由於《神話·愛情·詩》的暢銷，使我相信，這類文學比較評析是足以提高讀者欣賞力而又為讀者歡迎的好書。未知沈謙於其他八項題材，是否也有興趣作比較評析否？（本文曾部分刊於一九八七年三月二十二日、二十九日《大華晚報·讀書人周刊》。沈謙《神話·愛情·詩》，一九八三年尚友出版社初版。）

⑫ 見沈謙《神話·愛情·詩》自序。

⑬ 劉若愚原著，杜國清中譯《中國詩學》，幼獅文化事業公司印行。

也論「圖象批評」

——黃永武〈圖象批評的美感〉講評

〈圖象批評的美感〉精彩的內容，黃永武教授已經井井有條地向我們講解過了。

一看到「圖象批評」四個字，我直覺聯想到《周易》裡的「設卦觀象」和「立象盡意」。《周易》的作者以為：文辭不能完全表達語言，語言不能完全表達心意，因此，古代的聖人以卦爻的線條圖象，利用象徵手法來表達心意。以圖象表達心意，由圖象明白心意，它的原始理論，似乎都可以追溯到《周易》。

《周易》曾把「天文」、「人文」作平行的敘述。「天文」包括：天、地、日、月、山、水等大自然具有形體的東西，和雷、風等大自然能發出聲音的東西。於是在「人文」方面，就產生了「形象藝術」和「音響藝術」，來表達人的感受和情緒。這種概念，通過陸機的〈文賦〉，構成劉勰《文心雕龍》所說的「形文」、「聲文」、「情文」。劉勰認為：文學創作，是由「情文」而產生「形文」和「聲文」，即有節奏感的文字；而文學批評，應依據「形文」、「聲文」而探討「情文」，並進入作者的感情世界。

近二百年來，由於唯物主義的興起，於是在「藝術思維」和「形象思維」之間，幾乎可以畫上等號。俄羅斯文學理論家別林斯基說：「詩歌不是什麼別的東西，而是寓於形象的思維。」一九六五年，毛澤東給陳毅的信中，也肯定「詩要用形象思維」。他們談「形象思維」，都把它局限在文學創作單方面。而未曾想到：詩，乃至所有卓越的文學作品，既然以真實的、具體的、豐富的、飽滿的藝術形象為必要條件，那麼，如果藉用圖象來譬喻說明，傳達詩乃至文學的美感經驗，不是一種十分恰當的方法嗎？而且這種文學批評的本身，也饒富詩情畫意的美感，可以把文學批評提升到批評文學的層次。黃永武教授看出「圖象」的「批評」功能，從中發現「美感」，可說別具隻眼！

以「圖象」為「批評」，黃教授指出，《詩經》已經開端。論文副題是「試舉明代文評為例」，所以重點落在明代。當然別的朝代有關「圖象批評」的資料也非常多。例如：南北朝的鍾嶸，在《詩品》中用「青松之拔灌木，白玉之映塵沙」來讚美謝靈運詩的高潔；用「流風迴雪」來形容范雲詩的「清便宛轉」；用「落花依草」來形容丘遲詩的「點綴映媚」。乃至近代，王國維在《人間詞話》中，用「畫屏金鷓鴣」來譬喻溫庭筠的詞；用「絃上黃鶯語」來譬喻韋莊的詞。真是不勝遍舉。

現在，我想問的是：用「圖象」來從事「批評」，到底有什麼理論上的根據？這一點，黃教授這篇論文重要資料之一——張朱佐的《醉綠齋雜著》中的「醉綠」兩字，最足以啟發我們的思考力。「綠」原是一種視覺印象，怎麼可以引起「醉」意呢？於是我想起俄羅斯生理學家巴甫洛夫那個著名的實驗。在食物和鈴聲同時出現多次之後，受試驗者聽到鈴聲就會分泌唾液。這個實驗不很美感，但是可以解決美學上「通感」的問題。紅紅的火是熱的，所以我們看到紅就覺得溫暖；藍藍的水是冷的，所以我們看到藍就覺得清涼。這就是「交替反應」的結果。《呂氏春秋》：「伯牙鼓琴，鍾子期聽之。方鼓琴而志在太山，鍾子期曰：『善哉乎鼓琴，巍巍乎若太山。』少選之間，而志在流水，鍾子期又曰：『善哉乎鼓琴，湯湯乎若流水。』」蘇軾〈書摩詰藍田煙雨圖〉：「味摩詰之詩，詩中有畫；觀摩詰之畫，畫中有詩。」法國作家羅曼．羅蘭在《貝多芬傳》中，記貝多芬的話說：「當我作曲時，在我思想中總有一幅畫，並且按照這幅畫去工作。」和王世貞在《國朝文評》說：「宋景濂如酒池肉林，直是豐饒，而寡勺藥之和。」應該可以用這種「交替反應」的理論，來加以解釋的。

黃教授這篇論文分量最重的部分，是為兩本《國朝文評》對明代一〇七位文學家的作品所作圖象批評，再作疏通、比較、證明、和評論。大致上採旁徵博引的方式，彙集前人意見之處多；依據作者原典，去印證王世貞、張朱佐圖象批評之是否正確，相對地就很少了。這可能因為論文字數有限的緣故。如果黃教授對王、張的批評，採取重點歸納，不作全部分析，運用原典以印證批評，依然有可能的。（本文與黃永武〈圖象批評的美感〉均刊於《東方美學與現代美學研討會論文集》。一九九二年臺北市立美術館發行。）

我對臺灣鄉土文學的認識

——李豐楙〈臺灣鄉土小說中的社會變遷意識〉講評

李豐楙教授這篇論文，有幾點十分令人欽佩的地方：

第一是他對鄉土小說本身的熟悉和關切。我們知道，李教授是以研究道教文化著名的，對鄉土文學也付出如許關懷，這是很難得的。尤其對王禎和、黃春明、王拓、宋澤萊、洪醒夫小說，有很深入的了解；並且試圖上推賴和、楊逵、鍾理和、鍾肇政諸先生，讓讀者對臺灣鄉土小說的源流發展，有一個清晰的認識。

第二是李教授對文學理論的熟悉和面面俱到的關照應用。首先他從決定論或反映論的觀點來看臺灣社會變遷與鄉土小說家的互動關係。接著他強調鄉土文學論戰在作者——作品——讀者，三者之間正面的影響。並且以實用論揭櫫鄉土文學為時代作見證，直指讀者與社會認知的關聯。李教授有意無意之間，運用他在社會學、心理學、和神話批評的造詣，一方面由整個社會活動的宏觀觀點來鳥瞰文學作品；另一方面也由微觀觀點深入挖掘鄉土文學的主題。對鄉土文學藉由意志與命運間，傳統與現實間，農業與工商業間，大家族與小家庭間，公婆與子媳間的種種矛盾、衝突中所呈現的人性，有精彩的分析，從而使我們也能更親切的進入了小說家的內心世界。

個人對臺灣鄉土文學的認識是這樣的：臺灣，由於地理位置介於東亞大陸和太平洋的交接點，自然就成為陸權與海權交鋒的場所。明天啟三年（一六二三）荷蘭人占領安平，築熱蘭遮城；天啟六年（一六二六）西班牙人入據雞籠（即今基隆），築山嘉魯（聖地牙哥，今三貂角）城；以及後來日本統治臺灣及澎湖，和美國第七艦隊協防臺灣：都可看作海權入侵的標幟。而中國大陸政局安定，則臺灣重歸中國。清康熙二十二年（一六八三）在平定三藩後，接著收復臺灣；和民國三十四年（一九四五）抗日戰爭勝利，光復臺灣，便是陸權興盛的標幟。處於這麼一種特殊的地理位置，臺灣的歷史遭遇也非常特殊。自清光緒二十一年（一八九五）割讓臺灣給日本，臺灣雖宣布獨立，仍不免於受日本奴役五十一年的命運。光復之後，接著就是二二八事件，以至於今天統獨議論未決。百年之間，屢有巨變。特殊的地理位置，特殊的歷史遭遇，產生了特殊的人文景觀，而臺灣鄉土文學正是這種特殊的人文景觀的反映。吳濁流的《亞細亞的孤兒》是一個很明顯的例子；而王禎和〈嫁粧一牛車〉中的萬發，何嘗不可詮釋為面對外力介入的屈辱與無奈?李教授這篇論文特別為「命運與意志——傳統社會組織中文學人的生命觀」立專節討論，對鄉土小說中的人物那種無奈和掙扎有詳盡而生動的揭露。似亦可以追溯到這種特殊時空的特殊人文景觀。

關於李教授論文細節方面，我還有三點粗淺的意見。在論文開頭，李教授說：「本文將試圖擺脫狹窄的政治社會關懷的觀點，而從文化關懷、人性關懷的立場，試著重新解讀鄉土小說。」我想，「試圖擺脫」可能是「不僅局限」的意思，或代表提筆之始李教授一種恢宏的主觀意願，這種意願卻被下文實際評論所否定了，因為篇中多處提到政治。政治是鄉土文學評論中不能擺脫也無須擺脫的要素之一。李教授又說：「以王禎和、黃春明及王拓代表光復後完成文學教育的前一世代，而以宋澤萊、洪醒夫等代表持續鄉土文學的香火的後一世代，在兩代的交替之間可以顯現臺灣社會的變遷。」這個主觀願望也非常好。可惜的是，後面有關臺灣社會變遷的討論，出之於王禎和、黃春明前後期作品比較者多；出之於「兩代的交替」者少。我猜想，這可能是大會截稿時間到了，使李教授沒有時間對宋澤萊、洪醒夫作品詳加析論的緣故。李教授對「鄉土文學」的界定似乎偏重於鄉村；細看又不盡然，因為他提到了黃春明的〈莎喲那拉．再見〉和王禎和的〈小林來臺北〉。於是我想到陳映真一些描寫市鎮小知識分子的作品，和楊青矗《工廠人》一系列討論勞工問題的小說，是否在論文中也應給以一些篇幅？（本文為一九九二年十一月五日在中正大學主辦「臺灣的社會與文學」討論會之講評。《臺灣的社會與文學》已於一九九五年十一月由東大圖書公司出版。〈臺灣鄉土小說中的社會變遷意識〉在頁一六七—一九四。）

談瑜說瑕

——評鄭子瑜《唐宋八大家古文修辭偶疏舉要》

「詆訶文章，掎摭利病。」是需要有些勇氣的。尤其是唐宋八大家的文章，自明初朱右，已採錄韓、柳、歐陽、曾、王、三蘇之文，為《八先生文集》，到嘉靖年間，茅坤編《唐宋八大家文鈔》，八大家的古文儼然成為文章的正統和規範，幾乎沒有人敢指陳它的「疏失」，更別說「試為修訂」了。鄭子瑜先生新作《唐宋八大家古文修辭偶疏舉要》（以下簡稱「鄭著」），居然拿八大家的文章來開刀。「有龍淵之利乃可以議於斷割」，鄭先生的勇氣是十分值得敬佩的。

事實上，八大家文章的疏失是存在的。像韓愈〈原道〉：「周道衰，孔子沒。火於秦，黃老於漢，佛於魏晉梁隋之間。」拙著《修辭學》就曾指出：「『黃老』、『佛』作動詞，已覺不倫。」（頁一九〇）鄭著更認為：「『火於秦』之上，應加『其書』二字，於義乃安。」（頁四）韓愈在此也的確沒說清楚「火於」、「黃老於」、「佛於」指的是什麼，「主語欠明」的疏失也是賴不了的。另如〈師說〉：「生乎吾前，其聞道也，固先乎吾，吾從而師之；生乎吾后（萱案：「后」，當作「後」，鄭著所據底本可議。），其聞道也，亦先乎吾，吾從而師之。」鄭著云：「『亦先乎吾』以改『倘先乎吾』為愈。又下『吾從』宜改『吾亦從』。」（頁六）〈師說〉此處確有語病，鄭著改得真好。如起韓愈於地下，也一定心服口服。

不過，鄭著某些意見仍可以商量。先舉所議第一篇第一條為例。韓愈〈原道〉：「凡吾所謂道德云者，合仁與義言之也，天下之公言也；老子之所謂道德云者，去仁與義言之也，一人之私言也。」鄭著云：「『天下之公言也』句上應加『蓋』字或『是』字，『一人之私言也』句上應加『乃』字，其義始明。」案：古人判斷句多省去繫語，如果在上句加繫語「是」，下句加繫語「乃」，反而有損〈原道〉斬釘截鐵的語勢。至於上句加「蓋」字，「蓋」為傳疑副詞，表示所言之事不可確信，這更使〈原道〉全篇陷於「乞貸論證」的謬誤中。再舉所議最後一篇第一條為例。王安石〈傷仲永〉：「仲永生五年，未嘗識書具，忽啼求之。……自是指物作詩，立就，其文理皆有可觀者。邑人奇之，稍稍賓客其父，或以錢幣乞之。父利其然也，日扳仲永環丐於邑人，不使學。」鄭著云：「邑人既以錢幣乞其詩，仲永實無需反丐於邑人，故『丐』宜易『謁』。」（頁四六八）案：「環丐於邑人」是遍向邑人求售其詩的意思。如改「丐」為「謁」，則鬻詩之意不見，而上文「父利其然也」之「利」字亦無著落。再說，仲永五歲能詩，及長「泯然眾人矣」，這是何等反諷？王文先敘邑人乞詩，緊接著說仲永鬻詩，正是這種反諷的伏筆。把「丐」改為「謁」，對比反諷的意味就完全喪失了，「然其利」、「不使學」的錯誤也無法彰顯了。

古文原不分段，亦無標點，鄭著先錄八家原文，為之分段標點，然後舉其修辭偶誤，一一修訂。因此，其分段標點，也可以討論商量。如韓愈〈張中丞傳後敘〉第四段，鄭著是這樣的：「愈嘗從事於汴、徐二府，屢道於兩府間，親祭於其所謂雙廟者；其老人往往說巡、遠時事，云：南霽雲之乞救於賀蘭也……。」（頁一五）其實，「……往往說巡、遠時事云」成句，其下應為句號，而非冒號。且全句應上屬第三段。理由一：前面三段說的是「巡遠時事」，而第四段說的卻是「南霽雲」事，再未提許遠。所以此句用來總結上文，而非另開下文。理由二：下文有「愈貞元中過泗州，船上人猶指以相語。」船上人指浮圖矢痕語愈，亦是結束上文。末段末句：「嵩無子，張籍云。」「云」字結束全文，其為上指更極其明確。韓愈刻意留此作線索，以示全文二「云」字，一「相語」，皆上指而非下指。舉此一例，以供鄭先生為原文分段標點之參考。

唐宋八大家的古文，是中國古典文學中的瑰寶。鄭著卻在這如瑜美玉上指出一些瑕疵。破除迷信權威的情結，擴大省察思考的空間：鄭著價值在此。但是子瑜先生椽筆如飛，勇於立說。於原著修辭偶誤所作修訂，固有頗為得當者；但是理解未確，考慮欠周之處，亦所在多有。可說瑜瑕兩不相掩。而我談瑜說瑕，到此也就結束罷。（原刊於一九九三年十一月九日《中央日報・長河副刊》。鄭子瑜《唐宋八大家古文修辭偶疏舉要》，一九九三年上海教育科學出版社出版，臺灣有書林出版社影印本。）

見山祇是山

——鄭樹森編《現象學與文學批評》責任書評

現象學一辭之出現於哲學知識論中，其義界一言以蔽之是：直接用本質直觀的方式去認識、把握、說明現象。應用於文學批評上是：必須就作品說明作品；千萬不要粗暴地以你自己的經驗或信念來解釋作品或評斷作品。

《現象學與文學批評》，是中文知識界以文學批評的立場介紹現象學的第一本系統性的專書。它選譯了西哲海德格等的原典；也蒐羅了中國學者劉若愚等的專論。內容涵蓋了理論與實際批評雙方面，頗能將這門學問作重點之呈現。鄭樹森執筆的〈前言〉，從文壇論戰和學府滄桑的趣味敘述中，使讀者輕鬆地了解這門學問的發展。假如能把一九二九年或一九七五年出版的《大英百科全書》中「現象學」一條文，譯為附錄，就更好了。二九年版撰者胡塞爾，七五年版撰者史皮戈博等，都是現象學大師。

雖然說現象學以主體與客體在每一經驗層次上的交互關係為研究重點；不會只注重經驗中的客體與主體的任何一個。但是由現象學的口號：「回到事物本身」，可以發現它實際偏重客體。因此，現象學在文學批評的應用上似乎有些限制。其一是批評對象的狹窄，只對「無我性」的文學作品，如王維的山水詩，較能作客觀說明。其二是批評方式的狹窄，便於文學作品的「說明」，而「解釋」、「評斷」諸多限制。東大圖書公司另一本書：《主題學研究論文集》，或許必須參看，以稍減偏頗的遺憾。

本書同頁附註，極便對照。書末附中文參考資料目錄，可惜把李貴良著《胡賽爾現象學》漏掉了。李書一九六三年由臺灣師範大學出版，內容相當豐富。（原刊於一九八四年十一月一日《聯合文學》第一期。《現象學與文學批評》，一九八四年七月東大圖書公司初版。）

假如作文練習像數學演算一樣

——王鼎鈞《作文七巧》責任書評

記憶中，王鼎鈞先生寫了不少有關作文的書。《講理》，二十年前就讀過的，對大學聯招偏重議論的作文頗有指導的功能。近讀作者新著《作文七巧》，較諸《講理》，字數少了，內容卻更為圓足，系統也更具條理，而從風趣的說明中輕鬆地學習作文方法，卻還和《講理》一樣。

《講理》約十五萬字，用類似小說的體裁「講」作議論文的道「理」。跟開明書店出版的《讀和寫》、《文心》方式略近，而內容較專較深。《作文七巧》約十萬字，雖然時常穿插一些小故事、小例證，但不再是「小說」體裁了。內容包括記敘、抒情、描寫、議論的技巧。記敘又分直敘、倒敘；議論又分歸納、演繹：這就有六種技巧了。加上各種寫法的綜合運用，正好是《作文七巧》。

《作文七巧》的特點有三：一是對作文提出一些可行的「程式」和「步驟」。讀者把記、抒、描、論，當作加、減、乘、除一樣學習，各種文章作法的大原則也就約略知道了。二是這些「程式」和「步驟」讀來十分有趣。豐富的例證，多端的變化；從陶淵明的〈桃花源記〉到杜撰的〈父親〉；加上「原文」和「改作」的比較；「舊作」和「新作」的比較；「佳作」和「劣品」的比較：讀來逸趣橫生。三是有「重點」，有「練習」。正文中凡重要的原則和例證都已另用楷體字，

「重點」一目了然。如果「原則」特用粗體字，而且提前成「子目」形式，就更好了。書末有十組「習題」，作者為什麼不分成七項，插在每章之下，讓它更像數學，那該多好！

作者王鼎鈞先生，具有四十多年寫作經驗，曾在汐止中學、世界新專、文化大學實際擔任「寫作」課程，本書可說是「經驗之談」。（原刊於一九八四年十二月一日《聯合文學》第二期。王鼎鈞《作文七巧》，一九八四年八月作者自行出版。）

未嘗不可的新方向

——傅錫壬《牛李黨爭與唐代文學》責任書評

「科際整合」觀念的興起，「比較文學」範疇之擴充，在一向保守的中國古典文學界也激發一些新的研究方向。《牛李黨爭與唐代文學》就是頗具代表性的一個樣品。作者敘述了黨爭的始末，鑑別了黨爭的史料，然後剖析黨爭與當時散文、詩歌、小說等文學作品的關係，以及黨爭如何影響著元稹、杜牧、李商隱、劉禹錫、白居易等當時的文士。讀來趣味盎然。

作為一本學術論著，本書頗留意於第一手資料的運用，如白居易與楊虞卿的信件等；也未忽略前此研究成果的繼承，對陳寅恪、岑仲勉、王夢鷗之卓見，頗多引用；而反駁前人之說亦復不少，如於〈霍小玉傳作者的問題〉，反駁了劉開榮的論斷。全書前有〈敘論〉，後有〈總結〉，各節亦多具「前言」和「結論」，使讀者對本書及各節的主要論題，均能一目了然。

如同任何一本書，本書亦不免有可商之處：一、書名不能正確標示本書的特殊論題。本書原名《唐代牛李黨爭與當時之文學關係析論》實較現名妥當。如必欲簡約，似可名「牛李黨爭與當時文學」。或索性擴大範圍，補入王叔文黨與韓、柳文學等等資料，易名為「黨爭與唐代文學」。二、本書〈敘論〉自言：「對歷史事件的了解，多來自史料。」我始終認為：作品所呈現透露的種種事實，是足可進而印證作者傳記及其背景資料的。本書作者實際上也已如此作了，但觀念上尚須澄清。三、封面裡頁「內容簡介」中「文學是」云云，似宜依原書三三五頁所述，改為「文學則著重於」。否則讀者如誤會此為作者對「文學」一詞所下「定義」，那爭論就多了。（原刊於一九八五年一月一日《聯合文學》第三期。傅錫壬《牛李黨爭與唐代文學》，一九八四年九月東大圖書公司出版。）

攀登傳統修辭的巔峰

——黃永武《字句鍛鍊法》責任書評

自《文心雕龍》之論修辭，有練字、章句諸篇，《詩人玉屑》乃以句法、下字、鍛鍊是務。及西方修辭學東漸，唐鉞《修辭格》、陳望道《修辭學發凡》與陳介白《修辭學講話》，先後出版。鄭奠、張文治、楊樹達等，思有以抗衡，紛集修辭古說古例成書；而傅隸樸《脩辭學》，以鍛意、布局、取勁、足氣、美麗、生動、練詞……而成章，下錄古例，為傳統修辭學中最具體系之作。黃永武的《字句鍛鍊法》，以傳統的鍛句、鍊字為綱，靈動、華美，運字、代字等等為目，融西方辭格以為用，更使中國傳統修辭學登上了巔峰。

一九六八年本書初版後，在大學校園曾引發爭讀的浪潮。師大思兼（沈謙）同學說：「脈絡分明，敘述條暢；旁徵博引，例釋精當；深淺適度，文筆雅致。」臺大施青同學說：「首創以修辭的效果來分類；創造新的修辭格法；兼採中外古今的雋語；能與傳統的修辭書籍銜接；本身文辭甚美。」自發的評論，每見仁者之心。

洪範增訂本頗有補充：一是補新例，如「參差」，初版定義外有例句七條，而增訂本更補四條，共十一條。二是補剖析，如「取譬」，增訂本下補與比擬之異的說明，初版無。

本書取例，絕大部分係作者讀書所得；於前人修辭之書，偶亦有所汲取。能從實際書面語言上覓取辭例，並繼承前此研究成果，固本書價值之所在。惟以修辭效果分類，仍有可商。如：以示現、比擬、取譬等，能使文句靈動；以協律、儷辭、襯映等，能使文句華美。前者能否亦使文句華美？後者能否亦使文句靈動？不能無疑。且鍛句之法，每即鍊字之法。今一剖為二，於是存真、倒裝等，必須割裂分述。此或傳統修辭學在體系上有待深思處。（原刊於一九八六年四月一日《聯合文學》十八期。黃永武《字句鍛鍊法》，一九八六年一月洪範書局出版。）

劉若愚《中國文學本論》內容析議

——七寶樓臺的架構與拆卸之一

本文是對劉若愚（Liu, James J. Y. 1929–1987）教授《中國文學本論》（*Chinese Theories of Literature*, 1975）一書內容所作的分析與評論。評者首先由圓足而有體系論述「中國文學理論」之難說起，指出劉著有突破性的嶄新架構。然後就「文學本論」（Theories of literature）與「文學分論」（Literary theories）之區分及其可能之混淆；以「形上理論」（Metaphysical theories）取代「模倣理論」（Mimetic theories）之商榷；合「決定理論」（Deterministic theories）與「表現理論」（Expressive theories）為一章之不當；六種文學理論的界線很難劃清；關於「客觀理論」（Objective theories）存在之可能性：共計五目，對劉書內容，詳加分析與評論。結語則推崇劉若愚為一位不斷求進步之學者，表示敬佩之意。

一、引言

要圓足而有體系地論述「中國文學理論」，不是一件容易的事。既存文獻中有關文論之作，到今天已難令人滿意。成書於西元四九八—五〇二年，齊、梁時代劉勰（四六四—五二二）所撰《文心雕龍》，全書由樞紐論，而體裁論，而創作論，而批評論，結束於總論，「體系」縝密❶；但到底是一千五百年前的論著了，它所描述闡發的，限於齊、梁之前的各種文體，以及這些文體的淵源流變、創作論與批評論。當然不能苛求它是一本「圓足」的「中國文學理論」。成書於清乾隆四十七年（一七八二）的《四庫全書總目》，就歷代詩文評之書而於〈小序〉述文論五例，應尚「圓足」❷，但實際上仍有所遺漏；且目錄之書，僅依體例分類，未能上探文論本質，難有理論「體系」。

今試設想圓足而有體系地論述「中國文學理論」之道：蒐集中國歷代文學理論資料，彙編成冊，也許是最基本的工作。然後將這些資料分別輕重，擇要作註釋說明。於是可以歸納出中國文學理論的源流和發展，原原本本呈現其全貌。可是這樣一來很可能成為一部「中國文學理論史」或「中國文學批評史」。那麼變換一下角度如何？也許可以從縱貫發展改為橫面剖析。將中國歷代文學理論資料，依：文學的源泉、文學的性質與特徵、文學作品的內容和形式、文學的風格與

❶ 楊明照：《文心雕龍校注》（上海：古典文學出版社，一九五八年一月），〈梁書劉勰傳箋注〉，書前，頁八。又〈序志第五十〉，卷一〇，頁三一八。

❷ 紀昀、陸錫熊、孫士毅總纂：《欽定四庫全書總目》（臺北：藝文印書館，一九六九年三月，影印武英殿聚珍版本），卷一九五，頁一上下。

流派、文學創作的特點與方法、文學的繼承和革新、文學的作用、文學的鑑賞與批評……，歸納分析，作分門別類的論述。可是這樣處理會不會使「中國文學理論」局限於現象界，僅屬資料組合，而未能上探本體，以致成為缺乏深層卓識的「中國文學理論概說」呢？

面對歷史既存文獻上如《文心雕龍》和《四庫全書總目・集部・詩文評類小序》之不能兼顧「圓足」和「體系」之事實，以及設想上如「縱的論述」和「橫的剖析」之易與「文學批評史」和「文論概說」混淆之兩難，劉若愚（一九二九—一九八七）所著《中國文學本論》（*Chinese Theories of Literature*, 1975，以下簡稱「劉書」）❸突破性的嶄新架構便十分值得重視了。

以下，我以劉若愚原著，杜國清中譯的《中國文學理論》❹為主要依據，並覆覈劉君英文原著，參考賴春燕譯本《中國人的文學觀念》❺，並分：

一、「文學本論」與「文學分論」之區分及其可能之混淆；

二、以「形上理論」取代「模倣理論」之商榷；

---

❸ James J. Y. Liu: *Chinese Theories of Literature*. (Copyright 1975 by the University of Chicago, Reprinted by Ch'eng Wen Publishing Co., Ltd. Taipei, Taiwan, 1976).

❹ 杜國清譯：《中國文學理論》（臺北：聯經出版公司，一九八一年九月初版）。以後引用劉著杜譯，隨文附註二書頁數。

❺ 賴春燕譯：《中國人的文學觀念》（臺北：成文出版社，一九七七年二月初版）。

三、合「決定理論與表現理論」為一章之不當；

四、六種文學理論的界線很難劃清；

五、關於客觀理論存在之可能性；

就此五目，對劉書內容，詳加分析評論。

二、本論

㈠「文學本論」與「文學分論」之區分及其可能之混淆

關於文學的研究（Study of Literature），劉君先分為兩個部門：文學史（Literary history）和文學批評（Literary criticism）。在「文學批評」之下，再分理論批評（Theoretical criticism）和實際批評（Practical criticism）。而文學本論（Theories of literature）和文學分論（Literary theories）便是「理論批評」下的兩個細目。依劉君自己的說明：「文學本論」討論文學的基本性質與功用，是屬於本體論的（ontological）；「文學分論」討論文學的風貌，例如形式、類別、風格和技巧，是屬於現象論的（phenomenological）或方法論的（methodological）（劉，頁一—二；杜，頁一—三）。劉君也知道，關於文學的研究，有人採取三分法。如韋勒克（Rene Wellek）在《文學論》（*Theory of Literature*）中，就三分為「文學理論、文學批評與文學史」（literary theory, criticism, and history）❻。劉君指出：在韋勒克三分法中，「文學批評」是指「實際批評」（劉，頁一；杜，頁一）。因此，我們可以進一步推出，劉君所謂「理論批評」，事實上相當於韋勒克的「文學理論」。包括「文學本論」和「文學分論」。

為了清晰起見，茲再列表說明如下：

文學的研究

一、文學史

二、文學批評

(一)理論批評：相當於韋勒克說的「文學理論」。

1 文學本論：討論文學的基本性質與功用，屬於本體論的。

2 文學分論：討論文學的風貌，例如形式、類別、風格和技巧，屬於現象論的或方法論的。

(二)實際批評：相當於韋勒克說的「文學批評」。

---

❻ *Theory of Literature* 為韋勒克與華倫（Austin Warren）合著，臺灣有王夢鷗、許國衡譯本，名《文學論》，臺北：志文出版社，一九七六年十月初版。又有梁伯傑譯本，名《文學理論》，臺北：水牛出版社，一九八七年六月初版。〈文學的理論、批評和歷史〉為《文學論》的第四章，由韋勒克執筆，志文本在頁五九—六九。

上段所述對於劉書在文學研究上的位階及範疇的界定是極其必要的。劉書英文原名為*Chinese Theories of Literature*，它不是「中國文學理論」，它只是「中國文學本論」，它不談「中國文學分論」。這種態度，在劉書第二章〈形上理論〉首節〈文學的形上概念界說〉的最後一段，說得十分清楚。劉君說：對於作者如何在作品中顯示「道」，不擬詳加探討。理由是它牽涉到「如何寫作」（how to write），而非「文學為何」（what literature is）；已從「文學本論」的層次轉為「文學分論」的層次（劉，頁一七；杜，頁二八）。類此的論述在劉書中多次出現，為免孤證之嫌，姑再舉一例：當劉書說到〈形上傳統的支派〉時，劉君說：「由於擬古主義是屬於如何寫作的文學分論，而不屬於文學本論，我們不必對它特別注意。」（劉，頁四〇；杜，頁七五）由此可見原則上劉書是不談中國文學體裁、風格和如何寫作等屬於「文學分論」層次的理論的。

問題也就在這裡了。在中國人的觀念裡，「本體」、「現象」、「方法」，常合在一起來思考的。舉例來說：《周易》六十四卦中有「履」卦，但是一九七三年長沙馬王堆出土的帛書《周易》寫作「禮」。班固（三二—九二）《白虎通德論．禮樂》曰：「禮之為言履也，可履踐而行。」❼

❼ 班固：《白虎通德論》（臺北：商務印書館《四部叢刊》影印江安傅氏雙鑑樓藏元刊本，無出版年月），

「禮」是本體；「履」是實踐，卻屬於現象和方法層面。「禮」、「履」仍可以轉注替代。後來王弼（二二六—二四九）注《老子》第三十八章，說：「雖貴以無為用，不能捨無以為體也。」[8]提出「體」、「用」的概念。程頤（一〇三三—一一〇七）《易傳序》倡言：「體用一源，顯微無間。」[9]王陽明（一四七二—一五二九）《傳習錄上》也說：「即體而言用在體；即用而言體在用。」[10]以為「體用一源」。近人熊十力（一八八三—一九六八）更發揚「體用不二」之說，在《新唯識論》、《讀經示要》、《體用論》諸書中，屢言：「即用顯體，於用識體」、「攝體歸用」、「體用可分而不可分」、「即用即體，即體即用」、「證體知用」、「作用見性」、「即工夫即本體」。並由此推出「道器不二」、「天人不二」、「理欲不二」、「理氣不二」、「知行不二」、「動靜不二」、「成己成物不二」等概念[11]。在這種文化背景下，要把中國文學理論中的「本體論」和「現象論」、「方法論」

卷二，頁一二下—一三上。

[8] 王弼：《老子道德經注》（臺北：藝文印書館影印遵義黎氏校刊古逸叢書本，一九七五年九月），下篇，頁三上。

[9] 程頤：《易傳》（臺北：世界書局影印元至正己丑（一三五〇）積德書堂刊本，一九六八年十一月），頁二。

[10] 王守仁：《王文成公全書》（臺北：商務印書館《四部叢刊》影印明隆慶刊本，無出版年月），卷一，《傳習錄上》，頁五二上。

區隔開來，當然就相當困難了。

事實也的確如此。試檢劉書，第二章〈形上理論〉〈形上傳統的支派〉節，說到嚴羽（約一一八〇—一二三五）的《滄浪詩話》，劉君也承認：

> 事實上，嚴羽所談論的主要是關於如何寫詩以及如何評詩，而不是關於詩是什麼。而他對詩的基本概念，這也是我們在此所要探討的，卻只能從一些簡短而且相當含糊的言語中加以推斷。（劉，頁三七；杜，頁六八）

這就顯示在中國文學理論中，本體論與現象論、方法論的界線「相當含糊」。以至於只能在主要是關於如何寫詩以及如何評詩的材料中，尋找出一些簡短而含糊的語言，推斷其人對詩的基本概念。

劉書第四章是〈技巧理論〉，屬於「文學本論」六大理論之一。在首節首段首句，劉君指出：「根據文學的技巧概念，文學是一種技藝。」並進一步說明：是以「語言」為材料而「精心構成」。這自然是扣住「文學是什麼」而說。劉君也察覺：「這種概念通常是隱含在實踐中，很少在理論中加以闡揚。」但「在中國文學批評的理論中，仍可發現到一些公然陳述技巧概念的實例。」（劉，

⓫ 王汝華：〈熊十力易學思想之研究〉（臺北：臺灣師範大學國文研究所碩士論文，一九九一年），《國立臺灣師範大學國文研究所集刊》第三六號，頁一五四—一六〇。

頁八八；杜，頁一八五）於是他從沈約（四四一—五一三）的《宋書．謝靈運傳論》中摘出下段文字：

夫五色相宣，八音協暢，由乎玄黃律呂，各適物宜。欲使宮羽相變，低昂舛節，若前有浮聲，則後須切響。一簡之內，音韻盡殊；兩句之中，輕重悉異。妙達此旨，始可言文。

沈約這段話明明是告訴人「如何寫作」，屬於「現象論」與「方法論」層次。劉君卻固執於「妙達此旨，始可言文」一句，詮釋為「認為精通韻律細節是文學的必要條件」（劉，頁八九；杜，頁一八七），就輕率地以為說的已是「文學是什麼」了，將之提升到「本體論」的層面來。於是本屬於「文學分論」的，變成了「文學本論」。

同樣的固執見於對劉勰與高啟（一三三六—一三七四）的文論與詩論的闡發。劉君執著《文心雕龍．總術》的「術」字，把「是以執術馭篇，似善奕之窮數；棄術任心，如博塞之邀遇。」闡釋為「美好作品需要自覺的技巧一如天才和靈感」（劉，頁八九；杜，頁一八七—八）。又執著高啟《鳧藻集．獨庵集序》中「詩之要有三：曰格、曰意、曰趣」中的「格」字，把它視為「形式上的風格」；並據高啟「格以辨其體」，指出「他很重視形式和技巧」（劉，頁八九—九〇；杜，頁一八八）。而在第四章〈技巧理論〉加以論述，把它當作「文學本論」。

綜上所述，要區隔「文學本論」與「文學分論」，在中國傳統的「體用不二」的思考方式影響下，是不切實際，有所困難的，特別在「技巧理論」部分。

(二)以「形上理論」取代「模倣理論」之商榷

沒有作品與宇宙之間的「模倣理論」，而以作者與宇宙之間的「形上理論」與「決定理論」取代之，可能是劉君與亞伯拉姆斯（M. H. Abrams, 1981）在文論架構上最重要的不同。「模倣理論」以為作品是作家有意識地模倣宇宙現象；「形上理論」卻以為文學是宇宙原理的顯示；至於「決定理論」將宇宙視同人類社會，而文學是當代政治和社會現況不自覺與不可避免的反映。關於「決定理論」暫時不談，此節專論以「形上理論」取代「模倣理論」之適當性。

〈形上理論〉，劉書原文作 Metaphysical Theories，形容詞 Metaphysical 由名詞 Metaphysic 派生。古希臘哲人亞里斯多德（Aristotle, B. C. 384–322）曾在呂克亞學院講學。後來安德羅尼柯（Andronicus, B. C.一一〇〇—）將他的單篇論文、講稿，並參考學生筆記編成全集，把有關自然界運動變化的論著合在一起，取名 *Physica*，意指「物理學」或「自然科學」；又把研究抽象本質問題的作品，包括 *First Philosophy*（〈第一哲學〉）在內，編成後篇，取名 *Metaphysica*。Meta-是一詞頭，有「之後」、「超越」諸義。自此 Metaphysics 成為西方哲學重要術語。國人依據《周易・繫辭傳》：「形而上者謂之道；形而下者謂之器。」把 Metaphysics 譯作「形上學」。在西方，自亞里斯多德之後，對形上學也有種種不同的詮釋。大致上意指：對存在物永恆不變的終極本質一種超感官非經驗但屬理性的整體性的探討。在中國，「形上」、「形下」亦眾說紛紜。孔穎達（五七四—六四三）以「無體」、「有質」為釋。《周易正義》云：

道是無體之名；形是有質之稱。凡「有」從「無」而生；「形」由「道」而立。是先道而後形，是道在形之上，故自形外以上者謂之道也。形雖處道器兩畔之際，形在器不在道也。既有形質，可為器用，故云形而下者謂之器也。⑫

《朱子語類》記周謨（一一七九—）錄朱熹語云：

形而上者指理而言；形而下者指事物而言。事事物物，皆有其理。事物可見，而其理難知。即事即物，便要見得此理。⑬

又記葉賀孫（一一九一—）錄朱熹語云：

道不離乎器；器不違乎道。⑭

⑫ 孔穎達：《周易正義》（臺北：藝文印書館，一九五五年，影印嘉慶二十年江西南昌府學重刊宋本《周易注疏》），卷七，頁三三上。

⑬ 宋黎靖德編：《朱子語類》（臺北：漢京文化事業公司，一九八〇年，四部善本新刊影印百衲本），卷七五，頁二〇上。

至於道器先後問題，朱熹不像孔穎達那樣肯定「先道而後形」。《朱子語類》記陳淳（一一九〇—）錄朱熹答問云：

> 問：「先有理抑先有氣？」
>
> 曰：「理未嘗離乎氣。然理形而上者，氣形而下者。自形而上下言，豈無先後？」⑮

又記萬人傑（一一八〇—）錄朱熹答問云：

> 或問：「必有是理，然後有是氣，如何？」
>
> 曰：「此本無先後之可言。然必欲推其所從來，則須說先有是理。然理又非別為一物，即存乎是氣之中。無是氣則是理亦無掛搭處。」⑯

至王夫之（一六一九—一六九二）作《周易外傳》，則斷言：

> 天下惟器而已矣！道者，器之道；器者，不可謂之道之器也。形而上者，非無形之謂；既

---

⑭ 同⑬，卷七五，頁二〇上下。

⑮ 同⑬，卷一，頁一上下。

⑯ 同⑬，卷一，頁一下。

有形矣，有形而後有形而上。⑰

說與孔穎達道無形有，道先形後大不相同。

倘就《周易》言，朱熹《周易本義》云：

> 卦爻陰陽皆形而下者；其理則道也。⑱

總之，「形而上者謂之道」，是指從一切現象（事）和存有物（物）之上，抽繹出的能產生事物並且存在於事物之中的抽象而不具形體的根源本質；「形而下者謂之器」，是指一切現象與存有物落實於功能效用與具體形態。劉書〈形上理論〉所述既為「中國」文學本論，自應依據上述「形而上者謂之道」的意涵為其「形上」一詞之義界。

了解西方的和中國的有關「形上」的意涵後，現在可以考察劉書所述「形上理論」的適當與否。

---

⑰ 王夫之：《周易外傳》（臺北：河洛圖書出版社，一九七四年，夏學叢書影印上海太平洋書店一九三三年重刊《船山遺書》本），卷五，頁二五上下。

⑱ 朱熹：《周易本義》（臺北：新文豐出版公司影印南宋槧本，一九七九年），〈繫辭上傳〉第五，頁二一下。

在劉書第二章〈形上理論〉，首節是〈文學的形上概念界說〉，開頭第一句話是：

> 在「形上」的標題下，可以包括以文學為宇宙原理之顯示，這種概念為基礎的各種理論。（劉，頁一六；杜，頁二七）

這「界說」相當符合中國「形上」一詞的意涵。可是劉書說到〈形上概念的起源〉，四次引用《易傳》，一次是〈彖傳．賁〉：

> 觀乎天文，以察時變；觀乎人文，以化成天下。

劉君接著解釋說：

> 此段句子將「天文」與「人文」作為類比，分別指天體與人文制度。而此一類比後來被應用於自然現象與文學，認為是「道」的兩種平行的顯示。（劉，頁一八；杜，頁三〇）

其實，一落於「天文」與「人文」，已非形而上的道，而為形而下之器。將此視為「類比」是可以的；認為它是「道的兩種平行的顯示」那只是「後來」的引申，〈彖傳〉此段原文並無這種意思。劉書下文歷述引用〈彖傳〉此二句之文獻，如：劉勰《文心雕龍．原道》：「觀天文以極變，察人文以成化。然後能經緯區宇，彌綸彝憲，發揮事業，彪炳辭意。」由於劉勰改「以察時變」

為「極變」，「極」字已含追根究柢的意思，下文「彝憲」指的又是永恆的法則：所以已涉及「形上」的本質。至於如：蕭統（五〇一—五三一）的《文選・序》，蕭綱（五〇三—五五一）的《昭明太子集・序》，李百藥（五六五—六四八）的《北齊書・文苑傳・序》，魏徵（五八〇—六四三）的《隋書・文學傳・序》，王勃（六四八—六七五）的《王子安集・平臺祕略論》，輾轉引用〈象傳〉此二句，則形下現象的類比成分居多，形上的本質探討成分殊鮮，統歸之於「形上理論」，也就需要再思了。

第二次引用《易傳》，是〈象傳・革〉：

大人虎變：其文炳也……君子豹變，其文蔚也。

這二句話中的「大人」指開國的君主：商湯和周武王。認為這兩位聖君損益前朝制度，創立新法，煥然一新，這種變革，像老虎的毛色一樣，十分鮮明顯著。「君子」指輔國的大臣：伊尹和周公。認為這兩位賢臣稟承聖君大人的志業，詳訂禮樂制度，這種演進，像花豹毛色一樣，更加繁富細緻。劉書將此二句視為「自然界與人類世界類比的例子」，是可以的；因為二句的確只是譬喻。但歸之為「形上概念」，那就和用「變形神話」來詮釋「大人虎變」、「君子豹變」一樣無稽；因為這二句完全沒有顯示宇宙原理的意思，正如它無意說大人變虎，君子變豹一樣。

劉書第四次引用《易傳》是〈繫辭傳〉：

古者包羲氏之王天下也，仰則觀象於天；俯則觀法於地。觀鳥獸之文，與地之宜。近取諸身，遠取諸物。於是始作八卦。

劉君先駁斥羅根澤《周秦兩漢文學批評史》中的意見，再自己另作解釋，譯文如下：

羅根澤曾將這段解釋為表現出寫作（因此文學）模倣自然這種觀念，可是，八卦顯然是抽象的符號，不是模倣自然萬物的象形字，因此，認為這段表示寫作象徵自然的根本原理，似較真實。（劉，頁一八；杜，頁三二）

《繫辭傳》此段所說，無論寫作的對象：天地法象，鳥獸之文，諸身諸物，全屬「形而下」；而寫作的媒介「八卦」，由上文引朱熹所說「卦爻陰陽皆形而下者」，知「八卦」亦「形而下」。所以從寫作對象到寫作媒介，無一為「形而上」。另外，劉君「認為這段表示寫作象徵自然的根本原理」，亦不可解。所謂「象徵」，最簡單的定義是：「以一種看得見的符號來表現看不見的事物。」劉君既以「八卦顯然是抽象的符號」，而所引包羲氏之仰「觀」俯「觀」者，又全是「看得見的事物」，這豈非把「象徵」變成以「抽象的符號」表現可「觀」的事物，定義完全顛倒了？倒是羅根澤說的：

八卦以至稍後的文字畫，無疑的是模擬自然，以故謂文學為模擬自然之意嚮，應當是很古的。⑲

對〈繫辭傳〉有較正確的理解。

劉書在對「文學的形上概念」作出〈界說〉，並討論其〈起源〉、〈初期表現〉、〈全盛發展〉，以及〈實用理論所吸收的形上要素〉之後，回頭再說〈文學中與道合一的概念〉，指出起源於《老子》的「玄覽」；《莊子》的「物化」。於是舉陸機（二六一—三〇三）「精騖八極，心遊萬仞」，劉勰「神與物遊」，蘇軾（一〇三七—一一〇一）「其身與竹化」等，作為「與道合一」文學理論的例證。可是，像「八極」、「萬仞」、「物」、「竹」，卻全是「物」而不是「道」。故只是「與物合一」；不是「與道合一」。寫到這裡，我們不得不承認劉君對中國傳統思想中「形上」概念的理解，是有再檢討的必要的。

劉書〈形上理論〉最後一節〈形上理論與現象學理論的比較〉，是一條很好的線索。在這節，劉君說：

> 杜夫潤再度肯定主體與客體的一致，以及「知覺」(noesis) 與「知覺對象」(noema)，或者「內在經驗」(Erlebnis) 與「經驗世界」(Lebenswelt) 的不可分，正像前面討論過的一些

⑲ 羅根澤：《周秦兩漢文學批評史》（臺北：商務印書館，一九六六年八月），頁六二。

中國形上批評家，肯定「物」和「我」一體，以及「情」（內在經驗）和「景」（外在世界）不可分一樣。（劉，頁五九；杜，頁一〇九）

把當代法國現象學大師杜夫潤（Mikel Dufrenne）那種主客合一的理論，和中國形上批評家所倡「物我兩忘」、「情景交融」的理論作平行比較。並用「正像」（just as）把二者連繫起來。在西方，「現象學」也確實可以歸屬於「形上學」，杜夫潤經典之作《審美經驗現象學》（*Phénoménologie de l'expérience esthétique*），就以〈形上學展望〉（Perspectives metáphysiques）作其結論。

在《中國文學本論》完成之後，劉君又撰〈中西文學理論綜合初探〉一文，中有：

> 文學是宇宙之「道」的表現，這種中國人的形上學概念與杜夫潤認為藝術是「存在」(Being) 之表現這種概念是可以並比的，而道家的「道」本身的概念，與海德格（Martin Heidegger, 1889–1976）所闡明的現象學。存在主義的「存在」概念（phenomenologicalexistential concept of Being）是可以並比的。[20]

---

[20] James Liu, "Towards a Synthesis of Chinese and Western Theories of Literature", *Journal of Chinese Philosophy*, 4 (1977), pp.1–24. 此文有杜國清中譯，作為《中國文學理論》之附錄，在杜譯本頁二九九—三三〇。引文在頁三〇二。又編入鄭樹森編《現象學與文學批評》（臺北：東大圖書公司，一九八四年七月），頁一二一—一五五。

更進一步將中國形上之「道」與杜夫潤和海德格的「存在」（Being）概念相提並論。

現在可以看出中西「形上概念」毫釐千里（difference:differ and defer）的弔詭了。中國傳統思想中的「形上」、「形下」是「二而二」的：由一「形」往上抽繹，稱之為「道」、「理」、「無」、「本體」；由一「形」往下落實，稱之為「器」、「氣」、「有」、「現象」。中國思想家雖然喜歡「即器論道」、說「理氣不二」，王夫之「有形而後有形而上」甚至類似乎存在主義之說「存在先於本質」（existence precedes essence）；但是，「形下」與「形上」的區別卻是分明的。而西方所謂「存在」（being）雖有「上層」（onto）、「存有物」（exist）二義，卻是「二而一」的。所以由「上層」義發展出「本體論」（ontology），為「形上學」最重要的成分；由「存有物」義發展為「存在哲學」（Existential philosophy），並衍生出「現象學」（phenomenology），仍歸屬於「形上學」。簡言之：「存在」、「現象」在西方可以是「形上學」論題；在中國卻只屬於「形下」，而非「形上」概念。

這樣看來，非但上文已說過的「天文」和「人文」的類比屬於「形下」；即使現在所述「神與物遊」、「物我兩忘」、「情景交融」，就中國傳統思想來說，仍舊落於現象界，無關乎「形上」，當然也不是什麼「宇宙原理的顯示」了。

劉書〈形上理論〉章〈文學中與道合一的概念〉提到陸機〈文賦〉「佇中區以玄覽」後，接著說：

可是緊接著這句話之後，卻是「頤情志於典墳」。這句話預示了後來以古代文學取代自然做為觀照之對象之傾向；這種傾向我稱之為「擬古主義」(archaism)。（劉，頁三三；杜，頁五九）

提出「擬古主義」來。在〈形上傳統的支派〉節，更說：

自蘇軾的弟子黃庭堅（一〇四五—一一〇五）開始，有一新潮流趨向我在前面提到的那種擬古主義——以古代文學取代自然做為直覺觀照之對象。……由於提倡觀照古詩，而不是觀照道，這些詩人兼評論家從文學的形上概念導出關於如何寫詩的文學分論。（劉，頁三六—三七；杜，頁六八）

擬古主義的思潮以及使用禪語論詩的傾向，皆於嚴羽（約一一八〇—一二三五）時達到頂點。（劉，頁三七；杜，頁六八）

謝榛（一四九五—一五七五），他在《四溟詩話》中，贊同擬古主義，但也表現出具有表現理論傾向的形上觀點。（劉，頁四〇；杜，頁七五）

我摘錄劉書中這些譯文，是為了說明：1.把「自然做為直覺觀照之對象」不是「形上」概念；只有把「自然之道」做為直覺觀照對象，才是「形上」概念。2.以模擬自然的古代文學作直覺觀照對象，與「形上」完全沒有關係。3.擬古主義既屬文學分論，則無需在〈形上理論〉章談它。

上文，我幾乎已將劉書〈形上理論〉整個架構作出了分析與評論，它給讀者的印象可能是：劉書〈形上理論〉與中國傳統形上觀念是全部不合的。假如讀者印象確實如此，那麼，非但對劉書有失公平；而且在我自己，可能已陷入選擇例證，立場偏頗的謬誤中。細心的讀者也許會質問：劉書引用《易傳》以證成「形上理論」凡四，但我只擇取其中三條，又於《老子》、《莊子》中與道合一的概念，以及司空圖（八三七—九〇八）等的文學理論亦多所忽略。是的，劉書〈形上理論〉章所引述者，部分確實合乎中國傳統形上觀念。如所引〈繫辭傳〉：

> 《易》與天地準，故能彌綸天地之道。仰以觀於天文，俯以察於地理，是故知幽明之故。

這是說：《周易》的道理以天地自然的道理為標準，所以能夠概括統貫天地自然運行和化育的法則。抬頭觀望天上的日月風雷等天文氣象，低頭察看地面的山水草木等地理形貌，所以了解晝夜寒暑之循環，聚散榮枯等消息的原因。〈繫辭傳〉所謂「天地之道」和「幽明之故」，已從「天地」、「幽明」現象的基礎上，上推它的法則、原因等屬於本質的問題，便合中國傳統的形上觀念。

此外，劉書引《禮記・樂記》：「樂者，天地之和也。」引《詩緯・含神霧》：「詩者，天地之心。」引摯虞（？—三一二？）《文章流別・論》：「文章者……窮理盡性，以究萬物之宜者也。」劉勰《文心雕龍・原道》：「道沿聖以垂文，聖因文而明道。」以及引《老子》：「萬物並作，吾以觀其復。」《莊子》：「倫與物忘，大同於涬溟。」司空圖《詩品・形容》：「俱似大道，妙契同塵。」其中如「天地之和」，「天地之心」，「窮理究宜」，「垂文明道」，「以觀其復」，「大同涬溟」，「大道妙契」：都已接觸到形上的本質，也都屬形上理論。

總之，劉書〈形上理論〉一章所述，如「彌綸天地之道」，「道沿聖以垂文」等，確含「形上概念」。又如「觀鳥獸之文，與地之宜，近取諸身，遠取諸物，於是始作八卦。」視為「模倣概念」較妥。劉書無「模倣理論」，實為缺憾。於此劉君亦有所覺察。劉書第七章〈相互影響與綜合〉中提到胡應麟（一五五一—一六〇二）的「詩論」，說：

> 除了技巧和形上理論要素以外，似乎也含有模倣和表現理論的要素。（劉，頁一三三；杜，頁二八一）

就不自禁地迸出「模倣……理論」的字樣來，便是證據。

在此，我必須提出一些值得慎思明辨的問題：「形上理論」和「模倣理論」究竟應分為二？或合為一？倘若合而為一，應稱為什麼理論呢？

由於中國傳統哲學中「道器不即不離」觀念的影響，「形上理論」和「模倣理論」也經常「不即不離」。試舉《文心雕龍・夸飾》為例：

夫形而上者謂之道，形而下者謂之器。神道難摹，精言不能追其極；形器易寫，壯辭可得喻其真。才非短長，理自難易耳。㉑

這裡的「神道難摹」，說的是「形上」；「形器易寫」，說的是「形下」。二者相提並論，可謂「不即不離」。又明朝李贄（一五二七—一六〇二）在《焚書．雜說》也說：

《拜月》、《西廂》，化工也；《琵琶》，畫工也。夫所謂畫工者，以其能奪天地之化工，而其孰知天地之無工乎？今夫天之所生，地之所長，百卉具在，人見而愛之矣，至覓其工，了不可得，豈其智固不能得之歟！要知造化無工，雖有神聖，亦不能識知化工之所在，而其誰能得之？由此觀之，畫工雖巧，已落二義矣。文章之事，寸心千古，可悲也夫！㉒

所謂「化工」，是天地生長造化之工，屬形上第一義；所謂「畫工」，是對宇宙人生的摹寫，屬形下第二義。「雖有神聖，亦不能識化工之所在，而其誰能得之？」正是「神道難摹」意；「畫工雖巧」，則近於「形器」之「寫」。對「化工」、「畫工」，同樣是相提並論。

在中國哲學思想方面，形上形下不即不離既如上述；表現在中國文學理論方面，形上理論和

㉑ 同❶，卷八，頁二四四。

㉒ 李贄：《焚書》（臺北：河洛圖書公司影印大陸點校本，一九七四年五月），卷三，頁九六。

模倣理論也經常被相提並論著。道器本質上實有可分可合的因素在。所以，就其本質之不即言，中國文學理論固然可有形上理論與模倣理論；若就其本質之不離言，亦可合而為一。其名則可取劉勰「神道難摹」之「摹」，以示對形上之擬儀；「形器易寫」之「寫」，以示對形下之描繪：名之為「摹寫」，就兼顧到形上形下不離的事實了。

㈢合「決定理論與表現理論」為一章之不當

在劉若愚的文學四要素圓形循環架構中，概括了中國六種文學理論，分屬於整個藝術過程的四個階段。就邏輯結構言，劉書分章只可能有二種選擇：一是按照文學理論分，每一理論一章，六種理論分六章，加〈導論〉、〈相互影響與綜合〉，共有八章；一是按照藝術過程分，每一階段一章，四個階段分四章，加上頭尾共六章。但是劉書共計七章，除了頭尾，中分五章，六種文學理論，只有「決定理論與表現理論」合為一章。假如這兩種理論同屬藝術過程同一階段，那倒也罷了；偏偏決定理論屬於宇宙與作家之間的第一階段，表現理論屬於作家與作品之間的第二階段。把分屬藝術過程不同階段的理論合併為一章，豈不有點反諷？

以劉君思考之密，理論之精，何以有此之失？仔細想想，是有現實上的原因的。我們試翻劉書英文原著，〈形上理論〉自一六至六二頁，計四七頁；〈技巧理論〉自八八至九八頁，計一一頁；〈審美理論〉自九九至一〇五頁，計七頁；〈實用理論〉自一〇六至一一六頁，計一一頁；而第三章〈決定理論與表現理論〉自六三至八七頁，計二五頁；其中決定理論只佔四頁，表現理論佔二一頁。決定理論所佔頁數太少了，不便單獨成一章。如上併於同一階段的形上理論，則合計有五一頁，又嫌太長；於是只好下併於不同階段的表現理論，湊成二五頁。

如何補救這種合併不當的缺失？假如決定理論實在只有這麼一些，假如決定理論的確為一獨立之存在，那麼，管他字多字少，獨成一章有何不可？

可是，事實上歷代文獻中關乎決定理論者還不少。例如：東漢班固《漢書．藝文志．詩賦略．小序》：

> 自孝武立樂府而采歌謠，於是有代、趙之謳，秦、楚之風，皆感於哀樂，緣事而發，亦可以觀風俗，知薄厚云。㉓

以為民間歌謠，都緣事而發，由各地風俗薄厚所決定，所以可觀察而知各地民風。這就是決定理論，同時和「感於哀樂」的表現理論，「可以觀風俗，知薄厚」的實用理論綰合在一起。

又如梁朝鍾嶸《詩品．序》：

> 若乃春風春鳥，秋月秋蟬，夏雲暑雨，冬月祁寒，斯四候之感諸詩者也。嘉會寄詩以親，

㉓ 班固：《漢書》（臺北：藝文印書館影印清光緒庚子（一九〇一）長沙王氏校刊王先謙補注本），卷三〇，頁五九上。

離群託詩以怨。至於楚臣去境，漢妾辭宮；或骨橫朔野，或魂逐飛蓬；或負戈外戍，或殺氣雄邊；塞客衣單，孀閨淚盡；或士有解佩出朝，一去忘返；女有揚蛾入寵，再盼傾國。凡斯種種，感蕩心靈，非陳詩何以展其義，非長歌何以騁其情？㉔

這相連的兩段話，說明了四時和各種人事現象對文學作品的影響。

後來唐朝白居易在〈與元九書〉中說：「文章合為時而著；詩歌合為事而作。」宋朝梅聖俞在〈答韓三子華韓五持國韓六玉汝見贈述詩〉中說：「聖人於詩言，曾不專其中。因事有所激，因物興亦通。」都強調時間、事物與詩文間密切的關係。而說得更具體的，可能是宋朝朱熹。《朱子語類》卷一三九〈論文上〉，首條為沈僩（—一一九八—）記朱熹的話說：

有治世之文，有衰世之文，有亂世之文。六經，治世之文也。如《國語》委靡繁絮，真衰世之文耳。是時，語言議論如此，宜乎周之不能振起也。至於亂世之文，則戰國是也。然有英偉氣，非衰世《國語》之文之比也。楚漢間文字真是奇偉，豈易及也。㉕

㉔ 王叔岷：《鍾嶸詩品箋證稿》（臺北：中央研究院中國文哲研究所，《中國文哲專刊：I》。一九九二年十二月），頁七六—七七。

㉕ 同⑬，卷一三九，頁一上。

所謂「委靡繁絮」、「有英偉氣」、「真是奇偉」，是文學風格。依朱熹看法，世局不但會影響文學內容，甚至影響文學風格。

討論時代與文學關係最具體系的文章，要推《文心雕龍．時序》。此文言「時運交替，質文代變」，歸納文學現象：「蔚映十代，辭采九變。」劉永濟（一九五五─）作《文心雕龍校釋》，對此有扼要的敘述：

本篇總論十代文運升降之故，文皆順序，區段分明。然贊有「辭采九變」之言，詳審篇旨，蓋除宋齊不論外，自上古至兩晉，文章風氣，約有九變也。今釋如後：陶唐世質，民謠樸野，及虞廷賡歌，有雍容之美，乃心樂聲泰之文，此一變也。三代之文，由詠功頌德，變而為刺淫譏過，此二變也。戰國諸子朋興，齊楚稱盛，齊尚雄辯，楚富麗辭，皆出縱橫之詭俗；西漢文變雖多，不外屈宋餘響，此三變也。東漢中興以後，順桓以前，稍改西京之風，漸靡經生之習，由麗辭而為儒文，此四變也。靈帝以後，學貴墨守，文亦散緩，其時作者，類多淺陋，比之俳優；文章風氣，由盛而衰，此五變也。漢末大亂，民怨沸騰，魏武雄興，志存戡定，文帝纂業，雅好詞華，影響所及，文風亦慷慨而多氣，此六變也。魏明以後，玄言漸盛，慷慨之氣，至此稍衰，「篇體輕澹」，此七變也。西晉承流，文家苦其輕澹，乃有「結藻清英，流韻綺麗」之文，此八變也。元帝南渡，君臣晏安，士氣頹廢，加以玄風大扇，故「世極迍邅，而辭意夷泰」，此九變也。宋齊世近，作者尚多生存，又皆顯貴，舍人存而不論，非但是非難定，且亦有所避忌也。故列代雖十，而衡論文變，止及晉世。觀其所論，固已綱舉目張，不可不謂之閎通之士矣。㉖

劉勰歷述「辭采九變」之後，結穴於：

故知文變染乎世情，興廢繫乎時序。原始以要終，雖百世可知也。㉗

將文變興廢和世情時序那種浸染繫聯的關係，以歷史宏觀的高度，用文學發展的實證，作出雄辯的說明。在《文心雕龍》〈通變〉、〈才略〉諸篇，於文學與時代環境的關係，亦多所論及，此不贅述。

奇怪的是，在劉若愚《中國文學本論》第三章〈決定理論與表現理論〉唯一說到決定理論的一節——〈決定概念及其發展〉，竟然從頭到尾不提劉勰。在第七章〈相互影響與綜合〉，劉若愚說：

現在我們談到劉勰，其鉅著《文心雕龍》，考慮到藝術過程所有的四個階段，而且包含了

㉖ 劉永濟：《文心雕龍校釋》（香港：中華書局，一九七二年二月），頁一六八－一六九。

㉗ 同❶，卷九，頁二八五。

中國文學批評中，決定理論以外的所有六種文學理論的要素。(劉，頁一二二；杜，頁二六二)

原來在劉若愚眼裡，根本看不到《文心雕龍》中有決定理論，所以是唯一一種被排除於「包含了中國文學批評中所有六種文學理論的要素」「以外」的文學要素。

把歷代文獻中有關決定理論之具代表性者補上，在篇幅上構成一章還是足夠的。篇幅過短不是決定理論不能單獨成章充足的理由，何況有關決定理論，劉書遺漏的還有這麼多。現在問題已逼近核心：決定理論能否在藝術過程四階段中形成一種獨立而自足的理論？

「決定理論」，劉君原著英文是"deterministic theories"(劉，頁六三)，deterministic 是一形容詞，名詞作 determinism。所以劉書第三章第一節〈決定概念及其發展〉，第二段說到「決定論的文學概念」(杜，頁一二九)，原文是"The deterministic concept of literatrue"(劉，頁六三)；第三段說到「決定論的成分」(杜，頁一三〇)，原文是"Elements of determinism"(劉，頁六三)。"determinism"中譯為「決定論」，認為意志行為是在自然界，包括人類社會、家庭、個人生理等因素的制約下，被一群行為動機，以及有意識與無意識的瞬息間之心理情況所決定。主要植根於因果律：某一瞬間如果自然界中某一事件所包含的一切因素皆已決定，則其未來發展亦由此完全決定。或者，更簡潔地說：同樣的原因有同樣的結果。作為中國文學理論的一種，劉書對決定理論所下的定義是：

> 文學是當代政治和社會現況不自覺與不可避免的反映或顯示。（劉，頁六三；杜，頁一二九）

並指出它和形上概念、模倣概念，都在藝術過程的第一階段，並強調其不同：

> 它與形上概念不同的是，它將宇宙視同人類社會，而不是遍在的道。與模倣概念不同的是，它認定作家對宇宙的關係，是不自覺的顯示而不是有意識的模倣。（劉，頁六三；杜，頁一二九）

這裡，需要特別提出討論的有二：第一點是：決定論者所謂決定，通常包括有意識的與無意識的；但劉書較論決定理論與模倣理論的異同時卻說決定理論「是不自覺的顯示而不是有意識的模倣」。把「有意識的」從決定理論中排除出去，歸入模倣理論。第二點是：劉書對決定理論定義為「不自覺與不可避免的反映或顯示」，較較論時多了「不可避免的反映」一語。劉書在較論時刪去「反映」一詞，是否因為覺察「反映」通常包含「有意識的」？這樣說來，「決定」也罷，「反映」也罷，都包括「不自覺」與「有意識」二者。那麼，劉書對「決定理論」與「模倣理論」的區分就可商榷了。

其實，劉書對此亦曾提供可作進一步探討的資料。在〈形上理論〉章〈形上理論與模倣理論和表現理論的比較〉節就指出：

> 在模倣理論裡，「宇宙」可以指物質世界，或人類社會，或超自然的概念（柏拉圖的理念或上帝）。（劉，頁四七；杜，頁八八）

並且接著舉例說：

> 例如，柏拉圖認為藝術家和詩人是模倣自然的事物；根據他的理論，自然事物本身是完美而永恆的理念之不完美的模擬，因此他將藝術和詩置於他的事物體系中較低的位置。新古典主義者也認為藝術是自然的模倣，雖然他並不和柏拉圖一樣對藝術持有低度的看法。亞里斯多德（Aristotle, 384–322 B. C.）認為詩的主要模擬對象是人的行為，因此我們可以說，在亞里斯多德派的詩論中，「宇宙」意指人類社會。同樣地，約翰遜（Samuel Johnson, 1709–1784）稱讚莎士比亞（William Shakespeare, 1564–1616）的戲劇為「人生的鏡子」這句名言，也暗示人類社會亦即藝術的「宇宙」。最後，贊同模倣的「超自然理想」（Transcendental Ideal）（借用亞伯拉姆斯的句子）這種觀念的人，例如新柏拉圖主義者以及某些浪漫主義者像雪萊（Percy Bysshe Shelley, 1792–1822）等，相信藝術直接模擬理念

(Ideas)，而布萊克（William Blake, 1757–1827）也主張藝術的憧憬或想像，是永遠存在之現實的表現。（劉，頁四七；杜，頁八八—八九）

劉君並且也認識到：

在認明「宇宙」的這三種方式中，當然是最後一種最接近形上理論。（劉，頁四七；杜，頁八九）

雖然劉君仍然指出「超自然理想」和「形上理論」間微妙的差異，此暫置勿論。現在，我要進一步指出，劉君把決定理論中的「宇宙」定義為「當代政治和社會現況」，實即「人類社會」，為模倣理論所謂宇宙的第二義，所以也可合併。

劉書第一章〈導論〉，把文學四要素重新排列成圓形循環圖（圖在本書頁三四三）後，曾說到：

在第一階段，宇宙影響作家，作家反應宇宙。（劉，頁一〇；杜，頁一四）

無論模倣理論、決定理論、形上理論，都是作家接受宇宙的影響，對宇宙作出的反應。三者可以在摹寫理論名義下，合而為一。而細分則可含形上理論、模倣理論、決定理論三者，此時的決定理論已為狹義的如劉君所說的「是當代政治和社會現況不自覺與不可避免的反映或顯示」了。

四六種文學理論的界線很難劃清

雖然劉書第一章〈導論〉就已說明整個藝術過程的四個階段：第一階段宇宙與作家間有「形上理論」和「決定理論」；第二階段作家與作品間有「表現理論」和「技巧理論」；第三階段作品與讀者間有「審美理論」；第四階段讀者與宇宙間有「實用理論」。但其間界線甚難釐清。

劉書〈形上理論〉章〈形上概念的初期表現〉節提到晉朝摯虞（？—三一二？）在《文章流別・論》所說：

> 文章者，所以宣上下之象，明人倫之敘，窮理盡性，以究萬物之宜者也。

而加以論斷：

> 雖然帶有教訓的口氣，此段至少有一部分的確表現出文學的形上概念。（劉，頁二〇；杜，頁三六）

劉君沒有指出摯虞哪些語句為形上概念，今試逐句分析。「所以宣上下之象」，劉君可能以為形上概念，但一落於「象」，便屬形下，所以實際上屬模倣概念。「明人倫之敘」可能涉及道德形而上學；也可能只是對人間倫理的仿擬和說明；劉君也許會認為是實用概念，那就屬於「讀者」與「宇宙」間的反應問題，而摯虞顯然就「作者」立場而不從「讀者」立場立論。「窮理」當然是形上概念，但「盡性」卻不然。盡己之性屬表現概念，盡人之性與盡物之性就與明人倫之敘一樣，可以詮釋為道德形上概念、對人性與物性的模倣，以及實用概念。「以究萬物之宜」也一樣，可作形上、模倣、實用各種詮釋。像摯虞這麼短短二十七個字的「文章」定義，已隱含形上、模倣、表現、實用等錯綜複雜的概念，劉君對其中多義性完全不加分析，也未在〈表現理論〉與〈實用理論〉章討論，實在有再商榷的必要。

劉書〈形上理論〉章〈形上概念的初期表現〉又引陸機〈文賦〉末段：

> 伊茲文之為用：固眾理之所因；恢萬里而無閡，通億載而為津。

說明了：文學作品的功用，原是表達各種理念所憑藉的媒介。既具有普遍的功能，弘揚於萬里之大而沒有阻隔；又具有永恆的功能，流通億年之久而作古今橋樑。陸機這幾句話，顯示了：表達各種理念的「形上」概念，是文學「實用」功能之一。所以劉君自己也說：

> 他（陸機）似乎認為顯示宇宙的原理是文學最重要的功用。（劉，頁二一；杜，頁三七）

這就造成「形上理論」和「實用理論」界線之混淆。

劉書〈形上理論〉章〈實用理論所吸收的形上要素〉節，首引李百藥（五六五—六四八）《北齊書・文苑傳・序》言：

夫玄象著明，以察時變，天文也；聖達立言，化成天下，人文也。達幽顯之情，明天人之際，其在文乎？逖聽三古，彌綸百代，制禮作樂，騰實飛聲，若或言之不文，豈能行之遠也？

並加以析論：

序中以形上的語氣開始寫。……但是他越說下去，越變成實用的。……結尾的反問重述《左傳》裡認為孔子所說的一句話。……不論是否真為孔子所說的，對文學審美概念的形成可能有所貢獻。可是在此加以引用，是在證明文學是達成實際目的的一個有效的手段。（劉，頁二七—二八；杜，頁四九—五〇）

李百藥這段話，「實用」的比重遠超過「形上」，那麼，為什麼不在〈實用理論〉章中設〈形上要素滋生的實用理論〉節加以論述？又《左傳》所記「言之不文，行之不遠」，劉君也以為既有「審美概念」，又有「實際目的」，類似的朦朧語每造成概念分析的分歧，以致歸屬判斷產生困惑。劉君未指出的「達幽顯之情」也是這樣：假如幽顯指的是日夜寒暑，那麼它是「模倣理論」（劉當是「形上理論」）；如果指的是內心與外表，那麼它是「表現理論」。就其下句「明天人之際」參看，「幽顯」最適當的詮釋可能是兼指「天」之日夜寒暑；「人」之內心外表。

劉書〈形上理論〉章〈實用理論所吸收的形上要素〉節又引唐代詩人白居易（七七二—八四六）〈與元九書〉：

（夫文尚矣，三才各有文：天之文，三光首之；地之文，五材首之；人之文，六經首之。就六經言，《詩》又首之。何者？）聖人感人心而天下和平。感人心者莫先乎情，莫始乎言，莫切乎聲，莫深乎義。《詩》者，根情，苗言，華聲，實義。

並加以析論：

如此，從形上的前提出發，他達到了包含表現、審美，和實用要素，涉及情、聲、義的一個詩的定義。（劉，頁二九；杜，頁五三）

劉君所言「從形上的前提出發」，可能指的是白居易信中「三才各有文」對「三光」、「五材」、「六經」的平行敘述。這種平行敘述只是「類比」，連「模倣」都說不上，更不必說「形上」了。至於劉君說「包含表現、審美，和實用要素」：「表現」要素指的是「感人心者莫先乎情」與「根情」；「審美」要素指的是「莫切乎聲」與「華聲」；「實用」要素指的是「莫深乎義」與「實義」。此例又可見劉君「形上理論」之失當，以及所謂六種文學理論，其實就像植物的根、苗、花、實一樣，具有有機發展的複雜關係，難以截然區隔，獨立論斷。

劉書〈形上理論〉章〈形上傳統的支派〉節提到謝榛（一四九五—一五七五）《四溟詩話》：「作詩本乎情景。」（劉，頁四〇；杜，頁七五）王夫之《夕堂永日緒論》：「含情而能達，會景而生心，體物而得神，則自有靈通之句，參化工之妙。」（劉，頁四三；杜，頁八〇）所言「性情」，屬「表現理論」；所言「景物」，屬「模倣理論」（形上理論）。此又見形上與表現二理論之混淆。上文已提及劉書曾說：謝榛《四溟詩話》中透露出具有表現理論傾向的形上觀點；又說胡應麟的「詩論」也含有模倣和表現理論的要素。顯示劉君對此種混淆也深有所知。劉書〈形上理論〉章〈形上理論與模倣理論和表現理論的比較〉節說：

> 談到表現理論，我們發現它與形上理論的主要差異，在於表現理論在基本上導向作家，雖然就作家與宇宙之關係而言，這兩種理論彼此相似，兩者都對主觀與客觀的合一具有興趣。可是，論及達到這種合一的過程時，……在表現理論中，這個過程，……詩人將他本身的感情投射到外界事物，或與之相互作用；在形上理論中，這個過程被認為是容受過程：詩人「虛」「靜」其心靈，以便容受「道」。……而在形上理論裡，詩人通常被勸與「道」合一，這「道」是一切存在的整體，而不是個別的事物。（有一些例外，如前面所引蘇軾關於畫竹的詩。）進而，表現理論家通常強調高度的感官感受，可是，一如前述，形上理論

家主張感官感受的中止。（劉，頁四九—五〇；杜，頁九二）

這種對形上理論與表現理論「有一些例外」的區隔，仍不曾觸及問題的重點：形上理論屬宇宙與作者間的第一階段；表現理論屬作者與作品之間的第二階段。而中國「情景交融」的文學理論㉘，有時可能使第一階段與第二階段的區隔，顯得沒有必要了。

劉書〈形上理論〉章〈形上傳統的支派〉節還提到王士禛（一六三四—一七一一）的「神韻」說，有如下的解說與論斷：

它具有三個主要方面：對現實的直覺領悟，直覺的藝術表現，以及個人風格。（劉，頁四四；杜，頁八一）

並把前二者歸之為「神」，最後一個歸之於「韻」。於是劉君結論是：

複合詞「神韻」在他的詩論裡，似乎是指詩人與宇宙的關係，以及詩人與詩的關係。（劉，頁四五；杜，頁八四）

㉘ 關於「情景交融」，蔡英俊著《比興物色與情景交融》（臺北：大安出版社，一九八六年六月）有相當精當詳盡的論述，可供參閱。

「詩人與宇宙的關係」指的是「對現實的直覺領悟」。而「對現實的直覺領悟」，劉君置之於〈形上理論〉章，以為屬形上概念，固然有他的道理；但一落「現實」，便可能屬模倣概念；又「直覺領悟」，也接近於決定概念。至於「詩人與詩的關係」指的是「直覺的藝術表現以及個人風格」。「直覺的藝術表現」包含兩種概念：直覺表現屬表現概念；藝術表現屬技巧概念。「個人風格」亦然：由於劉書曾舉王士禎引姜夔「一家之語自有一家之風味」，此「個人風格」實包括「個人語言風格」在內。所以兼具表現、技巧兩概念。後來翁方綱（一七三三—一八一八）認為「神韻」即「格調」，成為部分技巧部分審美的理論。由此看來，王士禎的「神韻」說，可以詮釋成：形上、模倣、決定、表現、技巧、審美各種不同的理論。

劉書同章同節，繼王士禎之後，提到姚鼐（一七三一—一八一五）「從形上概念中導出兩種文學之美的審美理論」。劉君引用姚鼐〈復魯絜非書〉之言略云：

> 鼐聞天地之道，陰陽剛柔而已。文者，天地之精英，而陰陽剛柔之發也。惟聖人之言統二氣之會而弗偏。……自諸子而降，其為文無有弗偏者。其得於陽與剛之美者，則其文如霆如電，如長風之出谷，……其得於陰與柔之美者，則其文如升初日，如清風，……。

並指出：

> 這種理論和風格，都具有印象派審美主義的強烈傾向，而批評注意力的焦點從作家與宇宙的關係（第一階段），轉移到讀者對作品中審美特質的感受（第三階段）。（劉，頁四六；杜，頁八七）

這就是說，通過作家與作品這第二階段，第一階段可以轉移到第三階段。於是讀者與作品的關係類似乎作家與宇宙的關係：讀者取代了作家；作品再現出宇宙。讀者自作品感受到的陽剛之美有如作家在宇宙所見的霆電；讀者自作品感受到的陰柔之美有如作家在宇宙所見的初日。而霆電與初日是現象界事物，所以陽剛之美與陰柔之美的審美概念導源於對現象界事物的模倣，而非自形上概念導出。而第一階段與第三階段是平行並且可以轉移的。

劉書〈審美理論〉章〈文學審美概念的起源〉節曾引西漢司馬相如（前一七九—前一一七）《答盛覽問作賦》之言。這段話記錄在《西京雜記》，《太平御覽》卷五八七由《西京雜記》轉引。其言如下：

> 合綦組以成文，列錦繡而為質，一經一緯，一宮一商：此賦之跡也。賦家之心，苞括宇宙，總覽人物，斯乃得之於內，不可得其傳也。

劉君的析論是：

雖然這段文中後半段表現出文學的形上概念，可是前半段的確是審美兼技巧概念：它一方面強調文學的感官之美，而在另一方面強調達到這種美的手段技巧。（劉，頁一〇一；杜，頁二一四）

技巧理論與審美理論區別何在？劉君在本節一開始便說明其異同：

當批評家從作家的觀點討論文學，而規範出作文的法則，他可以說是在闡揚技巧理論；而當他描述一件文學作品的美，以及它給與讀者的樂趣，那麼他的理論可以稱為審美理論。（劉，頁九九；杜，頁二一一）

今試以劉君所定二者區別所在，以察司馬相如之言，明明是以作家的觀點討論文學，在闡揚技巧理論；怎麼說它「的確是審美兼技巧概念」，這豈不太矛盾了嗎？

劉書〈審美理論〉章〈某些批評家理論中的審美主義〉節，引《文心雕龍．情采》：

故立文之道，其理有三：一曰形文，五色是也；二曰聲文，五音是也；三曰情文，五性是也。五色雜而成黼黻；五音比而成韶夏；五情發而為辭章：神理之數也。

及蕭統《文選．序》：

> 譬陶匏異器，並為入耳之娛；黼黻不同，俱為悅目之翫。

把這些「音樂與刺繡的類比」，視為「審美理論」。但是〈技巧理論〉章引沈約「五色相宣，八音協暢」語（全文已見前引，不贅），卻視為「技巧理論」。同是色音的類比，一屬技巧，一屬審美，這又是矛盾的。劉君自己也看出這些矛盾，所以他接著說：

> 沈約在評論文學時，也曾引出這些類比，我在第四章中加以引述，做為技巧概念的實例，可是他的評論也可以看成審美理論的表現。（劉，頁一〇二；杜，頁二一八）
>
> 同樣的情形也適用於〈技巧理論〉一章中所引述的其他一些批評家；我不必重複這一些引文和討論，而只從唐代以及後世其他許多批評家的作品中，舉出審美主義的實例；對這些批評家而言，審美概念可能是，也可能不是，他們的重心。（劉，頁一〇三；杜，頁二一八）

這就顯示：技巧理論是由作者立場討論作品；審美理論是由讀者立場討論作品。作為一位批評家，他可以由作者和讀者雙方面的觀點討論作品，所以技巧理論和審美理論很容易混淆。

茲再舉一例以證明。劉書〈審美理論〉章論及〈審美概念的後期提倡者〉，提到阮元（一七六四—一八四九）的〈文言說〉，引文如下：

孔子於乾坤之言，自名曰「文」：此千古文章之祖也。為文章者，不務協音以成韻，修詞以達遠，使人易誦易記，而惟以單行之語，縱橫恣肆，動輒千言萬字，不知此乃古人所謂直言之「言」，論難之「語」，非言之有文者也，非孔子所謂「文」也。（劉，頁一〇四；杜，頁二二一）

阮元先說「孔子於乾坤之言，自名曰『文』：此千古文章之祖也。」是站在讀者立場說，固屬「審美理論」；下面話鋒一轉，說：「為文章……」改為作者立場，就屬「技巧理論」了。

解決技巧理論與審美理論之間的混淆，也許有一種可供考慮的方法：把技巧理論併入表現理論中，成為「文能逮意」一體的兩面。技巧側重「文」的一面；表現側重「意」的一面。精確而生動地表現心意，方構成文學上表現理論的整體。

從上述劉書所引各條，可以發現：所引摯虞語，含形上、表現、實用諸概念。所引陸機語，造成形上理論和實用理論界線之混淆。所引李百藥語，實用概念遠超乎形上。所引白居易語，形上（模倣）外，含表現、審美、和實用要素。所引謝榛、王夫之「情景交融」說，粉碎了「形上」、「表現」二理論的區隔。所引王士禛語，可以詮釋成形上（模倣）、決定、表現、技巧、審美各種不同的理論。所引姚鼐語，顯示第一階段與第三階段是平行的；形上概念可以轉移成審美概念。所引司馬相如語，前有審美兼技巧概念；後有形上概念。所引劉勰、蕭統、沈約、阮元語，再度使技巧概念和審美理論相混。劉君四階段六理論範疇之易混淆，可見一斑。

對於此種易於混淆之現象，劉君是有些自覺的。〈導論〉章說到〈中國文學理論的分類〉，劉君特別聲明：

> 我對六種理論加以區別，並不意味有六種不同的批評學派存在。事實上，中國批評家通常是折衷派或綜合主義者；一個批評家同時兼採表現論和實用論，是常有的。（劉，頁一四；杜，頁一九）

不過在更前的〈分析的圖表與有關問題〉中，劉君保留了一條「但書」：

> 當然，批評家可以同時採取兩個觀點，但是，不太可能表現在同一評語中。（劉，頁一一；杜，頁一五）

事實上，同一評語可能採取兩個觀點。上文曾說到李百藥引《左傳》所記「言之不文，行之不遠」，劉君就認為：

> 對文學審美概念的形成可能有所貢獻；可是在此加以引用，是在證明文學是達成實際目的的一個有效手段。（劉，頁二七—二八；杜，頁五〇）

這是劉君自己認為《左傳》這一句話，兼含審美、實用兩種概念。而李百藥所說「達幽顯之情」，我在上文已指出兼指傳達天之日夜寒暑、表現人的內心外表，兼含形上（模倣）、表現兩種概念。所以「兩個觀點」「表現在同一評語中」，不是「不太可能」，而是很有「可能」的。

㈤關於客觀理論存在之可能性

劉書承認「文學作品」的客觀存在，但是否定「文學理論」客觀存在的可能。他說：

有人可能認為此圖沒有容納視作品本身為對象的「客觀」理論。事實上，我們雖然不必否認文學作品的客觀存在，而與作家創造作品的經驗與讀者對作品的再創造是分開的，或者進而討論藝術作品的本性（ontological status）或「存在形式」（mode of existence），然而我們仍可認為：任何人，甚至「客觀的」批評家，若不採取作家或讀者的觀點，是無法討論文學的。例如，亞里斯多德或是新亞里斯多德派學者，在討論悲劇的「情節」時，是以劇作家的觀點來討論的；當新批評的學者或結構派學者，在分析詩的語言結構時，一般是從讀者的觀點來分析的（因為，畢竟他必要「讀」詩才能感受到詩的語言特色與詩的效果）。如此，看來客觀的文學討論，如果是從作家的觀點來進行，可看成屬於圓圈的第二階段，若從讀者的觀點進行的，可看成屬於第三階段。（劉，頁一一；杜，頁一四——一五）

就理論上看，誠如劉君所說：「若不採取作家或讀者的觀點，是無法討論文學的。」因此文學上純「客觀理論」很難存在；但就歷史存留的事實上看，無論中外，主張「客觀理論」者大有人在，劉君所云「甚至『客觀的』的批評家」，便是對此種事實的承認。我們可以指出此種「客觀理論」的盲點；但我們不可抹殺此種「客觀理論」的存在。

以中國文學理論來說，我想以莊子、蘇軾、邵雍（一〇一一—一〇七七）為例作說明。先說莊子。莊子認為美是天地間客觀之存在。《莊子・知北遊》云：

> 天地有大美而不言，四時有明法而不議，萬物有成理而不說。聖人者，原天地之美而達萬物之理，是故至人無為，大聖不作，觀於天地之謂也。㉙

至人大聖，無為不作，只要客觀地將此天地之美的原貌呈現出來就可以了。所以晉朝郭象（約二五二—三一二）《莊子注》會說：

> 觀其形容，象其物宜，與天地不異。㉚

「與天地不異」，正是客觀的意思。

㉙ 郭慶藩：《莊子集釋》（臺北：世界書局校正本，一九七一年七月），頁七三五。

㉚ 同㉙。

如何達到客觀的地步呢？莊子主張摒棄知覺，虛以待物。《莊子·人間世》云：

無聽之以耳，而聽之以心；無聽之以心，而聽之以氣。耳止於聽；（舊作「聽止於耳」，今從俞樾校改。）心止於符。氣也者，虛而待物者也。惟道集虛。虛者，心齊（通齋）也。㉛

唐朝成玄英（生卒年不詳，據《新唐書·藝文志》：貞觀五年（六三一）召至京師，永徽中（六五〇—六五五）流郁州。則唐太宗、高宗時人。）撰《莊子疏》云：

心有知覺，猶起攀緣；氣無情慮，虛柔任物，故去彼知覺，取此虛柔，遺之又遺，漸階玄妙也乎！㉜

疏解得十分明白。《莊子·達生》更為此編撰出一個具體而有系統的進程：

梓慶削木為鐻。鐻成，見者驚猶鬼神。魯侯見而問焉。曰：「子何術以為焉？」對曰：「臣工人，何術之有！雖然，有一焉；臣將為鐻，未嘗敢以耗氣也，必齊以靜心。齊三日而不敢懷慶賞爵祿，齊五日而不敢懷非譽巧拙，齊七日輒然忘吾有四枝形體也。當是時也，無

㉛ 同㉙，頁一四七。

㉜ 同㉙。

公朝，其巧專而外骨消；然後入山林觀天性；形軀至矣，然後成；見鐻，然後加手焉。不然，則已。則以天合天，器之所以疑神者其是與！㉝

非但世俗的「慶賞爵祿」、「非譽巧拙」不敢懷念；甚至於連「吾有四枝形體」也一併忘卻。純然「以天合天」，順其自然。所以成玄英《疏》云：

所以鐻之微妙疑似鬼神者，只是因於天性，順其自然，故得如此。㉞

由「美」之為天地間客觀存在，到大聖至人無為不作，虛以待物，以天合天，此正是莊子美學上的「客觀理論」。

再說蘇軾。蘇軾才高識廣，出入百家，學術文藝，並所擅長。以文藝來說，創作則詩文書畫，都有極高造詣；理論則屬綜合主義者，兼融各種概念。其中也不乏「客觀理論」。今試以蘇軾對文同（一〇一八—一〇七九）藝術的一些批評為例，以見一斑。在〈文與可飛白贊〉中，蘇軾說：

嗚呼哀哉！與可豈其多好好奇也歟？抑其不試故藝也？始予見其詩與文，又得見其行草篆隸也，以為止此矣。既沒一年，而復見其飛白，美哉多乎，其盡萬物之態也。霏霏乎其若

㉝ 同㉙，頁六五八—六五九。

㉞ 同㉙，頁六六〇。

> 輕雲之蔽月；翻翻乎其若長風之卷旆也；猗猗乎其若遊絲之縈柳絮；裊裊乎其若流水之舞荇帶也；離離乎其遠而相屬；縮縮乎其近而不隘也：其工至於如此，而余乃今知之。則余之知與可者，固無幾；而其所不知者，蓋不可勝計也。嗚呼哀哉！㉟

「美哉多乎」雖是對文同「多好好奇」的肯定，但下文「其盡萬物之態」卻可視作蘇軾對「美」之本質的認知。

文同是怎樣「盡萬物之態」的？在〈書晁補之所藏與可畫竹三首之一〉，蘇軾說：

> 與可畫竹時，見竹不見人。豈獨不見人，嗒然遺其身。其身與竹化，無窮出清新。莊周世無有，誰知此疑神？㊱

所謂見竹遺身，當然是強調客觀，遺棄主觀的意思，其主旨與上文所述莊子的「客觀理論」正同。蘇軾也以莊子自況，說：「莊周世無有，誰知此疑神？」

對於吳道子（約六八五—七六八）的畫，蘇軾也曾作出類似的評論。〈書吳道子畫後〉：

㉟ 蘇軾：《蘇東坡全集》（臺北：河洛圖書出版社，夏學叢書本，一九七五年九月），前集卷二〇，頁二七七—二七八。

㊱ 同㉟，前集卷一六，頁二二九。

> 畫至於吳道子，而古今之變，天下之能事畢矣。道子畫人物，如以燈取影，逆來順往，旁見側出，橫斜平直，各相乘除，得自然之數，不差毫末。出新意於法度之中；寄妙理於豪放之外。所謂遊刃餘地，運斤成風，蓋古今一人而已。㊲

所謂：「如以燈取影」、「得自然之數，不差毫末」，正顯示吳道子之畫客觀之程度，而這是蘇軾最讚賞的。

蘇軾並提出「空」、「靜」兩字作為了解與接納客體之妙法。〈送參寥師〉云：

> 欲令詩語妙，無厭空且靜。靜故了群動，空故納萬境。㊳

這亦是莊子「虛以待物」意，或可能受到佛教天台宗「止觀」、「寂而常照」一些影響㊴。為文學上的「客觀理論」。

邵雍的「客觀理論」，也可能受莊子和佛學一些影響；但主要自《易傳》來。《周易．繫辭傳

㊲ 同㉟，前集卷二三，頁三〇六。

㊳ 同㉟，前集卷一〇，頁一五〇。

㊴ 釋智顗：《摩訶止觀》（臺北：新文豐出版公司影印大正版《大藏經》第四六冊諸宗部 No. 1911），頁一上下。

上》：

> 易，無思也，無為也，寂然不動，感而遂通天下之故。非天下之至神，其孰能與於此！……聖人以此洗心，退藏於密。[40]

所謂「無思」，是無需預存成見；所謂「無為」，是無需刻意應對。如此則心鏡澄清，自然能夠正確感受並通曉這變易世界中的一切事故。《易傳》此數句已略有「客觀理論」之意。邵雍曾注意到這幾句話，但是未由此發展出客觀理論，而把它導向「神妙致一」。在《皇極經世書・觀物外篇・後天周易理數第六》，邵雍說：

> 無思無為者，神妙致一之地也。所謂一以貫之。聖人以此洗心，退藏於密。[41]

邵雍「以物觀物」的客觀理論，實淵源於他對《易傳》「理」、「性」、「命」的理解。《周易・說卦傳》：

> 昔者聖人之作《易》也，幽贊於神明而生蓍；參天兩地而倚數；觀變於陰陽而立卦；發揮

---

40 同12，卷七，頁二四下，二七上。

41 邵雍：《皇極經世書》（臺北：中華書局《四部備要》本，一九八二年四月），卷七下，頁二二下。

於剛柔而生爻。和順於道德而理於義；窮理盡性而至於命。[42]

在《皇極經世書・觀物篇・內篇之十二》，邵雍據此而發揮說：

> 夫所以謂之觀物者，非以目觀之也，非觀之以目而觀之以心也，非觀之以心而觀之以理也。天下之物莫不有理焉，莫不有性焉，莫不有命焉。所以謂之理者，窮之而後可知也；所以謂之性者，盡之而後可知也；所以謂之命者，至之而後可知也。此三知者，天下之真知也，雖聖人無以過之也，而過之者非所以謂之聖人也。夫鑑之所以能為明者，謂其能不隱萬物之形也。雖然，鑑之能不隱萬物之形，未若水之能一萬物之形也。雖然，水之能一萬物之形，又未若聖人能一萬物之情也。聖人之所以能一萬物之情者，謂其聖人之能反觀也。所以謂之反觀者，不以我觀物也。不以我觀物者，以物觀物之謂也。既能以物觀物，又安有我於其間哉？[43]

以為窮物之理，盡物之性，追究自然賦予萬物之本質，可以獲致對天下事物真實之認知。而此「天下之真知」正是客觀理論之必要基礎。於是進一步揭櫫「不以我觀物」，而「以物觀物」的「客

---

[42] 同[12]，卷九，頁一—三上。

[43] 同[41]，卷六，頁二六上下。

觀理論」。

在《伊川擊壤集・自序》中，邵雍進一步把「以物觀物」擴充到「以道觀道」、「以性觀性」、「以心觀心」、「以身觀身」、「以家觀家」、「以國觀國」、「以天下觀天下」，使客觀理論得到相當圓滿的發揮。他說：

> 性者，道之形體也，性傷則道亦從之矣；心者，性之郛郭也，心傷則性亦從之矣；身者，心之區宇也，身傷則心亦從之矣；物者，身之舟車也，物傷則身亦從之矣。是知以道觀性，以性觀心，以心觀身，以身觀物，治則治矣，然猶未離乎害者也。不若以道觀道，以性觀性，以心觀心，以身觀身，以物觀物，則雖欲相傷，其可得乎？若然，則以家觀家，以國觀國，以天下觀天下，亦從而可知之矣。[44]

在《伊川擊壤集》中，邵雍寫了許多以自身生命之歡愉為對象的詩篇，正是「以身觀身」的結果。當然，莊子以謬悠之說，荒唐之言，無端崖之辭，卮言曼衍，語多參差[45]。蘇軾學識更是淵

---

44 邵雍：《伊川擊壤集》（臺北：商務印書館《四部叢刊》影印江南圖書館藏明成化刊黑口本，無出版年月），卷前，頁二。

45 同29，《莊子・天下》：「莊周……以謬悠之說，荒唐之言，無端崖之辭，時恣縱而不儻。……以卮言為曼衍，以重言為真，以寓言為廣。」卷一〇下，頁一〇九八。

博龐雜。要從他們著述中舉些反證或自相矛盾的話，都是很容易的。莊子與惠施（戰國時宋人）遊於濠梁之上，莊子說：「儵魚出游從容，是魚樂也。」惠施駁以：「子非魚，安知魚之樂？」[46]這著名的辯論足可證明莊子的客觀精神遠不及惠施。蘇軾所說「其身與竹化」也可詮釋為主客觀的合一，並非真正「遺其身」之捨棄主觀。邵雍把「無思無為」導向「神妙致一」，也帶有神祕直觀色彩。這些都是「客觀理論的盲點」；但是，他們曾說過一些「客觀理論」的話，如我上文所引者，卻無法否認。

西方的文學理論，非本文討論的重點。這裡，我只想簡略複述亞伯拉姆斯在《鏡與燈》（*The Mirror and The Lamp*）、韋勒克（Rene Wellek）在《文學論》（*Theory of Literature*）、杜夫潤在《文學批評與現象學》（*Critique Litteraire et Phenomenologie*）有關「客觀理論」的一些看法。

亞伯拉姆斯由文學批評四要素三角形架構推演出四種文學理論，其中有「客觀理論」。在《鏡與燈》第一章〈導論：批評理論的總趨向〉中，第五節專論「客觀說」。亞氏首先提出亞里斯多德把「悲劇」種類孤立出來，使作品本身成為可從形式上分析為一個可以自我決定的整體。輾轉說到某些批評家利用康德（Immanuel Kant, 1724–1804）「沒有目的的目的性」的話，倡言：「為了寫詩而寫的詩」；卻忽略了康德在談論藝術作品時特別考慮到其創作者和接受者的心理能力。接著亞氏歷舉艾略特（Thomas Stearns Eliot, 1888–1965）的名言：「論詩，就必須從根本上把它

[46] 同[29]，在〈秋水〉篇，卷六下，頁六〇六—六〇七。

看作詩，而不是別的東西。」和蘭塞姆（John Crowe Ransom）的呼籲：承認「作品本身為了存在而存在的自主權」。此外，亞氏還提到麥克利施（Archibald MacLeish）、芝加哥的新亞里斯多德學派、和韋勒克和華倫合著的《文學論》。㊼

說到《文學論》，在〈文學的本質之研究．序論〉中，曾簡介近年來（指一九四八年之前的幾年）歐美各國文學研究者對文學本身實質的注意。據初版作者原序，此章為韋勒克執筆。譯文如下：

> 近年來接替以一種健全的反動，那就是承認文學的研究，首先要集中注意藝術品本身的實質。古典的修辭學、詩學，以及韻律學等等古老的方法，都要用現代的概念加以重新檢討與講述。正被採用的新方法，是一種基於廣大視野對現代文學諸樣相的概觀。在法國，是為「本文解析法」（explication de textes）；在德國，則為瓦爾賽所開創的一種相同於美術史的形式分析法。在蘇聯，「形式主義」運動特別的囂張，一些捷克和波蘭的徒眾也帶來了對文學作品研究的新刺激；而這些在美國都才剛被正式承認，並加以適度的分析。在英國，一些瑞查茲的後繼者已密切注意到詩的本文；在美國，也有一夥批評家把藝術作品的

㊼亞伯拉姆斯（M. H. Abrams）原著，酈稚牛、張照進、童慶生合譯，王寧校：《鏡與燈》（*The Mirror and the Lamp*, 1953）（北京：北京大學出版社，一九八九年十二月第一版一刷），頁三二—四〇。

研究作為他們的趣味中心。有好幾種研究戲劇的著作在強調戲劇與人生的區別，而反對把戲劇的實體與經驗中的實體混為一談；同樣地，還有好些關於小說的研究，也並不僅以小說對於社會結構相關的概念為滿意，而進一步要分析其藝術的方法——觀點、敘述的技巧。㊽

「回到事物本身」，是現象學最簡潔有力的口號。杜夫潤在〈文學批評與現象學〉一開始就提出這著名的口號，並且引申說：

> 回到事物本身就等於說回到作品本身。㊾

下面這段話說得更詳細：

> 面對著一本新作品，批評家應形成一種嶄新的、沉醉的、無拘無束的眼光來看它。一方面，他要讓自己全幅挺現，給作品提供一個寬闊的居停，向作品發出深刻的回應；另一方面，

㊽ 同❻，志文譯本在頁二二六—二二七。

㊾ Mikel Dufrenne:*Critique Litteraire et Phenomenologie* (*Revue Internationale de la Philosophie*, Vol. 18, 1964.)，譯文據鄭樹森編：《現象學與文學批評》（臺北：東大圖書公司，一九八四年七月），頁六二。譯者為岑溢成。

他又要使自己徹底收斂，令作品和他自己不致有所混和。因為若在作品上添上自己的記憶，或以自己的經驗作為衡量作品的準則，便是背棄了作品。[50]

接納作品，收斂自己，回到作品本身。這正是杜夫潤和許多現象學大師文學理論的共同特色。劉書〈形上理論〉章多次引用杜夫潤的話，但我此節所引者，劉書均未引。

問題可能在對「客觀理論」的定義和標準有差距。不由作者或讀者觀點討論作品的「客觀理論」固不可能；但是收斂自己，虛以待物；回到作品本身，以物觀物：這樣的「客觀理論」仍然存在。而中外古今作此主張者，他們的理論，不名之為「客觀理論」，那麼稱作什麼？亞伯拉姆斯甚至指出：

韋勒克和華倫合著的具有廣泛影響的《文學理論》也提倡批評討論名副其實的詩，而不應涉及「外在」因素；類似的觀點也日益頻繁地出現，不僅是我們的文學雜誌而且連那些學術雜誌上也常有所見。至少是在美國，某種形式的客觀說業已形成浩蕩之勢，它取代了各種與其抗爭的學說而成為文學批評的主導模式。[51]

[50] 同[49]，頁六五。
[51] 同[47]，頁三三。

就學術發展趨勢來看，「客觀化」已成為所有學術研究的主要導向。自然科學、工程科學、醫學、農學，固然如此；與文學同屬人文社會學科的語言學、人類學、教育學、心理學、法律學、政治學、經濟學、管理學、社會學，也都有研究客觀化的要求。這些學術，並不因研發者或學習者觀點而影響其客觀性。大勢所趨，把「文學作品」視為客觀存在而加以分析討論的文學客觀理論，因此更「形成浩蕩之勢」，「成為文學批評的主導模式」。我們就借用亞伯拉姆斯這幾句話，結束對「客觀理論」的討論吧！

三、結語

劉若愚撰作《中國文學本論》，是有一種強烈意圖的。在劉書第一章〈導論〉，劉君毫不隱瞞地說出他心中的三個目的：

第一個也是終極的目的，在於提出淵源於悠久而大體上獨立發展的中國批評思想傳統的各種文學理論，使它們能夠與來自其他傳統的理論比較，而有助達到一個最後可能的世界性的文學理論。

第二個也是較直接的目的，是為研究中國文學與批評的學者闡明中國的文學理論。

第三個目的是為中西批評觀的綜合，鋪出比迄今存在的更為適切的道路，以便為中國文學

的實際批評提供健全的基礎。（劉，頁二—五；杜，頁三—七）

關於「世界性的文學理論」建立的可能性與必要性，此暫置勿論。但劉書一出版，便風行於美國各大學校園中。我個人在臺灣師範大學國文研究所開設「中國文學理論探討」課程，也採劉書為主要的參考書。一九七五年此書初版，一九七七年臺灣就有賴春燕的中譯本；一九八一年更有杜國清的全譯本。此外還有日文譯本，韓文譯本。一九九一年，國家文藝基金會委託國立臺灣師範大學國文系執行的問卷調查，經一七五位大專教師，和二三四三位大專學生，票選為適合大專學生閱讀之中外古今文藝作品一百本中之一本。其受重視之程度，由此可見一斑。

劉君是一位不斷求進步的學者。我個人早先讀到他一九六二年寫的《中國詩學》[52]，對他的博學和卓識深為歎服。但是，〈中文版序〉中，劉君已說：

> 這本書是為了幫助西方讀者了解中國古典詩歌而作的，本不值得譯成中文。況且這是十幾年前寫的，已不能完全代表我現在的知識和見解。[53]

---

[52] James J. Y. Liu: *The Art of Chinese Poetry*, The University of Chicago Press, 1962. 中譯本有杜國清譯：《中國詩學》（臺北：幼獅文化事業公司，一九七七年六月）。

[53] 同[52]，中譯本，頁一。

在杜國清《中國文學理論・譯者後記》中，杜君也說到自己要翻譯《中國詩學》時，劉君亦曾表示：

> 那是一本入門書，如果我（杜自稱）想翻譯他（指劉）的著作成中文，不如翻譯他正在寫作的《中國文學理論》。（劉無；杜，頁三三一）

此可見劉君不惜以今日之我，批判昨日之我，一種永不停止的進修精神。《中國文學本論》出版後，劉君亦曾有類似的表示。一九七七年發表的〈中西文學理論綜合初探〉，對《中國文學本論》第二章〈形上理論〉，已有所補充與修正[54]。並曾對友人說起這本書所述文學理論，仍有些疏誤[55]。可惜的是，劉君已於一九八七年五月二十六日作古。本析議之文撰成，未能與原作者商略請益，這是我最感遺憾的。但我相信，如劉君地下有知，一定樂於見到有人能如此仔細認真閱讀並討論他的著作。本文僅對劉書內容作出析議，至於劉書方法上的可商之處，容另文論之。（原刊於一九九八年三月《中國學術年刊》十九期。劉若愚著，杜國清譯：《中國文學理論》，一九八一年九月聯經公司初版。）

---

[54] 同[20]，參杜國清譯：《中國文學理論・譯者後記》，頁三三四。

[55] 我輾轉聽到劉君曾向張雙英如此說。參閱張雙英：〈文學理論產生的架構及其運用舉隅〉，《古典文學》第七集（臺北：學生書局，一九八五年八月），頁一〇四五—一〇七八。

劉若愚《中國文學本論》架構方法析議

——七寶樓臺的架構與拆卸之二

本文是對劉若愚（Liu, James J. Y. 1927–1987）教授《中國文學本論》（*Chinese Theories of Literature*, 1975）一書架構與方法所作的分析與評論。評者先對劉書架構的淵源與內涵略作介紹，然後指出劉君所言文學四要素：宇宙、作家、作品、讀者之外，應加文學研究為第五要素，從而提升研究的高度，並將劉君文學六理論擴充為文學十理論。評者接著再指出劉書在方法上，強調歸納，實屬演繹；選擇資料，武斷矛盾；輾轉引用，未據原典；然瑕不掩瑜也。結語則評者直承受劉書啟發良多，因向劉君表示由衷之敬佩。

一、引言

從歷史悠久，而大致上自成系統的中國各種文學理論中，探討其本質，闡明中國文學本體論，提供文學批評學者作參考，並使之能與其他傳統的文學理論作比較與綜合，從而有助於世界性的文學理論的建立。在這種雄心壯志的激勵下，劉若愚從文學四要素：宇宙、作家、作品、讀者：圓形雙循環的四階段中，整理出中國文學本體論六種：形上理論、決定理論、表現理論、技巧理論、審美理論、實用理論，而在所著《中國文學本論》❶中，提出中國文學本體論的全新架構。其氣魄的雄偉，理論體系之具突破性，劉勰（四六四—五二二）以下，一人而已。然內容欠周，方法可商之處，仍不能免。我既作〈劉若愚《中國文學本論》內容析議〉，就：「文學本論」與「文學分論」之區分及其可能之混淆；以「形上理論」取代「模倣理論」之商榷；合「決定理論與表現理論」為一章之不當；六種文學理論的界線很難劃清；關於客觀理論存在之可能性：共五目，對劉書內容，詳加分析評論，發表於《中國學術年刊》❷。繼作此文，則專論劉書之架構與方法。

---

❶ James J. Y. Liu: *Chinese Theories of Literature*（Copyright 1975 by The University of Chicago, Reprinted by Ch'eng Wen Publishing Co., Ltd. Taipei, Taiwan, 1976）。此書在臺北已有二譯本，賴春燕譯：《中國人的文學觀念》（臺北：成文出版社，一九七七年二月初版）。杜國清譯：《中國文學理論》（臺北：聯經出版公司，一九八一年九月初版）。本文所據為杜國清譯本，並覆覈劉君原著，參考賴君譯本。以後引用，簡稱「劉書」。並隨文註明劉著與杜譯頁數，不另加註釋。上文所述劉書目的說，在劉著頁二—五；杜譯頁三—七。四要素六理論說，在劉著頁一〇—一一；杜譯頁一三—一四。

❷ 黃慶萱：〈劉若愚《中國文學本論》內容析議〉，《中國學術年刊》第十九期（一九九八年三月），頁五〇八—五一六。現已收入於本書中，見前文二七六—三三五頁。

二、《中國文學本論》架構的淵源、內涵、與析議

㈠劉書架構的淵源

劉若愚《中國文學本論》的架構，在劉君前此著作《中國詩學》（*The Art of Chinese Poetry*: 1962）❸中，已見雛形；並受亞伯拉姆斯（M. H. Abrams）《鏡與燈》（*The Mirror and the Lamp*: 1953）❹一定程度的影響。前者是直接源頭；後者是中間橫向注入的巨流。茲分述如下：

1.《中國詩學》的四種傳統詩觀

《中國詩學》分上、中、下三篇。上篇〈做為詩之表現媒介的中文〉，下篇〈朝向一個綜合的理論〉，此處都不談；中篇〈中國的傳統詩觀〉則提示了作者自認為最重要的四種詩觀：

(1)道學主義者的觀點：做為道德教訓與社會批判的詩。

(2)個人主義者的觀點：做為自我表現的詩。

---

❸ James J. Y. Liu: *The Art of Chinese Poetry*, The University of Chicago Press, 1962. 中譯本有：杜國清譯：《中國詩學》（臺北：幼獅文化事業公司，一九七七年六月）。

❹ M. H. Abrams: *The Mirror and the Lamp*. Oxford, 1953; rpt. New York, 1958. 中譯本有：酈稚牛、張照進、童慶生合譯，王寧校：《鏡與燈》北京：北京大學出版社，一九八九年十二月第一版二刷）。

(3)技巧主義者的觀點：做為文學鍛鍊的詩。

(4)妙悟主義者的觀點：做為默察的詩。❺

試與《中國文學本論》揭櫫的「六理論」相較：道學主義為「實用理論」的雛形；個人主義為「表現理論」的雛形；技巧主義為「技巧理論」的雛形；妙悟主義為「形上理論」的雛形。六理論只缺「決定理論」和「審美理論」了。

2.《鏡與燈》的作品中心三角形架構

亞伯拉姆斯為當代美國頗負盛名的文學理論家，《鏡與燈》書名把兩個相對而常見的心靈隱喻連起來：鏡，把心靈比作外界事物的反映者；而燈，把心靈比作發光體，認為心靈也是它所感知的事物的一部分。全書主要論述十九世紀開頭的四十年間英國的詩論。上溯到希臘羅馬美學思想，下至當今流行的各種批評觀念，並且盡力保持以十八世紀美學為參照系統，把英國浪漫主義詩論納入一個更為遼闊的思想文化背景中進行論述。所以書的副題是「浪漫主義文論及批評傳統」(*Romantic Theory and the Critical Tradition*)。書中提出文學批評四大要素：作品、宇宙、藝術家、欣賞者，並以圖表示其關係如下：

❺ 同❸。杜譯本，頁一〇七—一三四。

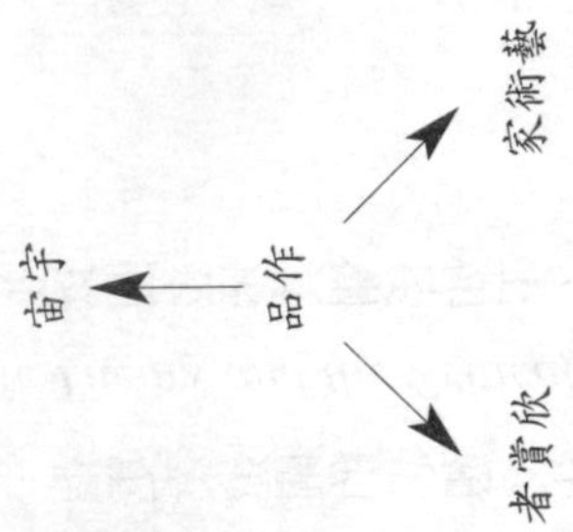

於是從作品與宇宙的關係導出「模倣理論」；從作品與欣賞者的關係導出「實用理論」；從作品與藝術家的關係導出「表現理論」；並對作品本身單獨加以考量導出「客觀理論」。指出在歷史發展中這四大理論的興衰和實際運用的利弊，使讀者對西方文藝理論和文學批評史有一個由局部以窺全體的清晰認識❻。

亞伯拉姆斯這批評四要素論廣被學術界所重視。吉布斯（Donald Gibbs）在《文心雕龍》的文學理論〉（"Literary Theory in the Wen-hsin Tiao-lung", 1970）❼，王靖宇（John C. Wang）在《金

❻ 同❹。中譯本，頁一一四〇。

❼ Gibbs, Donald, "Literary Theory in the *Wen-hsin Tiao-lung*", Ph. D. dissertation, University of Washington, Seattle, 1970.

聖歎》（*Chin Sheng-t'an*, 1972）❽中，都曾應用此論分析中國文學理論。李翠瑛在〈孫過庭《書譜》中書論藝術精神探析〉（一九九四）❾，則以此論探討中國書法理論。當然不同的意見也是有的。施友忠在〈二度和諧及其他〉（一九七五）❿中，以「心」取代「作者」，以「境」取代「宇宙」，把「心」作為核心，構成四要素三角形多邊結構。伊麗莎白・弗洛恩德（Elizabeth Freund）在《回歸讀者——讀者反應理論》（*The Return of the Reader:Reader-response Criticism*, 1987）⓫中，把重點由作品轉向讀者。而劉書（一九七五）則把以作品為中心的三角架構，改變為宇宙、作家、作品、讀者四要素圓形雙循環架構。

附帶要指出的是：把「鏡」與「燈」用作文學理論的隱喻，並不始於亞伯拉姆斯。北宋范溫（一一〇〇—）所著《潛溪詩眼》，就有：

---

❽ Wang, John C.（王靖宇）*Chin Sheng-t'an*, New York, 1972.

❾ 李翠瑛：〈孫過庭《書譜》中書論藝術精神探析〉（臺北：臺灣師範大學國文研究所碩士論文，一九九四年）。《國立臺灣師範大學國文研究所集刊》，第三十九號（一九九五年六月），頁三三五。

❿ 施友忠：〈二度和諧及其他〉（臺北：《中外文學》四卷七期，一九七五年十二月），頁四—三八。又編入《二度和諧及其他》（臺北：聯經出版公司，一九七六年七月），頁六三—一一三。

⓫ 伊麗莎白・弗洛恩德(Elizabeth Freund)原著，陳燕谷譯：《讀者反應理論批評》(*The Return of the Reader: Reader-response Criticism*, 1987)（臺北：駱駝出版社，一九九四年），頁一—二。

> 古人形似之語，如鏡取形，燈取影也。故老杜所題詩，往往親到其處，益知其工。⓬

《潛溪詩眼》強調詩法技巧與審美眼光。此處鏡燈之喻，說的雖只是「形似之語」，為文學的「模倣理論」；但上文更有：

> 形似之意，蓋出於詩人之賦：「蕭蕭馬鳴，悠悠旆旌」是也。⓭

「馬鳴」之所以「蕭蕭」，「旆旌」之所以「悠悠」，已非單純之模倣外物之聲貌，乃為作者將主觀心靈投射於外物的結果。所以范溫稱之為「形似之意」，而非「形似之語」。這就和亞伯拉姆斯的「燈」——心靈之光——有幾分相似之處了。劉書始終未提及范溫，是很遺憾的。

㈡劉書架構的內涵

劉若愚以「作家」（writer）取代「藝術家」（artist），以「讀者」（reader）取代「欣賞者」（audience），而「宇宙」、「作品」二詞沿用不變，並將這四要素重新排列如下：（劉，頁一〇；杜，頁一三）

⓬ 范溫：《潛溪詩眼》（北京：哈佛燕京學社，《燕京學報》專號之十四，郭紹虞校輯：《宋詩話輯佚》，一九三七年八月），頁三九七。

⓭ 同⓬。

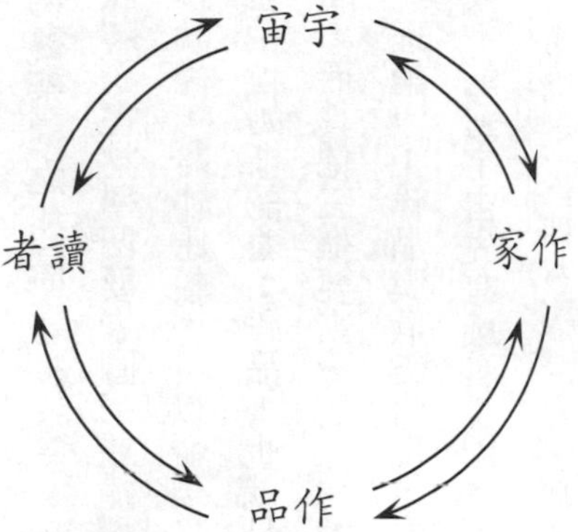

劉氏以為：在第一階段，宇宙影響作家，作家反應宇宙。由此導出兩種理論：文學為宇宙原理的顯示。這是「形上理論」（劉，頁一六；杜，頁二七）；文學是政治和社會的反映，這是「決定理論」（劉，頁六三；杜，頁一二九）。在第二階段，作家創造作品，亦可導出兩種理論：文學是人類性情感受的表現，這是「表現理論」（劉，頁六五；杜，頁一三五）；文學是以語言為材料的精心構作，這是「技巧理論」（劉，頁八八；杜，頁一八五）。在第三階段，作品觸及讀者，於是產生「審美理論」：文學是語言藝術，給讀者以美感（劉，頁九九；杜，頁二一一）。最後在第四階段，讀者對宇宙的反應，因閱讀作品而有所改變，因此而有「實用理論」：文學是達到政治、社會、道德或教育目的的手段（劉，頁一〇六；杜，頁二三七）。而此種循環不僅是單向的，而且是可逆的。讀者對作品的反應，常受自身所處宇宙之制約；通過作品，讀者接觸作家的心靈；於是再度捕捉作家對宇宙的反應（劉，頁一〇；杜，頁一四）。劉氏發現：中國傳統文論全可納入這六大理論中。而事實上，劉書就依這六大理論分章論述，前有〈導論〉，後有〈相互影響與綜合〉，而決定理論與表現理論合為一章。故全書有七章，架構成這中國文學理論的「七寶樓臺」⑭。

㈢劉書架構之析議

今試將劉書文學四要素圓形雙循環架構之四階段六理論，與亞伯拉姆斯的作品中心三角形架構之四理論說，略作比較，可以發現二者之異同：

1.亞伯拉姆斯認為：作品，也就是藝術品的本身，是四個要素中「第一個要素」，擺在三角形的中間，而其他三個要素分居三角的位置。作品與宇宙間，有「模倣理論」；作品與藝術家間，有「表現理論」；作品與欣賞者間，有「實用理論」。而劉君則以為：作品不可能展示宇宙真實，如果作家不能對宇宙先有感受；因此，宇宙與作品之間沒有連線與箭頭（劉，頁一〇；杜，頁一

---

⑭ 南宋張炎（一二四八—？）在《詞源》中批評吳文英（一二〇〇—一二六〇？）：「吳夢窗詞如七寶樓臺，眩人眼目。碎拆下來，不成片段。」

四）。於是取消了「模倣理論」。而作家之於作品，不僅是人類感情自然表現的過程，抑且為語言精心構成的過程；因此除「表現理論」外，還有「技巧理論」。另者，讀者之於作品，產生的「審美理論」，而非亞伯拉姆斯所說的「實用理論」。

2.在亞伯拉姆斯的圖表中，藝術家、欣賞者、與宇宙間，均乏連線。但是劉君圖表中，宇宙與作者間，為第一階段，有「形上理論」與「決定理論」；讀者與宇宙間，為第四階段，有「實用理論」。需要注意的是，亞伯拉姆斯置「實用理論」於作品與欣賞者之間，而非讀者與宇宙之間。

3.亞伯拉姆斯認為：在原則上可以把藝術品從所有的外界參照物，包括宇宙、藝術家、欣賞者中孤立出來，把藝術品當作一個由各部分按其內在聯繫而構成的自足體來分析，並且只需根據藝術品存在方式的內在標準來評判。因此有「客觀理論」⑮。而劉君則以為：任何人，甚至「客觀的」批評家，若不採取作家或讀者的觀點，是無法討論文學的，因而否定了「客觀理論」存在的可能（劉，頁一一；杜，頁一四）。

從上面的比較中，可以發現二君圖表各有所缺。假如在亞伯拉姆斯的圖表中，宇宙與藝術家（作家），宇宙與欣賞者（讀者）之間加上雙箭頭連線，而本為單箭頭連線，也改單為雙，則如下圖：

⑮ 同❹，中譯本，頁三一。

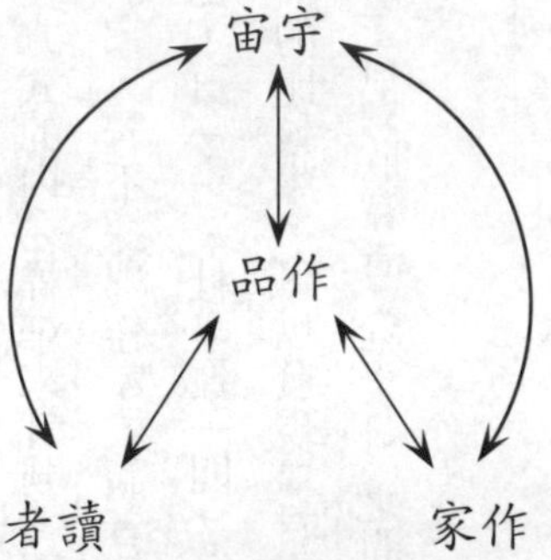

那麼，就可以吸納劉表所有而亞表所無的其他連繫。事實上「作家」與「讀者」之間也可以直接連繫。張雙英就曾指出：

> 劉氏與艾布蘭斯氏的兩個圖表中唯一相同的是兩人都認為「作家」與「讀者」之間不可能有產生任何文學理論的直接關係；但是，在中國文學史上，這情形卻是屢見不鮮，最有名的例子如唐代的作家元稹（七七九—八三一）與白居易（七七二—八四六）之間，或是白居易與劉禹錫（七七二—八四三）之間有關文學的討論；另外如建安時期文人的討論也所在都有，但卻被這兩個圖表忽略掉了。

某個（些）讀者以直接的口語或間接的書信等方式與作家討論其作品——不論這讀者是作家的親人、師友，或是毫無關係的批評家。這個關係，慎重思索之後，不難發覺它也是對作家在創造作品時頗有影響的。⑯

因此，上圖在「作家」與「讀者」之間，亦可以加雙箭頭連線，如下：

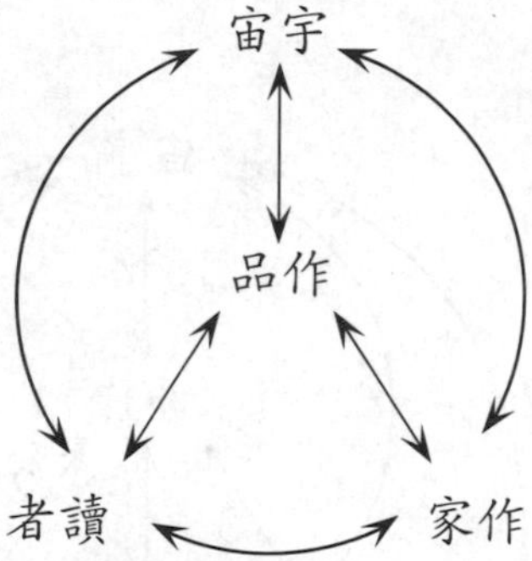

不過，此圖仍然只顧到文學表層結構，而未為文學深層結構留一位置。如加入「文學研究」之要

⑯張雙英：《文學理論產生的架構及其運用舉隅》，《古典文學》第七集下冊（臺北：學生書局，一九八五年八月），頁一〇五六、一〇六二。

素，則此圖尚可作如下之增補：

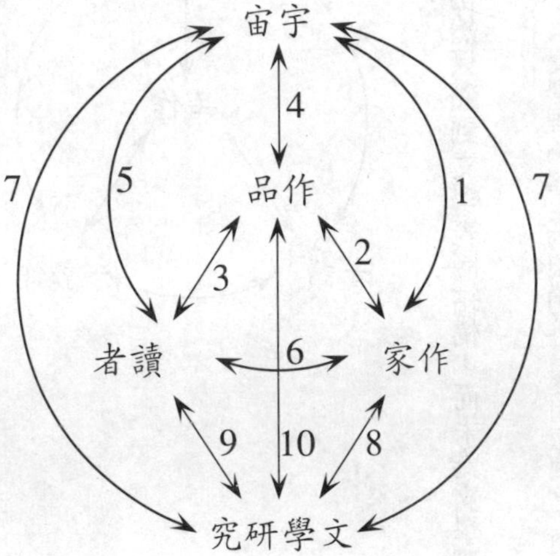

於是：

1.在作家、宇宙之間，有摹寫理論。

2.在作家、作品之間，有流露理論。

3.在讀者、作品之間，有欣賞理論。

4.在作品、宇宙之間，有反映理論。

5.在讀者、宇宙之間，有實用理論。

6.在作家、讀者之間，有媒介理論。

7.在文學研究與宇宙之間，有形上理論。

8.在文學研究與作家之間，有人格理論。

9.在文學研究與讀者之間，有接受理論。

10.在文學研究與作品之間，有客觀理論。

由於每一要素與其他四要素間都有連線，因此，上面十條「在甲、乙之間」，除指涉甲、乙之間的直接關係外，亦牽涉到與丙、丁、戊的間接關係。例如「形上理論」，不僅指涉文學研究對宇宙的直接觀照；他所觀照的宇宙，同時也是作家所摹寫的，作品所反映的，讀者所面對的宇宙深層的本體。文學深層研究當然必須建立在文學表層研究之上，而文學理論的本體也應該自各種文學主張中全面歸納而得。雖然如此，文學要素間關係之分析，對文學理論本體研究之周延性，仍有其重要的參考價值。

三、劉書方法析議

(一)強調歸納，實屬演繹

學院出身，曾受過方法學的訓練，對於歸納法之重要性，劉君當然深有體認。所以在劉書第一章〈導論〉，談到〈中國文學理論的分類〉，一開始就鄭重聲明：

> 我將中國傳統批評分成六種文學理論，分別稱為形上論、決定論、表現論、技巧論、審美論、以及實用論。這些類目並非由演繹建立，而是歸納發現的。（劉，頁一四；杜，頁一九）

可是事實上，劉書的文學四要素圓形循環架構，是由亞伯拉姆斯《鏡與燈》的作品中心三角形架構蛻變而成。〈導論〉談到〈分析的圖表與有關問題〉，劉君承認：

> 為了克服詞義不清所引起的困難，同時為了提供一個概念的框架以分析中國文學批評作品，從而提出其中可能含有的文學理論，我設計了一個分析的圖表以及用以質問任何批評見解的一套問題。此一圖式是根據亞伯拉姆斯在《鏡與燈》一書中所設計的四個要素，可是安排以不同的方式。（劉，頁九；杜，頁一二）

在這段話中，可以了解：

1. 劉書分析的圖表不是由中國文學理論的原始材料中歸納後發現的；而是承襲亞伯拉姆斯並重新安排而成。
2. 劉君企圖以「一個概念的框架」（a conceptual framework）來分析中國文學批評作品，從中抽提文學理論。

3.劉君企圖以「一套問題」（a set of questions）——其實只有六條，以質問「任何批評見解」（any critical statement）。茲分別討論如下：

首先檢討劉君分析圖表所述四階段六要素之說。劉書保留了亞氏作品與作者之間的表現理論，並增加了技巧理論；以宇宙與作者之間的形上理論和決定理論，取代了亞氏作品與宇宙之間的模倣理論；以為作品與讀者之間有審美理論；而移實用理論於讀者與宇宙之間；否定了亞氏客觀理論存在之可能。其中經由中國文學理論的歸納，為卓識創見，固然很多；但刻意立異，心中先存此四階段六理論之架構，然後自中國文學理論中覓例以證處，亦復不少。劉書〈導論〉有這麼一段話：

> 我們需要更有系統、更完整的分析，將隱含在中國批評家著作中的文學理論抽提出來。在以下的篇幅，我將按照下面所說明的圖式，致力於實踐這種分析，並介紹中國的各種文學理論，追溯其來源，概述其日後發展的重點，直到十九世紀末或二十世紀初。（劉，頁五；杜，頁六）

按照圖式從事分析，並抽提文學理論，先決條件是圖式完美。但是正如我上文所述，劉書圖式忽略了作品與宇宙間，作者與讀者間之關係；而且只注意到宇宙、作者、作品、讀者四要素間循環往復的表層關係，而未能站在文學研究的高度，宏觀其深層結構。因此，圖式難稱完美。而就其實際提出的四要素六理論而言，可商之處亦甚多。在我前作〈劉若愚《中國文學本論》內容析議〉，曾指出劉君每把模倣理論混同形上理論。又中國文學理論家講究「情景交融」，更打破了劉君第一階段與第二階段區隔的樊籬。而客觀理論，就中外文學理論家自己之認定來說，它是存在的。又指出：同是「音樂與刺繡的類比」，沈約（四四一—五一三）說的劃歸技巧理論；劉勰與蕭統（五〇一—五三一）說的卻劃歸審美理論。這種種疏誤與矛盾，究其根由，與劉君心中先有一個中國文學理論架構，然後抽提文學理論，按照圖式分析，不無關係。方法之不當，導致內容劃分之不當，這是相當令人遺憾的。

由「一個概念框架」，然後「設計了一個分析的圖表」，終於演繹出六條「一套問題」，用以「質問任何批評見解」。劉君的雄心壯志，我個人十分敬佩。不過我也懷疑其普遍的可行性。下面就一一檢討這一套六條問題。

第一條，劉君詢問「批評家關於文學的理論是屬於哪種層次」（劉，頁一一；杜，頁一五），主要的目的在分別「文學本論」與「文學分論」。我在〈劉若愚《中國文學本論》內容析議〉一文，〈「文學本論」與「文學分論」之區分及其可能之混淆〉節已指出：「在中國傳統的『體用不二』的思考方式影響下」，此種區分「是不切實際，有所困難的」。今更舉劉書第一章〈導論〉所舉之實例，析論如下。劉君先引曹丕（一八七—二二六）〈論文〉作為分析的對象：

> 文以氣為主。氣之清濁有體，不可力強而致。譬諸音樂：曲度雖均，節奏同檢，至於引氣不齊，巧拙有素，雖在父兄，不能以移子弟。

然後以六條「一套問題」作出分析，中有：

> 「氣」這個字表現出「風格」的兩個不同的概念：一個是反映地方精神的風格，而另一個是表現作家個人才華的風格——這兩種概念都屬於文學分論的層次。同時，作為個人才華之「氣」的概念，屬於第二階段，而做為某人作品中可感受的特質，這種「氣」的概念屬於第三階段。（劉，頁一二—一三；杜，頁一六—一七）

「氣」這個字表現出「風格」的兩個不同的概念。其中作家個人才華的風格，屬於文學分論的層次。但是，作為個人才華之「氣」的概念，卻屬於「文學本論」中的「第二階段」。簡言之：「個人才華的風格」屬分論；「個人才華之氣的概念」屬本論。這種分別切不切實際，有沒有需要呢？

第二條，劉君問「他是專注於藝術過程四階段中的哪一階段？」（劉，頁一一；杜，頁一五）用意在為四階段六理論設定座標。但是，在劉書〈形上理論〉章有〈實用理論所吸收的形上要素〉節，專注的究竟是第一階段或是第四階段呢？又同章〈形上傳統的支派〉節，提到姚鼐（一七三一—一八一五）「從形上概念中導出兩種文學之美的審美理論」，這就承認「批評注意力的焦點從作家與宇宙的關係（第一階段），轉移到讀者對作品中審美特質的感受（第三階段）」，而非「專注」於某一階段。甚至在同一句話中，可能包括兩種不同階段的概念，如「達幽顯之情」，由於「幽顯」兼指天之日夜寒暑，人之內心外表，這句話可以詮釋為第一階段的形上理論，也可以詮釋為第三階段的表現理論。我在前作〈劉若愚《中國文學本論》內容析議〉曾有一節專論〈六種文學理論的界線很難劃清〉，言之已詳，此不贅述。

第三條「他是從作家的觀點或是從讀者的觀點來討論文學？」（劉，頁一一；杜，頁一五）與第四條「他論述的方式是描述性的（descriptive）或是規範性的（prescriptive）？」（劉，頁一一——一二；杜，頁一五）問的是有密切關聯的問題。因為「假如批評家採取作家的觀點，他會傾向於規範性的」，「假如他採取讀者的觀點，他會傾向於描述性的」。所謂「描述性的」、「規範性的」本屬語言學用語，晚近，已有人指出兩者區別只在陳述的方式跟注重的程度，而不在內容上。趙元任（一八九二——一九八二）在《中國話的文法》就這樣說過：

> 描寫性文法（descriptive grammar）跟規範性文法（prescriptive grammar）——學校裡用的文法，通常規定什麼是對的，什麼是錯的；什麼合文法，什麼不合文法。而描寫性的文法則把一個語言的實際情形寫出來，不加是非的判斷。不過兩者的分別只在陳述的方式跟著重的程度，而不在內容上。例如說：「別說Like I do. 說As I do.」這是一句規範式的說明；

如果說：「某一教育或經濟階級的人這麼說，另一階級的人那麼說。」就是一句描寫式的說明了。⑰

劉君以此作為區分「作者的觀點」與「讀者的觀點」的標準，倒也別有一番新意。三、四兩條問題主要的目的在判別「技巧理論」和「審美理論」。可是劉書〈審美理論〉章〈文學審美概念的起源〉節，提到司馬相如（前一七九—前一一七）的話：

> 合綦組以成文，列錦繡而為質，一經一緯，一宮一商：此賦之跡也。

這到底是作者的觀點，傾向於規範性呢？竟或是讀者的觀點，傾向於描述性呢？實在都說不上來。因此劉君也只好承認：

> 的確是審美兼技巧概念：它一方面強調文學的感官之美，而在另一方面強調達到這種美的技巧。（劉，頁一〇一；杜，頁二一四）

可見三、四兩問題仍有其所窮。

---

⑰ Y. R. Chao（趙元任）：*A Grammar of Spoken Chinese*, University of California Press, 1968. 中譯本有丁邦新譯：《中國話的文法》（香港：中文大學出版社，一九八〇年十二月），頁一。

第五條，劉君問：「他對藝術的『宇宙』抱有何種概念：他的『宇宙』是否等於物質世界，或人類社會，或者某種『更高的世界』(higher reality)，或是別的？」(劉，頁一二；杜，頁一六)其實這問題的對象是西方的「模倣理論」。在〈形上理論〉章〈形上理論與模倣理論和表現理論的比較〉節，劉君說：

> 在模倣理論裡，「宇宙」可以指物質世界，或人類社會，或超自然的概念。例如，柏拉圖認為藝術家和詩人是模倣自然的事物……在亞里斯多德派的詩論中，「宇宙」意指人類社會。……新柏拉圖主義者以及某些浪漫主義者像雪萊等，相信藝術直接模擬概念(Ideas)，而布萊克也主張藝術的憧憬或想像，是永遠存在之現實的表現。(劉，頁四七；杜，頁八八—八九)

便是明證。針對「『中國』文學本論」，也許這問題應改為：「他對藝術的『宇宙』抱有何種概念：他的『宇宙』是否等於形而上的道，或者為形而下的器，或者別的？」才能使討論的問題和全書的主題取得一致。

最後一條問題是：「對於他所專注的階段中，兩個要素間之關係的性質，他的概念如何？」(劉，頁一二；杜，頁一六)在劉書文學四要素圓形雙循環架構中，同一階段包含兩種理論的有二：一是第一階段，包含形上理論和決定理論；另為第二階段，包含表現理論和技巧理論。此條主要為同一階段的兩理論作出分別。但是舉例，僅針對第一階段。劉君說：

> 比如說，兩個都專注於第一階段，而且都認為「宇宙」亦即人類社會，可是其中一個可能認為作家自覺地（consciously）描寫當代的社會現實，而另一個可能認為作家不自覺地（unconsciously）反映這種現實。結果的理論將會彼此不同，需要加以辨別。（劉，頁一二；杜，頁一六）

對於第二階段表現理論和技巧理論的區別，劉君沒有說。接在六條問題之後，劉君所舉對曹丕〈論文〉言氣之分析（已見上文第一條），也只說「作為個人才華之『氣』的概念，屬於第二階段」。但是究竟純屬表現理論範疇，或者亦關乎技巧理論，劉君仍然沒有說。

綜上所述，劉書由一個框架演繹出來的一套六條問題，對文學本論與分論的辨別，對四階段六理論的區分，仍有不切實際，扞格難通，有欠清晰周延之處。以此來質問「任何批評見解」，會不會把批評理論「套」牢「框」僵？或者「套」不下「框」不住？兩者都需要進一步思考與檢驗。

㈡選擇資料，武斷矛盾

劉君本來的想法，可能是要針對中國傳統文學批評的各種材料，按圖定其座標；並提出「一列問題」，以獲致足以澄清批評概念的答案，有助於解決因術語意義不清所引起的困難（劉，頁一二；杜，頁一六）。但是實踐過程中，不知不覺地演變成依圖取材，選擇資料，以致未能宏觀全局，結論偏頗；甚至於斷章取義，前後矛盾。這是很難避免的。茲再分三目，析議如下：

1. 選擇資料，時有偏好

劉君在國內，讀的是北京輔仁大學西語系，畢業後在清華研究院英文所又讀了一學期，是英國詩論家燕卜蓀（William Empson）的學生兼助教。接著就去英國布里斯多大學（University of Bristol）修文學碩士學位，論文卻是在牛津大學詩學名教授包勒（C. M. Bowra）指導下完成⓲。雖然英文系的學術背景並未限制了劉君對中國文學研究的努力，在《中國詩學》中，尤其在〈漢字的構造〉、〈漢字與單詞的含意和聯想〉、〈中文的聽覺效果與詩律的基礎〉、〈詩的語言在文法上的某些方面〉、〈中國人的一些概念與思想感覺的方式〉⓳，以及〈典故・引用・脫胎〉、〈對偶〉⓴等章，劉君已實際上顯示出他在中國文字學、詞彙學、語法學、詩律學、修辭學上專家水準的造詣。但是，中國文學和思想太博大了，所以劉君觀照的範圍仍有其局限。就文學類型方面說，劉君最諳熟的是詩；在散文、小說、戲劇方面，相對的有些薄弱。就思想方面，莊子和禪，是劉君最感興趣所在；相對地，對孔孟思想、陸王心學就興趣缺乏。這種偏頗，在《中國文學本論》時

⓲ James J. Y. Liu: *The Interlingual Critic: Interpreting Chinese Poetry*, University of Indiana, 1982.參閱夏志清：〈東夏悼西劉〉（臺北：《中國時報・人間副刊》一九八七年五月二十五日）。

⓳ 同❸。杜譯本，頁一一一〇三。

⓴ 同❸。杜譯本，頁二一四一二五〇。

可發現。舉例來說，第二章〈形上理論〉說到〈形上理論與模倣理論和表現理論的比較〉，曾指出西方「超自然理想」和中國「形上理論」間微妙的差異：

> 在追隨「超自然理想」(Transcendental Ideal)的模倣理論中，「理念」被認為存在於某種超出世界以及藝術家的心靈中，可是在形上理論中，「道」遍在於自然萬物中。正如莊子故作詼諧驚人之語，而基本上嚴肅的一句話所表示的，「道」甚至存在「屎溺」。「道」也不是存在於個人心靈中的一種清晰概念或意象；毋寧說，它吸收了個人的心靈。因此，新柏拉圖派美學導向對藝術的一種內省的態度，而形上理論家並未勸告詩人將眼睛向內觀照自己的心靈，而是觀照自然。(劉，頁四七—四八；杜，頁八九)

這就非常明顯地暴露出劉君過分重視莊子哲學，而對中國孔孟思想和陸王心學多所疏忽。

陸九淵(一一三九—一一九二)說：

> 心只是一個心，某之心，吾友之心，上而千百載聖賢之心，下而千百載復有一聖賢，其心亦只如此。心之體甚大，若能盡我之心，便與天同。為學只是理會此。㉑

㉑ 陸九淵：《象山先生全集》(臺北：商務印書館，《四部叢刊》影印明嘉靖刊本)，卷三五〈語錄下〉，頁一八上。門人李伯敏所錄。

又說：

萬物森然於方寸之間，滿心而發，充塞宇宙，無非斯理。㉒

四方上下曰宇，古往今來曰宙。宇宙便是吾心，吾心即是宇宙。㉓

不正是勸告世人「將眼睛向內觀照自己的心靈」嗎？而且陸九淵的心學還溯源於孔子（前五五二—前四七九）與孟子（前三七一？—前二八九），陸九淵說：

蓋心，一心也；理，一理也。至當歸一，精義無二。此心此理，實不容有二。故夫子曰：「吾道一以貫之。」孟子曰：「夫道一而已矣。」又曰：「道二，仁與不仁而已矣。」如是則為仁；反是則為不仁。仁，即此心也，此理也。㉔

便溯源於孔孟。而下開王陽明（一四七二—一五二八）「心即理」之說。《傳習錄》記王陽明答問：

㉒ 同㉑，卷三四〈語錄上〉，頁二八下。門人嚴松年所錄。

㉓ 同㉑，卷二二〈雜說〉，頁八下。

㉔ 同㉑，卷一〈與曾宅之〉，頁五下—六上。

> 問：道一而已。古人論道，往往不同。求之亦有要乎？先生曰：道無方體，不可執著。卻拘滯於文義上求道，遠矣！如今人只說天，其實何嘗見天？謂日月風雷即天，不可；謂人物草木不是天，亦不可。道即是天，若識得時，何莫而非道？人但各以其一隅之見，認定以為道止如此，所以不同。若解向裡尋求，見得自己心體，即無時無處不是此道。亙古亙今，無終無始，更有甚同異？心即道；道即天。知心即知道知天。又曰：諸君要實見此道，須從自己心上體認，不假外求，始得。㉕

所謂「須從自己心上體認」，仍舊是「向內觀照自己的心靈」的意思。但是，這些材料都被劉君忽略掉，以致於產生上述的疏誤。

劉書第七章〈相互影響與綜合〉，有如下一段話：

> 由於對各種不同理論我給予篇幅討論的，是根據在我看來屬於其本質的內涵，以及能夠提供與西方理論做最明顯最有提示性之比較的特點，而不是根據其相對的歷史上的重要性，因此，我希望能夠在此彌補我可能給予的任何偏頗的印象，而再根據時代次序摘要重述各

㉕ 王守仁：《王文成公全書》（臺北：商務印書館，《四部叢刊》影印明隆慶刊本），卷一〈傳習錄上〉，頁三四下—三五上。

種理論發展的概要，以恢復正當的歷史展望。（劉，頁一一七；杜，頁二五二）

原來，劉書第二章到第六章，討論四階段六理論的資料，都是經過選擇的。選擇標準有二：一是在劉君個人看來屬於其「本質的內涵」（intrinsic interests）；二是可與西方理論作比較的。在這樣選擇資料下要求立論不致偏頗，實在也難。為免孤證之嫌，茲再舉一例。劉書第三章論述〈表現理論的晦暗時期〉時提及姚思廉（？—六三七）在《梁書・文學傳》引用乃父姚察（五三三—六〇六）的話：

> 魏文帝稱：「古今文人，鮮能以名節自全。」何哉？夫文者妙發性靈，獨拔懷抱。易邈等夷，必興矜露。大則凌慢侯王；小則傲蔑朋黨。速忌離訧，啟自此作。

劉君據以論斷云：

> 姚氏顯然認為，個性的表現不如贊助政府重要，雖然他將道德品格與作家的作品分開，而預示了後世某些極端個人主義與反宣傳道德的表現理論。（劉，頁七七—七八；杜，頁一五六）

我們知道，二十五史中，《梁書》、《陳書》都是唐人姚思廉所撰。在《梁書・文學傳》卷首，姚思廉說：

> 經禮樂而緯國家，通古今而述美惡，非文莫可也。㉖

《陳書・文學傳》卷首，於劉書曾引的：「大則憲章典謨，裨贊王道；小則文理清正，申紓性靈。」之後，更有：

> 至於經禮樂、綜人倫、通古今、述美惡，莫尚乎此。㉗

卷末並加論議云：

> 史臣曰：夫文學者，蓋人倫之所基歟！是以君子異乎眾庶。昔仲尼之論四科，始乎德行；終於文學。斯則聖人亦所貴也！㉘

說「文學」是「人倫之所基歟」，這是「將道德品格與作者的作品分開」嗎？劉君顯然有所偏頗了。《文心雕龍・知音》云：

㉖ 姚思廉：《梁書》（臺北：藝文印書館，影印清乾隆武英殿刊本），卷四九，頁一下。

㉗ 姚思廉：《陳書》（臺北：藝文印書館，影印清乾隆武英殿刊本），卷三四，頁一下。

㉘ 同㉗，卷三四，頁一九下。

> 夫篇章雜沓，質文交加，知多偏好，人莫圓該。㉙

信然！

2.曲解原文，斷章取義

我在〈劉若愚《中國文學本論》內容析議〉論及〈「文學本論」與「文學分論」之區分及其可能之混淆〉時，曾指出劉君執著沈約「妙達此旨，始可言文」一語，劉勰〈總術〉一「術」字，高啟（一三三六—一三七四）論「詩之要」一「格」字，便輕率地把這些本屬「如何寫作」的「文學分論」，提升至「文學為何」的「文學本論」高度。劉書依圖取材，斷章取義，由此可見一斑。

茲更以劉書所言王勃（六四八—六七五）「反表現與反審美的觀點」為例，以見其如何曲解原文，以就己意。

劉書〈形上理論‧實用理論所吸收的形上要素〉引初唐四傑之一王勃的話：

> 君子所役心勞神，宜於大者遠者，（非）緣情體物、雕蟲小技而已。

並加論斷云：

㉙ 楊明照：《文心雕龍校注》（上海：古典文學出版社，一九五八年一月），卷一〇，頁三〇七。

在此，他道出反表現反審美的觀點。（劉，頁二八；杜，頁五一—五二）

王勃的話見《王子安集·平臺秘略論·藝文三》。據《唐書·列傳·文藝·王勃》的記載：

> 年未及冠，授朝散郎，數獻頌闕下。沛王聞其名，召署府修撰，論次《平臺秘略》。書成，王愛重之。是時諸王鬥雞，勃戲為文〈檄英王雞〉。高宗怒曰：「是且交構！」斥出府。[30]

則王勃撰《平臺秘略論》，年約二十。雖然才華卓越，讀書很多；但見解方面，實欠成熟。理論與實踐間，尤多矛盾。茲補足上下文，引其全段文字如下：

> 論曰：《易》稱「觀乎天文，以察時變」，《傳》稱「言而無文，行之不遠」。故文章，經國之大業，不朽之能事。而君子所役心勞神，宜於大者遠者，非緣情體物、雕蟲小技而已。是故思王抗言辭頌，恥為君子；武皇裁敕篇章，僅稱往事：不其然乎？至若身處魏闕之下，心在江湖之上，詩以見志，文宣王有焉！[31]

---

[30] 宋祁：《唐書》（臺北：藝文印書館，影印清乾隆武英殿刊本），卷二〇一，頁一三上。

[31] 王勃：《王子安集》（臺北：商務印書館，一九六五年，《四部叢刊》影印明崇禎張燮輯本），卷一〇，頁一〇上下。

在這段文字中，王勃只是一味在衒學，在抄書，抄《周易．彖傳．賁》，抄《左傳．襄公二十五年》，抄曹丕《典論．論文》，抄《周易．繫辭傳下》「其取類也大，其旨遠」，抄陸機（二六一—三〇三）〈文賦〉以及揚雄（前五三—一八）《法言．吾子》而不以為然，抄曹植（一九二—二三二）〈與楊德祖書〉，抄《莊子．讓王》、《文心雕龍．神思》而顛倒其詞，抄《尚書．舜典》，還提到南齊竟陵文宣王蕭子良（四六〇—四九四）。哪裡有王勃自己的意見？執著他反引「非緣情體物，雕蟲小技而已」，而斷言王勃「反表現與反審美」；與執著他曾引用「言而無文，行之不遠」而斷言他注重「審美」，執著他曾引「詩以見志」而斷言他注重「表現」，同樣都需要更多的實證。何況在「緣情體物，雕蟲小技」後有「而已」，則前之「非」字不應作「不是」解，而應作「不僅」解；又「體物」詮釋為審美論，也不如詮釋為模倣論較妥。那麼執此一句說王勃「反表現」、「反審美」，在語意理解上也有疏誤處。《王子安集》中有〈上吏部裴侍郎啟〉：

> 夫文章之道，自古稱難，聖人以開物成務，君子以立言見志。遺雅背訓，孟子不為；勸百諷一，揚雄所恥。苟非可以甄明大義，矯正末流，俗化資以興衰，家國由其輕重，古人未嘗留心也。自微言既絕，斯文不振，屈宋導澆源於前，枚馬張淫風於後；談人主者以宮室苑囿為雄，敘名流者以沉酗驕奢為達，故魏文用之而中國衰，宋武貴之而江東亂。雖沈謝爭騖，適足兆齊梁之危；徐庾並馳，不能止周陳之禍。於是識其道者，卷舌而不言；明其

> 弊者，拂衣而徑逝。潛夫昌言之論，作之而用逆於時；周公孔子之教，存之而不行於代。天下之文，靡不壞矣！㉜

王勃在此把《楚辭》以後，純文學的發展，描述為文學退化史與禍國史，論者或以此為王勃反審美之證。但細看全文，王勃反對的是這些純文學作品的內容的澆淫，而非其形式的綺麗。相反的，他贊同「雅」、「訓」，強調「文章之道」要「立言見志」、「開物成務」。顯示他對審美與表現的某種程度的重視。倘再由王勃文學作品來檢驗他的文學理論：〈檄英王雞〉豈止「雕蟲小技」，簡直就是澆淫末流，玩物喪志。而王勃最膾炙人口的〈滕王閣詩序〉：

> 勃三尺微命，一介書生。無路請纓，等終軍之弱冠；有懷投筆，慕宗慤之長風。舍簪笏於百齡，奉晨昏於萬里。非謝家之寶樹，接孟氏之芳鄰。他日趨庭，叨陪鯉對；今晨捧袂，喜託龍門。楊意不逢，撫凌雲而自惜；鍾期相遇，奏流水以何慚？㉝

藉駢驪典雅的句式，表達了託龍自惜的心意，哪有一點「反表現與反審美」的成分？再看他〈春思賦序〉、〈江曲孤鳧賦序〉、〈澗底寒松賦序〉㉞等，那種懷功名而悲歲月，以物喻人，直抒感慨，

㉜ 同㉛，卷八，頁一一—一三。

㉝ 同㉛，卷五，頁三上。

更超乎詩之言志，而近於騷之哀怨了。

3.卮言曼衍，前後矛盾

《莊子．天下》，有一段夫子自道的描述，十分生動有趣：

> 以卮言為曼衍，以重言為真，以寓言為廣，獨與天地精神往來。㉟

劉君雅好《莊子》，自己也承認「我似乎每次都讓莊子說出最後一言」（劉，頁六二；杜，頁一一四）。有時行文立說，也不免「以卮言為曼衍」，隨興而發，前後失顧。譬如劉君說到現象學大師胡塞爾（Edmund Husserl, 1859–1938）的「判斷中止」和莊子（前三六九？–前二八六）「心齋」的異同時，曾說：

> 這種判斷的中止，胡塞爾稱為epoche或epokhe，"abstention"這個詞令人想起我們在前面討論過的莊子的「心齋」（mind's abstinence）。這兩個詞之間並非只是字面上的巧合，因為兩者都含有根據感官知覺的「自然立場」（natural standpoint）的中止，而且兩者都指向對事

㉞ 同㉛，〈春思賦序〉在卷一，頁一上下。〈江曲孤鳧賦序〉在卷一，頁一四上。〈澗底寒松賦序〉在卷二，頁七上。

㉟ 郭慶藩：《莊子集釋》（臺北：世界書局影印點校本，一九七一年七月），卷三三，頁一〇九八。

> 物之要素（「神」或eidos）的直覺把握。胡塞爾與莊子之間的主要差異似乎在於：胡塞爾的「超越的現象學上的簡化」(transcendental-phenomenological reduction)（此語有時與epoche是同義詞）與「關于要素的簡化」(eidetic reduction) 是故意的和有方法可循的，而莊子的「聽之以氣」卻是神秘的。（劉，頁六一；杜，頁一一二—一一三）

認為胡塞爾的「超越的現象學上的簡化」與「關于要素的簡化」是故意的和有方法可循的；而莊子的「聽之以氣」卻是神祕的。

試覆覈劉書〈形上理論〉章，〈與道合一之概念的起源〉節對莊子「心齋」的論述。劉君先引《莊子・人間世》文：

> 無聽之以耳，而聽之以心；無聽之以心，而聽之以氣。耳止於聽，心止於符。氣也者，虛而待物者也。唯道集虛，虛者心齋也。

然後加以闡發：

> 莊子在此區別三種認知的方式。對他而言，最下的方式是「聽之以耳」，或感官知覺(senseperception)。其次是「聽之以心」；我將之解釋為概念思考(conceptual thinking)，因為心止於「符」，而「符」的字義是「符節」(tally)，我將之解釋為「外物與概念之符

> 合」(match objects with concepts)。〔註釋家將這個字解釋為「合」(to fit),而華茲生翻譯為"recognition"(認知),此二者與我的解釋並不牴觸。〕最高的認知方式是「聽之以氣」;「氣」被解釋為直覺的認識(intuitive cognition),我認為是對的。不過,我們應該知道,根據莊子,這種直覺的認識並非與生俱來,而是經過長期的專心致志和自我修養才能獲得的。為了說明這點,莊子舉了數則寓言;這些寓言不但已成為批評上的老生常譚,而且也是文學語言中的重要部分。其中最有名的是關於一個庖丁,於十九年解牛的經驗之後,不再以目視而以神遇,而且,遇到複雜關節時,仍得凝神,動刀甚緩。另一則寓言談到一個木匠(梓慶)齋戒數日,忘卻財祿和毀譽,甚至他的形體,然後入山林觀樹木,然後選擇一樹,製成鐘架(鐻)。(劉,頁三一—三二;杜,頁五七—五八)

卻把「聽之以氣」的「氣」解釋為「直覺的認識」。並指出這種直覺的認識並非與生俱來,「而是經過長期的專心致志和自我修養才能獲得的」。還從《莊子》書中舉出「庖丁解牛」、「梓慶製鐻」兩個寓言以為例證。如此說來,「聽之以氣」豈不是與胡塞爾兩個「簡化」說一樣,也是「故意的和有方法可循的」?讓我從《莊子》中再舉一例。在〈達生〉篇有如下一個「痀僂者承蜩」的寓言:

> 仲尼適楚,出於林中。見痀僂者承蜩,猶掇之也。仲尼曰:「子巧乎?有道邪?」曰:「我

有道也。五六月累丸，二而不墜，則失者錙銖；累三而不墜，則失之十一；累五而不墜，猶掇之也。吾處身也，若厥株枸；吾執臂也，若槁木之枝。雖天地之大，萬物之多，而唯蜩翼之知。吾不反不側，不以萬物易蜩之翼，何為而不得？」孔子顧謂弟子曰：「用志不分，乃凝於神，其痀僂丈人之謂乎！」㊱

在這個寓言中，可以看出《莊子》直承「我有道也」，並何等重視刻意練習的方法！就讓《莊子》這個寓言作本節的結束吧！

㈢輾轉引用，未據原典

劉書引書，常不據原典，每自第二手資料轉引。包括前此有關文學理論的著作，郭紹虞（一八九三—一九八四）和羅根澤（一九〇〇—一九六〇）的《中國文學批評史》，各種輯本、參考資料，甚至工具書如引得都成為引用的出處。

先說自前此有關文學理論著作轉引的例子。

劉書第三章有關「決定理論」的部分，許多資料取自朱自清的《詩言志辨》。劉君坦然自承：

> 正如朱自清（一八九八—一九四八）所指出（本書關於決定理論的資料有許多取自他的作品），鄭玄也許是受了「詩妖」（Poetic omens）理論的影響；此說儒家學者劉向（前七七—

㊱ 同㉟，卷一九，頁六三九—六四一。

六）曾略提，而歷史家班固（三二—九二）加以擴充。（劉，頁六三；杜，頁一三二）

又劉書第二章說到〈形上概念的全盛發展〉，引用《文心雕龍．原道》，並加詮釋。其中對「玄黃色雜」，劉君「接受陸侃如（一九〇三—一九七八）和牟世金（一九二八—一九八九）的解釋」。又第五章說到劉勰的審美理論，引用《文心雕龍．情采》，對「三曰情文，五性是也」，也依陸、牟之見，曾把五性解釋為「靜躁力堅智」。前者見第二章註釋27（劉，頁一四七；杜，頁一一七）；後者見第五章註釋21（劉，頁一六一；杜，頁二三四）。不過此二處均由周康燮《文心雕龍選注》轉引，而非直接引自陸侃如、牟世金合著的《文心雕龍選譯》。陸、牟此書由山東人民出版社出版，上冊一九六二年，下冊一九六三年。劉君一九七一—一九七三年寫《中國文學本論》時，陸、牟書是很容易找到的書，何必由周康燮《選注》轉引？此外，陸、牟合著書還有《劉勰論創作》（安徽人民出版社，一九六三）、《劉勰與文心雕龍》（上海古籍出版社，一九七八）、《文心雕龍譯註》（齊魯書社，一九八二）。劉書〈參考書誌〉未列陸、牟合著書。

再如劉書註釋謝榛（一四九五—一五七五）《四溟詩話》「萬景七情」，說：「七情是：喜、怒、哀、懼、愛、憎、欲。」見第二章註釋120（劉，頁一五二，原有joy；杜，頁一二三，脫「喜」字）。並說明是由范文瀾（一八九三—一九六九）《文心雕龍注》六九頁轉引《禮記》。考《禮記．禮運》：「何謂人情？喜、怒、哀、懼、愛、惡、欲；七者弗學而能。」見南昌府學十三經注疏本《重刊宋本禮記注疏》卷二二，頁四上；實在不必由范書轉引。

再說自《中國文學批評史》轉引的例子。

例如劉書兩次提到揚雄所說的「雕蟲小技」，第一次在〈形上理論〉章〈實用理論所吸收的形上要素〉節敘述王勃時，根據的是羅根澤《中國文學批評史》，見此章註釋58（劉，頁一四九；杜，頁一一九）；第二次在〈相互影響與綜合〉章〈不同理論的出現〉節敘述揚雄對司馬相如所寫之賦的看法，根據的是郭紹虞的《中國文學批評史》和羅根澤書，見此章註釋5（劉，頁一六三；杜，頁二九五）。其實揚雄此語見《法言・吾子》。劉書不據原典，卻由二手資料轉述。在劉書〈參考書誌〉，亦未列「揚雄」與《法言》。此外，劉書第三章引邵雍（一〇一一—一〇七七）、李贄（一五二七—一六〇二）、袁宗道（一五六〇—一六〇〇）、袁宏道（一五六八—一六一〇）語，第四章引高啟、李東陽（一四四七—一五一六）、李夢陽（一四七二—一五二九）、唐順之（一五〇七—一五六〇）、李漁（一六一一—一六八〇？）、翁方綱（一七三三—一八一八）、劉大櫆（一六九八—一七八〇）、曾國藩（一八一一—一八七二）語，第五章引歐陽修（一〇〇七—一〇七二）語，第六章引周敦頤（一〇一七—一〇七三）語，第七章引蘇軾（一〇三六—一一〇一）、蘇轍（一〇三九—一一一二）、胡應麟（一五五一—一六〇二）、顧炎武（一六一三—一六八二）語，在註釋中除註明他們文集卷頁外，並註明在郭紹虞《中國文學批評史》中的卷頁。又劉書第二章引摯虞（？—三一二？）、蕭綱（五〇三—五五一）、李百藥（五六五—六四八）、魏徵（五八〇—六四三)、王勃語，第三章引《禮記·樂記》、邵雍語，第五章引《西京雜記》司馬相如語，以及劉熙（漢魏之際人，—二〇〇—）語，第六章敘述周敦頤、程頤（一〇三三—一一〇七）對「文」與「道」的意見，第七章敘述李商隱（八一三?—八五八）、歐陽修、蘇軾、蘇轍文論時，除依據類書、文集等外，均曾參考羅根澤的《中國文學批評史》。從以上所述劉君引書的事實，可以看出劉書對郭紹虞、羅根澤依賴之深。

再說自各種輯本轉引的例子。

《形上理論》引王勃語，不據《王子安集》，卻依董誥輯編的《全唐文》（第二章註釋56。劉，頁一四九；杜，頁一一九）。引王夫之（一六一九—一六九二）語，不據《船山遺書》，卻依丁福保（一八七四—一九五二）輯編的《清詩話》（第二章註釋122、123、125、126、127。劉，頁一五二；杜，頁一二三—一二四）。《相互影響與綜合》引歐陽修認為「詞只是娛樂」，不據《歐陽文忠集·西湖念語》[37]，卻依唐圭璋（一九〇一—一九九〇）輯編的《全宋詞》，由於《全宋詞》未提此篇篇名，劉君只好含含糊糊地說是「他為一套詞寫的序」（第七章註釋32。劉，頁一六四；杜，頁二九六）。

更有引自文學史參考資料的。

例如所引曹丕《典論·論文》，陸機《文賦》，皆據北京大學中國語言文學系中國文學教研室

---

[37] 歐陽修：《歐陽文忠集》（臺北：商務印書館，《四部叢刊》影印元刊本），卷一三一，頁四下—五上。

所編的《魏晉南北朝文學史參考資料》。前者見劉書第一章註釋44、45（劉，頁一四四；杜，頁二五），第六章註釋37（劉，頁一六一；杜，頁二五〇），第七章註釋7（劉，頁一六三；杜，頁二九五）。後者見劉書第二章註釋23、57、82（劉，頁一四六、一四九、一五〇；杜，頁一一六、一一九、一二〇），第三章註釋48、52（劉，頁一五七；杜，頁一八一），第五章註釋16（劉，頁一六〇；杜，頁二三四），第六章註釋38（劉，頁一六一；杜，頁二五〇）。

最令人困惑不解的是，劉書引文，竟有來自引得、通檢之類工具書者。

引自《尚書通檢》的見劉書第一章註釋21（劉，頁一四三；杜，頁二三），第三章註釋28（劉，頁一五六；杜，頁一八〇）。引自《毛詩引得》的見劉書第三章註釋24、25、27（劉，頁一五六；杜，頁一八〇），第五章註釋9（劉，頁一六〇；杜，頁二三四），第六章註釋2、4、5、6、7（劉，頁一六一；杜，頁二四八—二四九）。引自《孟子引得》的，見劉書第二章註釋80、81（劉，頁一五〇；杜，頁一二〇），第三章註釋36、72（劉，頁一五六，一五八；杜，頁一八〇，一八二）。引自《莊子引得》的最多，見劉書第二章註釋71、72、73、74、75、78、79、83、85、115、143、160、179、189、193、202（劉，頁一四九—一五五；杜，頁一二〇—一二八），第七章註釋15（劉，頁一六四；杜，頁二九五）。引自《杜詩引得》的，則見於劉書第二章註釋100（劉，頁一五一；杜，頁一二一），第四章註釋19、20（劉，頁一六〇；杜，頁二〇八）。好在引用《尚書通檢》，曾參考周策縱（一九一六—）用英文寫的論文；引用《毛詩引得》，除第五章〈審美理論〉

外，都提及高本漢（一八八九－一九七八）和羅根澤的見解；引用《孟子引得》，證以劉殿爵（一九二一－）精當的英譯；引用《莊子引得》，則參考了錢穆（一八九五－一九九〇）的《莊子纂箋》和華茲生（Watson, Burton 1925-）的英譯；引用《杜詩引得》，則接受了洪煨蓮（一八九三－一九八〇）的闡發。只是所參考旁證者，仍多為二手材料。

就國外研究環境而言，自二手資料轉引，也有其好處：一是這些書容易找，幾乎所有略具規模的圖書館都可找到。二是這些書已經整理詮釋，讀者閱讀起來反較原典輕鬆愉快而有益。但就國內學術標準而言，自二手資料轉引，常被視為嚴重的缺憾。

四、結語

一九七七年，我寫〈《深淵》的測試〉[38]，曾以劉若愚《中國詩學》上篇第五章〈中國人的一些概念與思想感覺的方式〉所列：自然、時間、歷史、閒適、鄉愁、愛、醉[39]，析為九項，去探測《深淵》的意識。並在第十項〈其他〉開頭，有如下一段話：

---

[38] 黃慶萱：《中國文學鑑賞舉隅》（臺北：東大圖書公司，一九七九年四月初版），〈《深淵》的測試〉，在頁二六七－三三六。

[39] 同[3]，頁七五－一〇三。

以上，我用劉若愚《中國詩學》所指出的〈中國人的一些概念與思想感覺的方式〉，來核對瘂弦《深淵》的意識。這方法與我個人一向治學的習慣——由原始材料，作客觀的歸納和邏輯的演繹，以求正確結論——容或不甚相合。而當我據劉君所述九方面說完《深淵》的主要意識之後，竟然發覺《深淵》集裡未被敘及的詩篇已極少數。這使我不禁對劉君《中國詩學》內容之周延十分佩服。而《深淵》集所餘的意識，也就概括在這〈其他〉的子目下，作綜合的說明。[40]

一九七四年我寫〈形象思維與文學〉[41]，提到「從不同作家對相同形象描述的不同，可以發現作家間思維的差異」時，也曾舉劉君在《中國詩學》中，引王維（六九九—七五九）〈漢江臨汎〉：「江流天地外，山色有無中。」李白（六九九—七六二）〈渡荊門送別〉：「山隨平野盡，江入大荒流。」杜甫（七一二—七七〇）〈旅夜書懷〉：「星垂平野闊，月湧大江流。」[42]所作

---

[40] 同[38]，頁三一七。

[41] 黃慶萱：〈形象思維與文學〉，《國文學報》（臺北：臺灣師範大學國文學系出版）二十三期（一九九四年六月），頁六三—七八。後收入於黃慶萱：《學林尋幽》（臺北：東大圖書公司，一九九五年三月初版），頁一五九—一七九。

[42] 同[3]，杜譯本，頁一九九—二〇一；又參[41]，《學林尋幽》，頁一七〇—一七一。

精當詳盡的詮釋為例，並以「可稱知音」深許之。對於劉君，我的敬佩之意是無庸贅言的。

也許正由於對劉君的一番敬意，所以我在臺灣師範大學國文研究所擔任「中國文學理論研討」課程，多年來都指定劉君《中國文學本論》為主要參考書。於是劉書內容、架構、方法上一些小疵，一點一點地逐漸發現，而我自己對文學理論的理念見解也一天一天有些長進。從文學四要素：宇宙、作家、作品、讀者之外，加上文學研究這第五個要素，以提升研究的高度；並且從五要素彼此相連的關係中發現文學理論的有機結構：這是我在文學理論架構上的一點新設想。演繹與歸納並用，材料與系統兼顧，由中國文學理論的現象中求證中國文學理論的本質，並適當地繼承前此研究的成果。這是我在文學理論研究方法上的一向堅持。也許，天假以年，我能寫出一本新的《中國文學理論》來。（原刊於一九九八年六月臺灣師範大學《國文學報》二十七期。劉若愚著，杜國清譯：《中國文學理論》，一九八一年九月聯經公司初版。）

學術評論

經學與哲學之間

——高懷民〈易經哲學的時空觀〉講評

生平愛讀又怕讀「哲學」。明明是簡簡單單，清清楚楚的道理，經過某些哲學家用一些意義含糊，莫測高深的術語一解釋，就暈頭轉向，不明所以了。但是，讀高懷民教授〈易經哲學的時空觀〉卻無此畏懼。不僅因為高教授沒有用很多玄而又玄的術語把簡單清楚的《易經》，說得像醫書中的《難經》；而且高教授這篇論文：

結構分明——先由時空對於《易經》哲學的重要性說起，簡單介紹了這篇論文寫作的動機，主要的內容，和敘述的原則。然後分就：時空的發生，時空與乾坤的關係，時與空的關係等三點暢論自己研究《易經》的發現。結論指出《易經》哲學建立在時空的基礎上，與西方哲學視時空為哲學局部問題有所不同。並對柏拉圖、亞里斯多德、康德、與《易經》的時空觀作優劣比較。井然的秩序，教人一目了然。而且高教授

文字酣暢——高教授這篇論文，和他的《先秦易經史》、《兩漢易學史》、《大易哲學論》一樣，文字非常流暢雄辯，教人要一口氣讀完它！加上高教授

國學底子深厚——高教授非但對《易經》原典非常熟悉；而且能運用古文字學方面的造詣，

從字源的探索剖析來詮釋字義。對同是國文系出身的我很具親切感。尤其令我羡慕的是，高教授西方哲學知識豐富——高教授留學西洋哲學的發源地——希臘。對西洋哲學，尤其是希臘哲學，有廣泛的涉獵。所以他那些中西哲學在時空觀方面的比較，對我具有一種異國情調，很有吸引力。

當然，上面說的，還只是繞著論文的外圍講。高教授這篇論文最重要的成就在：發現了《易經》本來就有，而千古以來卻很少有人專門去談的時空觀論題，作了開創性的專題研究。

以下，我想就我個人再三細讀這篇論文之後，產生的幾點疑問，提出來向高教授和與會的各位女士各位先生請教。為了方便對照論文，我就依論文先後次序提出我的問題來。

問題一，在高文頁二（《論文集》頁八一二）的下半頁：

㈡時間發生——「大明終始」，言日月終而復始，指時間。

㈢空間發生——「六位時成」，六位指乾卦六爻初、二、三、四、五、上之位，「時成」二字謂空間之位隨時間而一體呈現（見後文）。

但是，高教授既然把大明解釋成日月，日月卻為空間之存在。事實上，我們也可以說時間是伴隨空間運動而演進的。地球自轉形成晝夜；月球繞地球形成朔望；地球公轉形成四季。所以「大明」、「六位」屬空間；「終始」、「時成」屬時間。乾卦〈彖傳〉「大明終始」、「六位時成」合時空為一體，高文說「一體呈現」是也。何必又強以「大明終始」為「時間發生」，「六位時成」為「空間發生」，加以區分呢？

問題二，在高文頁三（《論文集》頁八一三）上半頁，高教授解釋「乾道變化，各正性命」說：

> 在此變化中，物原質、時間與空間三者和合之成，即為萬物的「性命」。

又說：

> 設計師概念中的瓷瓶，是瓷瓶抽象一面的存在，即是萬物的「性命」，產生在先；而工廠依據設計師的決定所陶鑄出具體形象的瓷瓶，則產生在後。

此說似受柏拉圖理型（Ideas）說影響。柏拉圖以為理型先於事物而存有，是事物藉以成型的永恆而完善的原始模型。任何具體的事物都是在時間之流中對理型的不完全的模仿。但是，中國儒者對「性命」的認識不是這樣的。〈中庸〉說：「天命之謂性」，命屬於天，性屬於物。天命落在物，易受氣稟所拘，物欲所蔽，故要正。如以柏拉圖「理型」說來比附「性命」，則要如何「正」？

問題三，高文頁四（《論文集》頁八一四），論「時空與乾坤」，說：

在乾道變化中，以物形未生故，時之義較勝。

在坤道變化中，以物形已生故，空之義較勝。

那麼，乾卦〈彖傳〉「六位時成」的「六位」和「成」要如何詮釋？又〈繫辭傳上〉第五章「生生之謂易，成象之謂乾，效法之謂坤」的「成象之謂乾」，又該如何詮釋呢？

問題四，高文頁五（《論文集》頁八一五），「第二，從乾、坤之名稱看」，說：

我們不知道「乾」與「坤」之名稱究竟起於何時，此名稱被周文王採用作卦名，應是早於西周當無疑。

此說亦可商榷，因為一九七三年冬發掘長沙馬王堆三號墓所得帛書本《周易》，「乾」字作「鍵」，「坤」字作「川」，而帛書本書寫年代是西漢文帝初年。

問題五，在頁八（《論文集》頁八一八）上半頁，高教授說：

因為早有《易經》故，數學迄未獨立成學科，而隸屬於易學之中。

案：《漢書・藝文志》分中國圖書為六：六藝、諸子、詩賦、兵書、術數、方技。而數學之書如「許商算術」、「杜忠算術」都屬「術數略曆譜類」。似不盡「隸屬於易學之中」。

問題六，高文之「叁」，論「時與空之關係」，其目有四，見高文頁七—一二（《論文集》頁八一七—八二二）：

㈠時間與空間為一體之二性，相即不離。

㈡空間在時間中展開，可視為時間之橫切面。

㈢時間之一貫性與空間之間斷性，合而成全。

㈣時義大於空義。

此實高文中最精闢之部分。未知㈡、㈢之間，可否添補一條：「時間隨空間運動而進展，可視為空間周流運轉之軌跡。」

最後，我要提出些數字和資料供高教授參考。在〈卦爻辭〉中，「時」字僅一見，在歸妹九四，原文是「遲歸有時」，「位」字無。在〈十翼〉中，「時」字五十九見，包括：時發、時行、時乘、時升、時育、時用、時變、時中、時義、時舍、時止，和：有時、明時、待時、奉天時、因其時、隨時、與時、配四時、趣時、不失其時等等；「位」字多至八十一見，時間所限，分析從略。又後世易學家以乾六爻分值子、寅、辰、午、申、戌六月，坤六爻分值未、酉、亥、丑、卯、巳六月；又以復、臨、泰、大壯、夬、乾、姤、遯、否、觀、剝、坤十二消息卦分值一年十二月：皆為《易經》「時」義之流變。又稱：中、正、上、下、得位、失位、當位、不當位、應、敵應、乘等等，皆與空間之位有關。〈說卦傳〉以八卦配四時八方，言時空就更邃密了。也許：〈卦爻辭〉、〈十翼〉、後世易學家之言時空，是可以分別談談的。（本文與高懷民〈易經哲學的時空觀〉均刊於《國際孔學會議論文集》。高文在頁八一一—八二三，講評在頁八二四—八二六。一九八八年六月由國際孔學會議大會祕書處出版。）

致廣大而盡精微

——我對明代朝鮮栗谷學的認識

一、栗谷學的淵源

在韓國，有四位最受敬仰的人：世宗李祹（一三九七—一四五〇，李氏朝鮮第四代國王，一四一八—一四五〇年在位），訂定朝鮮二十八個諺文字母的國王；退溪李滉（一五〇一—一五七〇）、栗谷李珥（一五三六—一五八四），都是理學家；忠武公李舜臣（一五四五—一五九八），用鐵甲龜船大敗日本艦隊的朝鮮民族英雄。南韓政府特地把前三人的肖像印在票面一萬、一千和五千的紙幣上，而把李舜臣的肖像鑄在百元的鎳幣上。

退溪和栗谷，都傳授宋晦庵朱熹（一一三〇—一二〇〇）之學，並特別重視西山真德秀（一一七八—一二三五）。我們知道：孔子（前五五一—前四七九）所謂「一以貫之」，孔門弟子當時就有見仁見知之異。子貢（前五二〇—？）以為「多學而識」❶，曾子（前五〇五—？）以為「忠

❶《論語．衛靈公》：「子曰：『賜也，女以予為多學而識之者與？』對曰：『然！非與？』曰：『非也！予一以貫之。』」（臺北：藝文印書館，影印南昌府學十三經注疏本），卷一五，頁二上。

恕而已」❷。後來，秦始皇嬴政（前二五九—前二一〇，前二四六—前二一〇在位）一把火燒掉民間的藏書❸；項羽（前二三二—前二〇二）再一把火，燒掉官方的藏書❹。所以漢儒勢必把整理舊籍，訓釋文字，作為當務之急，所重是學識之道。等到魏、晉佛教東傳，唐、宋禪學興起，多以「明心見性」，求「以心傳心」之法。心性之學，於是成為學術界的新寵。為了和這種風潮抗衡，於是唐韓愈（七六八—八二四）作〈原道〉，言堯、舜、禹、湯、文、武、周、孔相傳之道，歸之於「仁義」，而結束於孟子❺。韓愈的門生李翺（七三一—八四一）作〈復性書〉，以為

---

❷《論語．里仁》：「子曰：『參乎，吾道一以貫之。』曾子曰：『唯！』子出，門人問曰：『何謂也？』曾子曰：『夫子之道，忠恕而已矣！』」同❶，卷四，頁四上。

❸司馬遷：《史記．秦始皇本紀》：「丞相臣斯昧死言：『臣請史官非秦紀皆燒之；非博士官所職，天下敢有藏詩書百家語者，悉詣守尉雜燒之。』……制曰：『可！』」（臺北：藝文印書館，影印清乾隆武英殿本），卷六，頁二二下。

❹司馬遷：《史記．項羽本紀》：「項羽引兵西屠咸陽，殺秦降王子嬰，燒秦宮室，火三月不滅，收其貨寶婦女而東。」同❸，卷七，頁一六下。

❺韓愈：《韓昌黎先生集．文集．原道》：「博愛之謂仁；行而宜之之謂義；由是而之焉之謂道。……堯以是傳之舜；舜以是傳之禹；禹以是傳之湯；湯以是傳文、武、周公；文、武、周公傳之孔子；孔子傳之孟軻。軻之死，不得其傳焉。」（臺北：商務印書館，《四部叢刊》影印朱文公校本），卷一一，頁一

「情有善有不善，而性無不善焉」，「齋戒其心」，「弗慮弗思」，使「動靜皆離」，於是「至誠」而「復性」❻。北宋周敦頤（一〇一七—一〇七三），作〈太極圖說〉，從《周易》中拈出陰陽、剛柔、中正、仁義❼，又作〈通書〉，從《周易》中拈出誠字❽。張載（一〇二〇—一〇七七）更指出生命的極致：「為天地立心，為生民立命，為往聖繼絕學，為萬世開太平。」❾二程夫子是

上—三下。

---

❻ 李翱：《李文公集．復性書中》：「方靜之時，知心無思者，是齋戒也；知本無有思，動靜皆離，寂然不動者，是至誠也。……情有善有不善，而性無不善焉。」（臺北：商務印書館，《四部叢刊》影印明成化刊本），卷二，頁八上—一二下。

❼ 周敦頤：《周濂溪先生全集．太極圖說》：「無極而太極。太極動而生陽，動極而靜；靜而生陰，靜極復動。一動一靜，互為其根；分陰分陽，兩儀立焉。……定之以中正仁義。……故曰：『立天之道曰陰與陽；立地之道曰柔與剛；立人之道曰仁與義。』又曰：『原始反終，故知死生之說。』大哉《易》也，斯其至矣。」（臺北：藝文印書館，《百部叢書集成》影印正誼堂全書本），卷一，頁二上下。

❽ 周敦頤：《周濂溪先生全集．通書．誠上》：「誠者，聖人之本。『大哉乾元，萬物資始。』誠之源也；『乾道變化，各正性命。』誠斯立焉。純粹至善者也。故曰：『一陰一陽之謂道。繼之者善也；成之者性也。』元亨，誠之通；利貞，誠之復。大哉《易》也，性命之源乎！」同❼，卷五，頁二上—三下。

❾ 張載：《張橫渠先生文集．近思錄拾遺》（臺北：藝文印書館，《百部叢書集成》影印正誼堂全書本），

兄弟，但學說有所不同。哥哥程顥（一〇三二—一〇八五），講識仁、定性，存以誠敬，物來順應⑩，開陸九淵（一一三九—一一九三）心學之端；弟弟程頤（一〇三三—一一〇七），以為「涵養須用敬，進學則在致知」⑪，啟朱熹持敬窮理之說。朱熹以道問學為主，由明而誠，所以注重格物致知⑫；陸九淵以尊德性為主，由誠而明，所以注重盡心知性⑬。後來傳陸學者，有明王守

卷一二，頁五上。案：《近思錄》此四句文字有出入，「立命」作「立道」；「往聖」作「去聖」（出版處同上），卷二，頁五〇上下。

⑩ 程顥、程頤：《二程全書・遺書》：「學者須先識仁，仁者，渾然與物同體。義、禮、知、信，皆仁也。識得此理，以誠敬存之而已。不須防檢，不須窮索。」（明萬曆丙午銓曹書院徐必達校正本，東北大學寄存臺灣師大圖書館），卷二，頁五下。又《二程全書・明道文集・答橫渠張子厚先生書》：「承教以定性未能不動，猶累於外物。……夫天地之常，以其心普萬物而無心；聖人之常，以其情順萬事而無情。故君子之學，莫若廓然而大公，物來而順應。……與其非外而是內，不若內外之兩忘。兩忘則澄然無事矣。無事則定，定則明，明則尚何應物之為累哉？」（版本同上），卷五六，頁一上—二下。

⑪ 程顥、程頤：《二程全書・遺書》（版本同⑩），卷一九，頁一〇上。

⑫ 朱熹著作之豐，世罕其匹。於經，有《周易本義》、《易學啟蒙》、《朱子說書綱領》、《詩經集傳》、《詩序辨說》、《儀禮經傳通解》、《四書章句集注》等。於史，有《資治通鑑綱目》、《名臣言行錄》、《伊雒淵源錄》等。於子，有《太極圖說注》、《通書注》、《西銘注》等。於集，有《楚辭集注》、《韓文考異》等。

仁（一四七二—一五二八），倡「心即理」、「致良知」、「知行合一」⑭。朱學在南宋寧宗慶元二年（一一九六）以「偽學」遭禁。理宗端平元年（一二三四），由於徐僑、真德秀等人的申辯，才能解禁。朱學傳到朝鮮，大受重視，而最有成就的學者，就是退溪和栗谷了。

退溪深深了解人心的危險，道心的微妙，注重博學明辨，身體力行，一意尊朱，甚至斥陸、

所校輯書，所撰文集，門人所錄語類，更不勝遍舉。蓋能由博學、審問、慎思、明辨，而至篤行者也。

⑬ 陸九淵之名言為：「學苟知本，則六經皆我注腳。」見《象山先生全集．語錄上》（臺北：商務印書館，《四部叢刊》影印明刊本），卷三四，頁一下。

⑭ 王守仁：《王文成公全書》（臺北：商務印書館，《四部叢刊》影印明隆慶刊本），〈答顧東橋書〉：「晦庵謂：『人之所以為學者，心與理而已。心雖主乎一身，而實管乎天下之理；理雖散在萬事，而實不外乎一人之心。』是其一分一合之間，而未免已啟學者心理為二之弊。此後世所以有專求本心，遂遺外理之患，正由不知心即理耳。……外心以求理，此知行所以為二也：求理於吾心，此聖門知行合一之教，吾子又何疑乎！」見卷二，頁五下—六上。又〈答聶文蔚二〉：「蓋良知只是一箇天理自然明覺發見處，只是一箇真誠惻怛，便是他本體。故致此良知之真誠惻怛以事親，便是孝；致此之真誠惻怛以從兄，便是弟；致此真誠惻怛以事君，便是忠：只是一箇良知，一箇真誠惻怛。」見卷二，頁七四上。概括地說：王守仁以心與天地萬物相感應之是非為理，而良知只是個是非之心。真誠惻怛以求，則良知可致；真誠惻怛之極，則知行合一。

王是禪學。又曾取程敏政（字克勤，號篁墩，明中葉時人）《真西山心經附注》作朝鮮李朝宮內經筵講學的教材。栗谷二十三歲嘗在陶山謁見退溪，問專心一志，應接事物的要領。後來書信往來，辯論居敬窮理。退溪有時也放棄舊說而同意栗谷的意見。大致上學在師友之間。退溪既取真德秀《西山心經》作教材，栗谷也倣真德秀《西山大學衍義》而撰《聖學輯要》，而栗谷所論「理氣妙合」，與退溪「理氣互發」雖有小異，在源頭上兩人都承接朱熹。退溪、栗谷學說的比較，我有〈退溪栗谷理氣說較論〉一文，發表於「近世儒學與退溪學第四次國際學術會議」，並在《退溪學報》第二十六期（漢城：一九八〇年六月）刊出。本文就專論栗谷學。

二、栗谷《聖學輯要》書

《聖學輯要》⑮可見栗谷學的根基及其體系。這本書始輯於明萬曆元年（一五七三），兩年後完成。共分五篇。第一篇是〈統說〉，合修己治人，綜論「修己」、「正家」、「為政」之道。也就是《大學》「明明德」、「新民」、「止於至善」三綱目的總論。第二篇是〈修己〉，詳說「明明德」之道。又分十三目：總論、立志、收斂、窮理、誠實、矯氣質、養氣、正心、檢身、恢德量、輔德、敦篤、功效。可以看出栗谷要學者先定趨向而收斂放失之心，來培養《大學》之根；再由格

⑮ 李珥：《栗谷先生全書》（韓國漢城：成均館大學校出版部，一九七八年影印本），《聖學輯要》凡八卷，在全書卷一九—二六。

物、致知、誠意、正心、修身，一步一步地篤行實踐。這是《大學》修己以止於至善，屬於「內聖」的工夫。第三篇是〈正家〉，第四篇是〈為政〉，就是《大學》所說「新民」的意思。「正家」就是齊家；「為政」就是治國、平天下。〈正家〉篇又分八目：總論、孝敬、刑內、教子、親親、謹嚴、節儉、功效。講孝敬尊親，作妻子榜樣，友愛兄弟的道理，而要領在謹嚴與節儉。這是《大學》齊家之止於至善。〈為政〉篇又分十目：總論、用賢、取善、識時務、法先王、謹天戒、立紀綱、安民、明教、功效。大致上採取《大學》所說「唯仁人為能愛人能惡人」，「儀監于殷峻命不易」，「有國者不可不慎」，以及「絜矩之道」，詳加舉例申說。這是《大學》治國平天下之止於至善，屬於「外王」的事業。第五篇是〈聖賢道統〉，歷述我中國包犧、神農、黃帝、堯、舜、禹、湯、文、武、周公、孔子、顏淵、曾參、子思、孟子、周敦頤、二程子、張載、朱熹等聖賢的事跡，表明這正是朝鮮聖賢的道統。

《大學》原為孔門曾子一派的遺書，是《禮記》的第四十二篇。漢鄭玄（一二七—二〇〇）作《禮記注》，說是「記博學可以為政也」⑯，一門學習作政治家的大學問。唐韓愈、李翺很推重《大學》，見〈原道〉、〈復性書〉。宋仁宗天聖八年（一〇三〇），以《大學》篇賜進士王拱辰（一〇一二—一〇八五）⑰。後來司馬光（一〇一九—一〇八六）撰《大學廣義》，把《大學》

---

⑯ 鄭玄：《禮記注》（臺北：藝文印書館，影印南昌府學十三經注疏本），卷六〇，頁一上。

⑰ 王應麟：《玉海・藝文・天聖賜進士《中庸》、《大學》》（臺北：大化書局，影印元至元六年慶元路儒學

從《禮記》中提出，講說而單行，是從司馬光開始的。二程子以《大學》為初學入德之門，而《論語》、《孟子》次之。朱熹私淑二程，作《大學章句》，合《論語集注》、《孟子集注》、《中庸章句》，後世合稱《四書集注》。於是成為講《四書》的人最重要的參考書。先儒舊解，不再能夠與它爭取權威的地位了。後來西山真德秀出，以為「為人君而不知《大學》，無以清出治之源；為人臣而不知《大學》，無以盡正君之法」⑱，於是撰《大學衍義》四十三卷，因《大學》之義而加以闡發。開頭說「帝王為治之序」、「帝王為學之本」。接著有四大綱，認為：「明道術，辨人材，審治體，察民情者，人君格物致知之要也。」「崇敬畏，戒逸欲者，誠意正心之要也。」「謹言行，正威儀者，修身之要也。」「重妃匹，嚴內治，定國本，教戚屬者，齊家之要也。」都先列聖賢明訓，再引古人事跡來疏通證明，成功失敗，一清二楚，不過於《大學》八條目，只說了六條：格、致、誠、正、修、齊，就停止了。沒說到治國、平天下。這當然是真德秀謙虛謹慎的表現。明孝宗（朱祐樘，年號弘治，一四八八—一五〇五在位）時，丘濬博採經傳子史中講治國平天下的話，來補充真西山沒說到的，成《大學衍義補》一百六十卷⑲，於是修身的本體，治國平天下

新刊本），卷五五，頁四六下。原文是：「五年四月辛卯，賜新第王堯臣已下《中庸》；八年四月丙戌，賜王拱辰已下《大學》。後登第者，必賜《儒行》及《中庸》、《大學》，以為常。」

⑱ 真德秀：《大學衍義》（臺北：商務印書館，影印文淵閣四庫全書本），卷首，頁一上。

⑲ 丘濬：《大學衍義補》（臺北：商務印書館，影印文淵閣四庫全書本）。

的效用，就圓滿充足了。栗谷推崇真西山《大學衍義》，說它是「為學之本，為治之序，粲然有條，而歸重於人主之身，誠帝王入道之指南也」[20]，不過因為《衍義》四十三卷加上《補》一百六十卷，共有二百零三卷，覺得「卷帙太多」、「猶欠簡要」，於是所撰《聖學輯要》只有八卷。以《大學》為綱，精選古書聖賢的話，合編而成。節目簡明，行文扼要，說理透澈。卷數雖然只有原來《衍義》和《補》的二十五分之一，但原來二書的要旨，卻保存下來了。在修己治人的實踐上，具有相當價值。

三、栗谷的「理氣心性」說

栗谷講「理氣」，〈答成浩原〉諸書，反覆闡釋，最為詳盡；講「心性」，在〈論心性情〉、〈人心道心圖說〉等文，極具體系。而《聖學輯要》、《經筵日記》，以及他回答朝鮮王的策問，也時常有理氣心性的議論。

栗谷論萬物的本體，常把理氣合在一起說。理是形而上的道理，是抽象的；氣能凝結造作，屬形而下，卻是實質。道理不能獨存，必定寄寓在實質裡面。所以理氣妙合，渾然一體，而可分析地討論；但不是兩體並立，合起來說成理氣。〈答成浩原〉書：

---

⑳ 同⑮。卷一九，頁七下。

夫理者，氣之主宰也；氣者，理之所乘也。非理則氣無所根柢；非氣則理無所依著。既非二物，又非一物。非一物，故一而二；非二物，故二而一也。非一物者，何謂也？理氣雖相離不得，而妙合之中，理自理，氣自氣，不相挾雜，故非一物也；非二物者，何謂也？雖曰理自理，氣自氣，而渾淪無間，無先後，無離合，不見其為二物，故非二物也。㉑

理，形而上者也；氣，形而下者也。二者不能相離。㉒

立說完全依據晦庵朱熹。《朱子語類》：

天下未有無理之氣，亦未有無氣之理。㉓

問：「先有理，抑先有氣？」曰：「理未嘗離乎氣。然理形而上者，氣形而下者。」㉔

理又非別為一物，即存乎是氣之中；無是氣則是理亦無掛搭處。㉕

㉑ 同⑮。卷一〇，頁二上下。

㉒ 同⑮。卷一〇，頁一二上。

㉓ 黎靖德類編：《朱子語類大全》（臺北：漢京文化公司，四部善本新刊影印百衲本），卷一，頁一下。董銖錄，丙辰（一一九六，朱熹六十七歲）以後所聞。

㉔ 同㉓，卷一，頁二上下。陳淳錄，庚戌己未（一一九〇—一一九九，朱熹六十一—七十歲）所聞。

㉕ 同⑮，卷一，頁二下。萬人傑錄，庚子（一一八〇，朱熹五十一歲）以後所聞。

可以看出栗谷所謂：理氣妙合，理形而上，氣形而下，無先後，無離合，都跟朱熹意見相合。理是一元的，而理所寄託的氣，升降流行變化，於是產生天地萬物，分成無數種。栗谷〈答成浩原〉書說：

理雖一，而既乘於氣，則其分萬殊。故在天地而為天地之理，在萬物而為萬物之理，在吾人而為吾人之理。㉖

理一分殊四字最宜體究。徒知理之一而不知分之殊，則釋氏之以作用為性而猖狂自恣是也；徒知分之殊而不知理之一，則荀、揚以性為惡，或以為善惡混者是也。㉗

「理一分殊」原是伊川〈答門人楊時論西銘書〉㉘中的用語。朱子作〈西銘注〉，更申論說：

蓋以乾為父，以坤為母，有生之類，無物不然，所謂理一也。而人物之生，血脈之屬，各親其親，各子其子，則其分亦安得不殊哉？一統而萬殊，則雖天下一家，中國一人，而不

㉖ 同⑮，卷一〇，頁二下。
㉗ 同⑮，卷九，頁三九上下。
㉘ 程頤：《二程全書・伊川文集》（版本同⑩），卷六三，頁二二下。原文是：「〈西銘〉明理一而分殊，墨氏則二本而無分。」

流於兼愛之弊；萬殊而一貫，則雖親疏異情，貴賤異等，而不牿於為我之私，此〈西銘〉之大旨也。㉙

《朱子語類》更簡單地說：

伊川說得好，曰：「理一分殊。」合天地萬物而言，只是一箇理；及在人，則又各自一箇理。㉚

栗谷所說「理雖一其分萬殊」，淵源於程、朱；而栗谷以此駁斥釋氏、荀子和揚雄，也和朱子以此駁斥墨翟、楊朱，觀念上有相承之處。

分殊是理乘於氣落實在天地萬物；如果上推其終極的原理，就是「太極」，也就是「理一」。

栗谷〈答成浩原〉書說：

天地人物，雖各有其理；而天地之理，即萬物之理；萬物之理，即吾人之理也。此所謂統體一太極也。㉛

㉙ 朱熹注：《張橫渠先生文集．西銘．注》（版本同❾），卷一，頁五下。

㉚ 同㉓，卷一，頁一下。林夔孫錄，丁巳（一一九七，朱熹六十八歲）以後所聞。

㉛ 同⓯，卷一〇，頁三上。

考「太極」一詞，原見於《周易・繫辭傳》：

> 易有太極，是生兩儀。㉜

指陰陽理氣未判之前渾沌原始的狀態。《易緯・乾鑿度》更在「太極」之前，加上一個「太易」，說：

> 太易始著，太極成；太極成，乾坤行。㉝

「太易」是「無」是「○」；「太極」是「有」是「一」；「乾坤」為「氣」為「二」。周敦頤有〈太極圖說〉，說萬物衍生的歷程：

> 無極而太極。太極動而生陽，動極而靜；靜而生陰，靜極復動。一動一靜，互為其根；分陰分陽，兩儀立焉。……無極之真，二五之精，妙合而凝。乾道成男；坤道成女。二氣交感，化生萬物。萬物生生而變化無窮焉。㉞

㉜ 李鼎祚：《周易集解》（臺北：學生書局，影印古經解彙函本），卷一四，頁五上。

㉝ 《易緯》（臺北：新興書局，影印武英殿本），卷一，頁一下。

㉞ 同❼。

朱熹作〈太極圖說解〉，闡云：

上天之載，無聲無臭，而實造化之樞紐，品彙之根柢也。故曰：「無極而太極。」非太極之外復有無極也。太極之有動靜，是天命之流行也。所謂「一陰一陽之謂道」。……蓋太極者，本然之妙也；動靜者，所乘之機也。太極，形而上之道也；陰陽，形而下之器也。……自男女而觀之，則男女各一其性，而男女一太極也；自萬物而觀之，則萬物各一其性，而萬物一太極也。蓋合而言之，萬物統體一太極也；分而言之，一物各具一太極也。㉟

《朱子語類》也記朱子的話說：

太極只是箇極好至善底道理。人人有一太極，物物有一太極。周子所謂太極是天地人物萬善至好的表德。㊱

太極非是別為一物，即陰陽而在陰陽，即五行而在五行，即萬物而在萬物。只是一箇理而已。因其極至，故名曰太極。㊲

㉟ 同❼。朱熹之解見卷一，頁五上、七上、一五下——一六上。

㊱ 同㉓，卷九四，頁六上。廖謙錄，甲寅（一一九四，朱熹六十五歲）所聞。

這就是栗谷所言「統體一太極」的由來。栗谷講理氣，非但依據朱子，而且也由朱子上溯二程、張、周。於濂溪〈太極圖說〉，橫渠「理一分殊」的要旨，都能有所體會貫通。

由理氣妙合的本體論下貫而論人生，則人生都稟天地之理以為性；都受天地之氣以為形。合性與氣而主宰一身則為心。理氣妙合，故心統性情。性是心的所有之理；心是理的所會之形。心感於物，有所發動，就是情。栗谷在這些方面，也很能體認。在〈人心道心圖說〉中，他說：

> 天理之賦於人者，謂之性；合性與氣而為主宰於一身者，謂之心；心應事物而發於外者，謂之情。性是心之體；情是心之用；心是未發已發之總名，故曰：心統性情。[38]

案「心統性情」，橫渠張載最先提出[39]。朱熹推崇其說，《朱子語類》記載：

> 舊看五峰說，只將心對性說，一箇情字都無下落。後來看橫渠心統性情之說，乃知此話大有功，始尋得箇情字著落，與孟子說一般。孟子言惻隱之心仁之端也。仁，性也；惻隱，情也。此是情上見得心。又曰仁義禮智根於心，此是性上見得心。蓋心便是包得那性情。

[37] 同[23]，卷九四，頁六上。輔廣錄，甲寅以後所聞。

[38] 同[15]，卷一四，頁四上。

[39] 張載：《張橫渠先生文集．性理拾遺》（版本已見[9]），卷一二，頁二下。原文是：「心統性情者也。」

性是體，情是用。❹⓪

性具備於心中，感發便產生情；性既然是善的，那麼情也應該是善的。但是事實上情有善有不善，原因何在？當時年長栗谷三十五歲的朝鮮名儒退溪李滉以為：

四端之情，理發而氣隨之，自純善無惡；必理發未遂而揜於氣，然後流於不善。七者之情，氣發而理乘之，亦無有不善；若氣發不中而滅其理，則放而為惡也。❹①

栗谷頗不以退溪「理氣互發」之說為然。在〈答成浩原〉諸書中，一則曰：

所謂「理氣互發」，則是理氣二物，各為根柢於方寸之中。未發之時已有人心道心之苗脈。理發則為道心，氣發則為人心矣。然則吾心有二本矣，豈不大錯乎？❹②

再則曰：

理，形而上者也；氣，形而下者也：二者不能相離。既不能相離，則其發用一也，不可謂

❹⓪ 同㉓，卷五，頁八上下。沈僩錄，戊午（一一九八，朱熹六十九歲）以後所聞。

❹① 李滉：《聖學十圖》（韓國漢城：退溪學研究院，影印日本刻版李退溪全集本），頁一八上。

❹② 同⑮，卷一〇，頁四下。

> 互有發用也。若曰互有發用，則是理發用時，氣或有所不及；氣發用時，理或有所不及也。如是，則理氣有離合，有先後，動靜有端，陰陽有始矣，其錯不小矣。㊸

直指退溪「理發」、「氣發」之說，「豈不大錯」、「其錯不小」。並且在〈人心道心圖說〉中，栗谷提出不同於退溪的見解：

> 理氣渾融，元不相離。心動為情也。發之者，氣也；所以發者，理也。非氣則不能發；非理則無所發。安有理發氣發之殊乎？但道心雖不離乎氣，而其發也為道義，故屬之性命；人心雖亦本乎理，而其發也為口體，故屬之形氣。……理本純善，而氣有清濁。氣者，盛理之器也。當其未發，氣未用事，故中體純善；及其發也，善惡始分。善者，清氣之發也；惡者，濁氣之發也。㊹

以為理氣渾融：理是所以發者；氣是發之者。道心人心皆本乎理而乘乎氣。理本純善，所以理所賦予人之性亦善；氣有清濁，發為道義，乘氣之清，則無不善。發為口體，或乘氣之清，則中節亦為善；或乘氣之濁，則不中節而為惡：此情所以有善有惡。

㊸ 同⑮，卷一〇，頁二二上。

㊹ 同⑮，卷一四，頁四上—五下。

退溪與栗谷有關「理氣」、「性情」、「善惡」的論辯，基本上是環繞著「人心」、「道心」，「未發」與「發」而詮釋不同，而其主要觀念，都來自朱熹。

「人心」、「道心」說，見於《偽古文尚書・大禹謨》，原文是：

人心惟危；道心惟微。惟精惟一，允執厥中。㊺

「未發」與「發」說，見於《禮記・中庸》：

喜怒哀樂之未發，謂之中；發而皆中節，謂之和。中也者，天下之大本也；和也者，天下之達道也。致中和，天地位焉，萬物育焉。㊻

朱熹《中庸章句・序》，說「人心道心」之別：

心之虛靈知覺，一而已矣。而以為有人心道心之異者，則以其或生於形氣之私，或原於性

㊺《尚書注疏》（臺北：藝文印書館，影印南昌府學十三經注疏本），卷四，頁八下。案：「人心惟危，道心惟微」，語本《荀子・解蔽》：「《道經》曰：人心之危，道心之微。」」「允執厥中」，語本《論語・堯曰》：「咨，爾舜，天之曆數在爾躬，允執其中。」

㊻《禮記注疏》（臺北：藝文印書館，影印南昌府學十三經注疏本），卷五二，頁一下。

命之正，而所以為知覺者不同。是以或危殆而不安；或微妙而難見耳。[47]

所謂「或生於形氣之私」，指的是「人心」，略似於退溪所謂「氣發」；所謂「或原於性命之正」，指的是「道心」，略似於退溪所謂「理發」。只是朱熹此處所說的第一句話：「心之虛靈知覺，一而已矣。」卻被退溪忽略了。

《朱子語類》亦記朱熹的話說：

人心是此身有知覺有嗜欲者，如所謂：「我欲仁」、「從心所欲」、「性之欲也」、「感於物而動」，此豈能無？但為物誘而至於陷溺則為害爾。故聖人以為此人心有知覺嗜欲，然而無所主宰，則流而忘返，不可據以為安，故曰「危」。道心則是義理之心，可以為人心之主宰，而人心據以為準者也。……然此道心卻雜出於人心之間，微而難見，故必須精之一之，而後中可執。然此又非有兩心也。[48]

退溪「理發未遂而揜於氣」，似由朱熹「道心卻雜出於人心之間微而難見」引申而來；退溪「氣發不中而滅其理」，似由朱熹「人心有知覺嗜欲然無所主宰則流而忘返」引申而來。但是朱熹上

---

[47] 朱熹：《晦庵先生朱文公文集》（臺北：商務印書館，《四部叢刊》影印明刊本），卷七六，頁二三上。

[48] 同[23]，卷六二，頁八下－九上。余大雅錄，戊戌（一一七八，朱熹四十九歲）以後所聞。

述文字最後一句：「然此又非有兩心也。」又被退溪忽略了。《朱子文集．答張欽夫書》中，朱熹曾說：

事物未至，思慮未萌，而一性渾然，道義全具，其所謂「中」，是乃心之所以為體，而寂然不動者也；及其動也，事物交至，思慮萌焉，則七情迭用，各有攸主，其所謂「和」，是乃心之所以為用，感而遂通者也。㊾

《朱子語類》更明白指出：

以其未發而全體者言之，則性也；以其已發而妙用者言之，則情也。然心統性情。㊿

可知「性」是未發前寂然不動、道義全具之「體」，栗谷所謂「所以發」者；「情」是已發後感而遂通、七情迭用之「用」，栗谷所謂「發之」者。以此回頭考察前引朱子所言「道心」、「人心」，「或生」、「或原」，都指已發之情而說。道心原於性命之正，發乎義理之公，其情固無不善；人心生於形氣之私，出乎知覺嗜欲，其情就有善有惡。所以《朱子語類》又說：

㊾ 同㊼，卷三二，頁二六下—二七上。
㊿ 同㉓，卷五，頁一一上。程端蒙錄，己亥（一一七九，朱熹五十歲）以後所聞。

> 有是理而後有是氣；有是氣則必有是理。但稟氣之清者，為聖為賢，如寶珠之在清冷水中；稟氣之濁者，為愚為不肖，如珠之在濁水中。所謂「明明德」者，是就濁水中揩拭此珠也。[51]

這又是栗谷「氣有清濁善惡始分」說的淵源了。

自孟子（前三七二—前二八九）主「性善」；荀子（前二九八—前二三八）說「性惡」，董仲舒（前一七九—前一〇四）講「天兩有陰陽之施；身亦兩有貪仁之性」[52]，揚雄（前五三—後十八）以「人之性也善惡混。修其善則為善人；修其惡則為惡人」[53]，王充（二七—一〇四）調和各說，言：「孟軻言人性善者，中人以上者也；孫卿言人性惡者，中人以下者也；揚雄言人性善惡混者，中人也。」[54]所論或偏而不全，或疏而未密，或竟迷失本源。後來橫渠張載在「天命之性」外，拈出「氣質之性」來[55]，說理就比較完備。朱熹合理氣性情而說善惡，探本得真，最

---

[51] 同[23]，卷四，頁一五上。李儒用錄，己未（一一九九，朱熹七十歲）所聞。

[52] 董仲舒：《春秋繁露・深察名號》（臺北：商務印書館，《四部叢刊》影印武英殿聚珍版本），卷一〇，頁四上。

[53] 揚雄：《法言・修身》（臺北：商務印書館，《四部叢刊》影印翻宋監本），卷三，頁一上。

[54] 王充：《論衡・本命》（臺北：商務印書館，胡適校閱黃暉校釋本），卷三，頁一三五。

[55] 張載之言曰：「天所性者，通極於道，氣之昏明不足以蔽之。……形而後有氣質之性，善反之，則天地之性存焉。故氣質之性，君子有弗性者焉。」見《張橫渠先生文集・正蒙・誠明》（版本同[9]），卷三，

為周延詳細。可惜所言散見各處，有些是早年說的，有些是晚年說的，偶也有些含糊不清的地方，容易產生誤會。栗谷綜合朱熹學說，很能掌握朱子晚年定論，使朱學體系——特別是理氣性情方面，有一個比較完整而簡明的詮釋。

四、栗谷學的特色

我讀《栗谷全書》，至《聖學輯要》，見此書先有統說；中分三篇，詳說修己、正家、為政之道；末為聖賢道統。舉四書五經及先賢之說成篇章；引各家說解為注釋。使《大學》明明德、新民、止於至善三綱領，格物、致知、誠意、正心、修身、齊家、治國、平天下八條目，理論得到精確的發揮；實踐有了具體的例證：這是栗谷學極其廣大的一面。又細讀栗谷文章書信，見其論宇宙本體，主理氣妙合，而推源於太極。及理乘氣升降流行，而生天地萬物，於是分為萬殊。由本體論下貫而為人生論，以為理賦於人而為性；氣凝於人而為形；合性與氣而主宰一身者則為心。人心感物而動而為情。理氣妙合，故心統性情。性為未發之本體而無不善；情為已發之作用而有善有不善。道心發為道義，是純善的。人心發為口體，如乘清氣，而能中節，仍是善的；倘乘濁氣，不能中節，就成惡的了。宋儒講太極、理一分殊、天命之性、氣質之性、人心道心、已發未發、心統性情，栗谷都有系統分明的整理和闡發：這是栗谷學極其精微的一面。《禮記・中庸》

頁五上—八上。

說：「致廣大而盡精微。」[56]栗谷可以當之無愧。（原刊於《明代經學國際研討會論文集》，一九九六年六月中央研究院中國文哲研究所籌備處印行。李珥：《栗谷先生全書》，韓國漢城：成均館大學校出版部，一九七八年影印。）

---

[56] 同[46]。卷五三，頁八下。

附錄

蘇軾〈記承天寺夜遊〉賞析座談會記錄

記承天寺夜遊

蘇　軾

元豐六年十月十二夜，解衣欲睡；月色入戶，欣然起行。念無與樂者，遂步至承天寺，尋張懷民。懷民亦未寢，相與步於中庭。

庭中如積水空明，水中藻荇交橫，蓋竹柏影也。何夜無月？何處無竹柏？但少閑人如吾兩人耳。

指導老師：黃慶萱老師

主　　席：張淑宜

出 席 者：師大國文系七二級乙班全體同學，六九級甲班學長鄭莉蘭、胡秀美

記　　錄：閻如慧、汪惠真

總　整　理：張澄仁

主　席：這次座談會，我們嘗試賞析蘇軾的〈記承天寺夜遊〉一文。中學時代，我們接觸古文，僅止於文字的背誦注釋、明白文意而已，並沒有做過更深層面的探討工作。所以說這次座談會對我們來說是一種嘗試性的考驗。蘇軾的文章，有他氣勢的磅礡、思想的深厚所在，向來是我們深愛研讀的文章之一。這篇短短的〈記承天寺夜遊〉一文，我們試分「結構」、「修辭」和「思想」三方面來作討論。當然，我們初進大學還未滿一年，在如汪洋瀚海的文學殿堂前，更是淺薄渺小的一群，我們的意見也許缺乏知識方面的正確性，只憑藉我們個人的直覺印象，去摸索文章的內涵。但是老師平日給予我們的指導，加上有兩位四年級的學長在座，相信我們經由個人見解的發表，集合不同角度的看法，互相切磋以後，必定獲益良多。現在我們就開始第一部分「結構」方面的討論，請各位不要吝惜提出自己寶貴的意見。

一、結構

何燕妤：在結構方面，我認為本篇已注意到：

1. 時間：元豐六年十月十二夜。
2. 地點：承天寺。

3.人物：作者與張懷民。

4.事實：夜遊。

這四點可代表典型記敘文的基本結構。

周翠華：我來說說段落，本篇大致可分四小段：

第一段是：「元豐六年十月十二夜，解衣欲睡；月色入戶，欣然起行。」

第二段是：「念無與樂者，遂步至承天寺，尋張懷民。懷民亦未寢，相與步於中庭。」

第三段是：「庭中如積水空明，水中藻荇交橫，蓋竹柏影也。」

第四段是：「何夜無月？何處無竹柏？但少閑人如吾兩人耳。」

陳淑鈴：我贊成周同學的意見，在此稍加補充說明。第一段說明了此次夜遊的日期和動機，作為文章的開端；第二段說明作者與張懷民同遊的事實，和下文「但少閑人如吾兩人耳」相呼應；第三段是描寫夜遊的景緻，並將景色托幻成另一物象；第四段因物感思，抒一己之情。全文連貫，一氣呵成，並且有緊密的結構。

王惠真：我想補充說明一下本文的體裁、內容、和照應。這篇文章是記敘文。由於也曾抒發自己的苦悶，外有所感，內有所應，如果認為是抒情文，亦無不可。以照應方面來說，「蓋竹柏影也」、「何處無竹柏」是前後呼應；「月色入戶」和「何夜無月」是首尾相應。最重要的是文中處處都能照應到題目，而不脫離題旨。

巫淑華：我覺得蘇東坡這篇文章，文字雖只有簡短的八十三個字，但是，文字洗鍊，含意深長，八十幾字已將整個夜遊過程的時、地、人、事表現出來，記景寫情，無一般遊記的雜瑣紛亂，而能使讀者和作者產生共鳴。

胡秀美：本篇取材簡要，虛實兼顧。記人記事周全，為其「實」處；寫景以「如」，寫境以「何夜無月」，為其「虛」處。全篇寫「夜遊」，首段首句即有「夜」字，末段首句「何夜……」與之照應。前言「月色入戶」，中有「積水空『明』」，「竹柏『影』」，末段有「何夜無『月』」與之照應。布局可三分，首段為序分；次段自「念無與樂者」至「蓋竹柏影也」為正宗分；末為流通分：段落分明。

主　席：非常感謝以上同學寶貴的意見。結構方面，不論是分為三段或四段，或一般分為兩段，都可以從文中看出作者安排的層次，非常井然有序，彷彿夜的幕紗一層層揭開。我們現在結束第一部分的討論，進入第二部分修辭方面的探討。

二、修辭

張澄仁：王國維嘗謂「詞以境界為上」、「有造境，有寫境」，東坡此文，前多寫實，屬「寫境」；後面把月色幻想成積水空明，屬「造境」。可謂寫境、造境，二者俱備了。短短幾行，呈現出作者的真性情，讀來真可說是「如飲美酒，唇齒留香；如聞仙樂，三月不絕」。

葉世平：文中「月色入戶」一句，引發作者遊寺的動機。月色本來只是藉光的照射而至戶內，這是物理上的說法。但是東坡卻把它擬人化，以月之娉婷的腳步，慢慢步入戶內。而「入」乃是有生命的行動，因此這個「入」字，有畫龍點睛之妙。

陳麗琇：在修辭方面，作者很是高明，雖然「欣然」兩字用得極為平凡，但是用在這裡，讓人看了，忍不住心情愉悅，急欲往下看。又如「庭中如積水空明」的「空明」兩字，即用得非常好，使人感覺水的空靈之氣，以及月光灑在庭中如水面的那種瀲灩美。

葉秋枝：我覺得本篇第三段作者使用的兩個譬喻十分妙。第一個譬喻是「庭中如積水空明」，喻體是「庭中」在前，喻依「積水空明」在後，中間用「如」字連繫，為「明喻」。第二個譬喻是「水中藻荇交橫，蓋竹柏影也」，喻依「水中藻荇交橫」提前了，喻體「竹柏影也」反而在後，中間用「蓋」字連繫，為「隱喻」，而且是倒裝的。所以兩個譬喻，非但一正一反，語次不同，而且一明一隱，方式也不同，這是蘇東坡修辭上了不起的地方。

任錫剛：初看本文第三段，我們會以為中庭有個水池，水中有竹柏的影，彷彿交橫之藻荇。但細加品讀之後，乃悟到中庭只是個庭院，並無水池。我自己也曾有類似的經驗，半夜推窗俯視，銀色大地正如一片無涯的水，那種似真似幻的美景，真不知如何來形容。本段「庭中如積水空明，水中藻荇交橫，蓋竹柏影也」，一氣呵成。「庭中」的月色是實在的、真的；「如積水空明」是幻覺的、假的；「水中藻荇交橫」也是假的，只是幻象；最後點出「蓋竹柏影也」，是對真相的頓悟。這樣，視覺印象由「視非」到「而是」，又具有「懸疑」的效果，而給人一種「真相大白」後的意外喜悅。作者月景的描寫算是成功的。第四段重點在「何夜無月？何處無竹柏？」的兩個「何」字，以及「但少閑人」的「但」和「閑」字上。作者用「何」字代表「普遍」，而襯托出「但」字所代表的「獨特」，最後以「月」和「竹柏」來寄託自己和張懷民的「閑」。

黃瑞美：我再補充一下任同學的意見。最後兩句「何夜無月？何處無竹柏？」是類疊句法。由於作者的思緒越來越遠，越來越飄渺，而所能描寫的文字有限，但作者的心境又有不吐不快的感覺，所以就用了這種重覆手法來表達。

黃逸惠：此篇固不如〈赤壁賦〉優美，但就其帶給人心靈深處的感受與共鳴而言，我認為其效果是相同的。故文不在長，而在其文有深意蘊於內否？在文中，作者沒有用到「美」這個字，而短短數句，已讓讀者領略到當晚的美景，更有身臨其境的感覺。最後兩句反問語，更如投石水中，引動人潛伏的意念、思想的震撼，於是多少共鳴在讀者身上產生了。

曾淑卿：一篇文章通常有主觀及客觀的因素，同樣客觀的現象，依主觀因素的不同，表現的意象就不同。本文蘇軾便能把握此點，而使客觀的表象和主觀的內涵同時表現出來。

楊文娟：中國文人常用月色來描寫心境，李白的「牀前明月光，疑是地上霜。舉頭望明月，低頭思故鄉。」是由於望月而鉤起思鄉情愁。而本篇也因作者見「月色入戶」，而使整個文篇由靜態，一下子轉變為動態的「欣然起行」，引起了下文。

鄭莉蘭：本篇句尾韻母多為ㄣ和ㄥ，好像是押韻的。文中「……尋張懷民。懷民亦未寢……」「相與步於中庭。庭中如積水空明……」用了「頂真」格的技巧。上句字尾與下句字首相同，中庭，庭中，字句顛倒，更增加文句音律之美。

左法茗：鄭學長講得很對。我也發覺「民」、「寢」押ㄣ韻，「庭」、「明」、「橫」、「影」押ㄥ韻。

薛美勇：關於這一點，我有補充的看法，ㄥ韻及ㄣ韻，都是陽聲韻，屬較為開朗的韻。又如文中由「夜」而「月」而「明」，有愈來愈明亮的感覺，似乎又意味著對事態的看法愈來愈透澈。

何燕好：綜觀全文，作者與張懷民始終沒有說一句話。這表示他們感情甚篤，已達到心靈感應，無聲勝有聲的地步了。

汪惠真：「藻荇交橫」是一片雜而不亂的景緻，就像作者的心情一樣，十分的複雜，但並沒有因此失去理智。為什麼是「竹柏影」，而非其他樹木的影像呢？因為我們都知道：竹是中空的，象徵謙虛，有著虛懷若谷的性情；同時它的堅韌不拔、不卑不亢、直上青雲的傲氣，一直為人所效法的。柏也是在惡境中，不向環境低頭的代表，我覺得蘇軾似乎拿「竹柏」來比擬自己。

曾汝康：我同意汪惠真的意見。從「何處無竹柏」一句，也可以表示蘇軾本人的清高及不屈不撓的精神，所謂「寧可食無肉，不可居無竹」，竹代表清高及雅潔，柏則是一種常綠樹，代表蒼勁。

閻如慧：本篇深藏著作者不同於他人的雅興，在平淡中表現一分真性情。在此段非常平易的修辭中，倒可發現作者非凡的個性。由這些少許的庭中景色描寫，可見作者所愛的不是花團錦簇，亦非酒樓之熱鬧喧囂，而是那竹柏倒映庭中的寧靜及夜所蘊含的那分祥和之真善美。作者能夠意隨筆走，求真得真，淡中摻濃，可為我們抒情述懷的好模範。特別是最後幾句，更以輕描淡寫的筆法，道盡了心中深沈的感慨！

主　席：修辭方面討論到此，由以上的發言，不難發現同學對字句、辭藻方面有精微的分析，也看出了其中押韻和頂真格以及作者其他獨具匠心的安排。緊接著我們開始第三部分「思想」的探索。

三、思想

王玉美：自古文人被貶，常用文章發抒自己的感情；這篇也是這樣，藉夜遊所觀，發洩心中鬱懣。以月、竹柏代表東坡與懷民的心胸，蓋心胸光明磊落，心如明鏡，與月互映。以竹柏表勁直，示其節操不移，如竹柏般。「歲寒然後知松柏之後凋」。而終以「但少閑人如吾兩人耳」，頗有世人皆醉，唯我獨醒之意。

陳淑鈴：我們知道蘇軾因為和王安石政見不合，而被貶至黃州。他曾經寫了〈水調歌頭〉來描寫自己的思念君上：「我欲乘風歸去，惟恐瓊樓玉宇，高處不勝寒。」暗喻自己雖然很想竭股肱之力，但因朝貴不容，自己只得受委屈了。而這篇文章亦暗指君上的迷惘：真相的不明，是非之莫辨。頗有醒悟人心的作用。

謝叔琤：此文末段「何夜無月？何處無竹柏？」表示任何環境，都有值得我們欣賞的美景。亦即到處都有光明磊落的正直人士的暗喻，可知蘇軾雖被貶而不怨天尤人，他崇高的人格、懷抱，是值得我們尊敬的。

張澄仁：我贊成謝叔琤的意見，在此稍加補充。作者說「何夜無月？何處無竹柏？」只不過是少了兩個「閑人」罷了。然而他真是個閑人嗎？答案當然是否定的。我認為能把真生命投入作品，卻又言不盡情，詞不盡意的絕非閑人，他只因不在君王之側，憂心朝廷，若有所失吧！

周重慶：我也贊成此點。閑人者，非閑散之人，乃是「清閑之人」的意思，有別於小人。因為小人汲汲營利，其心為私慾所蒙蔽，故東坡自喻「閑人」，實乃歎天下無有如我東坡、懷民之清高不被物欲所拘蔽的人。

黃逸惠：蘇軾的〈赤壁賦〉是借景抒懷，將人世的短暫與自然的永恆作對比。自然具和諧的永恆的秩序，一年四季周而復始，日月照耀千古而永不改變。就因為大自然和諧不改變，因此產生類似老子的「無為而萬物自化」思想。這一份寧靜和諧，最易觸發那些曾經叱咤一時的風雲人物——心底深處的寂寞。因為他們曾經風光過，而後不得志，平常尚可忍耐，而一旦看到某種景物，不由得觸景傷懷，感歎良多。事實上，景物還是景物，並不因你的悲或喜，而有所損益，改變的只是賞景玩物者的心理。故我覺得人如果能不受外物之牽絆，不輕易感懷動情，使心靈超乎物質之上，清虛自持，與天地萬物合而為一，那麼人將活得快樂自得些。

呂北辰：我想提出另一方面的意見，儒家思想在於推己及人、仁民愛物之立足點上發揮，而形成「與天地參」的思想，所以〈中庸〉上有「君子無入而不自得焉」的話。作者蘇軾亦為儒者之流，此思想必深植於其心而發諸文詞之中。蘇軾與友夜遊，一方面欣賞自然美景，有一種自得的感受；另一方面感念自然之偉大，體念時人無法與天地相參，而追逐名利，勞碌奔波，在此夜靜更深時，尚復有誰夜遊？尚復有誰在此時靜思天人之道？於是悲天憫人之情油然而生，全篇文章之主題思想即在此表露無遺。

陳敏華：我覺得蘇軾思想不限於儒家，他接受了各方面的思想，尤以老莊影響最深。覺得「天地與我並生，萬物與我合一」，所以能夠不為物蔽，而有超然物外的思想。不受環境的限制，另有一種雅興。人的心是靈活的，物是靜止的，所以一切事物的好壞，未必在乎事物的本身，而在於欣賞的人，以何種角度去看。蘇軾以物皆可喜，不以己悲，這是他思想中心的所在。

李惠芬：我再補充二點意見，由東坡與懷民有深厚的感情，推到他常到承天寺，而知他的思想一定深受佛家思想影響的，他在行文中常出現一種「空」觀，跟佛家思想一致的。

李秀娟：是呀！月光、水、空明、影，皆空虛不能觸摸的東西，水中藻荇也是幻影，由這裡可以體會出東坡的思想，是屬於比較空靈、達觀，受佛家影響頗深，「色即是空，空即是色」，看開一切，超脫塵俗，何妨做個閑人？

主　席：總結以上各位同學的意見，我們可看出同學對此篇文章的著眼點有三項：第一是蘇東坡的被貶，也就是本文的寫作背景。第二是討論作者何以自稱「閑人」，他的用意何在？而東坡與懷民真是所謂的「閑人」嗎？第三是關於蘇東坡文中，所流露出思想方面，受儒、佛、道的深厚影響。我想大家對於東坡的文章和他的思想，都有常識性的了解。感謝大家能夠暢所欲言，將自己的意見表達出來，也許其中有些觀點不正確的地方，但是，這僅是一種嘗試。現在就請老師為我們講評一下。

老師講評：四年大學生活，國一乙的同學才過了八分之一。文學作品賞析座談會，也才第一次舉行。大家發言的踴躍，主席主持的得當，大出我的意外。尤其難得的，今天大家的發言，都很有內容。我想，事前預備的充分固然是一原因；臨時彼此引發智慧的火花，也是重要的因素。關於各位對〈記承天寺夜遊〉的析評，我有三點意見：一、陽聲韻是否一定代表開朗，這點似可商榷。李後主〈相見歡〉詞：「林花謝了春紅，太匆匆！無奈朝來寒雨晚來風！　胭脂淚，相留醉，幾時重？自是人生長恨水長東！」押的陽聲韻。蘇軾的〈江城子〉詞押的也是陽聲韻。但是都不代表「開朗」的心情。我知道：各位認為陽聲韻代表開朗，入聲代表消沈，是受我的影響。我前些日子講到劉邦〈大風歌〉和項羽〈垓下歌〉的聲情，曾這麼說過。但是，聲情的關係很複雜，除了陽聲韻外，聲母、聲韻、等呼，以及句的長短、組織，對聲情都可能產生影響，有進一步歸納分析的必要。二、藻荇、月色、竹柏影的象徵意義，各位說的彼此間意見不一致。我想，只要這些意見彼此間不矛盾，是都可以成立的。這樣，使得它們的意義越發豐富起來，增加了文意的稠密。三、許多同學發言時提到蘇軾〈念奴嬌〉詞和〈赤壁賦〉，不把〈記承天寺夜遊〉作孤立的研究，態度十分正確。事實上，〈赤壁賦〉所說的：「且夫天地之間，物各有主，苟非吾之所有，雖一毫而莫取。惟江上之清風，與山間之明月，耳得之而為聲，目遇之而成色，取之無盡，用之不竭，是造物者之無盡藏也，而吾與子之所共食。」以及〈超然臺記〉所說的：「無所往而不樂者，蓋遊於物之外也。」對了解〈記承天寺夜遊〉都富參考價值呢！（原刊於一九八〇年十一月《明道文藝》五十六期）

滄海叢刊書目（二）

國學類

先秦諸子繫年	錢　穆　著
朱子學提綱	錢　穆　著
莊子纂箋	錢　穆　著
論語新解	錢　穆　著
周官之成書及其反映的文化與時代新考	金春峰　著
尚書學述（上）、（下）	李振興　著
周易縱橫談	黃慶萱　著
考證與反思 ——從《周官》到魯迅	陳勝長　著
左海鉤沈	劉正浩　著

哲學類

哲學十大問題	鄔昆如　著
哲學淺論	張　康　譯
哲學智慧的尋求	何秀煌　著
哲學的智慧與歷史的聰明	何秀煌　著
文化、哲學與方法	何秀煌　著
人性・記號與文明 ——語言・邏輯與記號世界	何秀煌　著
傳統・現代與記號學 ——語言・文化和理論的移植	何秀煌　著
邏輯與設基法	劉福增　著
知識・邏輯・科學哲學	林正弘　著
現代藝術哲學	孫　旗　譯
現代美學及其他	趙天儀　著
中國現代化的哲學省思 ——「傳統」與「現代」理性的結合	成中英　著
從中國文化到現代性：典範轉移？	石元康　著
不以規矩不能成方圓	劉君燦　著
恕道與大同	張起鈞　著
現代存在思想家	項退結　著

中國思想通俗講話	錢　穆　著
中國哲學史話	吳怡、張起鈞　著
中國百位哲學家	黎建球　著
中國人的路	項退結　著
中國哲學之路	項退結　著
中國人性論	臺大哲學系主編
中國管理哲學	曾仕強　著
孔子學說探微	林義正　著
心學的現代詮釋	姜允明　著
中庸誠的哲學	吳　怡　著
中庸形上思想	高柏園　著
儒學的常與變	蔡仁厚　著
智慧的老子	張起鈞　著
老子的哲學	王邦雄　著
當代西方哲學與方法論	臺大哲學系主編
人性尊嚴的存在背景	項退結編訂
理解的命運	殷　鼎　著
馬克斯・謝勒三論	阿弗德・休慈原著 江日新　譯
懷海德哲學	楊士毅　著
海德格與胡塞爾現象學	張燦輝　著
洛克悟性哲學	蔡信安　著
伽利略・波柏・科學說明	林正弘　著
儒家與現代中國	韋政通　著
思想的貧困	韋政通　著
近代思想史散論	龔鵬程　著
魏晉清談	唐翼明　著
中國哲學的生命和方法	吳　怡　著
生命的轉化	吳　怡　著
孟學的現代意義	王支洪　著
孟學思想史論（卷一）	黃俊傑　著
莊老通辨	錢　穆　著
墨家哲學	蔡仁厚　著
柏拉圖三論	程石泉　著
倫理學釋論	陳　特　著
儒道論述	吳　光　著

新一元論　呂佛庭　著
儒家思想　杜維明　著
——以創造轉化為自我認同
煮酒論思潮　陳奎德　著
朱熹哲學思想　金春峰　著

宗教類

佛教思想發展史論　楊惠南　著
佛教思想的傳承與發展　釋恒清主編
——印順導師九秩華誕祝壽文集
佛典成立史　水野弘元　著　劉欣如　譯
圓滿生命的實現（布施波羅密）　陳柏達　著
薝蔔林・外集　陳慧劍　著
維摩詰經今譯　陳慧劍譯註
龍樹與中觀哲學　楊惠南　著
公案禪語　吳怡　著
禪學講話　芝峰法師　譯
禪骨詩心集　巴壺天　著
中國禪宗史　關世謙　譯
魏晉南北朝時期的道教　湯一介　著
佛學論著　周中一　著
當代佛教思想展望　楊惠南　著
臺灣佛教文化的新動向　江燦騰　著
釋迦牟尼與原始佛教　于凌波　著
唯識學綱要　于凌波　著
從印度佛教到中國佛教　冉雲華　著
中印佛學泛論　藍吉富主編
——傅偉勳教授六十大壽祝壽論文集
禪史與禪思　楊惠南　著
禪思與禪詩　楊惠南　著
——吟詠在禪詩的密林裡

社會科學類

中華文化十二講　錢穆　著
民族與文化　錢穆　著

楚文化研究	文崇一 著
中國古文化	文崇一 著
社會、文化和知識分子	葉啟政 著
儒學傳統與文化創新	黃俊傑 著
歷史轉捩點上的反思	韋政通 著
中國人的價值觀	文崇一 著
奉天承運 ——古代中國的「國家」概念及其正當性基礎	王健文 著
紅樓夢與中國舊家庭	薩孟武 著
社會學與中國研究	蔡文輝 著
比較社會學	蔡文輝 著
我國社會的變遷與發展	朱岑樓主編
三十年來我國人文及社會科學之回顧與展望	賴澤涵主編
社會學的滋味	蕭新煌 著
臺灣的國家與社會	徐正光、蕭新煌主編
臺灣的社區權力結構	文崇一 著
臺灣居民的休閒生活	文崇一 著
臺灣的工業化與社會變遷	文崇一 著
臺灣社會的變遷與秩序（政治篇）、（社會文化篇）	文崇一 著
鄉村發展的理論與實際	蔡宏進 著
臺灣的社會發展	席汝楫 著
透視大陸	政治大學新聞研究所主編
寬容之路 ——政黨政治論集	謝延庚 著
周禮的政治思想	周世輔、周文湘 著
儒家政論衍義	薩孟武 著
制度化的社會邏輯	葉啟政 著
臺灣社會的人文迷思	葉啟政 著
臺灣與美國社會問題	蔡文輝、蕭新煌主編
自由憲政與民主轉型	周陽山 著
蘇東巨變與兩岸互動	周陽山 著
教育叢談	上官業佑 著
不疑不懼	王洪鈞 著
戰後臺灣的教育與思想	黃俊傑 著
太極拳的科學觀	馬承九編著

兩極化與分寸感 劉笑敢 著
——近代中國精英思潮的病態心理分析
唐人書法與文化 王元軍 著
C 理論——易經管理哲學 成中英 著

史地類

國史新論 錢穆 著
秦漢史 錢穆 著
秦漢史論稿 邢義田 著
三國典略輯校 （唐）丘悅 撰 杜德橋(Glen Dudbridge) 趙超 輯校
魏晉史學及其他 逯耀東 著
宋史論集 陳學霖 著
宋代科舉 賈志揚 著
中國人的故事 夏雨人 著
明朝酒文化 王春瑜 著
劉伯溫與哪吒城 陳學霖 著
——北京建城的傳說
歷史圈外 朱桂 著
歷史的兩個境界 杜維運 著
近代中國變局下的上海 陳三井 著
當代佛門人物 陳慧劍 編著
弘一大師論 陳慧劍 著
弘一大師傳（修訂新版） 陳慧劍 著
杜魚庵學佛荒史 陳慧劍 著
蘇曼殊大師新傳 劉心皇 著
近代中國人物漫譚 王覺源 著
近代中國人物漫譚續集 王覺源 著
影響現代中國第一人 石永貴 編著
——曾國藩的思想與言行
魯迅這個人 劉心皇 著
沈從文傳 凌宇 著
胡適與當代史學家 逯耀東 著
三十年代作家論 姜穆 著
三十年代作家論續集 姜穆 著

當代臺灣作家論	何　欣　著
史學圈裏四十年	李雲漢　著
師友風義	鄭彥棻　著
見賢集	鄭彥棻　著
思齊集	鄭彥棻　著
懷聖集	鄭彥棻　著
憶夢錄	呂佛庭　著
古傑英風——歷史傳記文學集	萬登學　著
走向世界的挫折——郭嵩燾與道咸同光時代	汪榮祖　著
周世輔回憶錄	周世輔　著
三生有幸	吳相湘　著
孤兒心影錄	張國柱　著
我這半生	毛振翔　著
我是依然苦鬪人	毛振翔　著
八十憶雙親、師友雜憶（合刊）	錢　穆　著
烏啼鳳鳴有餘聲	陶百川　著
日記(1968～1980)	杜維明　著

語文類

標點符號研究	楊　遠編著
訓詁通論	吳孟復　著
翻譯偶語	黃文範　著
翻譯新語	黃文範　著
翻譯散論	張振玉　著
中文排列方式析論	司　琦　著
杜詩品評	楊慧傑　著
詩中的李白	楊慧傑　著
寒山子研究	陳慧劍　著
司空圖新論	王潤華　著
詩情與幽境——唐代文人的園林生活	侯迺慧　著
歐陽修詩本義研究	裴普賢　著
品詩吟詩	邱燮友　著
談詩錄	方祖燊　著

情趣詩話	楊光治 著
歌鼓湘靈——楚詩詞藝術欣賞	李元洛 著
中國文學鑑賞舉隅	黃慶萱、許家鸞 著
中國文學縱橫論	黃維樑 著
漢賦史論	簡宗梧 著
古典今論	唐翼明 著
亭林詩考索	潘重規 著
浮士德研究	李辰冬 著
十八世紀英國文學——諷刺詩與小說	宋美璍 著
蘇忍尼辛選集	劉安雲 譯
文學欣賞的靈魂	劉述先 著
小說創作論	羅盤 著
小說結構	方祖燊 著
借鏡與類比	何冠驥 著
情愛與文學	周伯乃 著
鏡花水月	陳國球 著
文學因緣	鄭樹森 著
解構批評論集	廖炳惠 著
細讀現代小說	張素貞 著
續讀現代小說	張素貞 著
現代詩學	蕭蕭 著
詩美學	李元洛 著
詩人之燈——詩的欣賞與評論	羅青 著
詩學析論	張春榮 著
修辭散步	張春榮 著
修辭行旅	張春榮 著
橫看成嶺側成峯	文曉村 著
大陸文藝新探	周玉山 著
大陸文藝論衡	周玉山 著
大陸當代文學掃描	葉穉英 著
走出傷痕——大陸新時期小說探論	張子樟 著
大陸新時期小說論	張放 著

大陸新時期文學（1977－1989）
——理論與批評　　唐　翼　明　著
大陸「新寫實小說」　　唐　翼　明　著
兒童文學　　葉　詠　琍　著
兒童成長與文學　　葉　詠　琍　著
累廬聲氣集　　姜　超　嶽　著
林下生涯　　姜　超　嶽　著
青　春　　葉　蟬　貞　著
牧場的情思　　張　媛　媛　著
萍踪憶語　　賴　景　瑚　著
現實的探索　　陳　銘　磻　編
一縷新綠　　柴　　扉　著
金排附　　鍾　延　豪　著
放　鷹　　吳　錦　發　著
黃巢殺人八百萬　　宋　澤　萊　著
泥土的香味　　彭　瑞　金　著
燈下燈　　蕭　　蕭　著
陽關千唱　　陳　　煌　著
種　籽　　向　　陽　著
無緣廟　　陳　艷　秋　著
鄉　事　　林　清　玄　著
余忠雄的春天　　鍾　鐵　民　著
吳煦斌小說集　　吳　煦　斌　著
卡薩爾斯之琴　　葉　石　濤　著
青囊夜燈　　許　振　江　著
我永遠年輕　　唐　文　標　著
思想起　　陌　上　塵　著
心酸記　　李　　喬　著
孤獨園　　林　蒼　鬱　著
離　訣　　林　蒼　鬱　著
托塔少年　　林　文　欽　編
北美情逅　　卜　貴　美　著
日本歷史之旅　　李　希　聖　著
孤寂中的廻響　　洛　　夫　著
火天使　　趙　衛　民　著
無塵的鏡子　　張　　默　著

關心茶——中國哲學的心	吳　怡　著
放眼天下	陳新雄　著
生活健康	卜鍾元　著
文化的春天	王保雲　著
思光詩選	勞思光　著
靜思手札	黑　野　著
狡兔歲月	黃和英　著
老樹春深更著花	畢　璞　著
列寧格勒十日記	潘重規　著
文學與歷史——胡秋原選集第一卷	胡秋原　著
晚學齋文集	黃錦鋐　著
天山明月集	童　山　著
古代文學精華	郭　丹　著
山水的約定	葉維廉　著
明天的太陽	許文廷　著
在天願作比翼鳥——歷代文人愛情詩詞曲三百首	李元洛輯注
千葉紅芙蓉——歷代民間愛情詩詞曲三百首	李元洛輯注
醉樵軒詩詞吟草	楊道淮　著
陳寅恪晚年詩文釋證（增訂新版）	余英時　著
嗚酬叢編	李飛鵬編纂
秩序的探索——當代文學論述的省察	周慶華　著
樹人存稿	馬哲儒　著

藝術類

音樂與我	趙　琴　著
音樂隨筆	趙　琴　著
美術鑑賞	趙惠玲　著
爐邊閒話	李抱忱　著
琴臺碎語	黃友棣　著
樂林蓽露	黃友棣　著
樂谷鳴泉	黃友棣　著

樂韻飄香	黃友棣 著
樂海無涯	黃友棣 著
樂教流芳	黃友棣 著
弘一大師歌曲集	錢仁康 編著
立體造型基本設計	張長傑 著
工藝材料	李鈞棫 著
裝飾工藝	張長傑 著
人體工學與安全	劉其偉 著
現代工藝概論	張長傑 著
藤竹工	張長傑 著
石膏工藝	李鈞棫 著
色彩基礎	何耀宗 著
當代藝術采風	王保雲 著
都市計劃概論	王紀鯤 著
建築設計方法	陳政雄 著
古典與象徵的界限——象徵主義畫家莫侯及其詩人寓意畫	李明明 著
民俗畫集	吳廷標 著
畫壇師友錄	黃苗子 著
自說自畫	高木森 著
日本藝術史——比較與研究	邢福泉 著

～涵泳浩瀚書海　激起智慧波濤～